Heinrich Steinfest
Die Büglerin

PIPER

Zu diesem Buch

Tonia Schreiber erledigt ihre Arbeit mit Sorgfalt und Präzision, obgleich sie schlecht bezahlt wird. Sie ist Büglerin, und das Bügeln ist ihre Form der Buße für eine Tat, die ihr Leben unwiderruflich verändert hat. Dabei stand es unter den besten Vorzeichen: Als Tochter renommierter Botaniker verbringt sie ihre Kindheit auf einer Segelyacht und befährt die Weltmeere. Später lebt sie in Wien in der elterlichen Villa. Gemeinsam mit ihrer Halbschwester zieht sie dort ihre Nichte Emilie auf, bis Emilie auf tragische Weise stirbt und Tonia alles aufgibt – ihre Freunde, ihren Besitz, die Wissenschaft. Sie verlässt ihre Heimatstadt Wien, geht nach Deutschland und beginnt zu bügeln. Doch das Leben ist noch nicht ganz fertig mit ihr: Der Zufall spielt Tonia etwas in die Hände, das Emilies Tod in ein neues Licht rückt.

Heinrich Steinfest wurde 1961 geboren und lebt heute in Stuttgart. Bereits zweimal wurden seine Romane für den Deutschen Buchpreis nominiert. 2016 erhielt Heinrich Steinfest für »Das Leben und Sterben der Flugzeuge« den Bayerischen Buchpreis. Zuletzt erschienen »Der schlaflose Cheng« und die »Gebrauchsanweisung fürs Scheitern«.

Heinrich Steinfest

Die Büglerin

Roman

Mehr über unsere Autoren und Bücher:
www.piper.de

Von Heinrich Steinfest liegen im Piper Verlag vor:
Tortengräber
Cheng. Sein erster Fall
Ein sturer Hund. Chengs zweiter Fall
Nervöse Fische
Der Umfang der Hölle
Ein dickes Fell. Chengs dritter Fall
Der Mann, der den Flug der Kugel kreuzte
Wo die Löwen weinen
Die feine Nase der Lilli Steinbeck
Mariaschwarz
Gewitter über Pluto
Batmans Schönheit. Chengs letzter Fall
Die Haischwimmerin
Der Allesforscher
Das grüne Rollo
Gebrauchsanweisung für Österreich
Das Leben und Sterben der Flugzeuge
Die Büglerin
Der schlaflose Cheng
Gebrauchsanweisung fürs Scheitern

Ungekürzte Taschenbuchausgabe
ISBN 978-3-492-23201-2
Januar 2020
© Piper Verlag GmbH, München 2018
Umschlaggestaltung: zero-media.net, München
Umschlagabbildung: FinePic®, München
Satz: Kösel Media GmbH, Krugzell
Gesetzt aus der Adobe Garamond
Druck und Bindung: CPI books GmbH, Leck
Printed in the EU

−1

Das Schönste waren die weißen Hemden.

Und das Schönste hob sie sich immer für den Schluss auf. Vorher kamen die Socken und die Handtücher, die leichten Hosen und die Bettwäsche, die Unterhemden in Feinripp und die Geschirrtücher für die Köchin, nicht zuletzt die Krawatten und Anzüge, die einer besonderen Vorsicht sowie einer tiefen Einsicht in das Material bedurften. Einen Anzug zu bügeln war gewissermaßen so, als bügle man den ganzen Mann, seine äußere Erscheinung, den Schatten, den er in die Welt hineinwarf und durch den er maßgeblich wahrgenommen wurde.

Natürlich bügelte sie ebenso die Kostüme und Blusen und die zart schimmernde Unterwäsche der Dame des Hauses sowie all die Kleidungsstücke der Kinder, drei an der Zahl, die im Abstand von jeweils zwei Jahren, gleich den Figuren eines Mensch-ärgere-Dich-nicht-Spiels, ins Leben gestartet waren. Nicht zuletzt auch die Kleidung des Vaters der Mutter, der allerdings darauf bestand, dass seine Unterhosen ungebügelt blieben. Er hatte diesbezüglich eine strikte Anweisung erteilt. Anscheinend störte ihn die Vorstellung, die Büglerin könnte mit ihren Händen und dem von ihr geführten und gelenkten Bügeleisen jene »zweite Haut« berühren, die sein Geschlecht umschloss. Er war jetzt knapp über achtzig. Ein missmutiger, verbitterter, zur Ruhe gesetzter Mensch und Witwer, der es hasste, zu altern und sich beim Altern zusehen zu müssen.

Für diese Leute bügelte sie also. Seit etwa zwei Jahren, jeden Dienstag und jeden Donnerstag, immer zur gleichen Nachmittagszeit, immer in der Bibliothek des herrschaftlichen Hauses am Rande einer Ortschaft des südlichen Odenwalds, in einem weiten Raum mit Regalen aus altem, glänzendem Holz, die an den hohen Wänden aufragten, während zum Vorgarten hin eine breite Fensterfront selbst an dunklen Tagen eine Menge Licht hereinließ. Was auch der Grund dafür war, dass sie hier ihre Arbeit erledigte. Das Licht war von der allergrößten Bedeutung. Bügeln stellte eine besondere Form von Malerei dar. Jedenfalls, wenn man die Bügelarbeit so ernst nahm, wie sie es tat.

Und wie es auch der alte Mann im Haus tat, der alte Hotter, Professor Hotter, dem die Bügelfalten seiner Anzughosen so wichtig waren wie die absolute Faltenfreiheit seiner Hemden. Selbst zum Frühstück erschien er in einer Weise sorgsam gekleidet, als sei das Fernsehen gekommen, um einen Beitrag über sein Frühstück zu senden. Die äußere Erscheinung war ihm verpflichtend, gleich einer moralischen Haltung. Als Hotter kurz nach der Entführung und Tötung des Arbeitgeberpräsidenten Hanns Martin Schleyer 1977 durch die RAF als eine gefährdete Person von der Polizei über gewisse Sicherheitsmaßnahmen unterrichtet worden war, da hatten ihn zwei Dinge gestört. Einerseits gefiel ihm nicht, bloß als »minder gefährdet« eingestuft zu werden – was für ihn bedauernswerterweise das Primat der Politik und Wirtschaft vor der Forschung und Medizin aufzeigte; *er* in seiner Funktion als Universitätsprofessor und Leiter einer Klinik für Augenheilkunde –, andererseits empfand er einen großen Ekel gegenüber den Manieren, der optischen Selbstdarstellung und der, wie er es nannte, »kleinkriminellen bis räuberbandenhaften Vorgehensweise« der RAF. Die nach seiner Meinung so gar nicht den Namen »Armee« verdiene. »Wenn Sie mir sagen«, hatte er damals gegenüber einem Journalisten erklärt, »es sei doch ganz egal, ob man von einem rasierten oder einem unrasierten Menschen erschossen wird, dann muss ich Sie fragen, ist es Ihnen denn egal, wenn auf Ihrem Grabstein zum Beispiel Ihr Name falsch geschrieben steht. Nein, es ist mir nicht gleichgültig, wie der Mensch aussieht, den ich als Letztes anschauen muss. Und ob ich für diesen Menschen bei aller Unterschiedlichkeit der Ansichten – er möchte mich tot, ich möchte mich lebendig –, doch so etwas wie Respekt aufbringen kann. Kann ich aber nicht bei diesen Gestalten, die ja ihrerseits jeglichen Respekt vermissen lassen. Das sind die gleichen Leute, die es für progressiv halten, ohne Krawatte in die Oper zu gehen. Und ein paar von denen haben jetzt Pistolen in der Hand und betteln schießend um unsere Aufmerksamkeit.«

Die Zeit der RAF war lange vorbei. Der Herbst vergangen. Hotter lebte im Winter seines Lebens. Und auf eine gewisse Weise trauerte er sogar der früheren Bedrohung nach, die bei aller Unrasiertheit doch etwas Bedeutungsvolles besessen hatte. Einen hohen Ton. Eine satte Farbe. Die neuen Gefahren hingegen – Islamisten, Flüchtlinge, faule Griechen oder eine Wirklichkeit, die hinter den dünnen Scheiben der Mobiltelefone zu verschwinden drohte – erschienen Hotter so ungemein seicht, merkwürdig undramatisch selbst im Moment von Bombenattentaten. Er hielt es für bezeichnend, dass etwa im Fall von 9/11 die Attentäter die banale Inszenierung eines amerikanischen Actionfilms kopiert hatten.

Seine eigene Tochter, sein eigener Schwiegersohn, seine eigenen Enkel kamen ihm verkümmert vor, fahl und träge auch in Phasen größter Agilität. Nirgendwo erschien ihm seine jetzt achtundvierzigjährige Tochter und Besitzerin einer Filmproduktionsgesellschaft besser getroffen, als wenn er sie sah, wie sie frühmorgens und spätabends auf einer ihrer Fitnessmaschinen saß oder stand und dabei tiefe Furchen in die sie umgebende Luft grub.

Keine Frage, die einzige Person in diesem Haus, die er wirklich respektierte, war die Büglerin. Das Unterhosenverbot somit ein Ausdruck seiner Achtung, auch wenn er sich hin und wieder danach sehnen mochte, die weiche Glätte, mit der die Büglerin eine jede Textilie versah, würde sich auch in der körpernahesten Schicht um seinen Unterleib schmiegen. Anstatt dieser gewissen Grobheit einer ungebügelten Unterwäsche. – Wenn er mitunter seinen schlaffen, welken Penis betrachtete, dachte er, dass Gott das Alter geschaffen habe, um dem Tod eine Pein vorauszuschicken. Schließlich hätte der Allmächtige ja genauso gut auf die Idee kommen können, den Menschen im Zustand der Schönheit sterblich werden zu lassen.

Hotter war der Alte im Haus, ein Haus, das ihm noch immer gehörte.

Aber es gab auch einen »neuen Mann«, den Gatten der künftigen Erbin. Er hieß Glanz, Dr. Glanz, und war ebenfalls im Filmgeschäft tätig. Er fungierte als Miteigentümer einer konkurrierenden Produktionsfirma und kam in dieser Funktion auch immer wieder mal seiner Frau in die Quere. Privat aber pflegten die beiden einen friedvollen Umgang.

Und da waren dann noch die Kinder, die Mensch-ärgere-Dich-nicht-Kinder des Glanz'schen Ehepaars. Vierzehn, zwölf und zehn – die Büglerin nannte sie bei sich einfach nur Eins, Zwei und Drei. Für die Büglerin waren diese Kinder unsichtbar, sichtbar allein deren Wäsche.

Die Büglerin ließ sich pro Stunde bezahlen, wobei man die Perfektion und tief greifende Wirkung ihrer Arbeit eher der Kunst als der Hausarbeit hätte zuordnen müssen (oder der Alchemie, die der praktische Arm der Kunst ist). Allerdings war der Stundenlohn weit davon entfernt, ihr ein gutes Einkommen zu sichern. Keine Frage, sie hätte mehr verlangen können. Hotter schwor auf ihre Fähigkeiten, und auch das Ehepaar Glanz hatte begriffen, dass es nicht einerlei war, wer hier ihre Wäsche in einen Zustand zusammengelegter oder frei hängender Vollkommenheit versetzte. Doch die Verführung war zu groß, die gute Arbeit der Büglerin schlecht zu bezahlen. Denn sie ließ es ja geschehen. Nur konnten Hotter und das Glanzpaar nicht ahnen, *wieso* sie es geschehen ließ.

Diese Frau bestrafte sich.

Sie bestrafte sich mit dem Leben, das sie führte. Wobei diese Strafe in Teilen den Reiz einer ungeheuren Erhöhung besaß. Vor allem der Akt des Bügelns an sich. Dafür besser als andere bezahlt zu werden, hätte die Strafe stark gemindert. Denn schließlich stellte es einen grundlegenden Aspekt dieses Berufs dar, eine schlechte Bezahlung nach sich zu ziehen, in der Regel betrieben von Frauen. Alle diese Frauen schienen irgendeine Art von Strafe zu erdulden, wobei viele von ihnen nicht wussten, eine Strafe *wofür*.

Tonia schon.

0

Antonia war der Name auf ihrer Geburtsurkunde und der Name in ihrem Pass. Antonia Schreiber. Aber da war niemand, der sie mit der vollständigen Form ihres Vornamens angesprochen hätte. Von Anfang an hatte sich die Kurzform Tonia durchgesetzt. Und das war sicher ein guter Name, um durchs Leben zu marschieren. Oder zu segeln. Dieser Name hatte etwas von dem schnellen, kräftigen Wind, der unter ein Segelleinen fährt, es aufbläht und eine Bewegung verursacht.

Tonia wurde auf einem Schiff geboren, einer Segelyacht, die sich im Augenblick ihrer Geburt – an einem Februartag des Jahres 1974 – zwar auf dem Weg zu einem Hafen und dem dort auf festem Grund stehenden Krankenhaus befand, aber halt nur auf dem Weg. Denn als sie zur Welt kam, war die Küste noch weit entfernt und rundherum allein die pure, glatte See. Somit gehörte Tonia zu den wenigen Menschen, deren Geburtsort auf eine Stelle auf dem Meer verwies, einen Punkt im südlichen Pazifik, etwa auf Höhe der chilenischen Insel Chiloé, deren Hauptstadt Castro rechtzeitig anzulaufen der Plan gewesen war.

Obgleich also überpünktlich und obgleich allein ihr Vater als Geburtshelfer fungierte – mehr in der Art eines guten Zuhörers –, wurde es eine einfache Geburt, ähnlich glatt wie die See an diesem Tag. Die Körpergröße und das Gewicht des Kindes befanden sich in einem Bereich, den man den grünen nennt, wie der Vater feststellte, der ein Maßband ansetzte und das Neugeborene sorgsam auf die bordeigene kleine Waage legte.

Der Meeresabschnitt, wo dies geschah, war allgemein bekannt

als *Chilenische Schwelle*, wobei Tonia bald anfing, von einem *Rücken* zu sprechen. Ja, anstatt auf die Frage nach ihrem Geburtsort die ungefähren Koordinaten zu nennen, erklärte sie gerne, oberhalb eines Meeresrückens das Licht der Welt erblickt zu haben. Was sie hingegen so gar nicht sagen konnte, war, von wo aus ihre Eltern eigentlich losgesegelt waren. Denn wenn man sich diesen Teil des Ozeans auf einer Landkarte ansah, zeigte sich eine ausgesprochen große Fläche von keinerlei Land gebremsten Wassers.

Was waren das für Leute, die nicht darauf achteten, dann an Land und in der Zivilisation zu sein, wenn ihr Kind zur Welt kam?

Die Antwort: zwei Botaniker.

Aber das taugt natürlich nicht als Erklärung, wie es vielleicht eine gewesen wäre, wären sie Meeresbiologen gewesen. Waren sie aber nicht, sondern mit Landpflanzen beschäftigt. Beide mit einem Abschluss der Universität Wien, er ein gebürtiger Berliner, sie aus Salzburg stammend, die unabhängig voneinander Ende der 1960er-Jahre in die österreichische Bundeshauptstadt gezogen waren. In eine Stadt, die damals zwischen Vergangenheit und Zukunft schwankte und sich darum für einen Moment tatsächlich in der Gegenwart aufhielt, weil man ja irgendwo stehen muss und das Schwanken allein noch nicht als Stehen gilt.

In diesem Moment ersatzweiser Gegenwärtigkeit hatten die zwei sich kennengelernt. Zwar an der Uni, jedoch nicht bei einer Vorlesung zur Pflanzenkunde, sondern bei der später in die Kunstgeschichte eingegangenen sogenannten Uni-Ferkelei. Jener Kunstaktion, bei der Protagonisten des Wiener Aktionismus unter dem Titel *Kunst und Revolution* versuchten, sich richtiggehend zum Berühmt- und Berüchtigtsein »hochzuscheißen«, indem sie auf der universitären Bühne ihre Notdurft verrichteten. Und so ziemlich alles taten, was anerkannterweise den Markenartikeln von Obszönität, Blasphemie und Nestbeschmutzung entsprach, optisch gesehen aber den Reiz einer Tortenschlacht besaß.

Tonias künftige Eltern waren beide von Freunden zu dieser Veranstaltung »mitgeschleppt« worden, um dann im allgemeinen

Gedränge aneinanderzugeraten wie Tiere in einem Schwarm. Sie blieben einer am anderen hängen. Und vielleicht waren es wirklich ihre Augen, beziehungsweise ihre Blicke, die praktisch ineinanderfielen, als könnte man sagen, ein See »köpfelt« in den anderen.

Es war übrigens das erste und auch einzige Mal, dass die beiden in Bezug auf eine Sache absolut einer Meinung waren. Nämlich betreffs der Performance, die da vor ihren so rasch verliebten Augen stattfand. Weder fanden sie große Freude an der bürgerlichen Provokation noch an der bürgerlichen Erregung, sondern konstatierten eine gewisse Kindlichkeit der Avantgarde. Dieses Begehren nach Aufmerksamkeit. Dieser ungestüme Ruf nach Liebe.

Zudem waren sie in dieser Situation beide – und das sollte sich dann noch sehr ändern – vollkommen nüchtern. Alkoholfrei.

Vom ersten Moment an waren sich Tonias Eltern in einer großen Ausschließlichkeit verbunden. Ohne darum in reiner Liebe und reinem Frieden aufzugehen, wahrlich nicht, eher erwiesen sich die zwei als streitbare Geister, aber sie waren eben auch im Streit selig verknotet und schienen wenig Gefallen daran zu finden, mit anderen, fremden Leuten zu streiten. Sie studierten zusammen und hatten später den gleichen Doktorvater, welcher erklärte: »Ich habe noch nie zwei so unterschiedliche Arbeiten gelesen. Sie, Philippa, chaotisch, aber genial, macht aus einer Arbeit über Alpinpflanzen – scheinbar mit links, scheinbar Hokuspokus – eine Abhandlung über das Weltganze und das Versagen der Menschheit; er, Max, diszipliniert, präzise, makellos, liefert einen Text, picobello, den man, zu Pulver zerrieben, als Beruhigungsmittel verkaufen könnte. Mögen sie auf ergänzende Weise glücklich werden.«

Max wurde Millionär. Das Geld kam über Nacht. Fast so, dass Max den Eindruck gewann, es sei Geld aus einem Traum, einem Traum, aus dem er nicht wieder aufgewacht war. Aber nicht, weil der Traum so schön war, sondern so stur. Faktum war, dass Max ein Vermögen erbte, und zwar aus dem simplen Grund, eine

Katze gerettet zu haben. Eine alte Katze, die ohnehin nicht mehr allzu lange zu leben gehabt hätte. Aber das konnte er nicht wissen, als das Tier von der obersten Etage eines sechsstöckigen Hauses in der Wiener Porzellangasse fiel.

Max wohnte um die Ecke. Zusammen mit Philippa in einer kleinen Wohnung, die mit Pflanzen vollgestopft war. Der reinste Dschungel, wo ständig etwas vom Grün starb, aber dann halt rasch durch lebendes Grün ersetzt wurde. Diese ganze Wohnung lebte. Ein Horrorkabinett eigentlich. Jedenfalls war Max soeben zur Straßenbahn unterwegs, als diese Katze von hoch oben aus dem Fenster fiel. Es handelte sich um einen fetten, alten, von Krebsgeschwüren geplagten Kater, der kurz zuvor auf einer Blumenkiste gehockt war und möglicherweise in einem Anfall von Wahnsinn versucht hatte, den letzten Vogel seines Lebens zu erwischen. Was auch immer, Max war in diesem Moment vorbeigekommen und hatte instinktiv nach oben gesehen. Das Schicksal bot ihm genau zwei Möglichkeiten an: schnell zur Seite zu treten, um nicht etwa von dem herabfallenden Objekt erschlagen zu werden, oder aber es aufzufangen. Ein Objekt, von dem Max bei aller Plötzlichkeit und Rasanz nicht hätte sagen können, ob es sich um ein Mauerstück, den Teil einer Regenrinne oder ein kleines Kind handelte. Oder um eine Katze.

Max schob seine Arme nach vorn und formte Hände und Unterarme zu einem Korb, in dem sich – entgegen der bekannten Zeitlupenaufnahmen, die man von geschickt fallenden Katzen kannte – der mit dem Rücken voran stürzende Kater verfing. Um sich erst dort, in diesem Korb, in der üblichen Katzenmanier um 180 Grad zu drehen und an der Brust seines Retters festzukrallen.

Es war Sommer, Max trug ein T-Shirt und konnte am gleichen Abend seiner jungen Ehefrau die von verkrustetem Blut markierten Kratzspuren zeigen, die der Kater hinterlassen hatte. Immerhin auch davon berichten, wie glückselig die Besitzerin des Tiers dank der Rettung gewesen war. Eines Tiers, das nur wenige Wochen später eingeschläfert werden musste. Und dem die alte Frau kurz darauf in den Tod folgte. Doch davon erfuhr Max erst, als er der Einladung eines Notars folgte, der den Letzten Willen der Verstorbenen umzusetzen hatte.

Dem Notar gegenüber erwähnte Max verwundert, der alten Dame ja nicht einmal seinen Namen genannt zu haben.

»Wollen Sie das Geld etwa nicht?«, fragte der Notar. Sichtlich unzufrieden mit der Erfüllung seiner Pflicht.

»Von welchem Geld sprechen Sie?«, fragte Max. Er war ja immerhin in der Wohnung der alten Frau gewesen und hatte nicht den geringsten Hinweis auf einen sonderlichen Reichtum festgestellt.

»Frau Schuch«, erklärte der Verwalter des Nachlasses, »hat ursprünglich bestimmt, ihr Vermögen hälftig der Österreichischen Volkspartei sowie dem Wiener Tierschutzverein zu vermachen. Doch nach dieser Episode mit ihrer Katze hat sie eine Testamentsänderung vornehmen lassen und – wenn ich mich so ausdrücken darf – die Partei hinausgeworfen und Sie hineingenommen.«

Max grinste und meinte: »Na, ich werde mir von dem Geld kaum ein Haus leisten können.«

Darauf der Notar: »Ich weiß ja nicht, an welche Art von Haus Sie denken, aber wenn Sie eine Villa in bester Lage meinen, oder eher zwei Villen, dann könnte es sich gut ausgehen.«

Und wirklich handelte es sich um etwas über zehn Millionen. Zehn Millionen Schillinge, wie damals die Währung hieß und was zu dieser Zeit eine Menge Geld darstellte. Ohne dass aber der Notar in irgendeiner Weise die Herkunft des Vermögens beschrieb. Immerhin musste er bestätigen, dass die Testamentsänderung in einer Situation erfolgt war, in der die Erblasserin sich bei klarem Verstand befunden habe. So ungewöhnlich der Wechsel von einer konservativen Volkspartei zu einem privaten Katzenretter auch sei, verstoße selbiger – juristisch gesehen – in keiner Weise gegen die guten Sitten. Sagte der Notar, obgleich sein Gesichtsausdruck eine andere Sprache sprach. Tatsache blieb, dass alles seine Ordnung hatte und dass Max mit einer einzigen Unterschrift zu einem reichen Mann wurde.

»Wie hat der Kater eigentlich geheißen?«, fragte er, als er seine

Signatur an die Stelle setzte, auf die der Notar wie auf den Schatten auf einem Röntgenbild zeigte.

»Wieso?«

»Na, ich meine, ich verdanke diesem Wesen einen gewissen zukünftigen Komfort.«

»Lachs.«

»Was meinen Sie mit *Lachs*?«

»Nun, das ist der Name des Katers.«

»Was denn, sie hat ihn nach einem Fisch benannt?«

»Einerseits wegen der Farbe seines Fells«, erklärte der Notar, »aber auch, weil er Lachsfilets so gerne mochte. Manchmal hat Frau Schuch ihn auch Lachstiger gerufen, meistens aber einfach Lachs. Sie war in dieses Tier absolut verschossen. Dabei war sie eine ansonsten kluge Frau, aber auch kluge Menschen … Nun, das hat hier nichts verloren.«

»Sie haben sie ganz gut gekannt, nicht wahr?«

»Roswitha? Ja!«

Es kam Max vor, als spüre er eine deutliche Bitterkeit in der Haltung und Stimme dieses Mannes. Nicht auszuschließen, dass er Anhänger besagter Partei war. Oder ein Anhänger der Frau, die Roswitha gewesen war.

Als Philippa am Abend von ihrem Reichtum erfuhr, brach sie nicht etwa in Jubel aus, sondern meinte trocken: »Wäre vielleicht besser, das Geld zu verschenken.«

Sie vermutete hinter dieser ganzen Katzengeschichte etwas wie eine Falle. Ihr war dieses Geld verdächtig.

Wenn sie vom *Verschenken* sprach, dann meinte sie ein *Loswerden* des Geldes, was nur dann wirklich funktionierte, wenn es sich um ein ideologie- und damit politikfreies Loswerden handelte. In der Art, wie Wittgenstein vorgegangen war, indem er sein Vermögen an seine ohnehin reichen Schwestern verschenkt hatte (denn niemand bewundert einen dafür, die eigenen reichen Schwestern noch reicher gemacht zu haben).

Aber Philippa war nun mal nicht Wittgenstein, und auch Max, der eigentliche Erbe, war nicht Wittgenstein. Die beiden verzichteten zwar darauf, sich einen Jaguar oder einen Ferrari anzuschaffen, aber eine Villa wurde es dann doch. Wobei sie anstelle der zweiten Villa, von welcher der Notar gesprochen hatte, eine Segelyacht kauften, ein ungemein elegantes Boot. Von all den Dingen, über die sie diskutierten, war dieser Gegenstand, dieser Luxusgegenstand, der einzige, auf den sie sich problemlos einigen konnten. Die Villa hingegen war aus einem Streit über die Schönheit und Hässlichkeit von Häusern hervorgegangen, einem Streit vor allem darüber, inwieweit diese Häuser durch eine exklusive Lage veredelt oder auch verdorben werden konnten. Beziehungsweise umgekehrt. Jedenfalls bewohnten sie die Villa, zu der sie sich »zusammengerauft« hatten, nur kurze Zeit. Bald waren sie fast ausschließlich mit ihrem Boot unterwegs. Sie führten ihr Leben auf den Weltmeeren mit der gleichen Beharrlichkeit, mit der sie sich in der Liebe und im Streit zugetan waren. Sie lebten auf diesem Boot, ohne die Pflanzenkunde aufzugeben, unterließen es aber, auf ihrer Yacht den gleichen unheimlichen Dschungel entstehen zu lassen wie in ihrer alten Wohnung nahe der Stelle des folgenreichen Fenstersturzes einer Katze.

Gingen sie an Land, studierten sie die einheimische Flora, sammelten Proben, analysierten Proben, verschickten Proben, verschickten sie in die ganze Welt, wobei sie sogar ein eigenes Postversandsystem für Pflanzenteile entwickelten, eine Belüftungs- und Befeuchtungseinheit – Post als mobiles Biotop –, die ihnen in Fachkreisen zu einiger Berühmtheit verhalf.

Mitunter stießen sie auch tiefer ins Landesinnere vor, wenn die Suche nach einer bestimmten Pflanze dies erforderte, allerdings in Maßen. Es war ihnen wichtig, sich nicht allzu lange von ihrem Boot zu entfernen. Ein Boot, das den Namen *Ungnadia* trug, benannt nach der Pflanze *Ungnadia speciosa*, der mexikanischen Rosskastanie, die ihren lateinischen Namen einem gewissen David Baron von Ungnad verdankte. Der Baron war einst als Gesandter nach Konstantinopel geschickt worden, um im Auftrag der Habsburger die Osmanen diplomatisch weichzukochen. 1575 hatte der Baron einige Samen der Rosskastanie nach Wien gebracht, die im Zuge der Initiative des niederländischen Botanikers Charles de l'Écluse den Beginn des europäischen Kulturbaumwesens bildeten. Ja, es existierte bei einigen Historikern die Anschauung, diese paar Samen des Herrn Ungnad seien praktisch die Urmütter aller Gewöhnlichen Rosskastanien, die je auf unserem europäischen Kontinent aus einem Park oder Volksgarten hochgewachsen waren und noch hochwachsen werden.

Vom Baron zur Pflanze, von der Pflanze zum Schiff.

Bei der *Ungnadia* handelte es sich um eine sechzehneinhalb Meter lange Glasfaseryacht, gebaut 1971 von der finnischen Werft Nautor's Swan. Freilich war die vorhandene Einrichtung mit einigem Aufwand nach den Wünschen des Ehepaars Schreiber umgestaltet worden – ein schwieriges Unterfangen, weil dessen Anweisungen zum Teil weit auseinandergingen. Die beauftragte Werkstatt musste mit diversen Widersprüchen kämpfen, und es folgten zahlreiche Korrekturen bereits vorgenommener Eingriffe. Dennoch gelang letztlich ein ideales Boot, dessen Innenausstattung die bekannte Dominanz von dunklem Holz erspart blieb. Vielmehr entstanden helle, mondäne und bequeme Räume. So, als befinde man sich in einem Designerappartement, das im Zuge einer radikalen Kur der Welt auf eine Breite von viereinhalb Metern verschlankt worden war. Verschlankt, nicht zusammengepresst. Kein Benutzer brauchte zu meinen, in eine modisch eingerichtete Makkaroninudel geraten zu sein.

Innerhalb dieser viereinhalb Meter kam Tonia zur Welt, auf dem mit weißen Laken abgedeckten Schurwollbezug eines Sofas, das 1954 vom Dänen Hans J. Wegner entworfen worden war, um genau zwanzig Jahre später zum Zwecke dieser Geburt zu einem Daybed ausgezogen zu werden. Ein Sofa, auf dem Tonia noch viele Jahre sitzen und liegen und viele Bücher lesen sollte. Denn sie wurde nicht nur auf dieser finnischen Segelyacht mit ihrem hauptsächlich dänischen Interieur geboren, sondern verbrachte dort ihre gesamte Kindheit und einen Teil ihrer Jugend. Bis zu ihrem vierzehnten Lebensjahr befand sich Tonia überwiegend auf diesem schlanken Schiff, zusammen mit ihren segeltüchtigen und trinkfesten Eltern. Natürlich sah sie auch die Küstenstädte, lernte andere Menschen kennen und wurde auf die Expeditionen mitgenommen, wenn die Erforschung einer gewissen Flora dies erforderte. Und doch handelte es sich um »Ausflüge«, das eigentliche Leben fand auf diesem Boot statt und auf den Meeren, die dieses Boot befuhr. Da war es nur natürlich, dass Tonia früh lernte, Wasser sowie die dem Wasser einsitzenden Farben besonders gut zu beschreiben. So kam sie nicht umhin, etwa beim Anblick einer bestimmten blauen Bluse an exakt jenen Himmel zu denken, den sie als Elfjährige nahe Hawaii gesehen hatte. Ein Blau, in dem bereits das kommende Unwetter steckte, das zwar noch nicht zu erkennen war, aber bald stattfinden würde. Ja, es gab Farben – erst recht in den Gesichtern von Menschen –, die auf etwas Zukünftiges verwiesen. Manchmal sah Tonia die Farbe in einem Gesicht und ahnte das Gewitter im Leben dieses Menschen.

Tonia verbrachte also eine Menge Zeit ihrer Kindheit auf jenem Fünfzigerjahre-Sofa, wobei ein braun umrandeter, perlmuttern schimmernder Fleck auf dem sandfarbenen Überzug an ihre Geburt erinnerte. Sie begriff erst mit den Jahren, dass sie praktisch immer, wenn sie hier lag und las oder träumte oder in ihr Tagebuch schrieb oder kleine Zeichnungen verfertigte, sich auf ihrem Geburtsplatz befand, ihrem – wie sie es dann nannte – Quellursprung.

Philippas und Max' Entscheidung war von Anfang an eine gegen die Schule gewesen, also dagegen, spätestens im sechsten Lebensjahr ihres Kindes dauerhaft »an Land zu gehen«, um den Besuch einer Schule zu gewährleisten. Da Tonia die österreichische Staatsbürgerschaft der Mutter erhielt, bedeutete dies auch, allein einer *Unterrichts*pflicht folgen zu müssen. Trotz ihrer umfangreichen Bereisung der Weltmeere hatten die Schreibers weiterhin in Wien ihren Hauptwohnsitz, jene Villa, die von einem darin lebenden älteren chinesischen Ehepaar in vorbildlichster Weise in Schuss gehalten wurde. So konnte das Elternpaar beim zuständigen Bezirksschulrat den Antrag stellen, die Unterrichtspflicht im Rahmen eines von ihnen selbst vorgenommenen »häuslichen Unterrichts« zu erfüllen. Auch wenn »schifflich« richtiger gewesen wäre, aber so redet halt keiner, besonders nicht, wenn man sich die Zurechtweisungen des Bezirksschulrates ersparen will.

Sowenig die Schreibers dafür religiöse Gründe angeben konnten, weltanschauliche durchaus. Nicht zuletzt, indem tatsächlich von einem »Anschauen der Welt« die Rede war, einer Horizonterweiterung. Entscheidender war freilich, dass die finanziellen Verhältnisse der Antragsteller sowie das Faktum zweier abgeschlossener Studien – Herr und Frau Doktor Schreiber – jeden Zweifel ausschlossen, sie würden ihr Kind irgendeiner Form von Freibeuterei oder seemännischer Hippiekultur ausliefern. Zusätzlich waren am Ende eines jeden Schuljahres Prüfungen zu absolvieren, die zeigen sollten, ob Tonia an Bord dieses Schiffes genau jene Fortschritte machte, die neben der umfangreichen Beschreibung der Farbe Blau als notwendig galten.

Wenn sich Tonia später an ihre schulfreien Jahre erinnerte, dann wurde vor ihrem geistigen Auge stets dieses zum Daybed ausgezogene Sofa sichtbar, und wie ihre Mutter darauf lümmelte und dabei so gut wie immer ein mächtiges Glas in der Hand hielt, und wie darin eine hellgelbe bis goldbraune Flüssigkeit schaukelte, in der sich wiederum ein paar Eiswürfel drehten. Dazu der Klang, der sich ergibt, wenn sie zusammenstoßen, beziehungsweise in der Drehung die Innenwand des Glases touchieren. Dies hatte sich in ihrem Gedächtnis ähnlich festgesetzt wie der Geruch von Diesel, mit dem der Perkins-Motor des Schiffs angetrieben wurde. Oder auch der Geruch der Fische, die die Eltern auf das hölzerne Deck zogen und ihnen mit einem raschen, gezielten Schlag das Leben nahmen.

Überhaupt die Fische! Mit acht Jahren las sie ein Buch über Fische und das Fischen – kein Kinderbuch, sondern Hemingways *Der alte Mann und das Meer* – und beschloss, in Zukunft auf den Verzehr von Fischen zu verzichten. Für sie bestand die Lehre aus diesem Buch darin, nicht erst einen Fisch töten zu müssen, um seine Würde zu erkennen. Denn sie begriff durchaus die Tragik des alten Mannes, den bereits gefangenen und schließlich auch getöteten Fisch – dessen Fleisch zu verkaufen nun gar nicht mehr sein Anliegen darstellt – gegen die vom Blut angelockten Haie zu verteidigen. Einen Toten zu schützen, auch wenn die Rettung letztlich allein darin besteht, sein Skelett an Land zu befördern.

Sicher erstaunlich, dass Tonia in diesem Alter bereits in der Lage war, ein solches Buch zu lesen. Und obgleich sie wohl kaum alles verstand, zog sie eben eine Lehre daraus, eine Moral. Moral ist immer eine Konsequenz. Welche in ihrem Fall bedeutete, sich künftig weder am Fangen von Fischen noch ihrem Verzehr beteiligen zu wollen.

Ihre frühe Lesefähigkeit, ihr Interpretationsbedürfnis sowie ihre Einsicht, der Sinn und Zweck von Büchern bestehe darin, eigenes Verhalten zu relativieren, dies alles bewies, wie erfolgreich ihre Mutter den Unterricht gestaltete. So verstand Philippa es trotz ihres gepflegten Alkoholismus – der sie dazu brachte, bereits an den Vormittagen ihre Eiswürfel in einem Alkoholbett zu wiegen –, durch häufiges Vorlesen und ebenso häufiges Erzählen nicht nur Tonias Sensibilität für die Sprache zu wecken, sondern auch ein Gefühl für den Geist, der in all diesen Geschichten steckte. Ein Geist, dessen Auswirkungen durchaus den Intentionen des Autors zuwiderlaufen konnte. Darum auch unterließ Philippa es zu argumentieren, der Verzicht auf frisch gefangenen Fisch würde in keiner Weise Hemingways Haltung gerecht werden, der ja immerhin ein leidenschaftlicher Hochseeangler gewesen war. »Ein Buch«, sagte Philippa einmal – und später sagte es auch ihre Tochter –, »tut im Kopf eines Lesers mehr, als jeder Autor sich erträumen oder wovor er sich fürchten mag.«

Dennoch wurde Tonia nicht etwa Vegetarierin, sondern verzichtete einzig auf den Genuss von Fisch und aß sehr wohl das Rindfleisch, das in ihrem Lieblingsgericht Ravioli eingepackt war, Ravioli aus der Dose. Wie überhaupt das Essen aus der Dose ihr favorisiertes blieb. Noch als Erwachsene ereilte sie des Öfteren ein Heißhunger auf Dosenravioli, während ihr dasselbe Gericht frisch zubereitet wenig zusagte. Egal, wie nobel das Restaurant und wie exquisit die Herstellung. Sie sagte dann: »Da fehlt etwas.« Und wenn sie gefragt wurde, was da fehlt, erklärte sie: »Der Geschmack von Maggi.« Und hätte sie diesen »Maggigeschmack« definieren müssen, sie hätte gesagt: »Der Speichel von Göttern.«

Und bei den Suppen war es genauso. Sie würde ein Leben lang Suppen aus der Dose wie auch Trockensuppen bevorzugen (die sie gemäß der österreichischen Sprache ihrer Mutter »Packerlsuppen« nannte und nicht gemäß dem Hochdeutsch des Vaters »Tütensuppen« – sie gab dem Österreichischen einen Vorzug, den jeder verstehen wird, dem Sprache mehr bedeutet als eine Krücke für Lebewesen, die der Kommunikation durch Telepathie nicht mächtig sind). Es kam später sogar vor, dass sie in Restaurants extra nach Fertigsuppen fragte und sich mit einigen Köchen sehr klug über die verschiedenen Marken und Sorten unterhielt. Wobei sie selbstverständlich auf jene Instant-Nudelsuppen verzichtete, in denen irgendeine Art von Meerestier oder Süßwassergeschöpf verarbeitet war. Ihre lebenslange Fischabstinenz schloss sämtliche Bewohner sämtlicher Gewässer ein.

Es war übrigens nicht nur ihre Mutter, die an Vormittagen wie an Nachmittagen trank – und nicht gewusst hätte, wieso sie ausgerechnet abends damit aufhören sollte –, sondern auch ihr Vater. Klar, ein Segelschiff benötigte eine gewisse Achtsamkeit und körperliche Fitness. Und wenn man auf diesen Planken lebte, erforderte es außerdem eine dieses Leben schützende Disziplin. Aber die beiden zeigten sich in hohem Maße geschickt und versiert. Und sosehr sie über die Ziele und die Routen ihrer Reisen diskutierten, gelang ihnen gerade in schwierigen Situationen ein harmonisches Agieren. Vor allem ihr Vater besaß ein Gespür für das Boot, als sei er damit verwachsen, oder das Boot mit ihm. Und auch wenn er nicht immer ganz nüchtern war, das Boot war es.

Wenn Tonia später über die Streitereien ihrer Eltern berichtete, dann stellte sie gerne einen Vergleich an. Sie lernte nämlich einen Antiquitätenhändler kennen, welcher zu cholerischen Anfällen neigte und dabei häufig mit dem Fuß in eines seiner vielen gegen die Wand gelehnten Gemälde trat, jedoch bei aller Raserei und Wut stets darauf achtete, nur Bilder von geringem Wert zu ruinieren. Es lag eine Beißhemmung in seinem Zorn, die wertvolles Gut verschonte. Genauso war das bei ihren Eltern gewesen.

Wenigstens in all den Jahren, da Tonia auf diesem Schiff groß wurde, das Lesen beigebracht bekam, mehrere Sprachen erlernte, das Rechnen, die Mathematik und was sonst noch dazugehörte, um die jährlichen Externistenprüfungen zu bestehen, für die man in den acht Jahren bis zu ihrem vierzehnten Geburtstag achtmal nach Wien reiste. Prüfungen, die Tonia jedes Mal wie Babykram erschienen. Freilich nutzten die Eltern diese Pausen vom Meer, um kurz nach dem Haus zu sehen und den Verwalter ihres Vermögens zu treffen. Ein Mann, der die beiden Schreibers ständig reicher machte, obgleich sie selbst nichts anderes taten, als Geld auszugeben und Pflanzen zu sammeln. Pflanzen, die sie regelmäßig auch nach Wien schickten, wo diese von dem chinesischen Hausmeisterehepaar eingesetzt und nicht ohne Geschick gepflegt wurden. So entstand unter der Regie von Herrn und Frau Liang ein mächtiges Gewächshaus. Die beiden entwickelten sich folgerichtig auch zu einem Gärtnerehepaar und bildeten somit einen Widerhall der absenten Botaniker, derart, dass nach Jahren manche Nachbarn die Liangs mit dem Namen Schreiber ansprachen.

Als Tonia vierzehn wurde, änderte sich alles. Mit einer Plötzlichkeit, die ihr geradezu animalisch erschien. Als wäre sie ein mit der größten Liebe und Sorgfalt großgezogenes Bärenjunges, das von einem Tag auf den anderen von seiner Mutter einfach stehen gelassen wird, an irgendeiner Stelle eines verdammten Flusses.

Tonias »verdammter Fluss« war ein Internat.

Ganz sicher war zwischen den Eltern darüber ein heftiger Streit entbrannt. Bei dem sich die Mutter, die Bärin, durchgesetzt hatte. Davon war Tonia überzeugt, ohne einen Beweis dafür zu haben, denn sobald sich ein Elternteil in einer wichtigen Sache behauptete, trug der andere die Entscheidung in einer Weise mit, die man als bedingungslos bezeichnen musste.

Die Entscheidung bestand darin, Tonia auf ein Internat zu schicken, kein österreichisches, sondern ein italienisches, nahe Genua gelegen. Einerseits, weil Tonia perfekt Italienisch sprach, andererseits wegen der Nähe zum Hafen, was es den Schreibers erleichterte, zu gewissen Anlässen ihr Kind zu besuchen. Denn ganz so bärenhaft konsequent sollte es nicht zugehen. Natürlich war geplant, dass Tonia die Ferien mit und bei ihren Eltern verbrachte, also auf der *Ungnadia*. Und im ersten Jahr war dies auch der Fall. Allerdings musste Tonia feststellen, dass ihre Mutter sich verändert hatte, dass die Trinkerei, die ihr in all den Jahren eine Leichtigkeit, etwas Schwebendes und im wahrsten Sinne Geistvolles verliehen hatte, nun ins Schwere gekippt war, ins Schwermütige. Dennoch wurde der Sommer nach diesem Schuljahr ganz wunderbar. Endlich wieder an Bord sein zu dürfen. Denn es war wirklich nicht einfach gewesen, sich nach vierzehn Jahren auf einem Schiff in das *Landleben* einer Internatsschülerin zu fügen, als Mädchen unter Mädchen, und nicht als »Mädchen unter Fischen«, wie Tonia es selbst ausdrückte (nicht zuletzt, da sie in den Jahren ihrer Kindheit eine perfekte Schwimmerin, Schnorchlerin und sehr frühzeitig auch Taucherin geworden war). Vor allem war sie einen weiten Blick gewohnt, bei gleichzeitiger Enge der Innenräume. Das Leben im Internat hingegen, das Leben an Land, gab ihr das Gefühl, dass der äußere Raum viel zu klein sei, während umgekehrt die Innenräume unübersichtlich groß wirkten. Nur das eigene Zimmer erweckte diesen Eindruck nicht, die eigene Zimmerdecke, die Tonia mittels eines herabhängenden, gespannten Leintuchs niedriger erscheinen ließ, als sie war.

Und dann der Sommer auf dem Meer. Glücklich selbst mit einer Mutter, die sich zusehends mit den Eiswürfeln in ihrem Whiskyglas mitzudrehen schien. Ein Glas, das im Laufe des Tages immer voller wurde. Während der Vater um einiges langsamer trank als in den vergangenen Jahren, ja, man konnte den Eindruck gewinnen, es sei eher so, dass er sein Glas spazieren führte, beziehungsweise recht geschickt in der Hand hielt, während er steuerte. Er war vom Trinker zum Träger gereift und schien noch stärker als früher mit dem Boot verbunden. Die Art, wie er steuerte, hatte etwas von einem Mann, der auf einem Wal steht und die Zügel in der Hand hält. Auf einem willigen Wal. Einem geheilten Wal. Darauf ein zweibeiniger Kapitän und wortwörtlicher Einhandsegler.

In diesem letzten Sommer ihres gemeinsamen Familienlebens bemerkte Tonia nicht nur die Schwermut der Mutter, sondern auch, wie viel seltener ihre Eltern miteinander stritten. Wie da eine Ruhe eingekehrt war, die ihr wie die Ruhe vor dem Sturm erschien. Und ein Sturm war es dann in der Tat, der den Schlusspunkt unter das Leben der beiden segelnden Botaniker setzte. Es geschah im darauffolgenden Dezember des Jahres 1989, als Tonia von der Direktorin des Internats gerufen wurde und in Anwesenheit zweier Polizisten vom Tod ihrer Eltern erfuhr. Die *Ungnadia* war südlich der Kapverdischen Inseln in ein heftiges Unwetter geraten und gesunken. Die Leiche des Vaters wurde geborgen, die der Mutter blieb verschwunden, wobei sich keinerlei Verdacht ergab, es hätte irgendeine Art von Verbrechen stattgefunden und die Mutter wäre weiterhin am Leben. Immerhin wurden auch Teile der zerstörten *Ungnadia* entdeckt. Die Mutter wiederum wurde nach vergeblicher Suche für tot erklärt. Tonia meinte später, es sei ganz typisch für ihre Eltern, dass sich die Leiche des Vaters finden ließ, ihre Mutter hingegen noch im Tod auf einer gewissen Exklusivität beharrte: »Meine Mutter besaß eine Erscheinung wie Elizabeth Taylor, ein bisschen schlanker und natürlich jünger, aber mindestens so mondän und mindestens so betrunken, mein Vater aber ... nein, er war nicht wirklich wie Richard Burton. Er war ja ungemein sportlich. Er war eher wie Burt Lancaster. Er war der Mann, der mir das Schwimmen beibrachte. Mitten im Indischen Ozean. Unter uns zweitausend Meter bis zum Grund.«

So wenig mysteriös das Ende des Vaters im Vergleich zu dem der Mutter war, besaß dieser Mann dennoch ein Geheimnis, eines, das mit der Meldung von seinem Tod aufbrach. Wie sich herausstellte, war Tonia nicht das einzige Kind, das Max Schreiber gezeugt hatte. Er war im ersten Jahr seiner Ehe mit Philippa, also 1970, auch mit einer anderen Frau zusammen gewesen. Zumindest einmal. Ein Zusammensein, aus dem eine Tochter hervorgegangen war. Es wurde nie richtig klar, ab welchem Zeitpunkt Max von diesem Kind erfahren hatte. Möglicherweise erst, als es bereits auf der Welt gewesen war. Auch blieb ungewiss, ob die Kindesmutter sich erst an ihn gewandt hatte, als ihr sein Millionenerbe bekannt wurde. Jedenfalls hatte Max, um das Geheimnis zu bewahren, in all diesen Jahren eine hohe monatliche Summe an die Mutter des Kindes, Emma Kossak, ausbezahlt. Wovon allein jener Vermögensverwalter wusste.

Aber die Lüge hielt nicht, nicht, nachdem Max gestorben war und sich Frau Kossak gemeldet hatte, um den Anspruch auf ein Erbteil für ihre Tochter geltend zu machen. Man schrieb immerhin 1990, ein Jahr nach der Erbrechtsänderung in Österreich, die uneheliche Kinder den ehelichen gleichstellte. Ein Kampf begann, wie er dazugehört, wenn Geld frei wird. Und der in erster Linie zwischen Emma Kossak und Max Schreibers Eltern geführt wurde, die meinten, ihre eigenen Ansprüche wie die ihrer legitimen Enkelin gegen eine Frau verteidigen zu müssen, die sie für eine Betrügerin hielten. Letztlich bekamen sie recht, da zwar die regelmäßigen Zahlungen von Max Schreiber an Emma Kossak belegt waren, allerdings nie ein Eingeständnis seiner Vaterschaft oder auch nur eine Vaterschaftsklage erfolgt waren. Und das Gesetz sah nun mal vor, dass kein Erbrecht entstand, wenn der Vater noch vor der Erhebung einer Vaterschaftsklage verstarb. In diesem Punkt obsiegten Max' Eltern, konnten aber nichts dagegen unternehmen, dass ein Vermögensanteil aus Grundstücksgeschäften, die jener famose Finanzberater kontrollierte, laut der letztwilligen Verfügung des Verstorbenen an Emma Kossak ging. Ein Geld, das in den nächsten Jahren nicht kleiner, sondern größer wurde und welches Emma Kossak, die nur zwei Jahre später bei einem Autounfall verstarb, zur Gänze ihrer Tochter Hannah hinterließ. (Es ist eine dieser ausgesprochen erfunden und gestellt anmutenden Zufälligkeiten, dass der LKW-Fahrer, der am Steuer eingeschlafen war und den tödlichen Unfall verursacht hatte, Manfred Ungnad hieß, ein wirklich seltener Name.)

So gesehen ist es vielleicht doch nicht ganz verwunderlich, dass im Zuge dieser Erbschaftsstreitigkeiten die beiden Mädchen in Kontakt miteinander traten und einen Briefverkehr begannen, der alleine der Annahme geschuldet war, sie könnten Halbschwestern sein. Sie entwickelten eine Freundschaft, die blütenhaft aus den dummen Querelen der Erwachsenen hervorwuchs. Wobei die zwei Mädchen, als sie dann selbst erwachsen wurden, sich entschieden, ihre finanziellen Interessen weiterhin von genau jenem Vermögensberater vertreten zu lassen, dem schon ihr gemeinsamer Vater vertraut hatte. Weniger an den Profit denkend als an das Symbol, sich in monetären Dingen diesem einen Mann anzuvertrauen. Dessen Aufgabe nun nicht mehr nur darin bestand, in der bewährten Mischung aus Stillstand und Bewegung eine Vermögensvermehrung zu bewirken, sondern auch Teile dieser Vermehrung abzustoßen. Beide, Hannah wie Tonia, waren durchaus zufrieden ob ihrer gesicherten Existenz, fürchteten jedoch das Übel eines abnormen Reichtums. Dann nämlich, wenn von dem Geld zu viel vorhanden war, um es noch auf eine Weise auszugeben, die dem entsprach, was man den guten Geschmack nennt. Der gute Geschmack endet bei einer gewissen Grenze von Reichtum. Das ist zwangsläufig. Ein Gesetz der Physik. Und wenn man wusste, dass knapp drei Jahrzehnte nach diesen Ereignissen die zweiundsechzig reichsten Menschen auf der Erde – nach anderen Rechnungen bloß acht – zusammengenommen mehr besaßen als der halbe ärmere Teil der Welt, dann konnte man sich vorstellen, was aus der Physik des guten Geschmacks geworden war.

Es war absolut konsequent, es gleichfalls diesem Mann zu überlassen, über die Abstoßung eines Vermögens zu entscheiden, dessen Vermehrung von ihm selbst betrieben wurde. Ihm somit die gemeinnützige Verteilung beider »Überschüsse« oblag. Ohne dass die Halbschwestern auch nur einmal nachfragten, ob er dabei eher hungernde Kinder oder hungernde Tiere oder die Förderung der schönen Künste bevorzugte. Oder einen schönen Unsinn förderte.

Nach dem Segeltod ihrer Eltern zog Tonia weder zu den Großeltern mütterlicherseits noch zu den Eltern des Vaters. Diese Menschen waren ihr allesamt fremd. Es fehlte eine Bindung des Herzens. Stattdessen verblieb sie die Jahre bis zur staatlichen Abschlussprüfung in Italien und in der Obhut der Internatsleitung, wurde zudem regelmäßig besucht von jenem Vermögensverwalter, der nie persönlich oder gar väterlich wurde und dennoch Tonia etwas Familiäres vermittelte. Den Willen ihres Vaters. Einen Willen, der wie ein Schirm war, in dessen schützendem Schatten sie stand.

1992 zog Tonia achtzehnjährig nach Wien, in jene Stadt, in der ihre Eltern nur sehr kurz gelebt hatten, dafür aber das Ehepaar Liang bereits seit zwanzig Jahren einen Haushalt pflegte, der zwar nicht ihr eigener war und den sie auch nicht etwa als ihren eigenen gestalteten, ihn aber in exzellentem Zustand erhielten – und darin das Eigene erkannten: im Erhalten. Wozu gehörte, auch nach dem Tod der Schreibers die über die Jahre aus aller Welt per speziellem Postversand zugeschickten Pflanzen in dem ausgebauten Gewächshaus zu pflegen. Max Schreibers Testament schrieb ein fortgesetztes Wohnrecht der beiden Liangs vor wie auch deren Entlohnung. Und selbstverständlich den Erhalt der Villa zugunsten seines »einzigen Kindes«, bis dieses selbst entscheiden konnte, ob es einen Verkauf vornehmen wollte. Seine Frau Philippa hingegen blieb völlig unerwähnt, als hätte Max vorausgesehen, einmal gemeinsam mit ihr zu sterben.

Die Villa zu verkaufen, das kam für Tonia freilich nicht infrage. Vielmehr fragte sie ihre Halbschwester, als sie diese endlich persönlich kennenlernte – Hannah, die zu dieser Zeit bereits an der Wiener Universität studierte –, ob sie zu ihr ziehen wolle, um mit ihr gemeinsam das obere Stockwerk zu bewohnen. Das untere sollte den Liangs vorbehalten bleiben, wozu natürlich auch der Garten zählte und alles, was zur Pflanzenpflege gehörte (der Garten stellte gewissermaßen ein Freigehege dar, das Gewächshaus wiederum versuchte, exotische Welten zu kopieren – eine Orgie von Chlorophyll). So selten Tonia die beiden Liangs in den Jahren ihrer Kindheit und Jugend gesehen hatte, und so schwierig es war, sich mit den beiden zu verständigen – denn ihr Deutsch erinnerte noch immer an einen aus einem völlig unbekannten Fruchtfleisch gepressten Saft –, bestand dennoch von Anfang an ein herzliches Einverständnis zwischen der Tochter der Schreibers und dem Hausmeisterehepaar.

Hannah zog nach einem ersten Zögern tatsächlich zu Tonia, und die beiden teilten das oberste Stockwerk schwesterlich in den – wie sie das nannten – »T-Teil« und »H-Teil«, trafen sich aber des Öfteren in der Mitte, in einem langen, auf einen Balkon zuführenden Schlauch, den sie mit der Bezeichnung »Halm« versahen. Dort richteten sie eine Küche ein, kochten jedoch so gut wie nichts, manchmal Dosenravioli, das schon, in erster Linie aber bereiteten sie Unmengen von Kaffee und Tee zu und entkorkten an den Abenden die eine oder andere Flasche Wein. Wobei sie, ohne dies irgendwie ausgemacht zu haben, nie Burschen mitnahmen. Nicht in den Halm. Freilich schon in ihre jeweilige Wohneinheit, aber eben keinesfalls in die Küche. Gegessen wiederum wurde, wenn nicht auswärts, dann bei den Liangs, die ganz wunderbare Gerichte auf den Tisch zu zaubern verstanden. Chinesisches Essen, das wenig mit jenem chinesischen Essen zu tun hatte, wie man es aus den Restaurants kennt, wobei viele der Ingredienzien aus dem eigenen Garten und dem eigenen Gewächshaus stammten. Beziehungsweise bezogen die Liangs manches Material aus ihrer Heimat mittels jenes von den Schreibers erfundenen Frischhaltesystems für den Postversand.

Alle paar Tage erschienen Tonia und Hannah zum Abendessen, ohne sich vorher angekündigt zu haben. Es geschah spontan, und die Plötzlichkeit wurde von den Liangs damit beantwortet, sich augenblicklich an den Herd zu stellen – wenn sie nicht ohnehin schon dort standen – und etwas zuzubereiten, was einem das Gefühl gab, nicht nur in eine gänzlich fremde Welt einzutreten, sondern auch in eine bessere. Was nicht heißen soll, in China zu leben wäre schöner, sicher nicht, aber in China achtsam Zubereitetes zu essen, das schon.

Keine Frage, die Liangs wussten natürlich, dass sie alles verwenden durften, nur keine Meerestiere. So entstanden die einzigen Speisen, denen Tonia mit der gleichen Liebe zugetan war wie ihren Dosenravioli.

Auch sie begann nun zu studieren. Während es bei Hannah Jus war (wie man die Jurisprudenz in Österreich abkürzt und ihr solchermaßen zu einer Schlankheit verhilft, die sie nicht besitzt), scheute sich Tonia nicht, in die Fußstapfen der Eltern zu treten. Allerdings nicht ganz exakt hinein, sondern knapp daneben. Biologie, natürlich, aber nicht mit dem Plan, sich auf die Botanik zuzubewegen, sondern in Richtung auf die Meeresbiologie, was zu ihrer Zeit in Wien bedeutete, nach einem ersten Studienabschnitt in allgemeiner Biologie die Fachrichtung Zoologie zu wählen.

Und sich in der Folge auf das Studium mariner Lebensräume zu konzentrieren. Keine wirkliche Überraschung, wenn man um die Umstände von Geburt und Kindheit dieser Studentin wusste. Auf die Frage, was sie denn studiere, antwortete sie gerne: das Wasser.

Wasser war nun mal der entscheidende Aspekt von allem. Wenn es irgendwo eine Antwort auf die Frage nach dem Großen und Ganzen gab und man sich nicht mit Lösungen wie der Zahl »42« zufriedengeben oder mittels gewaltiger Teilchenbeschleuniger sein Heil im Nachbauen von Kollisionen finden wollte, dann war es eindeutig am besten, sich mit dem Wasser zu beschäftigen. Und mit denen, die noch immer dort lebten und sich vermehrten. Die sich noch immer oder schon wieder am Anfang befanden. Den Anfang zu studieren war darum so interessant, weil man von dort so systematisch auf das Ende schließen konnte. Nicht zuletzt auf ein Ende *ohne* Wasser. Übrigens ging Tonia weiterhin viel ins Wasser, nicht nur in einer studierenden, auch in einer sportlichen Weise. Wie sie überhaupt auf ihre Fitness achtete und sich in ihrer Villa einen dieser Räume eingerichtet hatte, den die Österreicher »Kraftkammer« nennen.

Jus und Biologie also.

Botanik der Eltern als Erbe.

Haus- und Gartenpflege der Liangs.

Das waren die Grundpfeiler, auf und zwischen denen sich Tonia und Hannah in den Neunzigerjahren bewegten. Während sich die Stadt Wien aus der notgedrungenen Gegenwärtigkeit des Unentschlossenseins verabschiedet und eindeutig für die Zukunft entschieden hatte. Gleich einem Ball, der, bevor er noch geworfen wird, sich bereits in den Armen des Fängers wähnt und auf diese Weise niemals ein echtes Gefühl für den Flug entwickelt, diesen bloß als Reminiszenz erlebt.

Es wurden gute Jahre. Jahre des Lernens. Wobei die zwei Frauen nicht nur mit großem Ehrgeiz und Fleiß ihre Studien betrieben, sondern es zugleich auch verstanden, Freizeit zu kultivieren: Kino, Theater, Tanzen, die schwarmartigen Bewegungen in Diskotheken, die schwarmartige Beruhigung der Bewegung in Kaffeehäusern, das weite Areal des Flirtens, die politische Diskussion als eine praktische Variante der Hirnforschung. Und natürlich der Sex, wobei Hannah sich mit dem Sex auseinandersetzte, indem sie ihn häufig praktizierte, Tonia, indem sie sparsam damit umging. Dabei hatte Tonia mehr Verehrer. Nicht, weil sie hübscher war, hübsch waren beide, aber Tonias nach und nach zum Gerücht gewordene Enthaltsamkeit, ihre mitunter nonnenhafte Praxis, stellte eine verführerische Herausforderung gerade für jene Männer dar, die meinten, sich mit ihrem Intellekt zwischen die Beine einer jeden Frau manövrieren zu können. Dass ein »gescheiter Satz« eine magische Wirkung besaß und viele »gescheite Sätze« den Weg ebneten, *in* eine Frau zu gelangen. Was bei Tonia aber nur selten funktionierte. Beziehungsweise bevorzugte sie Männer, die nicht ganz so gescheit daherkamen und die den oft zitierten, aber leider selten befolgten Rat, man müsse nicht immer reden, auch wirklich ernst nahmen.

Liebe entstand daraus keine. Aber für die Liebe wollte sich Tonia auch Zeit nehmen, abwarten und nicht die Schwärmerei für eine solche halten. Konservativ gesprochen: Sie wollte zwar nicht ihren Körper für jemand Bestimmten aufsparen, aber ihre Seele durchaus.

Es ist eine tragische Wahrheit, dass genau das nicht so richtig gelingen sollte. Auch wenn Tonia einen Moment daran glaubte, als sie im dritten Jahr ihres Studiums mit einem *gescheiten* Mann, einem ihrer Professoren, ein Verhältnis einging. Der verheiratete Mann war berüchtigt für seine jungen Geliebten, die er aus dem Chor seiner Studentinnen bezog, und Tonia war weder so naiv, dies zu übersehen, noch blind für das Faktum, mit einem Mann zusammen zu sein, der nicht nur ihr Vater, sondern mit seinen über sechzig Jahren auch ihr Großvater hätte sein können. Aber die psychologische Seite – Vaterersatz plus Großvaterersatz – kümmerte sie nicht. Zudem war sie der Meinung, dass die Liebe sich ja nicht über die Zeitdauer definierte, beziehungsweise bezweifelte sie sogar, selbige könne über einen langen Zeitraum bestehen. Lebenslange Liebe hielt sie für eine romantische Illusion, die ihre Berechtigung hatte, doch allein im Rahmen träumerischer und fiktiver Vorstellungen. Nicht lebbar, aber im wahrsten

Sinn *denkbar*. Weshalb sie auch überzeugt war, dass das Lebensende ihrer Eltern einem baldigen Liebesende zuvorgekommen war, ja, manchmal überlegte sie sogar, es könnte eine Form von Absicht bestanden haben. Nicht direkt im Sinne eines gemeinsamen Selbstmordes. Aber die Frage war schließlich berechtigt, wieso derart erfahrene Segler in einen angekündigten Sturm geraten konnten.

Nun, einen Sturm benötigte Tonia nicht, um dem Ende der Liebe zu ihrem Professor zuvorzukommen. Der Professor selbst tat es. Nachdem er ein Jahr lang mit Tonia eine halb geheime Liaison geführt hatte, setzte er ein plötzliches Ende mit dem Hinweis auf seine Ehe, auch wenn der wirkliche Grund eine andere Studentin war. Dieser Mann war einfach jemand, der in Zyklen dachte, Zyklen, die er selbst ja in diversen Publikationen beschrieben hatte. So fand er für sein eigenes Verhalten unzählige Begründungen in der Natur. Er war ein genialer Wissenschaftler, keine Frage, und außerdem ein guter Lügner. Aber das gehört dazu. Die Kognitionsforschung untermauert die Frage nach der Intelligenz mit der Fähigkeit nicht nur zu vorausschauendem Handeln, sondern vor allem zu Täuschungen. Es scheint, dass die Lüge aus denselben Gründen in die Welt passt, »aus denen die Flosse des Fisches ins Wasser passt, noch bevor er aus dem Ei geschlüpft ist« (wie ein bekannter Evolutionsbiologe es einmal ausgedrückt hat).

Tonia sah nicht den Betrug, sondern nur ein Ende, mit dem sie gerechnet hatte. Ein späteres wäre ihr sicher lieber gewesen, doch sie akzeptierte das Ende als ein naturgemäßes, dachte aber noch eine Weile in zärtlicher Weise an diesen Mann. Sicher nicht, weil der Sex mit ihm so gut gewesen war. Dafür aber das Zusammensein als solches: dieses Gefühl, mit jemandem in einer Höhle zu sitzen. Draußen ist die Welt, und drinnen ist ... ja, das Gegenteil von Welt. Das Gegenteil von Lärm. Es war wie damals im Schiffsbauch ihrer Kindheit. In den Armen dieses Mannes liegend, hatte sie sich an ihr Daybed erinnert. Und daran erinnert, wie gut es war, sich fern jenes Lärms zu befinden, der die Welt lautstark zusammenhält.

Was nach dieser Liebesgeschichte folgte, waren Männer ihres Alters, mit denen zwar der Sex weit besser ausfiel, aber selbiger eben auch Teil des Lärms war. Weshalb das Gefühl, dann und wann in einer Höhle zu sitzen, sich nur noch in Momenten der Einsamkeit ergab. Einer Einsamkeit, in der die Liebe zu dem alten Professor als ein Nachhall über die Wände glitt und Spuren einer Höhlenmalerei hinterließ: die Gestalten von Bären, Lagerfeuer, verschmolzene Figuren, Spiralen, Sterne, Schiffe.

Unbeeindruckt von alldem blieb die Freundschaft zu ihrer Halbschwester Hannah, die erfolgreich ihr Studium beendete und nun eine Karriere als Anwältin anstrebte. In dieser Zeit aber auch heiratete und aus der Schreiber'schen Villa auszog. Was Tonia wirklich bekümmerte. Nicht, weil dadurch die Freundschaft zerbrach, jedoch etwas, das sie »die Jugend« nannte, sosehr diese Jugend natürlich schon viel früher vorbei gewesen war. Aber eben nicht in dem Sinne jenes familiären Verbands, den die beiden Töchter des Max Schreiber zusammen mit dem Ehepaar Liang gebildet hatten. Mit Hannahs Weggang endete für Tonia das große zweite Kapitel ihres Lebens.

Hannah zog also aus und ehelichte einen erfolgreichen Sportagenten, der von der Kanzlei, in welcher Hannah ihr Praktikum absolvierte, anlässlich der Klage einer Vertragsverletzung vertreten worden war. Der Prozess ging verloren, Hannah aber gewann den Mann. Beziehungsweise er sie. Ein halbes Jahr später war sie seine Frau. Was allerdings nicht bedeutete, ihn auch viel zu Gesicht zu bekommen. Dieser Mensch steckte in einem Nebel. Dem Nebel seiner Geschäftigkeit, die darin bestand, ständig den Ort zu wechseln. Beziehungsweise viel in jenen Flugzeugen zu sitzen, die die Orte verbanden und ihm halfen, zu Terminen auf der ganzen Welt pünktlich zu erscheinen. Er war ein Held der Zeit. Zeit, die in einem viel zu geringen Maße vorhanden schien. Es bedurfte einer zauberkunstartigen Fertigkeit, um ein Programm zu absolvieren, das nicht zuletzt daraus bestand, Lücken zu füllen, wo gar keine waren.

In eine dieser Lücken fiel wohl auch die Nacht – oder war es ein Nachmittag? –, an dem ein Kind gezeugt wurde. Eine Tochter, Emilie.

Kinder kommen, so knapp kann die Zeit gar nicht sein.

Weil nun aber Hannah ihrerseits in die komplizierte »Zeitmaschine« geraten war, die den meisten Karrieren zu eigen ist, war es Tonia, die sich von Anfang an mit großer Hingabe und einem völlig anderen Zeitmanagement um das Kind kümmerte. Nicht wie eine bessere Mutter, aber doch wie eine zweite, mit der grandiosen Eigenschaft, dann zur Stelle zu sein, wenn sie gebraucht wurde. Dabei hatte auch sie selbst einiges zu tun, konzentrierte sich neben der Meeresbiologie verstärkt auf das Gedankengut der Verhaltensforschung. Der vergleichenden. Sie erkannte die Welt als Verwandtschaft. Nicht als Wahlverwandtschaft, sondern als Zwangsverwandtschaft, als ein gigantisches familiäres Gebilde. Sie begriff, auf welch tiefsinnige Weise Konzepte der Arterhaltung sich ähnelten.

Tonias eigener Beitrag zur Arterhaltung bestand ganz wesentlich in ihrem Engagement als Tante, die sich immer dann um Emilie kümmerte, wenn Hannah nicht konnte und auch keine von den Großmüttern konnte und ebenso wenig die Babysitterin konnte. Beziehungsweise erschien Tonia oft zeitig zum Frühstück, um mit Hannah und Emilie die ersten Momente des Tages zu erleben, dann, wenn der Morgen im winterlichen Dunkel lag wie in einem uralten Sud, im Frühjahr hingegen das Licht aus einem grau schimmernden Eiswürfel heraus aufzutauen schien. Manchmal sah Tonia dann sogar noch den Sportagenten, wenn dieser durch das Bild des Morgens flitzte. Und wie er es schaffte, in einer zu einem Lineal zusammengepressten Zeit an seiner Espressotasse zu nippen, dem Emiliebaby einen Kuss auf die Stirn zu drücken, einen Blick auf die offen auf dem Tisch liegende Zeitung zu werfen und außerdem seiner Frau mitzuteilen, zu welcher Fußballmannschaft oder Basketballmannschaft oder welchem Tennisspieler er heute unterwegs sein würde und was für Möglichkeiten seiner Rückkehr sich auftaten.

Tonia hätte sich schwergetan, diesen Mann zu beschreiben, sein Gesicht, seine Mimik, seine Art zu sprechen, wogegen ihr jederzeit ein recht präzises Bild seiner vielen Anzüge gelungen wäre. Und wie sehr er den jeweiligen Anzug in einer Weise trug, die an die Schnittigkeit und fiebrige Kühle des Michael Douglas erinnerte. Immerhin befand man sich in einer Epoche, in der zwischen Mann und Anzug etwas wie ein hauchdünner Wind wehte, ein Wind, der später völlig verschwand und den Männern alle Ursprünglichkeit raubte. Dennoch hätte ein hellsichtiger Betrachter Tonias Fixierung auf die Hülle dieses Mannes für einen Verweis auf die Zukunft halten können. Eine Zukunft, in der Tonia als Büglerin arbeiten und weniger mit den Männern und ihrem Verhalten als vielmehr mit deren Anzügen, ihren Hemden und Hosen beschäftigt sein würde.

Oft war es so, dass nach diesen gemeinsamen Frühstücken, wenn Hannah in die Kanzlei aufbrach und bevor noch eine der Großmütter oder die Babysitterin erschien, Tonia alleine mit dem Kind blieb, ohne dass dies zu einem Geschrei geführt hätte. Erst wenn auch Tonia ging, zeigte sich die Kleine verzweifelt und brauchte eine Weile, um in den Armen einer Person, die weder aus dem T-Teil noch dem H-Teil dieser Welt stammte, zur Ruhe zu kommen.

So vergingen die Jahre in einer bei allem Stress doch sehr geordneten Weise. Wobei die Ordnung nicht zuletzt der finanziellen Lage der beiden Frauen zu verdanken war. Gleich, was geschah, das Geld war gewiss. Und es ist wohl eine der bedauerlichsten Wahrheiten in unserem Leben, wie sehr Geld Sicherheit verschafft, sodass allein noch der Tod und die Umstände, die zu ihm führen, über dem Geld stehen.

So betrachtet, schien es, als würde – entgegen Philippas einstigem Zweifel – der Kater Lachs und sein Fenstersturz wie ein wohlwollender Geist das Leben der beiden Frauen begleiten. Tonia beendete ihr Studium mit einer Arbeit über die Verzwergung von Organismen anhand der Untersuchung sogenannter Kiefermündchen. Wenige Millimeter großer Meereswürmer, durchgehend Zwitter, deren Größe sich genau zwischen groß und richtig klein befand, also zwischen makro und mikro, weshalb diese Spezies so lange unentdeckt geblieben war. Freilich nicht von Tonia, die ausführlich über die Bedeutung dieser Tierchen für die Nahrungskette und ihre aufgrund fehlender fossiler Belege unklare Herkunft berichtete. Und dabei einen Lebensraum beschrieb – die winzigen Bereiche zwischen den Sandkörnern von Stränden –, wo einfach keine Pflanzen wuchsen, sich hingegen robuste »Zwerge« aufhielten. In dieser Arbeit, die zwar vordergründig eine konservativ meeresbiologische darstellte, hintergründig jedoch eine evolutions- und verhaltensbiologische, verband Tonia die Stile ihrer Eltern: den sehr sachlichen, schlafmittelartig braven Aufzählungsstil des Vaters einerseits, andererseits die philosophisch-ausholende Manier der Mutter. Und definierte auf diese Weise eine von kommunizierenden Röhren durchzogene Welt, in der ein bestimmtes Prinzip sich zwar variantenreich, aber dennoch überallhin fortsetzt. Eben auch das Prinzip der Verzwergung, genau dort, wo der Platz eng wird.

Selbst der Platz in der Schreiber'schen Villa minimierte sich zusehends wegen der vielen Aquarien, die sich Tonia für ihre Forschungen eingerichtet hatte. Sie holte sich das Meer ins Haus. Und schlug eine Einladung an eine amerikanische Universität aus. Wie auch die, am Konrad-Lorenz-Institut für Vergleichende Verhaltensforschung – im von Wien nicht allzu fernen Altenberg – tätig zu werden. Sie nutzte ihre finanzielle Unabhängigkeit, um eine völlig autonome Wissenschaft zu betreiben. Sie widmete sich fortgesetzt jener Zwischenwelt, in der die Kiefermündchen lebten, zog aber auch weiterhin ihre Schlüsse bezüglich der Verzwergung von Gegenständen, Lebensräumen sowie Lebens- und Sichtweisen. Ihr großes Interesse galt dabei der japanischen Kultur, die das Prinzip der Anpassung an verengte Räume besonders stark ausgebildet hatte.

Nach Japan flog sie mitunter, wie man zum Skifahren fährt. Auf zwei, drei Tage nur, wobei ihr das Zusammengepferchtsein in den Flugzeugen ja ebenfalls viel Stoff für ihre Untersuchungen lieferte. Nie flog sie erster Klasse.

Keinerlei Verengung erfuhr hingegen ihr Zeitplan. Sie hatte auf eine ungewöhnliche Weise *viel* Zeit, obgleich doch überall das Terminkalenderwesen wütete. Nicht so bei Tonia. Bei Hannah allerdings schon, deren Gehetztsein immer ähnlicher dem ihres Mannes wurde, der nach sechs Jahren Ehe dann nicht mehr ihr

Mann war, nur mehr ihr geschiedener. Dafür durfte sie ihn aber einige Male vor Gericht vertreten, viel erfolgreicher als damals, als sie ihn kennenlernte.

Als Emilie größer wurde, nahm Tonia sie regelmäßig mit zu sich nach Hause, in die Aquariumsvilla, in der sich ja nicht nur im Sand verborgene, winzige Würmer aufhielten, sondern auch die mittelgroßen Fische der Weltmeere. Tonia besaß die größte private Sammlung von Aquarien in dieser Stadt, darunter eine Seepferdchenzucht und ein Becken mit Perlbooten. Einer ihrer Besucher meinte einmal spöttisch: »Und wo sind die Haie?«

Tonia gab ernst zurück: »Ich kann Ihnen eine Muräne zeigen.«

Sie besaß tatsächlich eine, eine Geistermuräne namens Margaret.

Wobei am eindrucksvollsten sicherlich das riesige Korallenriffaquarium war, Emilies Liebling, und der Verdacht durchaus berechtigt, Tonia hätte es in erster Linie für ihr Patenkind eingerichtet. Ein Aquarium, in dem ein Aspekt der Schöpfung besonders deutlich hervortrat: alles auszuprobieren. Wenn man die Unsinnigkeiten und Abstrusitäten des heutigen Konsums betrachtete, musste man schon sagen, dass sich hier ein ebenso göttliches Prinzip absurder Vielfalt offenbarte wie im Korallenriff.

Es versteht sich, dass eine derartige Installation zooreifer Aquarien eine spezielle Wartung benötigte, aber auch in dieser Hinsicht erwies sich das Ehepaar Liang als ähnlich geschickt wie im Falle des Schreiber'schen Gewächshauses. Und das trotz fortgesetzter Verständigungsprobleme – die würden sich nie geben. Doch die Liangs zeigten viel Gespür für die unterschiedliche Handhabung. Um es auf den Punkt zu bringen: Sie hielten alles in Betrieb und brachten die Fische nicht um. Wer hier starb, war alt, krank oder hatte einen Unfall, für den die Liangs nichts konnten.

Die kleine Emilie wiederum blieb nicht klein, wuchs, kam in den Kindergarten, kam in die Schule, war manchmal krank, öfters gesund, lernte Geige, Klavier, Yoga, Frauenfußball und lernte natürlich mehr als andere Kinder diverse Meeresfische zu unterscheiden, wie sie auch verstand, dort Würmer zu sehen, wo sonst niemand welche sah. Sie hatte ihre guten und schlechten Tage, lebte in Frieden und im Streit mit dem ihr nahen Rest der Menschheit, war oft gut in der Schule, zwischen zwölf und vierzehn jedoch ziemlich schlecht, aber ausgerechnet wieder sehr gut, als die sogenannte Pubertät richtig zu wirken begann. Was ihr schon etwas recht Exklusives verlieh. Zugleich entwickelte sie eine große Stärke: ihr Mundwerk. Eines, das ihr erlaubte, nicht an jeder Gemeinheit teilzunehmen, ohne darum gleich zur Außenseiterin zu werden (abgesehen von den Gemeinheiten, die sie selbst initiierte und die auch nicht alle von Robin Hood inspiriert waren). Es war etwas Dominantes an ihr, eine frühe Eleganz, ein guter Schritt, aber auch eine leichte Fülligkeit: das Prinzip, den Genuss einer leckeren Schokolade über die Angst vor dem Fettwerden zu stellen. Doch ganz gleich, was ihr an Glück oder Unglück zustieß, immer stand ihr Tonia zur Seite und nie war ein Zweifel zwischen ihnen. Tonia besaß eine ganz andere Freiheit als Hannah, nicht nur in Bezug auf Zeit und Arbeit und Nerven. Sie besaß die Freiheit, den Dingen – Emilies Dingen – mit einer mitfühlenden Nonchalance zu begegnen. Im Zusammensein mit Emilie – egal, ob sie gerade zehnjährig brav oder zwölfjährig schwierig war – bestand stets etwas Tröstendes. Und es ist schließlich so, dass selbst das Erleben eines glücklichen Moments – eine gute Note, ein erstes Verliebtsein, der Turniersieg der eigenen Mannschaft, irgendein erhabener Moment – so etwas wie Trost benötigt. Trost ist nichts anderes als ein Verstehen. Und die guten Dinge müssen nicht weniger verstanden werden als die schlechten.

Biologinnen sind prinzipiell gute Versteherinnen, weil sie sich dafür interessieren, woher das Leben kommt. Und wissen, dass Hormone keine Ausrede sind, sondern eine Tatsache.

Bei Tonia lernte Emilie nicht nur etwas über die eigenen Hormone oder die Hormone der Fische, sondern auch über das Kino, den Film. Von klein an geschah es, dass Tonia mit ihrem Patenkind ins Kino ging oder die beiden auf dem großen roten, genau zwischen dem Korallenriff und dem Quallenaquarium stehenden Sofa saßen, um von dort aus auf den Fernseher zu schauen und sich ein Video anzusehen. Und natürlich über all die Filme zu reden. Vor allem über das Verhalten der Figuren, warum diese etwas taten oder unterließen und inwieweit dieses Tun oder Unterlassen einfach der Dramaturgie des Films und seinem zeitlichen Rahmen geschuldet war oder doch das wirkliche Leben widerspiegelte. Ein Leben, in dem nicht nur logische Handlungen auf logische Situationen folgten. Im Film und im Leben herrschte ein Durcheinander, das nach Ordnung schrie. Die Ordnung im Film bewerkstelligte die Kamera, die Ordnung im Leben bewerkstelligte die Wissenschaft. Der Blick schuf das Raster, in dem das Chaos als Ordnung erkennbar wurde.

So kam es, dass Emilie viel früher als ihre jeweiligen Altersgenossen sich in der Filmkunst auskannte und auch Verbindungen zwischen weit entfernten Gattungen herstellte. Nicht zuletzt, indem sie ihre Erfahrungen mit Filmen, die sie als kleines Kind hatte sehen dürfen, einbrachte in die Betrachtung der Filme, die sie in späteren Jahren zu sehen bekam. Sie lernte von Tonia, nicht so sehr die Genres zu unterscheiden als die kompositorischen Prinzipien. Eine bestimmte Vorgehensweise an unterschiedlichsten Orten wiederzuerkennen. Zu schätzen oder zu verachten. Und bei alldem kein Spießer zu sein, der nur frisst, was er schon kennt. Sie sagte selbst einmal: »Filme sind wie Obst. Und auch wenn ich nicht alles Obst gleich gut finde, möchte ich doch in jedes einmal hineingebissen haben.«

Sosehr Emilie in einer Zeit aufwuchs, in der viele Artefakte zur Verzwergung neigten – aus Videokassetten wurden DVDs, aus langen Gedanken kurze, aus lockerer Sportwäsche immer engere, Handys schrumpften, Autos liefen ein, Computer verflachten, die Freizeit verschlankte –, so entsprach Emilie selbst, also ihr Körper, jener gegenteiligen Entwicklung, die die Biologen Akzeleration nennen und damit vor allem meinen, dass die Kinder immer schneller immer größer werden. Emilie – mit vierzehn bereits ihre Mutter wie auch ihre Tante überragend, die beide nicht klein waren – bestätigte die statistische Wahrheit, nach der die Kinder der Reichen sich eher zu großen Gazellen und langen Lulatschen entwickeln als die der Unterschicht.

Umso erstaunlicher, dass es dennoch immer wieder auch klein

gewachsene Schauspieler waren, die entgegen der allgemeinen Idealisierung überdurchschnittlicher Körpergröße zu Stars wurden. Und einer von diesen »kleinen berühmten Männern« sollte sich als Emilies absoluter Liebling erweisen. Gegen den Willen und Ratschlag Tonias.

Doch für Emilie war klar: Tom Cruise war der interessanteste und bestaussehende und gerade im Prozess des Alterns erregendste Schauspieler von allen. Kein Intellektueller, okay, aber fürs Intellektuelle hatte sie ja Woody Allen, den sie ebenfalls mochte und der auch nicht groß war und dessen hypochondrisches Wesen sie rührte und amüsierte. Aber man kann vielleicht sagen: Hätte sie mit jemandem durchbrennen müssen, dann doch lieber mit Tom Cruise. Woody Allen, der Großstadtneurotiker, wäre ein Mann allein für New York gewesen, Tom Cruise einer für die ganze Welt.

Der erste Film mit Cruise, den Emilie sah, war *Vanilla Sky*, da war sie bereits zwölf und der Film sechs Jahre alt. Im gleichen Jahr erlebte sie den aktuellen dritten Teil jener berühmten Reihe um den Agenten Ethan Hunt: *Mission: Impossible III*. Und da war es nun wirklich um sie geschehen. Wobei sie in Österreich eigentlich noch bis zu ihrem fünfzehnten Lebensjahr hätte warten müssen, um sich *Vanilla Sky* und *M:i:III* anzuschauen. Aber erstens wirkte sie immer etwas älter, als sie war, eben auch der Körpergröße wegen, und außerdem bestimmte ja Tonia, wofür sie reif war und wofür nicht.

Als jemand einmal Emilie fragte, wieso ihr ein Actionfilm Freude bereite, antwortete sie: »Keine Freude, ich mach mir vor Angst in die Hose. Aber ich glaube, es ist die schönste und beste Art, Angst zu haben. Und wenn man Tom Cruise sieht, ist die Angst wie eine Blume.«

»Wie eine fleischfressende, oder?«, meinte der Fragesteller und grinste zufrieden.

»Mehr wie ein Lippenblütler«, antwortete Emilie, die sich ja nicht nur bei Fischen, sondern auch bei Pflanzen gut auskannte und insgesamt eher das Wissensgefüge Tonias als das ihrer Mutter Hannah übernommen hatte (vom Vater übernahm sie nicht viel mehr als einen monatlichen Scheck).

In den folgenden Jahren schauten sich Emilie und Tonia sämtliche der älteren Filme mit Tom Cruise an. Es war die Zeit, da die DVDs den Markt eroberten, sehr zur Freude der beiden »Filmfreundinnen«, weil nun die Sprache wählbar wurde und man so manche Hintergrundinformation mitgeliefert bekam. Natürlich fanden sich darunter Streifen wie *Rain Man* oder *Eine Frage der Ehre*, aber es waren dann doch die ersten beiden *Mission*-Filme* sowie der ähnlich actionreiche *Minority Report*, die Emilie das Gefühl gaben, ihren Helden an der richtigen Stelle zu sehen. In einer Geschichte, die auf Toms Wendigkeit, seinen speziellen Gang und eine gewisse Schalkhaftigkeit seines Wesens zugeschnitten war und wo alle Partikel des Films ihn und seinen Körper gleich einer Säule aus Ringen perfekt umhüllten.

Kein Wunder, dass Emilie, als sie in ihr eigenes sechzehntes Lebensjahr eintrat, also 2011, mit großer Spannung den vierten Teil der Action-Saga erwartete. Einen Film, der im Dezember desselben Jahres seine Premiere hatte. Tonia und Emilie planten, noch vor Weihnachten ins Kino zu gehen, um Cruise in seiner Rolle eines Agenten, der das Unmögliche ermöglicht, zu bewundern. Emilie ihn bewundern, Tonia …

»Er ist gar nicht so sehr ein kleiner Mann«, meinte Tonia, die Spezialistin fürs Kleinsein, »als wirklich ein Zwerg. Kein Liliputaner, natürlich nicht, aber ein zipfelmützenhafter Charakter. Er

---

* Es ist ein nicht nur nettes, sondern auch vielsagendes Detail, dass beim ersten Film dieser Reihe die Österreicher wie die Deutschen eine Altersfreigabe für Zuseher ab 16 Jahren bestimmten, den zweiten Teil jedoch die Österreicher großzügigerweise für alle Jugendlichen ab 14 als geeignet ansahen. Die Deutschen hingegen wollten nicht unter die 16er-Grenze gehen, was nämlich in Ermangelung einer dortigen 14er-Grenze auf ein FSK 12 hinausgelaufen wäre (wie übrigens auch im Falle des erwähnten *Vanilla Sky*). Bei der dritten Fortsetzung wiederum fiel die Einstufung der Österreicher mit einem JMK 14 strenger aus als das FSK 12 der Deutschen. Erst anlässlich des vierten und fünften Teils der Serie vereinten sich Österreicher und Deutsche wieder und fügten sich der kommerziell einträglicheren 12er-Grenze. Man kann vielleicht sagen, dass diese kleine Miniatur über das »Alter« geradezu ein Sittenbild der beiden Kulturen in ihrem Verhältnis zueinander darstellt.

kommt mir vor, als stamme er direkt aus dem Wald und als habe er in einem Fliegenpilz gehaust, bevor er zum Film kam.«

»Sagst du das über Bogart auch?«, fragte Emilie, die ja die Lieblingsschauspieler ihrer Tante kannte.

»Bogart«, erklärte Tonia, »stammt aus dem Traum einer Frau, aus einem kleinen Traum halt. Einem kleinen, aber guten.«

Dann lachten sie und freuten sich auf den Film. Beide.

1

Viele von uns leben in Erwartung eines Moments, für den wir unseren Geist und Körper ausgebildet haben. Der Moment, da wir zu reagieren haben und alles davon abhängt, es rechtzeitig zu tun. Keinen Augenblick zu früh oder zu spät unsere Muskeln und unseren Verstand zum Einsatz zu bringen. Der Moment, da wir uns retten. Oder den retten, der uns am meisten am Herzen liegt.

Manche warten umsonst. Das ist ihr Glück. Manche warten nicht umsonst. Das ist ihr Unglück. Es tritt ein, wovor sie immer Angst hatten. Damit aber auch die Möglichkeit, im Rahmen dieses Unglücks die entscheidende Tat zu vollbringen: den einen Griff, den einen warnenden Ruf, den einen Knopfdruck, Schlag, Tritt oder Schnitt. Die eine rettende Handlung also, für die es einer bestimmten Kraft und einer bestimmten Geistesgegenwart bedarf.

Mag sein, dass es so gut wie immer Zeichen gibt, die uns diesen einen entscheidenden Moment ankündigen. Das Problem freilich ist die große Menge an Zeichen, die auf drohende Gefahren hinzuweisen scheinen. Und von denen sich viele als bloßer Trugschluss herausstellen, derart, dass wir davon mürbe oder irrewerden. Das ist der Trick des Teufels, uns so mit Zeichen zu überhäufen, dass wir das eine Zeichen, auf das es ankommt, entweder übersehen oder es für ähnlich bedeutungslos halten wie die vielen anderen zuvor.

Seit Jahren lag die Haarbürste an dieser Stelle. Mit ihr hatte sich Emilie ihr langes, rotblondes Haar gekämmt, bevor man ins Kino aufgebrochen war. Zwischen den gerundeten Stiften steckte noch immer das Büschel von Haaren, das sich im Zuge des ausdauernden Bürstens gebildet hatte.

Jeden Morgen, wenn Tonia ihr eigenes Haar kämmte, ähnlich glatt und ähnlich lang wie das von Emilie damals, aber ein wenig dunkler und ohne jenen rötlichen Stich, sah sie diese Bürste. Ein Anblick, der ihr einen tiefen Schmerz verursachte. Und das sollte er auch. Um nicht zu vergessen. Vor allem, um das eigene Versagen nicht zu vergessen.

Diese Bürste hatte Tonia mitgenommen, als sie von Wien weggegangen war und alles aufgegeben hatte: ihre Villa, ihre Fische, ihre Freunde, ihre Wissenschaft.

Da lag sie also, die Bürste auf dem Wandbrett, darüber der Badezimmerspiegel, in dem sich Tonia jeden Morgen und jeden Abend betrachtete, ihre anhaltende Schönheit sah, wie auch ihre anhaltende Bitterkeit. Die Bürste erinnerte sie daran, wie es gewesen war und wie es hätte sein können, hätte sie an jenem einen Tag besser und früher und anders reagiert. Obgleich sie doch so darauf vorbereitet gewesen war. Stets darauf bedacht, in Form zu sein, schnell, geschickt und kraftvoll. Natürlich war der Umstand, die ersten vierzehn Lebensjahre an Bord einer Segelyacht zugebracht zu haben, beziehungsweise die Meere beschwommen zu haben, geeignet gewesen, eine bewegliche, so schlanke wie drahtige Jugendliche aus ihr zu machen. Aber auch während der Internatszeit und danach war sie auf eine verbissene Weise um ihre Fitness bemüht. Wobei eben nie der Spaß im Vordergrund stand oder gar die Aussicht auf irgendein Lob, irgendeine Medaille oder einen dieser Pokale, die wie abgeschlagene Roboterköpfe in den Glasvitrinen der Sportgeförderten stehen. Nein, von Anfang an war es ihr einzig darum gegangen, vorbereitet zu sein. Alle Varianten der Schnelligkeit auszubilden, aber eben nicht aus der Lust heraus, andere zu besiegen. Ausgenommen natürlich in der einen Sache, wo es dann lebensentscheidend sein würde, zu *gewinnen*, schneller als jemand anderer zu sein. Oder etwas.

Tonia wurde eine hervorragende Läuferin und Schwimmerin, trainierte Karate und ging sogar zum Boxen, das sie nicht mochte, aber dessen möglichen Nutzen sie erkannte. Dank Yoga und dem Klettern in der Halle entwickelte sie eine katzenhafte Gelenkigkeit. Mit zwanzig besuchte sie auch noch eine Tanzschule, nicht zuletzt aus der Überzeugung, nirgends so gut wie beim Tanz lernen zu können, den eigenen Körper zu beherrschen, und zwar gerade unter fremdbestimmten Verhältnissen, eingedenk der Tatsache, beim Tanzen – in ihrem Fall Tango Argentino – mit einem Partner zusammen zu sein, der Gutes wie Schlechtes bewirken konnte. So erfreulich es war, mit jemandem zu tanzen, der zu führen verstand und dessen Führung darin kulminierte, seine Dame gut aussehen zu lassen, war Tonia gleichfalls an den schlecht führenden Männern interessiert. Schlecht führten jene, die entweder ungeschickte Tänzer waren oder aber, ganz das Gegenteil, hervorragende, jedoch auf eine Weise hervorragend, dass es besser gewesen wäre, sie hätten alleine getanzt anstatt mit einer Frau, die ihnen quasi im Weg stand. Ein schlecht führender Mann hatte für Tonia die beste Gelegenheit bedeutet, sich auf den einen maßgeblichen Moment vorzubereiten.

Und der kam. Ganz einfach darum, weil auf dem Plan des Lebens ihr Name auf der Seite derer stand, die für ein Unglück vorgesehen waren. Etwas, von dem sie seit Kindheit an hundertprozentig überzeugt gewesen war. Ein Glaube, den das Studium der Biologie nicht hatte ausmerzen können.

Es war ein feuchtkalter Tag, spät im Dezember 2011, als Emilie mit zwei ihrer Freundinnen bei Tonia erschien, um sich für den Kinobesuch fertig zu machen. Angesichts des Films, den man sich ansehen wollte, sprachen die Mädchen davon, eine Gruppe von »Missionsschwestern« abzugeben: drei sechzehnjährige Mädchen aus dem Stand geweihten Lebens und die siebenunddreißigjährige Tante als Oberin.

In dieser einen Stunde, da sie Zeit hatten, geschah es auch, dass Emilie sich die Haare kämmte und dabei jene Bürste verwendete, die sie zusammen mit anderen Utensilien im Badezimmer Tonias deponiert hatte. Schließlich kam es immer wieder vor, dass sie in der Schreiber'schen Villa übernachtete. Seit Kindertagen.

Frisch frisiert brachen die Missionsschwestern auf.

Es war ein richtig mieses Wetter. So ein Regen, der gleichermaßen intelligent wie tückisch auftrat, nicht einfach senkrecht herunterfiel und sich von Regenschirmen abhalten ließ, sondern in der Manier vieler kleiner Luftwesen die Wirbel des Windes nutzte und spielend unter die Schirme gelangte, Kreise zog, auf Kleidung auftraf, einsickerte, nass machte.

So beeilten sich die vier, den Weg von der U-Bahn-Station zu dem Kinocenter hinter sich zu bringen. Aber der Ärger über die Nässe war gepaart mit der Freude, überhaupt durch den Regen gelaufen zu sein, anstatt irgendwo im Trockenen zu verrotten, bei Hausaufgaben oder Klavierübungen. Eine Freude der Bewegung und eine Vorfreude auf den Film, der gute Kritiken erhalten hatte, wobei Emilies gespannte Erwartung auch bei schlechten Kritiken nicht geringer gewesen wäre. Wie sie auch stets die Scientology-Nähe von Tom Cruise verteidigte, nicht Scientology, aber die Nähe, was ihr, wie sie sagte, so viel sympathischer sei als das Unverbindliche, diese ideologische Unbestimmtheit, die viele Prominente auszeichnen würde. Und nein, sagte sie, es sei nicht ideologisch, bloß mal gegen den Hunger in der Welt zu sein oder sich für den Regenwald starkzumachen und im Privatjet von Regenwald zu Regenwald zu fliegen oder sich überall auf der Welt ein paar Kinder zusammenzuadoptieren. Vor allem natürlich war Emilie heilfroh, dass nicht Brad Pitt die Nachfolge für die Agentenrolle angetreten hatte, wie eine Zeit lang spekuliert worden war, sondern die Produktionsgesellschaft sich letztlich mit einem gewissen Gleichklang begnügt und als Regisseur einen Mann namens Brad Bird verpflichtet hatte. Emilie sagte einmal über den Vergleich zwischen Pitt und Cruise, dass sie es für unmöglich halte, beide in derselben Weise zu mögen, es sei ja auch schwer denkbar, Tüteneis und Eis aus dem Becher gleichermaßen zu bevorzugen. Und es war klar, dass sie das so viel formschönere Tüteneis Tom Cruise zuordnete, den Becher aber Herrn Pitt.

Da standen die vier im Vorraum des Kinocenters und tropften. Die Mädchen besorgten sich das übliche Knabberzeug und jede eine Cola, während Tonia sich mit einem stillen Mineralwasser begnügte. Auch ihre Ernährung richtete sich seit Langem auf die Ausbildung ihres Körpers. Eine Ernährung, bei welcher Dosenravioli und Fertigsuppen auf der anderen Seite der Waage standen, während diesseits frisch gepresste Säfte dominierten, Kalorientabellen, Säure-Basen-Tabellen, Nahrungsergänzung, Entschlackung, die gesunde Küche der Liangs sowieso, Alkohol nur noch in Form eines Rotweins hin und wieder, eine Zeit lang auch die für Radrennfahrer und Marathonläufer so typische Spaghettimanie (trotz der großen Portionen bleibt natürlich das Faktum, wie dünn die einzelne Nudel ist, und das überträgt sich, es gibt auf dieser Welt den Nudeltyp und den Knödeltyp, obwohl die Wörter wahrscheinlich zum gleichen Wortstamm gehören, aber der Mensch an sich gehört ja zum gleichen Stamm. Knödel genehmigte sich Tonia wirklich nur in Ausnahmefällen und immer nur in den österreichischen Bergen und nach langen Skitouren). Tonia hätte mit ihrem glatten, schlanken, wie unter einer ständigen Spannung stehenden Körper sofort für die neueste Sportunterwäsche, für hautenge Laufkleidung oder irgendeinen Badespaß posieren können.

Die drei Sechzehnjährigen wirkten im Vergleich dazu ein wenig angefettet – hübsch, gar keine Frage, aber halt von dem Zeug verseucht, das sie genau während solcher Kinofilme konsumierten. Und kein nächtlicher Dauerlauf erfolgte, dies wieder wettzumachen. Für Tonia war Emilie freilich noch immer das liebste Geschöpf, das sie kannte. Noch immer bestand ein großes Vertrauen zwischen den beiden, etwas Geschwisterliches, auch ein Versprechen, das Versprechen von Liebenden, sich niemals aufzugeben, sich niemals zu verraten und vor allem, niemals des anderen überdrüssig zu werden, was ja wohl das größte Problem zwischen Menschen ist. – Der Überdruss weicht unsere Liebe auf, sodass es uns bereits nervt, wie der andere auf dem Sofa lümmelt oder die Marmelade aus dem Glas löffelt und dabei *giftige* Geräusche von sich gibt. Doch es würde Tonia auch in tausend Jahren nicht stören, wenn Emilie was auch immer und wie laut auch immer aus dem Glas löffelte, sie würde jedes Gelöffel stets mit

Zuneigung zu diesem Kind, das nun eine junge Frau war, betrachten.

Aber tausend Jahre, so lange ging es leider nicht.

Als die vier dank des abwärts fahrenden Aufzugs den Eingang zum Kinosaal erreicht hatten, bat Tonia die Mädchen, schon einmal zu den Sitzplätzen zu gehen, sie komme gleich nach, müsse noch rasch zur Toilette. Also betraten die Mädchen den zu zwei Dritteln gefüllten Saal, während Tonia die Stufen nach oben stieg und sich in den dank des Piktogramms eines Damenrocks ausgewiesenen Raum begab. Sie gehörte zu den Leuten, die prinzipiell aufs WC gingen, *bevor* was auch immer begann: ein Film, ein Konzert, ein Training, ein Gespräch, eine Fahrt. Der Besuch des Klos war die Ouvertüre zu allem, was geschah. Die entleerte Blase war bildlich gesprochen gleich einer vorerst leeren Sprechblase in einem Comic, in die dann aber etwas hineingeschrieben oder hineingezeichnet wurde.

In Tonias Fall war es der Tom-Cruise-Film, der quasi in diese leere Blase hineingelangte. Vor allem aber die Aufgabe, als Begleiterin der drei Mädchen zu fungieren. Klar, die Mädchen waren keine kleinen Kinder, wobei man sagen muss, wären sie zwei, drei Jahre jünger gewesen, wäre die Gefahr auch sehr viel geringer gewesen, blöd angegangen zu werden. Aber mit sechzehn befanden sie sich im absolut idealen Alter für das Blöd-angegangen-Werden. Zwei Jahre zuvor hätten sie sich noch geniert, begleitet zu werden. In dieser Phase hingegen war es ihnen gar nicht so unrecht, jemanden wie Tante Tonia an ihrer Seite zu wissen.

Tonia trat nun ebenfalls in den Kinosaal ein und marschierte auf der gegenüberliegenden Seite die Stufen aufwärts. Emilie und ihre beiden Freundinnen besetzten bereits die drei Plätze am rechten Rand der neunten Reihe. Ein vierter Platz zur Mitte hin war frei, der Rest der Reihe vollständig mit Zusehern besetzt.

Menschen mit dem Hang, sich Schreckliches zu denken, sind folgerichtig auch Menschen, die am liebsten ganz außen sitzen. Nicht nur, um schneller flüchten zu können, sondern vor allem, um einen besseren Überblick zu behalten. Aus dem Überblick heraus eine Handlung zu setzen und nicht aus der Panik der Mitte.

Kein Wunder also, dass Tonia sehr ungern einen anderen Platz als den am Rand einnahm und höchst ungern mittendrin saß. Andererseits wollte sie die Mädchen nicht bitten, um je einen Platz hineinzurücken, damit sie selbst am Gang sitzen konnte.

Das war eigentlich erstaunlich bei einer Person, die sich immer noch mit den Tendenzen der Verzwergung auseinandersetzte und sich lange Zeit absichtsvoll in japanische U-Bahnen gezwängt hatte. Stärker wog jedoch die Angst, Kontrolle abzugeben und Übersicht zu verlieren. Zeichen zu übersehen.

Jetzt erst bemerkte sie im Halbdunkel, dass auf dieser Höhe des Saals auch noch ein kleiner Extrabereich ganz zur Wand hin bestand, je drei Zweiersitze, die neunte bis elfte Reihe ergänzend. Sechs Plätze also, aber nur einer besetzt und zwar von einem Mann, der auf dem ersten dieser Doppelsitze saß, somit auf Höhe der Mädchen. Hinter dem einzelnen Mann war alles frei.

Tonia beugte sich zu ihrer Nichte, wies auf den in der zehnten Reihe gelegenen Logenplatz und erklärte, keineswegs flüsternd, sondern für die Umgebung sehr gut hörbar: »Ich setz mich dorthin, Liebes, okay?«

»Okay, Tante Tonia.«

Emilie sagte stets *Tante*, auch wenn das altertümlich klang. Aber erstens war sie tatsächlich eine Tante, und zweitens steckte in dieser Bezeichnung der verwandtschaftlich legitimierte Schutzauftrag, um den Tonia immer bemüht gewesen war. Wie man das von Elefantenkühen kennt.

Tonia hatte somit für die Umsitzenden recht deutlich gemacht, auf diese drei Mädchen aufzupassen, viel unmissverständlicher, als hätte sie einfach auf dem letzten freien Sitz in der Hauptreihe Platz genommen. Und dass das Wort Tante gefallen war, half sicher ebenfalls. Bei aller Altertümlichkeit des Begriffs war auch gut bekannt, wie brutal das Altertum gewesen war. Wie rigoros dessen Methoden. Kaum anzunehmen, dass einer von den Jungs in der Reihe davor oder dahinter jetzt noch Anstalten machen würde, einen Tom Cruise für Arme zu geben. Sowenig Emilie und ihre Freundinnen aus einfachen Verhältnissen stammten. Aber »arm« waren heutzutage alle, die nicht selbst in einem Film mitspielten.

Als sich Tonia auf dem Logenplatz der zehnten Reihe niedergelassen hatte, registrierte sie im Dämmerlicht des Saals den Hinterkopf und die Schultern des Mannes vor ihr, sowie seine Knie als sichtbare Klippen der etwas seitlich gegen das Geländer gestützten Beine, und sah auch, wie der Mann auf Höhe dieser Knie ein Smartphone in Händen hielt. Sie erkannte auf dem Bildschirm das typische *F*-Logo von Facebook, jenem sozialen Netzwerk, dem es sieben Jahre zuvor gelungen war, das lange bestehende Bedürfnis des Menschen, einen Teil von sich als Geheimnis zu pflegen und einen privaten Kern aus der öffentlichen Betrachtung herauszuhalten, in das Gegenteil zu verkehren. Klar, der Hang zur Nabelschau hatte schon länger existiert, wurde nun aber ergänzt um eine nachgewachsene Nabelschnur, mit der sich die im eigenen Nabel Spiegelnden mit der Welt verbinden konnten. Und selbige Welt an ihrer Spiegelung teilhaben ließen. Beziehungsweise versorgte Facebook sie mit den nötigen Nährstoffen. Diese gütige Mutter, die alle Nabelschnüre vereinte.

Obwohl Tonia naturgemäß ein starkes Interesse an jenen gesellschaftlichen Entwicklungen hatte, die im Verdacht standen, Teil der Evolution zu sein, war sie nie ein Mitglied dieser zu diesem Zeitpunkt aus 800 Millionen Nabeln und ebenso vielen Schnüren bestehenden Facebookfamilie geworden. Sie sagte gerne, die eigene Familie reiche ihr vollkommen. Dabei war sie kein Technikfeind und keiner von denen, denen man vorwerfen konnte, den Wohlstand zu verweigern. Sie war nicht einmal um die Sicherheit ihrer Daten besorgt, sondern allein um die Sicherheit ihrer Zeit. Einer Zeit, die sie nicht verschwenden wollte, um sich mit Menschen auszutauschen, die … Nun, sie drückte es so aus: »Wenn ich lese, dann lieber etwas von Leuten, die auch wirklich schreiben können.«

Gut, der Mann war hier nicht der Einzige, der noch vor dem Film, noch vor der Werbung daranging, jemand anderem oder einer ganzen Gruppe mitzuteilen, wo er sich soeben befand und warum nicht woanders. Allerdings hörte er damit auch nicht auf, als es dunkel wurde und der obligat lange Schwanz der Werbung seinen Anfang nahm – ein Schwanz, der quasi aus dem Maul des Films heraustierte. Dabei bemerkte Tonia, dass der vor ihr Sitzende auch Fotos schoss, die er verschickte. Sie konnte aber nicht sehen, was genau er da eigentlich fotografierte. Die Leinwand? Den Raum? Sich selbst? Oder war es möglich, dass er das vom wechselnden Licht der Werbung in eine schummrige Helligkeit getauchte Publikum knipste?

Tonia rang mit sich. Sollte sie ihn zurechtweisen, nur weil er mit seinem Gerät herumspielte? Und nicht etwa mit etwas anderem. Ja, fast hätte sie sich gewünscht, er würde etwas eindeutig Obszönes tun, das ihr geholfen hätte, sofort aktiv zu werden.

Immer wieder steckte er sein Handy zurück in die Tasche, und Tonia atmete auf. Doch dann waren es manchmal nur Sekunden, bevor er es erneut herauszog und nachsah, ob er einen Kommentar erhalten hatte, auf den er reagieren konnte.

Nach einiger Zeit meinte Tonia zu erkennen, dass er von Facebook zu einer E-Mail-Seite gewechselt hatte, um sich dort weiter auszutauschen. Bei alldem wirkte er hektisch und getrieben. Die Finger marschierten eilig über die Tastatur.

Tonia bemerkte jetzt, wie auch Emilie zu dem Mann hinübersah, weniger verärgert als verstohlen. Tonia meinte, etwas wie Furcht zu erkennen. War es möglich, dass der Mann versucht hatte, ein Foto von Emilie zu schießen? Und sie selbst, Tonia, es übersehen hatte? Oder war Emilie einfach nur von der Unruhe irritiert, die von diesem Mann ausging, so harmlos er sein mochte. Vielleicht in Liebe entbrannt zu einer Person, der er unentwegt Mails schickte und ihr in leidenschaftlicher Weise auf die Nerven ging (sehr viele Menschen denken wirklich, durch elektronisches Auf-die-Nerven-Gehen einen idealen Ausdruck ihrer Freude und ihres Leidens an der Liebe gefunden zu haben).

Jedenfalls ... etwas stimmte nicht. Nur war es für Tonia so schwer festzustellen, *was* nicht stimmte. Die Zeichen richtig zu lesen. Auch das Zeichen, welches sich ergab, als kurz vor Beginn des Films Emilie mit der links von ihr sitzenden Freundin den Platz tauschte. Wieso? Um dem Blick des Mannes zu entgehen? Oder einfach, weil sie von dort aus besser sehen konnte? Und ihre Freundin es halt in Kauf nahm, einen nicht ganz so einwandfreien Blick auf Tom Cruise zu haben.

»Alles in Ordnung, Mädchen?«, erkundigte sich Tonia mit deutlich angehobener Stimme, wobei sie sich etwas aus dem Sitz stemmte.

Nicken und ein zustimmendes Gemurmel.

Hätte Tonia sich ausgekannt, sie hätte sofort gehandelt. Ihr Instinkt sagte ihr, dass ganz egal, was hinter alldem steckte, ganz egal, wie harmlos es auch sein mochte, es dennoch besser wäre, jetzt sofort aufzustehen, zu den Mädchen hinzugehen und sie zu bitten, mit ihr zusammen das Kino zu verlassen. So, wie man vielleicht aus einem Flugzeug wieder aussteigt oder an einer bestimmten Wohnungstüre im letzten Moment kehrtmacht und dies nachher in keiner Weise bereut, auch wenn das Flugzeug *nicht* abstürzt und der zu dieser Wohnung gehörende Mann sich *nicht* als Serienmörder herausstellt. Es entsteht kein wirklicher Schaden, wenn man umsonst – weil unbegründet – auf das eine oder andere Flugzeug und den einen oder anderen Mann verzichtet. Und es entsteht kein Schaden, sich einen noch so spannenden Film mit Tom Cruise einen Tag später anzusehen.

Doch wie sollte sie es den Mädchen verständlich machen? Vor allem Emilie, die sich so sehr auf diesen Nachmittag gefreut hatte? Klar, wäre Tonia ohne die drei gewesen, es hätte ihr wenig Probleme bereitet, das Kino zu verlassen. Aber dann wäre sie ja auch nicht hier gewesen. Tom Cruise alleine anzuschauen ergab für sie keinen Sinn.

Tonia blieb sitzen. Blieb sitzen und überlegte. Und schwitzte. Es war jetzt eine beträchtliche Hitze in ihr. Und während sie schwitzte und nachdachte, begann vorne auf der Leinwand der Film.

Die Plötzlichkeit, mit der aus dem Dunkel der Name »Budapest« aufblitzte, war gleich einer Trennlinie. Ja, Tonia selbst fühlte sich aus der Wirklichkeit dieses Kinosaals herausgetrennt und mit einer ähnlichen Rasanz, mit der ein schlafender Mensch von einem Moment auf den anderen in einen Traum gerät, in diesen Film katapultiert. Welcher zunächst allein aus diesem einen Wort bestand, bevor sich nun zu dem Wort auch die passenden Bilder gesellten, die aber nicht etwa einen Agenten namens Budapest zeigten, oder einen Hund namens Budapest, sondern tatsächlich die Hauptstadt der Ungarn. Gebäude dieser Stadt. Untermalt von einer Musik, deren aufgeregte Geigen und drängende Bläser keinen Zweifel ließen, dass trotz der hübsch dahinziehenden Stadtansichten jetzt sehr bald – noch vor dem Vorspann – eine erste, frühe, prologe Aufregung eintreten würde.

Und so war es. Das Auge der Kamera führte in großer Eile auf ein Gebäudedach nahe dem Budapester Hauptbahnhof zu.

Eine Türe.

Eine Türe, die aufgestoßen wird, und heraus springt ein schwarz gekleideter Mann, der ein kleines Gerät in seiner Hand per Knopfdruck in Gang setzt. Das Gerät entlässt augenblicklich einen pfeifend-ansteigenden Ton. Zugleich sprintet der Mann auf die Dachkante zu. Nur knapp dahinter zwei Verfolger, die mit Pistolen auf ihn schießen. Es ist eine wahre Kunst, ihn dabei zu verfehlen. Wie es umgekehrt ebenfalls eine wahre Kunst ist, dass der Mann, der nun vom Dach springt und sich im Fallen um hundertachtzig Grad dreht, seinerseits auf die beiden an der Kante stehenden Verfolger feuert und selbige auch sofort trifft. – Das erstaunliche Danebenschießen wie das erstaunliche Nicht-Danebenschießen in Filmen besitzt genau jene dem Traum verwandte Andersartigkeit, die den Zuseher zwar verblüfft, aber im Sinne von etwas Realem. Sehr schlechte und sehr gute Schützen sind über die Filmwelt verteilt wie konträre Tiergruppen, deren Existenz nun mal gegeben ist. Nichts, worüber man diskutieren könnte.

Also, der Mann stürzt da rücklings in den Abgrund. Allerdings hat er noch vor dem Absprung das kleine, pfeifende Gerät nach unten geworfen. Exakt auf die Stelle hin, auf die er jetzt zurast. Und bevor er da den Boden erreicht, bläst sich das Kästchen zu einem Sprungpolster von genau jener Größe auf, die dem Stürzenden ausreichend Platz bietet. Und ihm das Leben bewahrt. Welches er gleich darauf erneut verteidigt, indem er – noch im Liegen – einen frisch herbeigeeilten Angreifer erschießt.

Endlich rappelt er sich hoch, der Mann, und überprüft den Inhalt in seiner Umhängetasche, um allen, die gerade zusehen, zu zeigen, worum es hier geht: geheime Papiere von größter Bedeutung. Zudem wird das Gesicht des Mannes nun deutlich erkennbar. Es ist aber nicht das von Tom Cruise.

Mein Gott, wie gut der aussieht, dachte Tonia.

Ein Gesicht gleichsam herausgeschnitzt aus einem Roman von Thomas Mann, wie er ihn geschrieben hätte, hätte er heute gelebt. Ein guter Gang, eine gute Haltung, eine Haltung von der lässigen Weise der Überlebenden, dazu ein einnehmendes Lächeln, als er jetzt in eine Straße einbiegt und eine schicke Blondine wie zufällig ihm entgegenkommt. Sein Handy aber weiß es besser. Es piepst. Es piepst, um ihm etwas zu sagen über die sich nähernde Person. Zu spät! In diesem Moment lösen sich drei Kugeln und treffen seinen Oberkörper. Er fällt auf die Knie. Es ist die Blondine – sehr hübsch, sehr böse –, aus deren langstieliger Pistole diese Kugeln stammen. Sie tritt rasch näher, kniet sich zu dem tödlich Getroffenen hin, umarmt ihn, legt ihr Madonnengesicht auf seiner Schulter ab und jagt ihm noch zwei weitere schallgedämpfte Kugeln in den Leib, bevor sie ihm die Tasche mit den Unterlagen abnimmt und ohne Hektik den Platz verlässt.

Okay, nachdem dieser Film also erst fünfundfünfzig Sekunden alt war, hatte der blendend aussehende Mann sterben müssen. Die Kamera zeigte neben seiner reglosen Hand das Display seines Smartphones, auf dem das Foto der jungen, hübschen Blondine zu sehen war. Und über dem Foto eine eindeutige Charakterisierung der Abgebildeten in Großbuchstaben: *ASSASSIN*.

Was für eine Schande!, fand Tonia, der dieser Mann so viel besser gefiel als jener, von dem nun den Rest des Films die Rede sein würde. Andererseits war dieser frühe Abgang durchaus logisch, wenn man wusste, dass der Getötete, vom Schauspieler Josh Holloway verkörpert, 1,87 Meter maß. Und Tonia wusste es, weil sie vorbereitet war, wie man als Biologin immer vorbereitet sein muss, wenn es um Größenordnungen geht. Sie hatte recherchiert. Josh Holloway, der im Film zu denselben »Guten« zählte wie Tom Cruise, war einfach zu groß gewachsen und zu attraktiv, um hier den Rest des Films an der Seite des Scientologen aufzutreten. Die anderen zwei Agenten, die Cruise auf dieser »Mission« begleiten würden, maßen beide 1,78, exakt auch die Größe des Superschurken im Film, während die dunkelhaarige Heldin mit 1,71 bloß einen einzigen kleinen Zentimeter größer war als Cruise. Dieser eine Zentimeter, wie auch die acht Zentimeter bei den anderen Herren, blieben im Toleranzbereich, nicht hingegen die siebzehn Zentimeter von Holloway. Diese wären nur in Ordnung gewesen, wäre Holloway irgendwie fett oder hässlich gewesen, oder wenigstens dunkelhäutig!

Das alles ging Tonia sehr viel schneller durch den Kopf, als es in Sätzen auszudrücken wäre. Daneben aber – wie in einem zweiten Hirn, in dem ein Wecker steckt, der an die Wirklichkeit erinnert – erschreckte sie das Bild auf dem Display, das Bild der Attentäterin, der mörderischen Schönheit. Dieses Bild beförderte sie zurück an den Ort, an dem sie sich tatsächlich befand: den Kinosaal. Und vor ihr dieser Mann, der soeben dabei war, erneut etwas in sein Smartphone zu tippen und eine Mail zu verschicken.

Tonia versuchte, sich eine Vorstellung von ihm zu machen. Sie hatte ihn nur kurz von vorne gesehen, ihn da aber noch kaum wahrgenommen. Aus der jetzigen Position erkannte sie – als er einen Moment zur Seite schaute – den deutlich hervortretenden Backenknochen sowie eine in der Mitte leicht geknickte Nase. Seine Haare waren lang und strähnig. Tonia fand, er besitze etwas Verwildertes. In der Art der Junkies. Wozu auch die Unruhe passte, dieses Hin- und Herrücken, als stecke ihm ein kleiner Bleistift im Hintern, mit dem er versuchte, eine Landkarte auf seine Sitzfläche zu zeichnen.

Sie beugte sich etwas nach vorn, um zu entziffern, was er da erneut in sein Gerät tippte. Wäre es ihr gelungen, hätte sie sich vielleicht sicher sein können, es bloß mit einem Nervtöter zu tun zu haben. Aber dazu hätte sie viel näher an ihn heranrücken, ihm quasi ihr Kinn auf die Schulter legen müssen und dabei riskiert, einen wahrscheinlich unschuldigen Mann zu belästigen. Körperlich zu werden. Und damit als Verrückte und Paranoide dazustehen, die überall Vergewaltiger und Kinderschänder sieht. Als eine Frau, die einem Mann auf die Pelle rückt, bloß weil er mit seinem Handy spielt. Und der, weil er genauso abseits saß wie Tonia, keinem der anderen Zuseher auffiel. Außer vielleicht Emilie ...

Hätte der Mann ständig die Seiten einer Zeitung umgeblättert, wäre das viel eher ein Anlass gewesen, ihn zu bitten, gefälligst damit aufzuhören. Abgesehen davon, dass gut die Hälfte des Publikums durchaus geräuschvoll in mit Popcorn gefüllten Tüten herumrührte oder aus Bechern schlürfte.

Vorne auf der Leinwand war nun endlich Tom Cruise zu sehen, der sich gerade in einem Moskauer Gefängnis befindet und mit der Routine dessen, für den »Flucht« nicht bedeutet, aus einem Raum hinauszugeraten, sondern in einen anderen hineinzugelangen, seinen Auftritt absolviert. Natürlich unterstützt von seinem Team und nicht ganz so natürlich begleitet von der Stimme Dean Martins, der da singt: *Ain't that a kick in the head?*. Und so schlägt und trickst sich Cruise an den notorisch dummen Russen vorbei durchs ganze Gefängnis, bevor mit größter Verzögerung endlich der Vorspann einsetzt und man die altbekannte Flamme einer Zündschnur sieht und die altbekannte rasante Musik im 4/4-Takt hört, auch wenn sie ursprünglich im 5/4-Takt komponiert worden war. Eine Musik, die so klingt, als hätte man die Geräusche und den Lärm eines ganzen Kindergartens in eine sehr ordentliche Linie umfallender Dominosteine gepresst.

Indem dieser Vorspann in der obligaten Explosion endete und die Geschichte bemüht war, sich abwechselnd zu entwickeln und zu verwickeln, rutschte Tonia mit der Heftigkeit eines Menschen, der meint, kurz eingenickt zu sein, ein Stück nach vorn, reckte ihren Hals, schärfte ihren Blick und konnte jetzt besser als zuvor das Display des Smartphones erkennen, auch darum, weil der Mann das Gerät in diesem Moment etwas näher zu sich hielt. Er schrieb nicht, sondern las. Er hatte soeben eine Nachricht erhalten.

Da stand zu lesen: *Verdammt noch mal, tu es endlich!!*

Zumindest war es das, was Tonia meinte zu erkennen. Keine Zeit, noch mal genauer hinschauen, zu rasch hatte der Mann das Gerät wieder gesenkt und ein Stück von sich weggehalten. Was auch immer er jetzt für eine Antwort verfasste, für Tonia blieb sie verborgen.

Eine Antwort worauf?

Endlich zu tun, was von ihm verlangt wurde? – Und das wäre dann *was* gewesen?

Er schickte die Mail ab und steckte das Gerät zurück in seine auf dem Nebensitz ruhende Tasche. Nur wenige Augenblicke später griff er wieder hinein, um …

Tonia dachte, er würde erneut das Handy herausziehen, erneut über den empfindlichen Bildschirm streichen, mit der Fingerfertigkeit eines irrsinnig gewordenen Affen einen Text von atemloser Kürze verfassen. Doch da war nichts zu sehen, kein leuchtendes Viereck, nur ein dunkler Fleck in seiner Hand, als quetsche er einen kleinen Schatten zusammen.

Erst als vorne auf der Filmleinwand die Szenerie vom Dunkeln ins Helle schwenkte und somit genügend Licht in den großen Saal geriet, konnte Tonia erkennen, was für ein Gegenstand es war, den der Mann soeben aus seiner Tasche befördert hatte: eine Pistole.

Tonia war für einen Moment erstarrt. Eine Sekunde vielleicht. Eine lange Sekunde.

Als diese lange Sekunde zu Ende war, wuchtete sie sich mit explosiver Kraft aus dem tiefen Stuhl, fuhr ihre rechte Hand aus, hechtete über die Kante des Vordersitzes und stürzte sich auf den Mann, der seinerseits aus dem Sitz aufgesprungen war, in die Richtung auf das Geländer, auf dem er so lange seine Füße abgelegt hatte. Als Tonias Faust den Mann an seiner linken Schulter erreichte, da hatte er bereits einmal aus seiner Waffe gefeuert.

Panik brach aus! Geschrei von allen Seiten. Vielleicht auch aus Unklarheit bei denen, die entfernter saßen und nicht sicher sein konnten, ob die Geräusche aus dem Film oder aus dem Leben stammten.

Ein zweiter Schuss fiel, während nun Tonia den Schützen vollständig umarmt hatte, Oberkörper und Oberarme zusammenpresste und mit ihm zusammen über die Metallstange des Geländers rutschte. Die beiden stürzten zu Boden. Noch im Fallen verließ eine dritte Kugel den Lauf der Pistole. Dann der Aufprall. Zuerst der Schütze, dann Tonia, die bei der Landung die Umklammerung löste, um mit der Handkante auf das Gelenk der Schusshand zu schlagen. Der Mann schrie auf. Die Pistole sprang geradezu aus seiner Hand, wie befreit. Allerdings packte er mit der anderen Tonias Haar, riss sie nach hinten und von sich herunter. Das gab ihm Zeit, erneut nach seiner Waffe zu greifen, allerdings nicht mit seiner Rechten. Man würde später feststellen, dass Tonias Handkantenschlag mit solcher Wucht erfolgt war, dass sie ihrem Gegner sowohl die Speiche wie auch die Elle brach und mehrere Bänder erheblich verletzte. Keine Chance, damit noch einen Schaden anzurichten. Mit der linken Hand aber durchaus, obgleich der Mann kein Linkshänder war. Er fasste die Waffe und richtete sie gegen Tonia, die rasch wieder aufgesprungen war. Die beiden sahen einander an, er im Knien, sie im Stehen, während unweit von ihnen schreiende Menschen unter die Sessel krochen oder zum Ausgang auf der gegenüberliegenden Seite drängten.

Tonia erkannte die weit aufgerissenen Augen, den irren Blick. Nein, es war ein Blick der Verzweiflung, so tief, dass der Irrsinn darin wie ein gefangenes Tier auf und ab marschierte, gleich diesem berühmten Panther im Jardin des Plantes.

»Schieß endlich, du Mistkerl!«, rief sie. Allerdings nicht, um wirklich getroffen zu werden, sondern um ausweichen und eine neue Situation herstellen zu können. Die Gelegenheit zu erhalten, ihm auch noch die zweite Hand zu brechen.

Aber mit dem Händebrechen war für diesen Tag Schluss.

Er drehte den Lauf der Waffe zu sich, hielt ihn schräg nach oben und feuerte dorthin, wo sein Kopf war. Die Kugel trat in sein linkes Auge ein. Mit einem Zucken des ganzen Körpers schien er einen Moment zu schweben – wie an einem unsichtbaren Haken –, dann kippte er zur Seite, als hätte ein enttäuschter

Gott ihn zurück ins Meer geworfen. Er lag da und rührte sich nicht mehr. Seine Hand war erschlafft, der Finger noch am Abzug der Waffe (eine Walther P99, bekannt dafür, rasch schussbereit zu sein und ohne manuelle Sicherung auszukommen. Wobei die Herkunft der nicht registrierten Waffe für die ermittelnden Beamten lange Zeit unklar bleiben würde, wie einiges andere mehr).

Tonia ließ die Waffe, wo sie war, und beeilte sich jetzt, nach der Stelle zu sehen, an der die drei Mädchen gesessen hatten. Sie atmete auf, weil da niemand mehr war, was ja bedeuten musste, alle drei seien rechtzeitig … Doch in das Aufatmen hinein stach ein Schrecken. Tonia machte einige Schritte hin zu der Sitzreihe und entdeckte einen zusammengesackten Körper, der in dem schmalen Gang zwischen den Reihen lag. Ein dunkles Knäuel.

So ungerecht der Gedanke sein mochte, aber Tonia wünschte bei allen Heiligen, es handle sich um eine der beiden Freundinnen Emilies, wohl die, die am Rand gesessen hatte und mit der Emilie glücklicherweise den Platz getauscht hatte. So war das im Leben, dass ein einziges Umsetzen – ein zunächst bedeutungsloser Wechsel – über Leben und Tod entscheiden konnte.

Nun, genau das war auch geschehen. Nur anders. Als sie sich zu dem Körper hinbeugte, erkannte Tonia im Licht der soeben angesprungenen Deckenbeleuchtung das blaugrüne Muster der Bluse, die sie selbst Emilie geschenkt hatte.

Tonias Brust zog sich zusammen. Ihr Atem bestand nur noch theoretisch.

Mit einem einzigen Ruck zog sie den Körper in den Gang und legte ihn auf den Rücken. Jetzt erkannte sie den roten Flecken in der Brustmitte. Und musste mit ansehen, wie dieser Flecken sich ausbreitete. Sie drückte ihre Hand gegen die Wunde, spürte das warme Blut, das in ihrer Handfläche eine kleine Blase bildete. Tonia war nun ganz nahe am Gesicht des Mädchens, sie fühlte den Atem, der aus dem Mund … Es war ein Tröpfeln, wie wenn ein Regen rasch zu Ende geht und das letzte Wasser zuckend über die Scheiben gleitet.

In diesem Tröpfeln war noch ein wenig Stimme.

Tonia hätte sagen wollen: »Streng dich nicht an! Bleib ganz

ruhig!« Doch stattdessen flehte sie um Emilies Worte: »Ja? Was? Sag, mein Schatz!«

Das war es, was sie zu dem Kind sprach, das sie so liebte und das soeben unter ihren Händen starb. Sterben musste, weil sie selbst zu langsam gewesen war. Weil sie dem Mann die Möglichkeit gegeben hatte, gleich dreimal abzudrücken. Nein, viermal. Ihm auch noch erlaubt hatte, sich davonzustehlen.

»Ja, mein Schatz, Liebes, ja was?«, wiederholte Tonia.

Mit einem vorletzten Tropfen drang ein Satz zwischen Emilies Lippen hervor. Ein Satz, dessen Worte auseinanderglitten, sich verteilten. Und wer sich so was vorstellen mochte, konnte sich denken, wie diese Worte eine andere Art von Leben zeugten. Sie sagte: »Du musst ... das Hemd bügeln.«

»Was?«

»Bü...geln.«

Etwas wie der Schatten einer rasch dahinziehenden Wolke erreichte Emilies Gesicht und ließ es dunkel werden.

2

Die Frage, die Tonia nie wieder loslassen würde, war die nach der Kugel. Die wievielte aus der Pistole des Schützen in Emilie eingedrungen war und sie getötet hatte. Denn darüber wollte die Polizei keine Auskunft geben. Oder war tatsächlich nicht in der Lage, drei der vier Projektile zeitlich eindeutig zuzuordnen.

Eine andere Frage bestand darin, inwieweit Tonias Eingreifen diese fatale Fügung bewirkt hatte. Vor allem natürlich für den Fall, dass es die zweite, vielleicht auch die dritte Kugel war, die Emilie getroffen hatte. Beide waren ja abgegeben worden, als Tonia den Schützen umklammert hatte, mit ihm über das Geländer gerutscht und auf den Boden gestürzt war. Kugeln, die niemals auf diese Weise die Waffe verlassen und genau diese Flugbahn genommen hätten, hätte Tonia es vermieden, den Mann zu attackieren. Und selbst bei dem ersten Schuss, den der Täter abgefeuert hatte, konnte man spekulieren, ob das Projektil nicht eine ganz andere Richtung genommen hätte, wäre Tonia untätig geblieben. Was wäre geschehen, wäre sie ihrerseits einfach in Deckung gegangen? Hätte der Täter vielleicht wild um sich geschossen, ohne aber jemanden zu treffen? Oder hätte er zwar jemanden getroffen, aber nicht Emilie? Zehn andere, mag sein, aber nicht Emilie.

Zudem stand die Frage im Raum, ob der Mann von Beginn an vorgehabt hatte, sich selbst zu erschießen, oder ob sein ursprünglicher Plan eher gewesen war, zu flüchten. Die Polizei tendierte zunächst zu der Anschauung, die Selbsttötung des Attentäters sei nicht dessen eigentliches Ziel gewesen, sondern bloß die übliche Art, sich der weltlichen Gerichtsbarkeit zu entziehen. Erst später setzte sich die Ansicht durch, dieser Mann hätte seit einiger Zeit einen erweiterten Suizid überlegt und darum die beengten Verhältnisse eines Kinos gewählt. Aber ganz sicher war man sich auch in diesem Punkt nicht. Umso mehr, als nie bekannt wurde, an wen der Täter seine Mails geschickt hatte, beziehungsweise wer es gewesen war, der ihm geantwortet hatte, da dessen Email-Account mit falschen Daten versehen und über das sogenannte Tor-Netzwerk bei einem Freemail-Anbieter erstellt worden war. Und zwar mit einer isländischen Domain-Endung. Trotz großer Bemühungen war nicht herauszufinden, wer es gewesen war, der jene fatale Aufforderung, es verdammt noch mal zu tun, formuliert hatte.

Aber Tonia sollte diese Mails nie zu Gesicht bekommen, so wenig wie die interessierte Öffentlichkeit. Tonia konnte also nicht mit Sicherheit sagen, ob sie diesen einen letzten Satz überhaupt richtig gelesen hatte. Die Ermittler bestätigten allein den Verdacht, jemand habe Erler darin bestärkt, zu tun, was er längst geplant hatte zu tun. Ein Blutbad anzurichten. Zugleich aber wurde die Ansicht verworfen, es habe ein richtiggehender Auftrag bestanden, im Sinne eines befohlenen Attentats.

Für die Polizei, die Presse, die Öffentlichkeit war Tonia jedenfalls eine Heldin, wenngleich eine tragische, die den Tod vieler Menschen, nicht jedoch den Tod der eigenen Nichte hatte verhindern können. Dabei konnte sie selbst nicht aufhören, sich vorzustellen, überhaupt erst Emilies Tötung ermöglicht zu haben. – Kein anderer Mensch dachte so, auch Hannah nicht, die Mutter, die ihr einziges Kind verloren hatte. Jedenfalls wollte niemand Tonia öffentlich dafür verurteilen. Schon gar keine Gerichtsbarkeit. Sie allein konnte es. Und sie allein tat es. Es war eine große Wunde in ihrem Herzen. Und sie wollte rein gar nichts unternehmen, damit diese Wunde je kleiner wurde oder sich gar schloss.

Der Anschlag selbst löste eine Reihe von Spekulationen aus. Ein politisches Motiv wurde jedoch bald ausgeschlossen. Der Mann war kein Muslim gewesen, kein bekannter Rechtsradikaler, kein bekennender Kinohasser, kein Stalker. Keinerlei Organisation bekannte sich zu der Tat. Der Mann war nicht das gewesen, was man einen Schläfer nennt.

Auch seine Eintragungen auf Facebook demonstrierten allein das tiefe Unglück dieses Mannes, es waren Sätze, die – obwohl sein Facebookkonto von den Behörden rasch kopiert und dann gelöscht wurde – in Auszügen in die Medien gerieten und die Verachtung des Täters für die Welt wie für sich selbst zeigten. Und man am ehesten einen religiösen Wahn zu erkennen meinte. Es fiel auf, wie oft er sich als einen »verlorenen Sohn« bezeichnet und dabei auch den Namen Christi ins Spiel gebracht hatte. Zudem war immer wieder eine Stelle aus Bachs Matthäus-Passion zitiert worden: »Seht, das Geld, den Mörderlohn / Wirft euch der verlorne Sohn / Zu den Füßen nieder.« Judas also.

Letztlich lief dann aber doch alles auf die Anschauung hinaus, hier hätte jemand versucht, mittels seiner Tat genau die Aufmerksamkeit zu erhalten, die ihm ein Leben lang verwehrt geblieben war. Ein Mann mit einem Wikipedia-Eintrag zu werden. Jemand, den man mit Tom Cruise in Verbindung bringen würde, jemand, dessen Tat in irgendeiner Form mit dem Titel des Films assoziiert werden konnte. Der *Mission*-Mörder.

Aber man muss es so sagen, weil es der Realität entspricht: Sosehr der Fall einen Augenblick lang die Schlagzeilen bestimmte, so war doch das »Ergebnis«, die Anzahl der Toten, nicht wirklich geeignet, diesem Mann zu einer posthumen Berühmtheit zu verhelfen. Sein Name löste sich auf. Ihm misslang, in das kollektive Gedächtnis zu dringen. Er wurde kein berühmter Mörder.

Tonia freilich würde seinen Namen nie vergessen. Allerdings nahm sie dabei eine Veränderung vor, denn der eigentliche Name war als Vor- wie als Nachname von zu großer Banalität und zu häufiger Verbreitung. Auch und gerade in dieser Kombination. Viele Menschen hießen so. Nein, Tonia, die Verzwergungsspezialistin, schrumpfte Vor- und Nachname zu einer einzigen kleinen Form. Sie nannte den Mann Erler, was eine gewisse Nähe zum Begriff des Erlkönigs ergab, nicht unpassend angesichts einer Sagengestalt, die einem Kind »ein Leid antut« und seinen Tod bewirkt. Doch letztlich handelte es sich einfach um eine Verbindung der Namen »Erich« und »Müller«.

Erler also.

Natürlich wollte Tonia wissen, wer genau dieser Erler gewesen war. Weniger, um seine Schuld zu präzisieren, sondern vielmehr ihre eigene. Denn sosehr eine Menge bekannter Motive ausgeschlossen wurden, blieb doch unklar, mit welchem Vorhaben Erler in dieses Kino gegangen war. Menschen umzubringen? Oder sich unter Menschen umzubringen?

Tonia drängte auf die Herausgabe der polizeilichen Ermittlungen, wurde aber auf Distanz gehalten. Man bot ihr eine psychologische Betreuung an. Sie war in dieser Geschichte immerhin ein Opfer. Ein Opfer, aber keine Mutter. Die Getötete war nicht ihr Kind gewesen.

Was man ihr dann letztlich zugestand, war ein Blick auf den in der Gerichtsmedizin aufgebahrten Leichnam Erlers. Sodass sie sich diesen Menschen einmal richtig anschauen konnte.

Ihr erster Toter. Ihren tödlich verunglückten Vater hatte sie nie zu Gesicht bekommen, war allein dem Sarg gefolgt, in dem symbolisch auch ihre im Meer zurückgebliebene Mutter Platz gefunden hatte. Und jetzt dieser Mann, dessen von einem Schusskanal durchdrungenes Auge dunkel klaffte. Sichtbar auch der knochige Oberkörper sowie die lange Naht des im Zuge der Obduktion geöffneten Brustkorbs. Weiters die stark tätowierten, sehnigen Arme, während der Rest des Körpers unter einem weißen Laken verborgen blieb.

Es war schon klar, wieso dieser Mann gerne von Christus gesprochen hatte. Er sah selbst wie einer aus.

Ein Christus, der Emilie getötet hatte.

Der Kriminalbeamte, der Tonia empfangen und zu Erlers Leiche gebracht hatte, war ein gewisser Chefinspektor Halala. Peter Halala.

»Was ist das für ein Name?«, zeigte sich Tonia sehr direkt. Und meinte, es klinge doch recht Arabisch.

»Arabisch stimmt«, sagte der Chefinspektor, »aber ebenso Finnisch. Mein Großvater war Finne, ist nach Amerika ausgewandert, sein Sohn wiederum, also mein Vater, war im Zweiten Weltkrieg in Österreich stationiert. In Linz. Und darum müssen Sie jetzt mit mir vorliebnehmen.«

»Das tue ich gerne«, sagte Tonia, die nie in Linz gewesen war. Und doch, diese spezielle Aussage machte ihr den Chefinspektor höchst sympathisch. Und erleichterte es ihr auf eigentümliche Weise, an diesem Ort zu sein.

Tonia schaute nun auf den Körper des Mannes hinunter, der Emilie getötet hatte. Sie sagte: »Man sieht die Drogen.«

»Ja, das tut man«, bestätigte Halala. »Dabei war der Mann einst geschäftlich durchaus erfolgreich. Als Antiquitätenhändler.«

»Muss ich das in einem Zusammenhang sehen?«, fragte Tonia. »Vom Antiquitätenhandel zum Drogenhandel?«

Halala erwähnte einen der Facebookeinträge, der in der Zeit kurz vor dem Amoklauf entstanden war und in dem Erich Müller – also Tonias Erler – erklärt hatte, der Kunsthandel würde so funktionieren, als weide man den lieben Gott aus und bringe möglichst viele Teile von ihm auf den Markt. Die Stücke der Leber würden dermaßen geschickt verändert werden, dass man sie als Teile des Herzens ausgeben könne. Letztlich existiere auf dem Markt gar nichts von der Leber oder der Milz oder vom Darm, während andererseits so viele Teile des Herzens an vermögende Kunden gelangten, dass sie alle in einen einzigen Gott nie und nimmer hineinpassen würden.

»Sie sehen«, meinte Halala, »er hatte es mit Gott. Mit einem stark personalisierten. Wobei er sich selbst ja eher als Judas sah, aber als ein Judas, der quasi aus Christus heraus entstanden ist. Aus einer Notwendigkeit des Paarhaften. – Das sind nicht meine Worte. So hat sich unser Täter ausgedrückt.«

»Was wissen Sie über seine Familie?«

»Da ist niemand mehr, den wir befragen könnten. Der Vater unbekannt. Die Mutter tot. Keine Geschwister. Einige Frauen, mit denen er zuletzt zusammen war. Er war quasi obdachlos, aber nie auf der Straße, ist immer bei Frauen untergekommen. Bei Frauen aus dem Milieu wie bei Frauen aus anderen Milieus. Er hatte wohl einen, wenn ich das sagen darf, einen verrückten Charme.«

»Er hat meine Nichte erschossen.«

»Ich weiß. Darum sind Sie hier. Aber Sie sind nicht hier, nur damit ich Ihnen ein Monster aufzeichne. Dafür brauchen Sie mich nicht, oder?«

»Nein«, stimmte Tonia zu. Bei allem Schmerz war sie nicht gekommen, um einfach nur wütend gegen diesen Körper zu sein, sondern entschlossen, genau hinzusehen. Wenn es da etwas zu sehen gab. Und das tat es. Sie zeigte auf eine Stelle auf der von ihr aus rechten, so gut wie unbehaarten Brustseite, auf halbem Wege zwischen Achsel und Solarplexus. »Was ist das? Ein Muttermal?«

»Ich wusste, dass Ihnen das auffallen wird«, erklärte Halala.

Und während er das sagte, beugte sich Tonia näher über den Toten, um den rechteckigen Flecken zu studieren, der sich nicht nur durch eine markante Schwärze auszeichnete, sondern auch durch seine unnatürliche Form: ein Quadrat. Ein Quadrat von der Größe, die gut auf einen Fingernagel gepasst hätte.

»Kein Muttermal«, erklärte der Kriminalist im Range eines Chefinspektors, »sondern eine Tätowierung. Wir haben das eingehend geprüft. Wenn Sie genau schauen, sehen Sie die schmale weiße Umrandung. Die wurde ebenfalls gestochen, heller als die Haut. Das Ganze passt aber so gar nicht zu den Tattoos, die unser Toter sonst besitzt.«

In der Tat. Sosehr das grafische Gewebe an den sehnigen Armen Erlers – zusammen mit den floralen Ausläufern im jeweiligen Schulterbereich – dem obligaten Gemenge aus einem Zuviel an allem entsprach, einer in Dekor und Symbolik sich erschöpfenden Selbstverzierung, so völlig anders mutete das nüchterne Quadrat an, das in dem gänzlich unverzierten Areal von Brust und Bauch lag. Ein Quadrat von der Qualität eines dunklen Eingangs. Oder Ausgangs.

»Und was bedeutet das?«, wollte Tonia wissen.

»Das haben wir uns natürlich auch gefragt. Die Symbole an den beiden Armen sind ja einfach zu entschlüsseln. Zeichen für Friede, Freiheit und das Recht auf Ekstase. Zum Beispiel hier, sehen Sie, eine Distel, die für ein langes Leben steht – hat ihm wenig genützt. Da passt schon eher die Eule auf der anderen Seite, Verkünderin des Unheils. Gut, das ist alles eindeutig. Nicht hingegen das schwarze Quadrat auf der Brust über dem Herzen. Das ist kein bekanntes Zeichen, wie es etwa bei Gefängnisinsassen vorkommt. Kein Mafiacode, kein Symbol für irgendeine uns bekannte Zugehörigkeit. Ich will ehrlich sein, Frau Schreiber, auch wenn Ehrlichkeit mitunter absurd klingt. Aber der deutlichste Hinweis ... Kennen Sie sich mit Kunst aus?«

»Sie fragen mich das«, meinte Tonia, »als wollten Sie wissen, ob ich mich mit Perversionen auskenne?«

»Na ja, es gibt Leute, die halten es tatsächlich für pervers, wenn ein Gemälde, das aus nichts anderem als einem schwarzen Quadrat besteht, für bedeutende Kunst gehalten wird. Für eine Ikone der modernen Malerei.«

»Sie meinen aber nicht das Quadrat hier auf dieser Brust?«

»Nein, ich meine jenes ganz in Schwarz gehaltene Quadrat, das in Moskau hängt und das von Kasimir Malewitsch stammt, der es 1915 gemalt hat.«

Natürlich wusste Tonia, die auf dem Schiff *Ungnadia* von ihrer alkoholverliebten Mutter auch in Kunstgeschichte unterrichtet worden war, von diesem Bild. So, wie sie wusste, dass nicht etwa ein verstörter Russe eine Fläche schwarz ausgemalt hatte, weil er sich ersparen wollte, einen Vogel, ein Gesicht oder eine Pferdekutsche auf die Leinwand zu bringen.

Vielmehr hatte Malewitsch ein bereits bestehendes Bild übermalt, um auf diese Weise zur Konsequenz des reinen Nichts zu gelangen (nur, dass in dem Moment, da Tonia mit Halala vor Erlers Leiche stand, also zu Beginn des Jahres 2012, noch unbekannt war, dass es gleich zwei übereinanderliegende Bilder gewesen waren, auf die Malewitsch seine schwarze Fläche gesetzt hatte, um solcherart einen Markstein und Endpunkt der modernen Malerei zu schaffen).

Und das also war allen Ernstes das einzige Indiz, das die Wiener Kriminalpolizei auf dem Leib des Toten gefunden hatte. Ein Kunstindiz. Ein Indiz, das noch eine beträchtliche Steigerung erfuhr, indem die Maße des Brusttattoos – schwarzes Quadrat plus weißer Rand – mit exakt 7,9 × 7,9 mm maßstabsgetreu dem Malewitsch-Original von 1915 mit seinen 79 × 79 Zentimetern entsprach. Wobei in beiden Fällen die eigentliche schwarze Fläche – einmal gut bewacht in der Moskauer Tretjakow-Galerie, das andere Mal auf der Brust Erlers nicht ganz so sicher verewigt – etwas unregelmäßig ausfiel. Weil nämlich Malewitsch nicht etwa mit einem Lineal gearbeitet hatte. Er hatte auf eine exakte Parallelität der Seiten verzichtet oder, besser gesagt, sie vermieden. Er war ja nicht Geometrielehrer gewesen, sondern Maler. So wenig das schwarze Quadrat wirklich absolut schwarz war, sondern eher durchsichtig, wie man sagen kann, der schwarze Weltraum sei durchsichtig. Was sich wiederum gut in eine Äußerung Malewitschs fügte, er hätte mit diesem Bild die »nackte Ikone« seiner Zeit gemalt. – Und Erler? Hatte er sich ebenfalls eine nackte Ikone auf die Haut stechen lassen?

Sehr wahrscheinlich. Man konnte nämlich den Vergleich zwischen den beiden schwarzen Quadraten noch etwas weiter vorantreiben. Auf dem Schwarz von Malewitschs Ölgemälde befanden sich feine Risse, etwas, das man Krakelüre nennt und von dem die Kunsthistoriker behaupteten, Malewitsch hätte sie beabsichtigt, um das darunterliegende helle Bild durchscheinen zu lassen. Dieses Geflecht aus Rissen und Sprüngen fand sich nun ebenfalls auf der Oberfläche von Erlers tätowiertem Quadrat. Zwar nicht im Sinne einer exakten Kopie, aber doch als ein Zitat: sehr feine Aussparungen, die die helle Haut durchleuchten ließen.

Diese Umstände beschrieb Halala.

Worauf Tonia meinte: »Wenn man das alles zufällig nennt, wären es aber viele Zufälle auf einmal, oder?«

»Sicherlich«, sagte der Polizist. »Ich glaube auch nicht an einen Zufall. Doch wenn hier mit Absicht ein Bezug zur Kunstgeschichte hergestellt wurde, was beweist uns das? Letztlich nicht viel mehr als einen gewissen Grad an Bildung des Tätowierten wie des Tätowierers. Diese Bildung aber erklärt uns nicht, wieso dieser Mann in dieses Kino ging und um sich schoss. Faktum ist, dass das Quadrat auf seiner Brust keinerlei Hinweis liefert, Erich Müller hätte irgendeiner Gruppe angehört, die seine Tat in Auftrag gab. – Es tut mir leid, aber wir müssen uns derzeit damit begnügen, eine schwere Persönlichkeitsstörung festzustellen. Einen religiösen Wahn, einen gestörten Geist. Einen erweiterten Suizid.«

»Wieso tut es Ihnen leid? Hätten Sie mir gerne eine Verschwörung angeboten? Ein Komplott gegen meine Nichte?«

»Es gibt Attentate«, sagte Halala, »deren Sinn wir erst begreifen, wenn wir das Bild unter dem Bild kennen. Falls es da ein Bild gibt. Vielleicht gibt es aber keines und es stimmt, dass dieser Mann einfach seines Lebens überdrüssig war und aus dem Überdruss heraus einige Menschen mit in den Tod nehmen wollte.«

Mit in den Tod.

Das war es, was Tonia ebenfalls wehtat, die Vorstellung, dass Emilie, als sie starb und damit ihren Zustand änderte, genau im Zustand dieser Verwandlung und des Übertritts in eine andere Welt jenem Mann begegnet sein könnte, der sie getötet hatte.

Ein Mann, der hier lag, aufgeschnitten und wieder zusammengenäht, auch weil man eine tödliche Krankheit vermutet hatte, die vielleicht als Auslöser für die Tat hätte infrage kommen können. Stattdessen ein rätselhaftes schwarzes Quadrat auf der Brust dieses christusartigen Körpers. Wäre Erler nun von den Toten auferstanden, Tonia hätte die Wahrheit aus ihm herausprügeln wollen. Doch er war unanfechtbar tot.

Als besäße das nun irgendeine Relevanz, erklärte der Chefinspektor, er hätte nachgelesen, es würden von Malewitschs Schwarzem Quadrat höchstwahrscheinlich vier Versionen existieren. Doch mit Blick auf das Quadrat auf Erlers Brust schloss er: »Wohl eher fünf.«

Eine kriminalistisch-kunsthistorische Erkenntnis, die in keiner Weise half, sich Erlers Tat zu erklären. Doch in wenigstens zwei Köpfen blieb dieses Quadrat stecken – sein Anblick, seine Verbindung zur Moderne, seine rätselhafte Platzierung. Im Kopf Tonias und in dem des Kriminalisten, der sie an diesen Ort begleitet hatte. Und dessen Aufgabe eigentlich darin bestand, unter den Fall einen ordentlichen Schlussstrich zu ziehen.

Die beiden verließen die Gerichtsmedizin, als kämen sie gerade von ihrer Scheidung. Und in der Tat würden sie lange nichts mehr voneinander hören. Aber lange ist eben nicht ewig.

Tonia hätte es gerne vermieden. Aber es ließ sich eben nicht vermeiden, dass dieser Schicksalsschlag zu einem Bruch zwischen

Hannah und ihr führte. Keinem heftigen Bruch im Zuge von Vorwürfen und Rechtfertigungen, massiver Klage und ebensolcher Widerrede, sondern zu jener Art von Riss, der, von einem absoluten Schmerz in Gang gesetzt, durch die Dinge geht, und kein Sekundenkleber – und kein Stundenkleber, und auch kein Die-Zeit-heilt-alle-Wunden-Kleber – imstande wäre, diese feine, aber unendlich tief führende Spalte zu verschließen. Nein, so wenig Hannah ihrer Halbschwester irgendeine Schuld am Tod der Tochter gab, so sehr stand diese Schuld im Raum und trennte die beiden. Sie sahen sich noch einmal beim Begräbnis Emilies, danach sprachen sie einander nur mehr am Telefon. Aber diese Gespräche waren getragen von Bitterkeit und von der zunehmenden Entfernung, die schließlich zu einer Distanz anwuchs, die auch keine Telefonleitung zu überwinden imstande war. Nicht zuletzt war es Tonias übergroße Trauer, die die beiden trennte. Eine Trauer, die in solcher Weise eigentlich nur der Mutter des Kindes zustand. Und das galt ebenso für die Last der Verantwortung, die Tonia auf sich nahm, so übermächtig, dass man fast von einem Diebstahl an der Mutter sprechen konnte.

Für Tonia wurde klar, dass sie ihr Leben in seiner alten Form nicht mehr würde fortführen können. Sie sagte sich, kein Recht auf dieses alte, dieses gute Leben zu haben, allerdings ebenso wenig das Recht, diesem Leben ein Ende zu setzen. Als würde es ihr einfach nicht mehr gehören. Unmöglich, etwas aufzugeben, das einem nicht gehörte. Aufgeben nicht, auflösen aber schon. Das alte Leben auflösen und ein neues beginnen. Allerdings eines, das nur funktionieren würde, wenn es deutliche Züge einer Sühne besaß.

Der erste Akt der Auflösung des alten und damit der Beginn des neuen bestand darin, zu verarmen. Und auch wenn dies eigentlich einer echten Strafe zuwiderlief, so war es durchaus vernünftig, die Villa sowie einen Etat zum Erhalt dieser Villa – dem Erhalt der Aquarien, der Gewächshäuser, des aufwendig zu pflegenden Gartens – dem Ehepaar Liang zu überschreiben. Was nun aber gar nicht ging, wäre gewesen, den Rest des beträchtlichen Vermögens einer Gesellschaft zur Unterstützung von Verbrechensopfern zu spenden. Oder für hungernde Kinder. Obdachlose, Flüchtlinge, den Tierschutz. Nein, es musste etwas sein, das dem Prinzip der Selbstbestrafung entsprach, ohne jedoch in eine Karikatur zu münden, also etwa alles Geld irgendeiner Zockerbande zu stiften. Was Tonia dann tat, war nicht karikierend, aber zynisch. Und darin besteht das Wesen einer Strafe, in ihrem Zynismus: ihrem bösen Lächeln.

Genau auf diese Weise lächelnd, traf Tonia die Entscheidung, ihre vielen Millionen der katholischen Kirche zu vermachen, wobei der zynische Akt sich daraus ergab, schon seit Langem nicht mehr Mitglied dieser Kirche zu sein und ganz sicher keine Anhängerin von deren Aktivitäten. Andererseits entsprach es einer traditionellen Geste, sein Geld der Kirche zu übertragen, es auf eine »heilige« Weise loszuwerden und sich Seelenfrieden zu erkaufen. Natürlich glaubte Tonia weder an einen solchen Frieden, noch meinte sie, ihn verdient zu haben. Umso passender war diese Aktion, die zum Entsetzen ihrer Verwandtschaft geschah. Interessanterweise aber nicht zum Entsetzen ihres Vermögensberaters, der ausgezeichnete Kontakte zur römisch-katholischen Kirche in Österreich pflegte und es gerne übernahm, den Deal in eine geordnete Bahn zu lenken. Wie er insgesamt alles in die Wege leitete, um gemäß Tonias Anordnung absolut jeden Teil des Vermögens aus ihrer Hand zu entfernen und in eine andere Hand zu übertragen. Zuletzt blieb nur noch jener nicht ganz unerhebliche Betrag, der nötig war, selbigen Berater zu bezahlen. Bei einem letzten Zusammentreffen der beiden in einem Wiener Nobelrestaurant – bevor dann Tonia, aller Mittel entledigt, diese Stadt verließ, um an einem anderen Ort ein vollkommen neues Leben zu beginnen – bekundete der Vermögensberater und Vermögensverteiler, sie, Tonia, sehr gut zu verstehen. »Das Einzige, was zählt, ist Konsequenz. Wenn du mich fragst, in den Himmel kommen alle, die konsequent sind, in die Hölle der Rest.«

Tonia erwiderte: »Ich will nicht in den Himmel.«

»Genau das meine ich.«

3

Tonia Schreiber überlegte keinen Moment, auch nur den geringsten Teil an Geld zurückzubehalten, um zumindest ihren Umzug und Standortwechsel vornehmen, eine Wohnung kaufen und eine Zeit lang auch ohne Erwerbstätigkeit ein bescheidenes Leben führen zu können. Sie ging mittellos nach Deutschland. Und sosehr ihr Fortgang einer Flucht gleichkam, war sie kein Flüchtling. Es wäre schwer gewesen, überhaupt zu definieren, was sie war. Eine Verlorene wohl. Und man könnte behaupten, ihr größter Besitz beim Übertritt an der Grenze sei ihr österreichischer Reisepass gewesen. Das Geld, das sie besaß, war im wahrsten Sinne eine Art Taschengeld, der Betrag, der in ihrer Geldbörse übriggeblieben war, als sie nach jenem letzten Treffen mit ihrem Vermögensberater ein ziemlich kostspieliges Essen bezahlt hatte. Und kurz darauf eine Bahnkarte zweiter Klasse nach Hamburg. Wobei die Wahl auf die Hansestadt nicht gefallen war, weil man dort von einem günstigen Leben sprechen konnte. Es war einfach die Stadt, die Tonia beim Gedanken an das Nachbarland als Erstes in den Sinn gekommen war, wie sie zuvor beim Gedanken an das Weggehen als Erstes an Deutschland gedacht hatte. Ohne familiären Hintergrund oder einen speziellen freundschaftlichen Kontakt. Sie zog ja nicht weg, um irgendwo Sicherheit zu erfahren. Zugleich wäre ihr eine Reise nach Kambodscha oder an einen dieser von Kälte zerfressenen kleinen Orte in Alaska viel zu melodramatisch und literarisch erschienen, um als echte Strafe durchzugehen. Doch Deutschland als Strafe schien undramatisch angemessen und trotz der vielen Dichter in diesem Land auch recht unliterarisch.

So verließ sie das Land ihrer Staatsbürgerschaft und das Land ihrer Halbschwester und das Land des toten Kindes, das zu retten sie nicht imstande gewesen war. Es war Frühling, und sie trug ein Kleid aus festem Wollstoff, ein Kleid, das gleichermaßen über eine gewisse Luftigkeit verfügte wie auch eine glatte Festigkeit. In der Art dieser Gewänder beim Judo, wenn viele Jahre des Schwitzens und der Waschmaschinenreinigung den Stoff »vermenschlicht« haben. Dazu hatte Tonia nur einen kleinen Koffer und eine Handtasche bei sich, darin das Allernotwendigste, vor allem auch jene Bürste, in der noch immer Emilies Haare steckten, die Haare einer Toten, die niemals wieder diese Bürste verlassen würden.

Ihre Handtasche im Arm, begab sich Tonia in das Bordrestaurant, um sich eine Tasse Tee zu bestellen. Es war recht voll, und sie kam gegenüber einer älteren Dame zu sitzen, die sofort eine Unterhaltung begann. Es zeigte sich, dass die kleine, rundliche Frau, in deren weißem Haar einige violette Strähnen etwas von einem zarten Graffiti hatten, ebenfalls nach Hamburg fuhr, wo sie mit ihrem verwitweten Bruder im eigenen Haus lebte.

Bereits in diesem Gespräch war alles angelegt, was Tonia dazu bringen sollte, später zur Büglerin zu werden. Tonia erzählte ganz offen von ihrer Situation und der Notwendigkeit, recht bald Arbeit am neuen Ort finden zu müssen, wollte sie nicht auf der Straße stehen. Wobei sie mit Arbeit keineswegs meinte, wieder in die Meeresbiologie einzusteigen.

»Wie passend!«, erklärte die Dame, die sich mit dem Namen Wiechert vorstellte. Sie berichtete, auf der Suche nach einer Haushaltshilfe zu sein. »Aber ich muss ehrlich sein mit Ihnen, mein Bruder ist unmöglich. Ein Tyrann, schon bevor er dement geworden ist, aber dank der Demenz jetzt ein doppelter Tyrann. Er hat es geschafft, noch jede Person aus dem Haus zu ekeln.«

»Ich bin aber keine Krankenschwester«, gab Tonia zu bedenken. Vor allem aber wollte sie dem Grad ihrer Selbstbestrafung Grenzen setzen. Es existierten Tätigkeiten, die einfach nicht infrage kamen, Tätigkeiten, die sie als verwandt ansah: Krankenschwester, Prostituierte, Fußpflegerin, Masseurin – also all jene, die direkt auf den Körper eines Kunden einzugehen hatten. Doch

Haushälterin, Putzkraft, Wäscherin und Büglerin, damit war sie einverstanden. Ein Klo zu putzen war nicht dasselbe, wie den Hintern des Hausherrn putzen. Ein Hemd zu bügeln hieß, eine Distanz zu wahren, die natürlich fort war, sobald man in irgendeiner Form an die Haut des Hemdträgers geriet.

Doch in Bezug auf den wahnsinnigen Bruder ihrer Auftraggeberin meinte sie: »Ich habe einen Tyrannen verdient.«

»Diesen hier hat keiner verdient«, sagte Frau Wiechert, spürte aber, wie sehr Tonia sich für diesen Job eignete. Nicht von ihrer haushälterischen Kompetenz her, beileibe nicht, das würde Tonia alles erst erlernen müssen. Nein, sie eignete sich in einem moralischen Sinne, was ja viel wichtiger war. Weil Tonia, gleich, was geschehen würde, es als notwendig und gerecht hinnehmen würde. Darin bestand das tiefe Geheimnis der Strafe, gerecht zu sein. Indem sie gerecht und willkommen war, wurde die Strafe zur Sühne. Und Sühne diente dazu, eine kosmische Ordnung wiederherzustellen, ein Durcheinander zu bereinigen.

So reiste Tonia also zusammen mit der alten Dame nach Hamburg und kam in deren Haus unter. Sie bezog ein kleines Zimmer im Dachgeschoss. Und zwar auf jener Seite des Daches, die im Schatten zweier hoher Birken stand. Das Licht gelangte auch an hellen Tagen immer nur phasenweise durch ein sehr kleines Kippfenster, dann, wenn die bewegten Blätter der Bäume sich günstig zur Seite bogen. In diesem Raum konnte man sich fühlen wie im Inneren eines Postkastens, dessen Einwurfschlitz in unregelmäßigen Abständen kurz aufging und einen Streifen von Licht hereinließ.

Tonia musste lernen. Und sie lernte rasch. Sie konnte das noch nicht wissen, aber indem sie so gut wie alle häuslichen Arbeiten übernahm – vom Fensterputzen über das Wäschewaschen, das Reinigen der Böden, das Staubwischen, die Pflege der Zimmerpflanzen, nicht zuletzt die Pflege jener halbgebändigten Natur draußen im Garten, eine Arbeit, die eigentlich die eines Gärtners gewesen wäre – indem sie all das tat, bewegte sie sich unbewusst auf jene Tätigkeit zu, auf die sie später ihre ganze Kraft, auch ihre geistige, konzentrieren würde.

Vorerst aber arbeitete sie ohne Unterlass in sämtlichen Bereichen, so, wie man ohne Unterlass atmet und einem die Haare wachsen und die Haut sich erneuert. Es war ein bienenhaftes Gesumm in der Unaufhörlichkeit ihrer Bewegungen. Das hatte aber weder mit Fleiß zu tun, noch zielte es auf ein Mehr an Verdienst. Der Lohn, den ihr Frau Wiechert bezahlte, ging nach Abzug von Kost und Logis auf ein Konto und blieb dort so gut wie unangetastet. In den zwei Jahren, die Tonia in Hamburg verbrachte, sah sie so gut wie nichts von der Stadt, nichts von dem, was einem diese Stadt an Ablenkungen bieten konnte. Doch Ablenkung war nicht das Thema. Dafür aber eine konsequente, jede Ecke des Hauses und jede Ecke des Gartens betreffende Fürsorglichkeit. Eine Fürsorglichkeit, die darum als Strafe funktionierte, weil dieses Haus und dieser Garten ihr nicht gehörten. Sie war so vollkommen ohne Eigentum, und nicht selten kam es ihr vor, als gelte das auch für ihren eigenen Körper. Sie wollte nicht so weit gehen zu sagen, ihr Körper gehöre dem Teufel ... so weit nicht. Aber vielleicht jemandem, den man den Vorteufel nennen konnte. (Natürlich erkannte Tonia eine gewisse Parallele zum Ehepaar Liang und fragte sich, ob auch diese beiden einst nach Wien gegangen waren, um dort eine lebenslängliche Strafe zu verbüßen. Und sich nun in dem absurden Zustand befanden, zu Besitzern des Gefängnisses geworden zu sein, in dem sie schon so lange putzend und pflegend eingesessen waren.)

Tonia wich also jeglichem Vergnügen aus. Empfand dies aber weniger als Verzicht oder Einschränkung. Ihr erschien die Aussicht auf eine Vergnügung tatsächlich im strengen Sinn als Aussicht, als der Blick auf etwas Fernes und Fremdes, das für sie, die Quasigelähmte, unerreichbar war. Unerreichbar und wenig erstrebenswert. Sie war so gesehen gerne gelähmt. Aber klar, es gibt auch Dinge, bei denen es genügt, den Arm einfach auszustrecken.

Dieses Ding trat zunächst als ein eher medizinisches Argument in ihr Leben. Womit nun nicht die Pflege des Bruders von Frau Wiechert gemeint war, sehr wohl aber eine seiner Einrichtungen. Nämlich die in seine Bibliothek integrierte Bar, die über eine Whiskysammlung verfügte, die noch etwas mehr Platz einnahm als die schmalen, tiefen Körper seiner Bücher. Beide Objekte, Bücher wie Flaschen, befanden sich in den wandhohen Regalen aus massivem, dunklem Holz. So erdig und weltlich die Bücher darin anmuteten, so transzendent die vollen und halb vollen Flaschen, die zumeist ihren Inhalt deutlich zeigten, ihn seltener hinter dunklem Glas verbargen. Von den oberen Kanten der Regale flutete zu jeder Tageszeit das Licht kleiner Spots herab, was wohl ursprünglich dazu gedient hatte, die Titel der Bücher zu erhellen, ihre »hübschen Rücken«. Nun aber auch den Vorderseiten der Flaschen zu einiger Wirkung verhalf. Ein Anblick, der Tonia anfangs doch sehr stark an die Behältnisse der in Alkohol eingelegten Fischkörper erinnert hatte, mit denen sie während ihres Studiums beschäftigt gewesen war. So entwickelte sie die Vorstellung, dass auch in Whiskyflaschen vom Leben zum Tod gelangte Wesen konserviert waren, unsichtbare Wesen. Unsichtbar, aber nicht ohne Effekt.

Sie hatte eigentlich nie für Alkohol geschwärmt, nicht für den Geschmack und nicht für die befreiende oder dämpfende Wirkung. Die Weinflaschen, die sie einst, wenn sie im Halm mit Hannah zusammengesessen war, aus dem Regal genommen hatte, hatte sie mehr des Öffnens wegen entkorkt. Das Öffnen einer Flasche war ihr stets als besänftigendes Ritual erschienen, dazu das Einschenken der Gläser, das Schwenken, das Anstoßen. Der über den Glasrand gerichtete Blick auf ihr Gegenüber, ihre Freundin und Schwester. Das Trinken selbst ... nicht, dass ihr davor geekelt hätte, aber mit dem Geschmack von Wein war immer auch das Gefühl einhergegangen, etwas Verwelktes zu sich zu nehmen. Nicht mehr ganz frische Natur. Alte Natur.

Coca-Cola war ihr stets lebendiger erschienen als Rotwein (ein alter Mann) oder Weißwein (eine alte Frau). Eine Flasche Coke hingegen schmeckte nach einem jungen Menschen. Cola mit Rum wiederum nach einem jungen Menschen unter der Fuchtel eines alten.

Später war dann der Alkohol aus diätetischen Gründen kaum mehr infrage gekommen, weil er aus den meisten Personen entweder Schwämme oder fragile Knochen machte. Allerdings hatte

Tonia den einen Moment in ihrem Leben, auf den ihre ganze Fitness ausgerichtet gewesen war, auf so schreckliche Weise bereits hinter sich gebracht, und andererseits geschah es, dass sie mit ihrem Weggang von Wien und ihrem Einzug in Hamburg anfing, unter Schlafstörungen zu leiden. So erschöpfend ihre Arbeit im Haus und im Garten war, so schwer fiel es ihr, nach einem in ihrem Zimmer mit Lesen und Fernsehen zugebrachten Abend in den Schlaf zu finden. Zwar fielen ihr ab halb elf, elf die Augen zu. Aber eben nur die Augen, während ihr Bewusstsein ständig versuchte, durch eine Wand zu rennen und in den Schlaf einzudringen, sich dabei aber den Kopf anstieß, was das Einschlafen nur schwieriger machte. Interessant, dass Tonia dies jedoch nicht als einen weiteren Aspekt ihrer Strafe an- und hinnahm, sondern als ein dummes Benehmen ihres Körpers, ein verzichtbares Benehmen.

In einer dieser Nächte, da sie bereits mehrmals gegen die Wand gerannt war und schlafhemmende Beulen davongetragen hatte, verließ sie ihr Bett und entschied sich, hinunter in die Küche zu gehen und sich einen Tee zuzubereiten. Doch obgleich das Etikett des Teebeutels mit dem Wort »beruhigend« warb, blieb eine solche Wirkung aus, und anstatt wieder ins Bett zurückzukehren, wanderte Tonia unruhig im Haus umher. Stieg sogar hinunter in den Keller, um dort – nicht zum ersten Mal um diese Zeit – den Boden zu fegen. Und auch wenn ihr dieser Ort durchaus unheimlich war, erst recht in der Nacht, erschien ihr eine solche Kombination des Unterirdischen mit dem Horriblen, ergänzt um die Heimlichkeit einer Arbeit zur unrechten Zeit, doch auch ziemlich passend.

»Was treiben Sie hier?«

Sie wandte sich um. Da stand er, der Bruder der Hausherrin, sehr achtzigjährig, sehr finster, im seidenen Pyjama, aber mit Straßenschuhen. Und einer Pistole in der Hand.

»Ich mache den Boden«, beschrieb Tonia das Offenkundige.

»Um diese Zeit?!«, fauchte der Alte. Und fügte an, Einbrecher vermutet zu haben.

»Sie können mich doch gar nicht gehört haben«, sagte Tonia, auf das nicht mehr so gute Gehör ihres Gegenübers anspielend.

»Werden Sie nicht frech!« Er hob seine Stimme an. Und hob auch seine Waffe noch ein Stück, sodass er jetzt das Leben der Deckenlampe gefährdete.

»Wollen Sie mich erschießen?« Auf ihrer Stimme lag der Klang von Spott fein gestreuselt. Sie war seit einigen Wochen in diesem Haus beschäftigt, und den Zurechtweisungen des Hausherrn begegnete sie mit kleinen Spitzen, die mal stachen, weil er sie begriff, mal, weil er sie nicht begriff. Im Grunde prallten seine Einmischungen an ihr ab.

Er klagte: »Wenn Sie hier mitten in der Nacht herumgeistern, braucht es Sie gar nicht zu wundern, wenn einmal ein Unglück geschieht.«

»Bleiben Sie doch einfach im Bett«, konterte Tonia, »dann geschieht schon kein Unglück.«

»Was erlauben Sie sich, mir vorschreiben zu wollen ...«

»Das ist nur eine Empfehlung. Um Kugeln zu sparen.«

Er faltete seine Stirn, als würde er ernsthaft das Einsparen von Kugeln in Betracht ziehen. Dann wechselte er die Stimmlage und erklärte: »Sie wissen sicher, Tonia, was für eine schöne Frau Sie sind.«

»Ja, danke, ich weiß es.« Im Grunde wunderte es sie, dass er damit nicht schon früher angefangen hatte. Er zählte eindeutig zu diesen alten Männern, die sich eine ewige Potenz einbilden sowie einen lassoartigen Charme. Männer, die sich alle irgendwie für Martin Walser halten.

Er erklärte ihr, sie brauche wirklich nicht mitten in der Nacht den Keller aufzuräumen. Stattdessen würde er sie gerne zu einem Gläschen in die Bibliothek einladen.

Zu ihrem eigenen Erstaunen antwortete Tonia: »Legen Sie mal die Waffe weg. Dann komme ich mit.«

»Aber natürlich«, sagte er. Dabei betrachtete er die Pistole in seiner Hand wie einen kleinen dunklen Flecken, den ein inkontinenter Geist verursacht hatte. Und als wollte er sich diesen Flecken von der Hand wischen, versuchte er jetzt, die Pistole in seiner Pyjamahose unterzubringen.

»Geben Sie mir lieber das Ding«, sagte Tonia vorsichtshalber.

Es war erst die zweite Waffe in ihrem Leben, der sie wirklich begegnete. Und auch diese ging los. Beim Versuch des Alten, die ungesicherte Pistole wie ein Taschentuch einzustecken, löste sich ein Schuss. Die Kugel streifte seinen Oberschenkel und bohrte sich tief in den Boden aus gestampftem Lehm.

Nun, glücklicherweise war es bloß ein Hauch von Streifschuss, als hätte ein sehr kleines Spielzeugflugzeug an dieser Stelle des Oberschenkels eine Notlandung versucht. Um dann doch an ganz anderem Ort zu zerschellen.

So war Tonia gezwungen, entgegen ihrer Maxime für einen Moment zur Krankenschwester zu werden. Sie brachte den zart verwundeten Mann nach oben in die Bibliothek und holte das Verbandszeug. Als sie ihn verarztete, seine Wunde desinfizierte, wurde ihr schmerzlich bewusst, dass das Schicksal ausgerechnet diesen alten Idioten verschont hatte, während Emilie so ohne jede Chance gewesen war. (Denn man kann vielleicht sagen, dass es immer die gleiche Kugel ist, die mal einen Menschen tötet und dann wieder nicht. Die immer gleiche Kugel, die als Kern das Prinzip der Ungerechtigkeit in sich trägt.)

»Schenken Sie mir einen Whisky ein«, röchelte der alte Mann.

»Hören Sie auf zu röcheln«, sagte Tonia. »Nicht wegen einer solchen Lappalie.«

»Ich könnte jetzt tot sein«, meinte er.

»Wie denn? Indem Sie sich ins Knie schießen und nicht einmal das richtig treffen? Nein, nächstes Mal müssen Sie die Waffe deutlich höher halten, wenn das noch was werden soll.«

Er setzte sich auf, vertauschte den leidenden Ausdruck mit einem strengen und erklärte: »Ich kündige Ihnen.«

»Ich dachte, in diesem Haus wäre es üblich, dass die Angestellten kündigen«, merkte Tonia an. »Abgesehen davon sind nicht Sie es, der mich eingestellt hat.«

»Stimmt.«

Das hatte nicht der Hausherr gesagt, sondern die Hausherrin, die soeben eingetreten war. Offenkundig war sie zwar von dem Krach im Keller nicht geweckt worden, aber sehr wohl von den Stimmen in der Bibliothek.

Sie wollte nun von ihrem Bruder wissen, was denn hier los sei.

»Ich wurde angeschossen.«

»Frau Schreiber hat dich angeschossen?«

»So kann man das nicht sagen«, stotterte er. »Vor allem bräuchte ich jetzt einen Whisky. Aber deine Frau Schreiber ist ja nicht bereit …«

Die Schwester des Alten schaute sich die Wunde an und meinte: »Sieht eigentlich mehr nach dem Kratzer von einer Katze aus.«

Dennoch griff sie nun in eines der Regale, zog eine Flasche heraus und schenkte ein. Und zwar in drei Gläser. Währenddessen wandte sie sich an Tonia und wollte wissen, was denn wirklich vorgefallen sei. Tonia erklärte in wenigen, klaren Worten die Ereignisse, wie sie sich im Keller zugetragen hatten.

»Ach so«, kommentierte die alte Frau. In ihrem Blick lag eine Wehmut. Man kann vielleicht sagen, dass ihr die Möglichkeit, der Bruder könnte sich beim Versuch, vermeintliche Einbrecher abzuwehren, selbst erschossen haben, doch recht sympathisch erschien. Und sie es ein klein wenig bedauerte, wie unsympathisch die Wirklichkeit ausfiel.

Der alte Mann bekam noch ein großes Pflaster auf seine Katzenwunde.

Jeder von ihnen griff nach seinem Glas. Mitternacht in der Bibliothek. Man trank.

Es war nicht der erste Whisky in Tonias Leben. Aber doch der erste in ihrem neuen Leben nach Emilies Tod. Und ganz sicher der erste, den sie verstand. Beziehungsweise bei dem sie sich vom Whisky verstanden fühlte. Und wie!

Das war ihr selbst unheimlich, diese immense Wirkung im Zuge eines einzigen Schlucks.

Dieser Whisky löste etwas aus, von dem man sagen konnte, es besitze die Gewalt einer Geburt. Woraus eine Abhängigkeit folgte, die sich daraus ergab, genau jenes Gefühl, dass etwas in Tonia geboren werde, wiederholen zu wollen. Immer wieder den Eindruck zu haben, von diesem speziellen Geschmack in die Welt gesetzt zu werden. Natürlich nicht, um das Leben wieder von vorne zu beginnen. Oder etwas Misslungenes korrigieren zu können. Und schon gar nicht um des Vergessens willen, wie immer wieder behauptet wird. Nein, im Zuge dieser Geburt meinte Tonia, Teile dieser Welt zum ersten Mal wirklich wahrzunehmen. Der Whisky wirkte wie eine Brille.

Es war nicht so, dass Tonia das gleich im ersten Moment auf diese Weise definiert hätte. Da war zunächst nur diese heftige Explosion auf ihrer Zunge, dieses hübsche Feuerwerk, das sich in ihr Inneres brannte und sie die letzten Funken noch tief in ihrem Bauch spüren ließ. Funken, die da und dort weitere Feuer verursachten. Wie sehr junge Sterne, die Licht schufen, wo zuvor Dunkelheit gewesen war.

Dieses Gefühl war so stark, dass Tonia sehr bald begann, jene Whiskys, die im Laufe der Zeit zu ihren Favoriten wurden, jeweils mit dem Namen eines Sterns zu versehen, wofür es nötig war, sich nicht nur einige Kenntnisse bezüglich der Eigenart der verschiedenen Whiskymarken und diversen Abfüllungen anzueignen, sondern eben auch bezüglich der Eigenart gewisser massereicher Himmelskörper. Sonne war nicht gleich Sonne.

Jetzt aber saß sie noch mit ihrer Dienstgeberin und deren sehr leicht verwundetem Bruder zusammen und war ahnungslos in Bezug auf die Herkunft des Destillats, das da beim Bewegen des Glases eine schöne, ölige Kurve an dessen Innenwand beschrieb. Der Whisky drehte sich gleich den langsamer werdenden Motorradfahrern in einer lebensgefährlichen Trommel.

So wenig Tonia ihre langjährige Zurückhaltung beim Alkohol je in einen Zusammenhang mit der ausführlichen Trinkerei ihrer Eltern gebracht hatte, vor allem der der Mutter, so wenig tat sie das auch im umgekehrt Folgenden. Welches nämlich darin bestand, von nun an jeden Abend mit dem alten Mann zusammenzusitzen und einen Whisky zu verkosten. Zwei oder drei Gläser, nie mehr. Wenngleich der Alte sie oft anbettelte, länger zu bleiben. Hin und wieder versuchte er, ihre Hand anzufassen. Doch ein strenger Blick ihrerseits genügte. Vielleicht, weil er in diesem Moment begriff, doch nicht Martin Walser zu sein. Vielleicht auch, weil er ahnte, dass Martin Walser zu sein ebenfalls wenig genutzt hätte. Er erkannte wohl, was er riskierte hätte, hätte er tatsächlich … Dennoch waren ihm diese Abende mit Tonia ein Genuss, Abende, die er nicht wieder allein zubringen wollte, während seine Schwester zumeist recht früh ins Bett fand.

So begnügte sich der Alte mit jener Intimität, die ja auch irgendwie entsteht, wenn man mit einem anderen Menschen etwas trinkt. Wobei er viel redete, viel erzählte von seinem Leben, ausschmückte, wo auch immer eine Lücke in der Erinnerung dies möglich machte, sodass er sich einbilden konnte, nie zu lügen, nie etwas zu verfälschen, sondern eben bloß Lücken zu schließen. Und es gab viele davon. Was Tonia nicht störte, es war ihr einerlei, dass der Alte redete, während sie die Farbe des Whiskys studierte, immer wieder ihre Nase über die kleine Öffnung des kleinen Glases hielt – über dieses Loch im Raum – und dabei versuchte, mehr herauszuriechen als die viel zitierte Vanille, die Orangenschalen, das alte Leder, den Rauch, das Malz, die Würze, die Schokolade, die Sherryfässer und Bourbonfässer, die Meerbrise. Es war das, was dahinter stand, hinter der Schokolade und hinter dem fruchtigen Sherry, das, was immer hinter dem Offensichtlichen wie auch dem Spekulativen steht, man könnte sagen: das Muster. Oder besser gesagt: die Biologie des Musters. Sicher, es war eher ein Gefühl als etwas tatsächlich Definierbares und Nacherzählbares. Aber indem sie das Muster und seine Geschichte kostete, gelang es ihr, die Dinge, die sich davor aufreihten, die Aromen von Kräutern, von kandierten Nüssen, von Zitrusfrüchten, die Pfeffernoten oder den Einfluss von Torf, dies alles in ein Bild von der Welt zu fügen. Wenn Tonia roch, dann roch sie die Blätter eines Stammbaums. Dann roch sie nicht nur das Meer und das Salz, sondern auch die Gestalt der Küsten, nicht zuletzt erhielt sie eine Ahnung von den vielen vergangenen Leben, die in diesem Meer ihr Ende gefunden hatten. Oder eben den Leben, die an Land zu Ende gegangen waren: all der Tiere, Menschen und Pflanzen. Sie roch das Ende, und dennoch bescherte es ihr ein Gefühl der Geburt. – So war das, und es zu beschreiben war nicht einfach.

Eine bedeutende Auswirkung ihres allabendlichen Whiskygenusses bestand darin, sich beim Versuch einzuschlafen keine schlafhemmenden Beulen mehr zu holen. Der Genuss von zwei, maximal drei sparsam eingeschenkten Gläsern schuf eine Art von Gleitfähigkeit, die ihr durch die Wand half. Dies ermöglichte ihr nicht nur ein konstantes Einschlafen noch vor Mitternacht, sondern trug auch dazu bei, den Schlaf bis in den Morgen fortzusetzen. Einen Morgen, der bei ihr freilich bereits um sechs Uhr begann. Die Hausherrin bestand auf einer ersten frühen Mahlzeit, die Tonia pünktlich um sieben auf den Tisch zu stellen hatte. Dazu lief immer der Fernseher, durch den die Welt wie eine angeschossene Taube auf das Frühstück fiel. Eine weiße Taube, versteht sich, angesichts der Nachrichten. Und dennoch zauberte das Fernsehen auch eine kaminartige Wärme auf den morgendlich gedeckten Tisch.

So ging das zwei Jahre. Zwei Jahre, in denen nach und nach Tonias Wunsch nach einer Reduktion ihrer Arbeit reifte. Was nicht bedeutete, weniger arbeiten zu wollen, sondern nur weniger verschiedene Dinge. Begründet durch ihr Bedürfnis nach Perfektion. Und Perfektion ergab sich aus der Konzentration auf ein bestimmtes Fach. Die Leute, die immer alles taten, Bühnenbild und Regie und Text und dann auch noch sich selbst spielen und die fremden Gelder verwalten und in die Politik gehen und Erinnerungen publizieren und eine eigene Talkshow kriegen ... Man kennt das, diese Leute sind nicht perfekt, sondern Scheinriesen. Leute, die vorgeben, am Vormittag einen Gastvortrag in Lübeck zu halten und bereits zu Mittag an einer Klimakonferenz im schönen Durban in Südafrika teilzunehmen.

Tonia hatte durchaus dieses Gefühl, etwas von einem Scheinriesen zu besitzen, wenn sie all die Dinge im Haushalt des alternden Geschwisterpaars erfüllte. Ihre Geschäftigkeit änderte wenig daran, nicht alle Aufgaben mit jener Hinwendung und Präzision zu erledigen, die ihr vorschwebte. Weshalb die Idee reifte, ihre zahlreichen Arbeiten auf die eine spezielle zu beschränken, bei der die Strafe, die sie sich auferlegt hatte, in gleichem Maße erfüllt wurde wie ihr Bedürfnis nach Vollkommenheit. Und was würde sich besser eignen als das Bügeln? Das Ausmerzen der Falten und

Wellen und unerwünschten Unebenheiten im Stoff. Und umgekehrt die Betonung genau jener Falte, die als Bügelfalte, als Stoffbruch, eine Hose nach vorne hin wie zur Rückseite dominierte. Einen Bug bildete, der sowohl in die Richtung des Voranschreitens zeigte, als auch auf den bereits absolvierten Weg zurückblickte. Weshalb Menschen mit solcherart präparierten Hosen – bei aller Akkuratesse und selbst noch im raschen Gehen – etwas von Unentschlossenheit an sich hatten. Als könnten sie sich nicht entscheiden, ob ihre Liebe der Vergangenheit oder der Zukunft gehörte. Woraus der Eindruck eines Stillstands folgte. Eines Stillstands, den hervorzuheben Tonia besonders gern unternahm.

Aber es herrschte eben stets der Umstand, zu wenig Zeit zu haben. An die Grenzen der Zeit zu stoßen. Weil ein verunreinigter Teppich wartete, ein verdrecktes Fenster, der Garten, die Küche ... Und ständig fiel Staub und legte sich auf die Dinge. Es war kein großes Haus, aber auch kleine Kinder machen viel Arbeit. Übrigens ein Haus, das sich in allerbester Lage befand, im Südosten der Hansestadt, und dabei über ein Grundstück verfügte, auf dem gut und gern auch drei Häuser hätten stehen können.

Nach zwei Jahren in Diensten der alten Dame überlegte Tonia, welche Möglichkeiten es gab, ihre Bestrebungen durchzusetzen, also weniger zu kochen, weniger aufzuräumen, weniger zu gärtnern, dafür mehr zu bügeln, was ja nicht zusätzliche Waschgänge bedeutete, sondern längere Bügelzeiten. Aber der Tod der Hausherrin kam ihr zuvor. Die alte Dame stieg an einem eisigen Wintertag aus dem Taxi, rutschte auf dem glatten Straßenbelag aus und stürzte so unglücklich mit dem Hinterkopf gegen den Randstein, dass sie sofort tot war. Sie fiel eigentlich nicht ungeschickt, brach sich weder Bein noch Arm. Allein das Genick. Der Taxifahrer versuchte, sie wiederzubeleben, aber es war zu spät. Zurück ließ sie das Haus, vor dem sie ausgestreckt lag, sowie ein kleines Vermögen in Wertpapieren, einige Kunstwerke mittlerer Güte und einen Haufen Briefe. Sie hatte bis zuletzt eine aufwendige, wenngleich bedeutungslose Korrespondenz geführt, offensichtlich weniger am Austausch als am Schreiben an sich interessiert, was freilich ebenso das Merkmal insbesondere von bedeutendem

Briefverkehr darstellt. Klar, die Briefe kümmerten niemanden, der Rest aber schon.

Mit der Nachricht von ihrem Tod tauchte nicht nur ihr Letzter Wille auf, sondern auch ihr einziger Sohn. Ein Kind aus einer lange geschiedenen Ehe. Das Kind war jetzt ein fünfzigjähriger Mann und sehr daran interessiert, nach Jahren der Trennung nicht nur den entseelten Körper seiner Mutter auf den Friedhof zu begleiten, sondern vor allem seine eigenen Interessen zu wahren. Er war einer dieser Männer, die von einer Pleite zur nächsten schreiten. Wie Tonia vom Notar der Erblasserin erfuhr, hatte der Sohn im Zuge eines schweren Betruges – auch ein Mord war geschehen, aber die Schuldfrage nie geklärt worden – für drei Jahre im Gefängnis gesessen. Woraufhin seine Mutter testamentarisch verfügt hatte, für den Fall ihres Todes dem Sohn sein Pflichtteil zu entziehen.

Tonia erfuhr dies darum, weil nämlich sie es war, die von der alten Dame als Haupterbin eingesetzt worden war, während der Bruder, jener Witwer, dem rein nichts von Haus und Grundstück gehörte, allen Ernstes von seiner Schwester dadurch bedacht wurde, dass sie ihm ihre vielen handschriftlich wie auch maschinenschriftlich verfassten Briefe vermachte. Nicht ohne die testamentarische Aufforderung, selbige Schriftstücke zu ordnen und zu archivieren. Es war nun wirklich so, dass der alte Mann praktisch im Moment der Verlesung des Letzten Willens seiner Schwester den Verstand verlor. Und auch körperlich rasch verfiel. Selbst die Lust am Whisky verblasste. Der ganze Mann verblasste.

(In den Testamenten der Menschen wirken eine Liebe und ein Hass, dem der Gesetzgeber nur bedingt mit seinem Vernunftrecht begegnen kann.)

Der Sohn der Toten wusste offensichtlich von der ihn ausschließenden Verfügung und war vorbereitet. Denn sosehr die Pflichtteilsentziehung der Mutter durch die Gefängnisstrafe ihres Sohnes legitimiert und begründet war – zusätzlich hatte er Geld veruntreut, das von ihr stammte –, legte der Sohn einen Brief seiner für ihre Schreibwut bekannten Mutter vor, einen Brief, in dem sie ihm verzieh und eine Versöhnung ankündigte. Es handelte sich um ein mit der Hand verfasstes, unterzeichnetes Schreiben, dessen Niederschrift erfolgt war, nachdem die letzte Testamentsänderung zum Vorteil Tonias erfolgt war. Dies legte das Datum des Briefes nahe. Ein Brief, den der Sohn bereits vorsorglich von einem Spezialisten als echt hatte einstufen lassen.

Tonia verspürte nicht das geringste Interesse, nun doch wieder reich oder zumindest vermögend zu werden. Auch wenn ihr das Schicksal in diesem Punkt, diesem Erbschaftspunkt, geradezu nachzulaufen schien, gleich einem verschmähten Liebhaber. Einem Liebhaber, den sie aber auch diesmal nicht erhören wollte. Allerdings missfiel ihr die Vorstellung, dieser sogenannte Sohn könnte etwas bekommen, was ihm nicht zustand. Eher stand ihm die Hölle zu. Umso mehr, als er einen Anwalt engagiert hatte, der die Rechtmäßigkeit der letztwilligen Verfügung in Zweifel zog, wie auch die Rolle des Notars und die Rolle Tonias, der er nachzuweisen versuchte, die Erblasserin zu einer Korrektur des Testaments zu ihren Gunsten gezwungen zu haben. Ja, mit einem Mal tauchte sogar ein weiteres Testament auf, das nicht nur erneut die Versöhnung mit dem Sohn bekräftigte, sondern diesen auch zum Alleinerben einsetzte. Und dabei in nur einem Punkt mit dem bisherigen Testament übereinstimmte, nämlich den Bruder der Verstorbenen mit dem Konvolut wertloser Briefe zu bedenken.

Keine Frage, es handelte sich bei den beiden neuen Dokumenten um Fälschungen, jedoch um ziemlich gute Fälschungen, was die Schrift betraf. Kein Wunder, wenn man wusste, mit welchen Leuten der Sohn der alten Dame in seinem bisherigen Berufsleben zu tun gehabt hatte und welche Kontakte er noch heute pflegte.

Und einen Besuch genau aus diesem Milieu erhielt Tonia. Zwei Männer von der Art schwarz lackierter Schränke, deren Oberflächen mit unheimlichen Intarsien versehen sind, standen vor ihrer Tür. Sie machten Andeutungen, was Tonia alles drohen könne, wenn sie sich aus dieser Sache nicht schleunigst zurückzog. Und recht bald dorthin verschwand, woher sie gekommen war. Womit wohl Österreich gemeint war. Die beiden sprachen von dem »dünnen Eis«, auf dem sie stehe. Tonia erwiderte darauf, dass es bei einer dünnen Eisfläche doch sicher darauf ankomme, wo genau man sich aufhalte und ob man in leichten Schlittschuhen dahingleite oder mit Betonstiefeln über die Fläche stapfe. Sie selbst trage immer leichte Schlittschuhe.

Die beiden waren verwirrt, bekräftigten aber ihre Warnungen. Und drohten wiederzukommen, falls Tonia keine Einsicht zeige.

Gut, dachte sich Tonia, griff zum Hörer, wählte eine österreichische Rufnummer und meldete sich bei ihrem ehemaligen Vermögensberater. Der mehr als erfreut war, von seiner früheren Klientin zu hören, und geradezu überglücklich, ihr einen Gefallen tun zu dürfen. Einen Gefallen, der sich aus einer Reihe von Telefonaten zusammensetzte, an deren Ende zwei Dinge standen. Einerseits zwei gebrochene Nasen und mehrere gebrochene Rippen – man könnte sagen: beschädigte Intarsien –, die die beiden Männer davontrugen, die von »dünnem Eis« gesprochen und dabei übersehen hatten, wo sie selbst standen. Andererseits das Gutachten eines Linguisten, der die zwei angeblichen Schriftstücke der Erblasserin mit jenen gesammelten Briefen verglich, die in den Besitz des Bruders übergegangen waren. Denn die bisherige Schriftexpertise hatte ja allein eine grafologische Übereinstimmung festgestellt. Der Linguist hingegen – ein Starlinguist noch dazu, denn so was gibt es auch – erklärte, dass sich der Sprachduktus in den Briefen eklatant von dem in den beiden vom Sohn der Erblasserin vorgebrachten Schriftstücken unterscheide. Er drückte es so aus: »Die Briefe sind von einer Frau, die im zwanzigsten Jahrhundert groß geworden ist und sich niemals ins Internet begeben hat. Die anderen beiden Dokumente aber scheinen aus dem Internet abgeschrieben zu sein. Also entweder hat Frau Wiechert kurz vor ihrem Tod noch einen diesbezüglichen Kurs besucht – wobei die zuletzt verfassten Briefe an einen befreundeten Professor in Göttingen das Gegenteil beweisen –, oder hier liegt ein Betrug vor.« Und er fügte noch an, dass die Formulierungen der alten Dame zwar eine etwas törichte Extravaganz belegen würden, aber ganz sicher keine Unzurechnungsfähigkeit. »Frau Wiechert wollte offensichtlich Schriftstellerin sein. Das führt aber nicht automatisch zu einer Form von Schwachsinn.«

Und damit war die Sache bereits im Stadium einer gerichtlichen Voruntersuchung erledigt. Zumindest für Tonia. Nicht für den Sohn der Erblasserin, der sich dem Vorwurf der Dokumentenfälschung ausgesetzt sah und mit derselben Plötzlichkeit, mit der er aufgetaucht war, auch wieder verschwand. Inzwischen brachte man den Bruder der Verstorbenen in einem Pflegeheim unter, wo er in einen Dämmerzustand verfiel – ganze zwei Jahrzehnte noch. Zwei Jahrzehnte, die in einer Kinderfaust Platz gefunden hätten. So wenig geschah.

Anders bei Tonia, die noch vieles vor sich hatte. Und es sich nicht nehmen ließ, eine bestimmte Sache noch einmal zu tun, diesmal mit einer fast schon gegen alle Regeln der Selbstbestrafung verstoßenden lustvollen Bösartigkeit. Indem sie nämlich Haus und Grundstück verkaufte und den Ertrag zusammen mit dem restlichen Vermögen aus der Erbschaft erneut der katholischen Kirche vermachte, diesmal der deutschen. Wobei auch dieser »Handel« unter der Vermittlung jenes Wiener Vermögensberaters erfolgte.

Nachdem das alles erledigt war, verließ sie Hamburg. Sie hatte beschlossen, sich selbstständig zu machen und in Zukunft ihre ganze Arbeitskraft darauf zu verwenden, als Büglerin zu arbeiten. Auch diesmal verzichtete sie darauf, etwas von dem Geld, das aus dem Erbe stammte und an die Kirche geflossen war, zurückzubehalten. Ihr Gespartes aus den vergangenen zwei Jahren, das sie kein einziges Mal angerührt hatte, sollte ausreichen, sich an einem neuen Ort eine kleine Wohnung zu mieten, einen gebrauchten Wagen zu kaufen und die kurze Zeit zu überstehen, die es dauern würde, sich einen Stamm an Kunden aufzubauen. Sich notwendigerweise etwas wie einen Namen zu machen. Einen Namen, der für das perfekt gebügelte Hemd, die perfekt gebügelte Bluse, das perfekt gebügelte Leinen stand. Nicht, um Erfolg zu haben, eine berühmte und reiche Büglerin zu werden, aber eben auch keine arbeitslose Büglerin. Arbeitslosigkeit hätte ihrer Idee von der Strafe widersprochen. Es galt durchaus etwas zu tun. Menschen zu finden, für die sie bügeln konnte. Fremde Wäsche pflegen. Somit aus der Hamburger Idee, die darin bestanden hatte, alles zu tun, überzugehen in eine gewollte Beschränkung auf den Dienst an der zweiten Haut der Menschen.

Sie wählte Heidelberg. Wie man sagt, jemand wählt frische Austern. Und sich halt darauf verlassen muss, dass die auch wirklich frisch sind.

Wie sie auf diese Stadt gekommen war, wusste sie so wenig wie zwei Jahre zuvor, als sie sich für Hamburg entschieden hatte. Der Name »Heidelberg« war mit einem Mal in ihrem Kopf gestanden und nicht wieder aus diesem Kopf herausgegangen. Also folgte sie ihrem Kopf.

4

Was wusste Tonia über Heidelberg zu sagen? Wie schön es gelegen ist? Und dabei alle optischen Vorteile nutzt, die einer Stadt gegeben sind, sobald sie nicht nur an einem Fluss liegt, sondern dieser Fluss mitten durch sie hindurchfließt. Weniger als teilende, mehr als verbindende Strecke von Wasser.

Eine Strecke, die das Bild des Orts so vollkommen prägt. Dem ganzen Ort ein Glitzern verleiht, das aus der Spiegelung des Wassers stammt. Ganz anders als etwa im nicht unweit gelegenen Stuttgart, von dem einige der zukünftigen Kunden Tonias wie von einem verzweifelten Ungeheuer sprachen und wo derselbe Fluss zwar ebenfalls durch die Stadt führt, es dort aber auf eine fast unsichtbare Weise tut. Es soll Touristen geben, die nach ihrem Besuch in Stuttgart denken, Stuttgart liege an einer Autobahn oder im schlanken Schatten eines Fernsehturms und natürlich auch an einem berühmten Bahnhof, aber ganz sicher nicht an einem Fluss.

Und das gerade war das Erste, was Tonia mit Heidelberg verband: das Wasser.

Wenn man sie früher gefragt hatte, was sie denn eigentlich studieren würde, hatte sie stets erklärt: das Wasser. Am neuen Ort kehrte es mit großer Deutlichkeit zurück. Tonia wurde sich des Mediums in einer Weise bewusst, die ein wenig an ihre *Ungnadia*-Kindheit erinnerte. Nicht nur dann, wenn sie den Fluss tatsächlich sah, indem sie mehrmals am Tag die Uferseiten wechselte, sondern auch an jenen Stellen, wo sie ihn nicht erblickte, ihn vielmehr spürte, wie man ja auch an Orten, die am Meer liegen, das viele Wasser selbst dann spürt, wenn man es nicht sieht und nicht einmal hört. Solches Wasser scheint ständig an die Türe zu klopfen.

Hinzu kam die Grenzlage Heidelbergs zwischen dem Flachen und dem Hohen, die Tonia so vorkam, als würde sie sich am Eingang in eine bessere Welt befinden. Und die bessere Welt ist eindeutig jener Odenwald, aus dem der Fluss herausströmt, um sich westwärts Richtung Mannheim zu bewegen, um dort in einen noch größeren Fluss zu münden.

»Nichts gegen Mannheim«, sagte Tonia einmal zu einer Kundin, »aber dort fühle ich mich immer, als sei's eine Strafe. Die Strafe, die auf Stuttgart folgt. Läge nicht Heidelberg dazwischen, das etwas von einer Begnadigung besitzt. Und in Bezug auf Mannheim nützt es mir gar nichts, dass alle so stolz darauf sind, dass dort das Spaghettieis erfunden wurde.«

Hätte die Kundin um Tonias Bedürfnis nach Selbstbestrafung gewusst, wie auch darum, gleich zweimal ein Vermögen »weggeschmissen« zu haben, hätte sie erwidern können, ein Leben in Stuttgart oder Mannheim sei doch absolut passend. Doch als Tonia sich für Heidelberg entschieden hatte, war es ja nicht darum geschehen, weil es dort so hübsch war und sie gemeint hatte, es sei Zeit für eine Begnadigung. Die Wahl der Stadt war intuitiv erfolgt. Ein Name, der in ihrem Kopf aufgetaucht war gleich einer Buchstabenreihe in Flammen stehender Scrabble-Steine.

Nicht intuitiv war hingegen das, was sie in dieser Stadt tat.

In jedem Fall stellte Tonias Vergleich zwischen Mannheim und Heidelberg einen deutlichen Hinweis darauf dar, was sich im Unterschied zu den zwei Jahren Hamburg geändert hatte, wo sie so gut wie nie in der Stadt gewesen war und allein im Bewusstsein der Villa und der in dieser Villa anfallenden Hausarbeiten gelebt hatte. Indem sie jedoch von einer universellen Haushaltskraft zur spezialisierten Büglerin gereift war, ergab es sich, für verschiedene Auftraggeber zu arbeiten. In erster Linie in Heidelberg selbst, aber auch in der Umgebung. Zudem entstanden zwischen den Terminen Pausen, die sie einerseits mit Sport zubrachte, andererseits schon mal in einem Straßencafé oder in einer Ausstellung. Auch schien sie hin und wieder etwas zu tun, was die Menschen Shoppen nennen, um es von der Tätigkeit simplen Einkaufens zu unterscheiden. Shoppen, das war ihr bewusst, ist die stark sexualisierte Form des Einkaufens und sicher kein geeignetes Mittel der Selbstbestrafung. Aber Tonia kaufte ja nicht wirklich etwas ein. Es war vielmehr ein Spazierengehen durch die Boutiquen und Warenhäuser, ohne auch nur etwas anzurühren oder gar zu erstehen. Sie praktizierte die reine Betrachtung. So gesehen empfand sie eine kleine Zeichnung von Paul Klee und ein kleines Bustier von Petite Fleur zwar nicht als gleichwertig, begegnete ihnen aber mit der gleichen betrachtenden Distanz. Sie hätte das eine wie das andere nicht kaufen mögen.

Sie, die nun Vierzigjährige, trug tagein, tagaus schwarze Kleidung, stets einen knielangen Rock, Strümpfe, eine schwarze Bluse, wobei ihr gelang, dem nonnenhaften Eindruck immer auch einen damenhaften beizufügen. Man stelle sich vor, Isabelle Huppert spiele Mutter Teresa.

Tonia hatte ihr naturblondes Haar ausnahmslos zu einem Knoten gebunden, der wie die Hinterlassenschaft eines gescheiterten Entfesselungskünstlers in ihrem Nacken lag. Nie hatte sie einen Ring, einen Armreif oder eine Halskette an sich, trug aber stets Ohrringe, Perlenohrringe, ohne ein Gehänge oder auffällige Stecker, zwei pure Perlen, makellos. Sie schienen gleich einem Hinweis auf die Zeit ihrer Kindheit, als Tonia die Weltmeere bereist hatte (und tatsächlich handelte es sich um natürliche Perlen, die ihre Mutter an der japanischen Küste aus dem Meer gefischt hatte). Sie waren das Einzige, was sie von ihrer Mutter besaß und was nicht im Zuge der Besitzauflösung in fremde Hände gelangt war. Ohrringe, die Tonia erst zu tragen begonnen hatte, als der Beschluss festgestanden hatte, sich einzig und allein mittels des Bügelns ihre Existenz sichern zu wollen. Jeder, der diese Perlen an den Ohren Tonias wahrnahm – und wer es nicht tat, litt wohl unter einem Augenproblem –, empfand die Macht, die von ihnen ausging und die eigentümlicherweise weniger darin bestand, Tonia dezent zu schmücken, sondern vor allem, sie vom Leben der anderen zu trennen. Die kleinen, runden, wie gefrorene Milch schimmernden Kugeln in den Mulden ihrer Ohrläppchen weichten Tonias Strenge nicht auf, im Gegenteil, gerade dieser einzige Schmuck erschien wie ein Zeichen, wie eine Warnung, sich der Trägerin allein zu dem Zweck zu nähern, mit ihr ins Geschäft, ins Bügelgeschäft zu kommen.

So halbherzig sie das Shoppen betrieb, so konsequent den Sport. Welchen sie praktisch erneut aufgriff, nachdem sie in Hamburg rein gar nichts dergleichen getan und ihre »Körperbildung« sich allein aus den Bewegungsabläufen andauernder Hausarbeit ergeben hatte. Was ihr in diesen zwei Hamburger Jahren sowohl Rückenbeschwerden als auch einen Wechsel vom Schlanken zum Dürren und Knochigen beschert hatte.

Aber das änderte sich in Heidelberg. Ihr Körper gewann an Kraft und Farbe. Sie absolvierte täglich gymnastische Übungen und ging früh am Morgen auf ihre Laufstrecke, den nicht ganz unbekannten Philosophenweg, eine steil aufwärts führende Panoramastrecke parallel zur nördlichen Uferseite, an deren Ende Tonia tief in den Wald geriet und mittels großer Bögen wieder in die Stadt zurückgelangte. Diese Route hatte sich aus dem Umstand ergeben, dass Tonia nahe dem recht versteckt gelegenen Zugang zum Philosophenweg eine Wohnung gefunden hatte.

»Wohnung« war ein großes Wort für die bescheidene Bleibe, die sich in einer für diese teure Gegend typischen Villa befand, eigentlich viel zu teuer für Tonia, aber es handelte sich um zwei kleine Räume im Souterrain des Gebäudes – einen kleinen und einen winzigen –, die sich vor allem dadurch auszeichneten, dass sie ausgesprochen dunkel waren. Etwas, das auffällig an die Lichtverhältnisse von Tonias Dachgeschosszimmer in Hamburg erinnerte. Somit erneut der Eindruck entstand, sie würde in einem Postkasten wohnen, nur dass in diesem hier noch seltener der Schlitz aufging. Zudem war es eine kalte Wohnung, so, wie das Zimmer in Hamburg ein warmes gewesen war, auch wenn man, auf die Städte bezogen, genau vom Gegenteil sprechen kann.

Billig war freilich selbst dieses Loch nicht. Aber es ging sich aus. Und indem Tonia wieder mehr auf ihren Körper achtete, achtete sie auch mehr auf die Einrichtung, mit der sie sich an diesem Ort umgab. Keine teuren Möbel, aber eben ausgesuchte, strenge Möbel. Wie jetzt alles mehr Beachtung erforderte, vor allem die Auswahl ihrer Kundschaft. Beziehungsweise musste sie sich zuerst einmal ins Spiel bringen. Und dabei eine Konkurrenzsituation bedenken, bei der abseits der Anstellung in chemischen Reinigungen und Wäschereien vor allem ein oft unangemeldeter Nebenverdienst dominierte. Eine Ausweitung familieneigener Bügelarbeit in eine, die die Wäsche der anderen betraf. Doch Tonia ging den legalen Weg, indem sie ein Gewerbe anmeldete und Rechnungen stellte. Und darauf Wert legte, nicht pro Korb oder Stück, sondern für ihre Arbeitsstunde bezahlt zu werden. Nicht um länger bei ihren Kunden zu bleiben und ein wenig mehr zu verdienen. Sondern aus der Überlegung heraus, dass gleich, wie viel Zeit ein bestimmtes Hemd oder eine bestimmte Bluse benötigten, sie diese Zeit auch wirklich erhielten. Und niemals die Verführung bestand, bloß einen Korb zu füllen. Eine Arbeit zu erledigen.

Ein Korblohn widerstrebte Tonias Bedürfnis nach Qualität. Abgesehen davon, dass sie die von ihr zu Ende gebügelte Wäsche niemals in einem Korb gelagert sehen wollte. Woraus ein weiteres Prinzip folgerte, nämlich zu den Kunden hinzufahren und dabei nicht nur das eigene Bügeleisen mitzubringen, sondern auch ihr eigenes Bügelbrett: ein nach allen Seiten drehbares, auf Tischen und Unterlagen abstellbares, kurzes, aber breites Bord, dessen Kontur schon sehr an die Flanke eines Fischs erinnerte, genauer gesagt eines Zackenbarschs. Und in der Tat nannte Tonia ihr Bügelbrett gerne Lanzelot, was die Leute natürlich als einen Hinweis auf den bekannten Ritter aus der Artussage deuteten und nicht auf jenen tatsächlich gemeinten *Epinephelus lanceolatus*, auch Riesenzackenbarsch. Doch niemand erfuhr von Tonias Vergangenheit als Meeresbiologin, auch nicht die Zoologen unter ihren Kunden. Und die gab es. Einer fragte einmal: »Schreiber? Kommen Sie aus der Schreiberfamilie?«

»Ja, natürlich komme ich aus einer Familie, die so heißt.«

»Nun, ich meine die bekannten Botaniker. Und Weltumsegler.«

»Ich segle nicht, ich bügle.« Das war keine richtige Antwort. Aber dabei beließ sie es.

Das Brett Lanzelot besaß nicht zuletzt den Vorteil, dass man darauf die Vorder- und Hinterseiten von Hemden sehr schön auslegen konnte. Wobei allerdings ein wichtiges Argument der Entwickler dieses Bügelbretts, nämlich zwanzig Prozent Zeitersparnis zu gewährleisten, für Tonia ohne Bedeutung blieb, sondern eben allein die Zugänglichkeit von allen Seiten, überhaupt das Gefühl, im Zuge der Drehung dieses Bretts einen zusätzlichen Schwung in die Glättung zu fügen. Nur für die großen Leintücher und Decken und Tischtücher verwendete sie andere, längere Bügelbretter, die in den jeweiligen Haushalten zur Verfügung standen.

Als Erstes begann Tonia, die Wäsche ihrer Vermieterin zu bügeln, wobei die Vermieterin sehr bald diese etwas unheimliche, aber auch anziehende Mischung aus Präzision und Magie – man könnte auch sagen: aus Materialität und Transzendenz – erkannte. Wie sehr also nicht nur eine korrekte, sorgsame Arbeit vorlag, sondern Tonia zudem etwas in diese gebügelte Wäsche hineinlegte, was den Hemden und Blusen eine Schönheit verlieh, die auf den Träger überging. Also genau das, was man von Kleidung erwartet und verlangt, nur dass Tonia es zu verstehen schien, einen besonderen Geist in die Wäsche zu bügeln. Einen guten Geist, zumindest für die, die willig waren, die präparierten Textilien im wahrsten Sinne an sich herankommen zu lassen. Und nicht wenige Frauen wie auch Männer wären bereit gewesen, selbst den Teufel in sich fahren zu lassen, um besser auszusehen. Eine Kundin sagte einmal: »Diese Tonia Schreiber ist eine echte Hexe, und das ist wirklich ein Glück.«

Vielleicht war das aber auch einfach Unsinn, und das Einzige, was wirklich bestand, war ein handwerkliches Geschick, eine Konzentration und Verlässlichkeit sowie der zusehends sich verstärkende ausgezeichnete Ruf der Büglerin, nicht zuletzt dadurch, dass sie sich Männer prinzipiell vom Leib hielt, eine Nonne oder Heilige war, auf jeden Fall jemand, den man sich als die Frau im Haus in ebendieses Haus holen konnte, ohne sich wegen des eigenen Mannes im Haus Sorgen machen zu müssen.

Die Stadt Heidelberg wird dominiert von gescheiten Menschen, die von ihrem Gescheitsein auch gut leben können. Sprich von

Wissenschaftlern, deren Wissenschaft in großen Teilen einen anwendbaren oder demnächst anwendbaren Nutzen beinhaltet.

Es war also nicht weiter verwunderlich, dass es sich bei einem Großteil von Tonias Kunden um Wissenschaftsleute handelte, um Professoren oder die Eheleute von Professoren, Institutsleiter oder die Mitarbeiter von Institutsleitern. Singles, Paare und Familien, dort, wo die zu bügelnde Wäsche im Widerspruch zur freien Zeit stand, die eigentlich gar nicht existierte, ein Mysterium jenseits von Arbeit, Sport und Spiel.

Bald war es so, dass Tonia keine neuen Kunden mehr annehmen konnte. Und jemanden anzustellen und in irgendeiner Form zu expandieren, kam nicht infrage. Sie wollte keine übermäßigen Gewinne erzielen. Was sie verdiente, reichte aus, um ihre Ausgaben zu decken und ein bescheidenes Leben zu führen. Es bestand keinerlei Anspruch, sich eine andere, bessere Wohnung zu nehmen, in der nicht immer nur der Winter herrschte. Sie wollte kein neues Auto, keinen Urlaub. Begriff aber durchaus, dass ihr Erfolg als Büglerin ihre Selbstbestrafung gefährdete. Es war darum nötig, trotz der Anerkennung, die ihr widerfuhr, die Bedeutungslosigkeit dessen, was sie tat, zu betonen, und jenen Leuten, die von Hexerei und Zauberei sprachen, einzuimpfen, dass es hier einzig und allein um eine Tätigkeit von solcher Banalität ging, dass ihr Stellenwert innerhalb der Gesellschaft gleich null war.

Tonias Trick war es, ihre Kunden daran zu erinnern, wie schlecht sie von ihnen bezahlt wurde. Und zwar genau dadurch, indem sie bekanntgab, in Zukunft etwas mehr zu verlangen als den üblichen geringen Lohn. Die Erhöhung war eigentlich ein Witz, aber auf diese Weise gelang es ihr, einerseits ein paar Kunden zu verlieren, die jegliche Erhöhung als eine Frechheit empfanden, während die anderen zwar die Veränderung akzeptierten, ihnen aber Tonia nun menschlicher erschien. Denn keine Eigenschaft wurde so sehr als Beweis für das Menschsein empfunden wie die Gier. Die Gier der anderen.

Dank dieser minimalen, allerdings durch nichts begründeten Erhöhung ihres Stundenlohns – sie hatte ja nicht das Bügeleisen neu erfunden –, erschien Tonia als menschlich-gierig. Auf diese Weise schaffte sie einen Spagat, der darin bestand, nicht etwa schlechter oder schlampiger zu werden – die im Kapitalismus übliche Weise, eine Entzauberung vorzunehmen –, sich aber dennoch des Verdachts zu entledigen, irgendein Geheimnis zu hüten. Sie war eine ganz normale dumme kleine Frau, die in ihrem Leben nicht viel mehr hinbekommen hatte, als sich beizubringen, aus faltiger, verknitterter Wäsche glatte, weiche Wäsche zu machen, und dafür jetzt auch noch unverschämterweise mehr Geld verlangte. Mein Gott, wie ungemein wertlos die Bügelei war! Etwa im Vergleich zur Tätigkeit jener Personen – Mediziner und Pharmakologen und Entwickler raffinierter Kosmetik –, die aus faltigen Gesichtern glatte machten. Oder wenigstens halbwegs glatte. Glatte Gesichter waren das Resultat herausragender intellektueller und wirtschaftlicher Anstrengungen, und wenige Errungenschaften wiesen so sehr in die Zukunft wie glatte Gesichter. Für glatte Wäsche hingegen hatte nur jemand im alten China auf die Idee kommen müssen, eine Metallpfanne mit glühenden Kohlen zu füllen.

Diesen Unterschied in Erinnerung zu rufen gelang Tonia also paradoxerweise mittels einer kleinen Preiserhöhung. Ihrer Kundschaft deutlich zu machen, dass glatte Wäsche keine glatten Gesichter hervorrief. Dass sie, die Büglerin, einfach jemand war, der nichts Gescheites gelernt hatte und darum nun etwas Dummes tun musste, um zu überleben. Und nicht etwa ein Geheimnis hütete. Ein Geheimnis von der Art, sich auf der Flucht zu befinden. Sich in Gestalt einer Büglerin perfekt zu tarnen. Oder gar so etwas wie ein Bote zu sein, der bügelnd die Welt vor ihrem Ende warnte.

Tonia suggerierte, dass, sollte irgendetwas Außergewöhnliches an ihrer Arbeit sein, dies einem sehr simplen Talent entsprang, welches sie selbst nicht hätte durchschauen können. Und welches keinesfalls einer speziellen Intelligenz oder Hellsichtigkeit zu verdanken war. So schaffte Tonia es, nach anfänglicher Dramatisierung ihrer Tätigkeit doch wieder als eine einfache Person zu erscheinen.

Der Spruch, den Tonia quasi selbst in Umlauf gesetzt hatte, war der: »Die bügelt ja auch nur mit Wasser.«

Ihre Wochen waren voll, aber nicht übervoll, die Radikalität der Strafe, wie Tonia sie zwei Jahre lang in Hamburg praktiziert hatte, war der Normalität eines Arbeitsplans gewichen, der eben nicht aus dem 19. Jahrhundert stammte. Freilich bedeutete Bügeln ebenso wenig, jedes noch so simple Stück gebügelten Stoffs als einen Ausritt in abenteuerliche Gefilde zu erleben. Sondern barg eine große Monotonie in sich, die Müdigkeit hervorrief, mitunter eine gähnende Leere im Hirn. Und besaß nur selten genau die meditative Qualität, die sich jene Leute gerne vorstellen, die eher ein Gedicht oder einen Artikel über das Bügeln schreiben würden, als ernsthaft ein Bügeleisen in die Hand zu nehmen.

Sicher, es gab die großen Momente im Bügeln, wenn ein von Tonia gebügeltes Hemd perfekter einen Körper beschrieb als der Mann, der es tragen würde. Doch es dominierten die vielen kleinen, erschöpfenden Momente, die paradoxerweise andeuteten, was unter einem sich ausdehnenden Universum zu verstehen war.

Was Tonia allerdings aus Hamburg mitgenommen hatte, war ihre Liebe zum Whisky. Ohne aber diese Liebe – wie damals mit dem Bruder ihrer Arbeitgeberin – in Gesellschaft einer Person aus dem Kundenkreis auszuleben. Sie rührte dort nie etwas anderes an als Wasser oder hin und wieder eine Tasse Tee. Den Tee, um nicht unfreundlich zu sein, wenn ihr Kaffee angeboten wurde. Sie vermied es, von deutschen Frauen einen Kaffee gemacht zu bekommen. Der Schaden, der beim Teemachen entstand, war ein vergleichsweise geringer. Ein schlechter Tee war nie so schlecht wie ein schlechter Kaffee. Während es nach Tonias Anschauung gar nicht so leicht war, einen schlechten Whisky zu servieren, solange man ihn einfach pur in einem der zarten, tulpenförmigen Nosing-Gläser offerierte oder – noch besser – in einem Glencairn-Glas, das einem wie ein kleiner, fester Bauch in der Hand lag. Schlimm wurde es nur, wenn man etwas zu viel Wasser untermischte. Von Eiswürfeln ganz zu schweigen, sosehr Tonia den Klang auch mochte, der sie an ihre Eltern und an ihre Kindheit erinnerte. Dieser Ringelspielklang.

Kein Whisky-Wort also gegenüber ihrer Kundschaft. Und doch verging kaum ein Abend, an dem sie nicht in einer kleinen Bar in der Altstadt – die sie zu Fuß erreichte, dabei den Neckar auf der Alten Brücke überquerend – ein, zwei Gläser konsumierte. Darin bestand ihr ganzer Luxus. Ihre ganze Belohnung und Befriedigung. Denn in der Tat verbat sich Tonia ja nicht nur eine wie auch immer geartete sexuelle Beziehung, sondern sie hatte auch damit aufgehört, sich selbst zu befriedigen. Ohne Ausnahme. Während ihrer Hamburger Zeit war es durchaus geschehen, dass sie in einer zärtlichen Weise Hand an sich gelegt hatte, nicht zuletzt darum, weil ihr das Einschlafen so schwergefallen war und sie auf diese Weise versucht hatte, sich restlos zu erschöpfen.

Es war aber nicht so, dass Tonia die Onanie aufgab, weil ihr ein guter Schlaf mit ein, zwei Gläsern Whisky besser gelang. Das auch. Aber der eigentliche Grund war, dass die Zäsur, die mit dem Tod Emilies einherging, ja nicht nur die Aufgabe von Vermögenswerten und einer zoologischen Karriere betraf, sondern vor allem auch ihren eigenen Körper. Ein Körper, der auf eine gewisse Weise mit dem geliebten Kind mitgestorben war. Und dem nun eine Lust zu entlocken etwas Nekrophiles besaß.

Natürlich, Tonia trieb Sport. Was sie wiederum in Hamburg völlig unterlassen hatte. Aber sie meinte, mit ihrem Wechsel nach Heidelberg erkannt zu haben, wie sehr sich zwar der Sport eignete, einen quasi toten Körper fit zu halten, wie falsch es aber gewesen wäre, Sex mit sich selbst zu haben.

So blieb der Whisky. Tonia genoss ihn in einer so aufmerksamen, konzentrierten Weise, als arbeite sie an einer Formel, mit der man einen Kirschkern aus einer Kirsche holen konnte, ohne diese im Geringsten zu öffnen. Und auf diese Weise eine Hohlwelt schuf.

In dieser Bar wurde Tonia nun zur Stammkundin, erschien immer alleine und blieb immer alleine. Versuchte einmal jemand, sie anzusprechen – vielleicht, weil er blind war für die abweisende Eleganz ihrer Ohrringe –, dann hob sie kurz die Hand. Mehr brauchte es nicht. Ihre Geste kam so rasch und so bestimmt, als ohrfeige sie eine vorbeifliegende Mücke. Oder sie sagte: »Nein!«, bevor der, der sich ihr näherte, noch dazukam, sie zu fragen, woher er sie kenne.

Wenn Tonia früh am Abend erschien, setzte sie sich stets an den kleinen Eckplatz an der Theke, der immer frei war. Die beiden Betreiber des Lokals schienen darauf zu achten, dass niemand anderer sich dort niederließ. Und so wenig einer von ihnen Tonia in ein Gespräch bemühte, unternahm es auch keiner, sie zu einem der Cocktails zu überreden, für die diese Bar eigentlich berühmt war. Der reine Whisky war Tonia heilig, sie meinte, das Leben sei schon vermischt genug. Auch störte es sie nicht, dass nur eine geringe Auswahl an Marken bestand. Das Geringe war hier das Gute. Dieses Lokal war in seiner behaglichen Sachlichkeit ein Ort, an dem sich an keiner Stelle ein Zuviel oder Zuwenig ergab. Es besaß jene Ausgewogenheit, die man von Kapellen am Rande von Wanderwegen kennt.

Sie hatte soeben einen Whisky der Marke *Laphroaig* bestellt, als sie ihn das erste Mal bemerkte: den Mann. Obgleich sie doch schon lange keine Männer mehr zu bemerken pflegte. Aber manches geht eben zu Ende wie Plastikblumen, die welken. Und es nützt wenig zu sagen: Das gibt's doch gar nicht.

Er saß zusammen mit drei anderen Gästen um einen der kleinen Tische. Sämtliche Tische in der Bar waren klein und bestätigten damit Tonias Verzwergungstheorie. Der Mann selbst hatte aber nichts Zwergenhaftes. Das war es also nicht, was ihre Aufmerksamkeit erregte. Und nein, er sah nicht aus wie Josh Holloway, den Tonia einst Tom Cruise vorgezogen hätte.

Und doch erinnerte er sie an jemanden. Er mochte etwa in ihrem Alter sein, und offensichtlich zog auch er in Sachen Kleidung die Farbe Schwarz jeglichem Buntsein vor. Er trug ein kurzärmeliges Hemd, wobei er die obersten Knöpfe geöffnet hatte und ein Ausschnitt der glatten Brust wie ein hautfarbenes Bikiniunterteil herauststach. Dieser weite Hemdausschnitt schien aber nicht dem Bedürfnis nach einer lässigen »Brustöffnung« zu entspringen, sondern einen klimatisierenden Hintergrund zu besitzen. Tonia erkannte die Feuchte im Gesicht des Mannes, den Glanz auf seiner Haut, sah, wie er sich mit einem kleinen Papier, einem Lesezeichen, Luft zufächelte. Er tat dies jedoch mit der Routine dessen, der es gewohnt war, sich auf solche Weise Kühlung zu verschaffen. Denn es war nicht eigentlich warm in der Bar, draußen auf der Straße zwar der anrückende Sommer spürbar, hier drinnen jedoch die Übergangszeit konserviert, die bekanntermaßen immer kürzer wurde – Frühling und Herbst erschienen eher als Davonlaufende denn als Jahreszeiten. Trotzdem, der Mann schwitzte. Mit der Zunge fuhr er sich über die Lippe und saugte den Schweiß auf, der sich unterhalb seines Oberlippenbarts gesammelt hatte. Wobei er auch dies mit der gleichen routinierten Beiläufigkeit tat, mit der er sich an die Stirn griff und sich mit einer Bewegung, die wie das gestische Hervorheben einer Nachdenklichkeit wirkte, die Nässe aus den Brauen strich. Eine Nässe, die er teils auf der Fingerkuppe beließ, teils über die Schläfe verteilte, damit sie dort im Wind seines Papierfächelns rascher trocknen konnte. Irgendwann schien sich sein Körper beruhigt zu haben, er legte das Papier zurück auf den Tisch, griff nach einem der Knöpfe seines Hemds und schwang seinen Ausschnitt hin und her. Zugleich nahm er einen Schluck aus dem Wasserglas, das neben einem kleineren Glas mit einer ebenfalls farblosen Flüssigkeit stand, Gin, wie Tonia vermutete.

Er war ein kräftiger Mann, dessen Kraft nichts Muskulöses, schon gar nichts Bewegliches besaß. Eher eine Kraft des Sitzens und Stehens. Mit einem Gesicht, in dem gleichzeitig etwas Weiches wie Grobes lag. Der Mund zart, nicht minder zart der darüberliegende Schnurrbart, ähnlich dem der Männer aus den späten Vierziger- und frühen Fünfzigerjahren des zwanzigsten Jahrhunderts. Wie Tonia überhaupt der ganze Mann aus dieser Zeit zu stammen schien, ein Nachkriegsmann, ein … Nun, das war es ja gewesen, was ihr an ihm als Erstes aufgefallen war, nicht sein Schwitzen, sondern seine Ähnlichkeit mit dem englischen Schriftsteller Malcolm Lowry, als dieser noch einen solchen Schnurrbart getragen hatte. Lowry war der Lieblingsschriftsteller von Tonias

Mutter gewesen, was nicht grundsätzlich damit zusammenhing, dass Lowry ein starker Alkoholiker gewesen war und sein berühmtester Roman *Unter dem Vulkan* als die wohl grandioseste und eindringlichste Schilderung eines schwer trinkenden Menschen gelten kann. (Die nicht minder grandiose wie eindringliche Verfilmung mit Albert Finney als Nonstop-Trinker hatte Tonia sich dann als Erwachsene angesehen, später auch mit ihrer Nichte Emilie, zusammen katzenhaft auf einem Sofa sitzend, flankiert von vielen bunten Fischen und den sich im Wasser wiegenden Quallen, sowie im Visier einer Geistermuräne namens Margaret.)

Es existiert ein recht bekanntes Foto von Lowry aus dem Jahre 1946, auf dem er einen solchen Schnurrbart trägt. Und eine Kopie genau dieses Fotos hatte Tonias Mutter auf ihrem kleinen Wandschreibtisch an Bord der *Ungnadia* stehen gehabt. Ein Foto, das natürlich zusammen mit dem Schiff und der Mutter untergegangen und ebenso wenig wieder aufgetaucht war. Was bei einem Foto nicht so schwer ins Gewicht fällt. Und doch war es Tonia stets folgerichtig erschienen, dass die Mutter gemeinsam mit dem Bild verschwunden war und man dieses Bild nicht etwa mit anderen Teilen des Schiffs und vor allem mit dem Leichnam ihres Vaters geborgen hatte.

Somit war Tonia das Gesicht Malcolm Lowrys vertraut gewesen, bevor sie noch hatte begreifen können, dass es sich dabei gar nicht um einen Freund oder Verwandten ihrer Mutter handelte – irgendjemanden aus der Familie, der quasi an Land zurückgeblieben war –, sondern um den Autor jener Bücher, die ihre Mutter in der Mitte des Regals stehen hatte, eingerahmt von botanischen Nachschlagewerken, in denen sie aber sehr viel weniger nachzusehen pflegte als in den Werken Lowrys.

Tonia konnte sich nicht erinnern, dass ihr Vater es jemals kommentiert hätte, wie hier das Foto eines fremden Mannes – Literaturbegeisterung hin oder her – auf der kleinen, weißen Schreibplatte seiner Frau stand. Es war nichts, worüber die beiden, die so gerne stritten, je ein Wort verloren hätten.

Doch bald erfuhr die kleine Tonia von der Bedeutung des

Mannes auf diesem Foto. Und später, aber erst nach Hemingway, las sie auch seine Werke, die ihr jedoch fremd blieben, allerdings fremd in einer guten Weise, wie bei einem Ritual, das man nicht begreift, von dem man gar nicht weiß, was hier geopfert und welcher Gott eigentlich angerufen wird, man die einzelnen Teile jedoch – den Tanz, den Gesang, die Farben, den Schmuck – durchaus anziehend findet. Ganz in der Art, wie jemand sagt: Ich verstehe die Frage nicht, aber mir gefällt, wie sie gestellt wird.

Was Tonia dagegen als Ganzes schätzte, war der Autor selbst, also das Gesicht auf dem Foto. Sie hatte oft gefunden, von diesem Gesicht würde etwas Heilendes ausgehen, nur dass dieses Heilende für den Fotografierten selbst nicht gelte. Aber das war ja wohl ein wesentliches Prinzip aller wirklichen Retter, andere zu retten, nur nicht sich selbst.

Und jetzt also, dort an dem Tisch.

Ja, dieser Mann besaß ein Lowry-Gesicht: ein Hübschsein auf Krücken und umgekehrt ein Verfall, der wie auf zwei gesunden Beinen zu stehen schien. Auch hatte der Mann seine vollen Haare ähnlich in die Höhe geschoben wie damals der englische Schriftsteller, sodass die Stirn eine hohe, glatte Wand bildete und der Ansatz der Haare als präzise, leicht gewellte Kante hervortrat. Dazu sehr helle Augen, denen aber die gläserne Schärfe der meisten Blau- und Grünäugigen fehlte, eher wirkten sie sanft, wie zwei depressive Sonnen, die noch leuchteten, sich aber schon im Bewusstsein des Verglühens befanden.

Und dazu dieser Schweißausbruch, der von keinerlei körperlicher Anstrengung herzurühren schien, sondern Ausdruck einer panischen Reaktion war. Aber Reaktion worauf? Und vor allem zeigte das ganze Verhalten des Mannes, wie vertraut ihm die Panik war, vertraut auch der Umstand, diese Panik niemals ganz loszuwerden. Sie aber durchstehen zu können. Durchstehen, ohne aufspringen und ins Freie laufen zu müssen. – Panik als Freund, das wäre übertrieben. Aber doch als ein guter Bekannter, dessen Aufdringlichkeit man akzeptiert und darum weiß, dass er irgendwann auch wieder müde wird.

Dieser Mann erinnerte Tonia also an das geliebte Foto ihrer Mutter und somit auch an die Zeit, als das Leben ein Boot war.

Als sie wenig später die Bar verließ und recht nahe an ihm vorbeimusste, war sie freilich entschlossen, ihn nicht anzusehen, nicht aus solcher Nähe. Aber was heißt schon entschlossen? Sie schwenkte ihren Kopf wie von einem Faden gezogen hinüber zu dem Tisch. Für einen Moment geschah es, dass die beiden Gesichter, also das eine hier im Raum und das andere auf dem Foto ihrer Mutter, sich ineinanderschoben. Sodass sich trotz gewisser Unterschiede eine einhellige Form ergab. Man könnte auch sagen: Das eine Gesicht verleitete das andere, ihm ähnlich zu sein.

Gleich darauf war Tonias Blick wieder auf die Türe gerichtet, durch die sie nun nach draußen gelangte. Heidelberg ertrank im Blut des Abends. Die Straße schimmerte wie offenes Fleisch. Tonia spürte ganz genau, dass sie diesem Mann in dieser Bar nicht wieder begegnen würde.

Sie hatte recht. Die Bar betreffend.

Dort nicht. Doch zwei Monate später tat der Zufall das, was er am liebsten tut: eintreten.

Es war ein Julitag, der ein sehr heißer werden würde. Es war recht früh am Morgen, als Tonia zum Laufen ging und die Wärme des beginnenden Tags mit dünnen Streifen kühler Odenwaldluft gesegnet war. Gleich den blassblauen Linien in einem schrecklich weißen Schulheft.

Es gehörte zu Tonias Programm, eine kleine gymnastische Pause einzulegen, nachdem sie die Theoretische Physik passiert hatte, also die beiden am Wegrand stehenden Villen des Instituts, deren selbstverliebt an den Hang gelehnte Architektur eher nahelegte, es handle sich bei dem, was darin praktiziert wurde, um verträumte oder impressionistische Physik. Danach lief Tonia immer noch ein kleines Stück weiter, bevor sie zu einem auf mehreren Ebenen angelegten blumenreichen Garten gelangte und dort mit ihren Übungen begann. Untertags tummelten sich an dieser Stelle zahlreiche Menschen, die alle aussahen, als stammten sie aus einem Radsportteam. So früh am Morgen aber fanden sich nur wenige Besucher ein, um den Ausblick auf Altstadt und

Schloss zu genießen. Oder so wie Tonia ihren Morgenlauf zu unterbrechen und in dehnender Haltung – halb Mensch, halb Gartenskulptur – in der Anlage zu stehen.

Tonia hatte einen ihrer Füße auf die niedrige Brüstung einer halbkreisförmigen Aussichtsplattform abgestellt und blickte auf das im Dunst aufragende Heidelberger Schloss. Ein ungemein massives Gebäude, das aber wie viele Schlösser den Eindruck machte, ursprünglich wo ganz anders gestanden zu haben und von einem verrückten Milliardär gekauft und Stein für Stein an diesen neuen Ort gebracht worden zu sein. Womit nicht gemeint ist, das Heidelberger Schloss stamme aus Schottland, und auch ist nicht gemeint, es hätte nicht gut an diese Stelle gepasst und dem ganzen Ort ein theatralisches Flair verliehen, sondern eben nur, dass Tonia bei derartigen Schlossruinen an die vielen Holzkisten dachte, die nötig waren, um eine Menge nummerierter Steine zu transportieren.

Als sie sich da mit ihrem angewinkelten rechten Knie, dem nach hinten gestreckten linken Bein und dem nach vorne geschobenen Becken dehnte, bemerkte sie den Mann, der auf dem darunterliegenden Weg auf der Metallstrebe eines Geländers eine ganz ähnliche Übung ausführte. Weniger sauber als sie, weniger elastisch, aber in der gleichen sphinxhaften Haltung. Es war zunächst diese zufällige Parallelität gymnastischer Praxis, die Tonias Blick anzog. Sie sah den Mann ja nur von hinten, seine groß gewachsene Figur in kurzer Hose und kurzem Leibchen, alles in Schwarz, während sie selbst, sosehr sie als Büglerin wie als Whiskytrinkerin den dunklen Anstrich des Weltalls bevorzugte, beim Morgensport durchaus Farbe zuließ. Heute ein türkisfarbenes Leibchen, hergestellt aus dem leichtesten Material, das sich denken lässt. Wobei auch der Mann dort unten Funktionswäsche trug, die allerdings seinen stämmigen, von einem gut verteilten Übergewicht bestimmten Körper weit weniger hauteng umgab. »Gut verteilt« hieß einfach, dass er keiner von denen war, die mit dünnen Armen und dünnen Beinen, aber einer Kugel von Bauch herumliefen, sondern ganzheitlich breit war.

Als er nun – gerade so, als hätte ihn jemand gerufen – seinen Kopf ostwärts drehte, da sah Tonia sein Gesicht und erkannte ihn. Sein Lowry-Gesicht, diese Breite auch im Antlitz, aber vereint mit einer gewissen Höhe, wie bei sehr schwer zu kletternden Felswänden.

Nicht dass Tonia vorhatte, diesen Mann zu erklettern, aber sie spürte ... sie konnte es nicht ändern, sie empfand eine gewisse Freude darüber, ihn wiederzusehen. Nicht, weil es Liebe gewesen wäre, also Liebe auf den ersten Blick, sondern etwas anderes. Kein Wissen, sondern ein Glaube.

Was sollte sie jetzt tun? Zu ihm hinunterlaufen? Weil er einem Foto ähnlich sah? Dem Foto ihrer Mutter. Sollte sie das so ausdrücken? »Sie sehen einem Foto meiner Mutter ähnlich.« Und damit natürlich ein absurdes Missverständnis riskieren. Indem er, der verdutzte Mann, denken müsste, er schaue ihrer Mutter ähnlich. Und sie beide dann über diesen Irrtum lachen könnten. Nein, verdammt, das war nun wirklich nicht ihr Ding, jemanden anzusprechen.

Tonia beendete ihre Übung, nahm wieder eine gerade Haltung ein, dehnte abschließend ihre hinter dem Rücken zu einer Rune verbundenen Arme und entschied sich, die nochmalige Begegnung mit dem Lowry-Mann als bedeutungslos anzusehen und einfach weiterzulaufen, weiter den Weg hoch, dorthin, wo früher eine kleine Siedlung gelegen hatte und sich nun eine schattige Anlage zu Ehren Hölderlins befand, eine Anlage, die den Ausblick auf die Altstadt vom Eingang in den Wald trennte. Ein Zwischenreich schuf.

Eigentlich keine Stelle, an der Tonia eine Pause einzulegen pflegte, doch heute tat sie es. Wahrlich nicht, weil sie es nötig hatte, sich auszuruhen. Tonia blieb in der menschenleeren Anlage stehen und genoss das Licht, das durch das Blätterwerk fiel und den Boden in einen glitzernden Scherbenteppich verwandelte. Tonia dachte an Emilie und wie es gewesen wäre, jetzt mit ihr hier zu stehen, mit der inzwischen einundzwanzigjährigen Frau. (So unsinnig das sein mag, aber wir überlegen immer wieder, was aus den jung Verstorbenen geworden wäre, hätten sie weitergelebt, und sehen dabei natürlich vor allem die guten Dinge, die nicht geschehen sind und nie mehr geschehen können: das Erleben der

Liebe, erfolgreiche Unternehmungen, das Kinderkriegen, das Altwerden. Ja, ausgerechnet das Altwerden, welches uns, den Überlebenden, derart viel Mühe bereitet, empfinden wir bei unseren Toten als deren großen Verlust. Wir denken an unsere Toten und sehen fast nur das versäumte Glück, nicht das versäumte Unglück.)

Wie alt war Hölderlin eigentlich geworden?

Beinahe kam es Tonia so vor, als hätte sie das Emilie gefragt, deren Schulzeit und Schulbildung und damit auch Allgemeinbildung ja noch nicht so weit zurücklag wie bei ihr selbst. Freilich war sie jetzt gezwungen, auf dem Gedenkstein nachzusehen, an dem sie zwar schon einige Male vorbeigelaufen war, dessen Inschrift sie sich aber noch nie angesehen hatte (das Lesen von Gedenksteinen hat etwas Obelixhaftes).

Dreiundsiebzig Jahre! Meine Güte, sie hatte sich Hölderlin zum Zeitpunkt seines Todes viel jünger gedacht. Zumindest nicht älter als Malcolm Lowry, der achtundvierzigjährig an einem »death by misadventure« gestorben war, anders gesagt, an einer Überdosis an Schlaftabletten und einer Überdosis an Alkohol, wobei heutzutage das sogenannte Missgeschick mehr in Richtung einer gewollten Selbsttötung interpretiert wurde. Und Hölderlin? Wie war Hölderlin gestorben? Tonia wusste es nicht, und es stand auch nicht auf diesem Gedenkstein geschrieben. Natürlich hätte sie das Netz fragen können, das wissend und belehrend über uns allen schwebt. Aber nicht jetzt, später.

Später also erfuhr sie aus jenem Netz, dass Hölderlin, der bekanntermaßen seine letzte Lebenszeit, und zwar im Ausmaße einer ganzen zweiten Lebenshälfte, im Zustand einer unheilbaren Verrückung seines Geistes in einem Tübinger Turmzimmer zugebracht hatte, dass er 1843, an einem 7. Juni um Mitternacht verstorben war und zwar bei »weitgehender körperlicher Gesundheit«. – Was für eine interessante Formulierung, fand Tonia und stellte sich vor, wie das war, wenn ein weitgehend geistiges Ungesundsein den weitgehend gesunden Körper ausstach.

Tonia nahm auf einer der Bänke Platz und blieb eine ganze Weile im Schatten sitzen, aus dem es kleines Licht regnete. Sie kühlte aus, was man nicht soll. Auch mit der besten Funktionswäsche nicht. Doch während dieser Minuten war sie wieder ganz in Gedanken bei Emilie, empfand ihre Nähe, empfand auch, wie Emilie in diesen Jahren noch etwas gewachsen war und ihr Körper von dem einer jungen Frau zu dem einer erwachsenen Frau gewechselt hatte. Nicht einfach nur etwas voller und stärker geworden war, die Brüste größer, die Hüften weiblicher, die Schultern breiter, sondern wie die ganze Haltung an Bestimmtheit gewonnen hatte, mütterlicher geworden war, auch schwermütiger. Klar, mit einundzwanzig war das Leben noch nicht vorbei – so gesehen auch für die nicht, die schon tot waren und auf eine gewisse Weise noch bei den Lebenden wohnten –, aber dennoch bestand in dem Moment, da jemand seine Jugend hinter sich ließ, eine Neigung zum Ende hin. Bei manchen hatte diese Neigung etwas Vollendetes, Formvollendetes. Und genau das meinte Tonia zu spüren: Emilies Vollendung der Form.

Minuten vergingen. Das Licht, das es zuvor geregnet hatte, jetzt ging es in Schnee über. Tonia fror. Ihre Knie zitterten. Sie richtete sich auf und schwang einige Mal ihre Arme im Kreis. Dann lief sie los, in den Wald hinein, der sie dunkel verschluckte.

Es heißt ja, aller guten Dinge seien drei. Wieso eigentlich drei? Nun, es ist eine Redensart, an die man sich gewöhnt hat, an die man sich hält, auch ohne ihren Ursprung zu kennen.

Drei also.

Nur eine Woche später sollte dieses »dritte Ding« zu seinem Recht kommen. Es war ein früher Nachmittag, Tonia hatte bereits zwei Bügeltermine erledigt, als sie die Praxis ihrer Hausärztin betrat. Frau Dr. Savinkow, von der es hieß, sie sei die Nachfahrin eines russischen Sozialrevolutionärs und Terroristen, der gegen die Bolschewiki gekämpft hatte. Sie selbst war im Jugendalter nach Deutschland gekommen und ihr russischer Akzent eine kleine hübsche Narbe in ihrer Aussprache.

Dr. Savinkow war eine mittelgroße, runde Frau mit einer sehr dichten Pilzfrisur, die weniger an die Beatles erinnerte, mehr an einen Helm aus dem Zweiten Weltkrieg. Ihr Alter blieb ein

Geheimnis. Nicht aber, wie viel Zeit sie sich für ihre Patienten nahm. Sie tendierte zum Plaudern. Was leider auch dazu führte, dass ihr Wartezimmer stets voll war. Und auch ihr sogenanntes Praxisteam übertrieb es nicht mit der Geschwindigkeit. Beziehungsweise führte eine ungünstige Anordnung der verschiedenen Räume und das Angebot diverser Laboruntersuchungen zu einer oft bahnhofsartigen Atmosphäre des Hin und Her.

Tonia hasste die Warterei unter den dortigen Verhältnissen. Sie, die ehemalige Verzwergungsspezialistin, schätzte es gar nicht, in verzwergten Räumen – ihre Lieblingsbar ausgenommen – oder unter verzwergten Luftverhältnissen sitzen und warten zu müssen. Nicht aus Angst vor Ansteckung. Sie war überzeugt, Krankheitskeime würden sich ohnehin genau aussuchen, auf wen oder was sie übersprangen, und nicht einfach nur den Nächstbesten auswählen.

Tonia war so gut wie nie krank. Und auf gewisse Weise war dieses Gesundsein ihr Problem. Das mag sicherlich für all jene zynisch klingen, deren Leben von Hinfälligkeit geprägt ist. Oder zumindest von einem Zustand, bei dem das Gesundsein bloß als Pause zwischen zwei Leiden fungiert. Doch Tonia hätte sich eine Krankheit gewünscht. Eine Krankheit, die dann Teil der Strafe gewesen wäre, von der sie meinte, sie unbedingt zu verdienen. Im Grunde war Tonia auf der Suche nach jener Krankheit, die zu ihr, der Büglerin, gepasst hätte. Und wenn sie Dr. Savinkow unter irgendeinem Vorwand aufsuchte, dann in der Hoffnung, die Ärztin würde bei einer der Untersuchungen tatsächlich auf etwas stoßen. Etwas, das einen Namen besaß und sich in das Gesamtbild der Strafe würde fügen lassen.

Doch Dr. Savinkow stellte immer wieder aufs Neue fest, dass Tonia nichts fehlte. Ohne darum aber eine Hypochondrie zu vermuten. Denn Angst vor der Krankheit war es ja nicht, was Tonia antrieb. Sie fürchtete die Krankheit so wenig wie den aus dieser Krankheit möglicherweise folgenden Tod. Auch bestand kein selbstmörderischer Impuls. Dr. Savinkow erkannte, dass ihre Patientin sich auf der Suche nach der richtigen Krankheit befand, fast wie man sagt, jemand sei auf der Suche nach dem richtigen Partner. Ohne dass aber Dr. Savinkow den biografischen Hintergrund für all das kannte. Denn Tonia unterließ es, darüber zu sprechen, über Emilie. Über ihre im Meer verschwundene Mutter schon, aber nicht über Emilie. Lehnte es jedoch ebenso ab, von ihrer Hausärztin in eine psychotherapeutische Behandlung überwiesen zu werden. Das war es nicht, was ihr vorschwebte, eine Heilung ihrer Psyche. Das war, genau genommen, das Letzte, was ihr vorschwebte.

Stattdessen eine Krankheit.

Natürlich war es nicht so, dass sie ständig in der übervollen Arztpraxis erschien, sondern mit jener moderaten Regelmäßigkeit, die ihrer Würde entsprach. Sie forderte ein Blutbild ein, beschrieb unklare Symptome, war an den Namen der Krankheiten interessiert. Namen, die in ihren Ohren – den Ohren der Biologin – verführerisch klangen.

Und da stand sie nun am Eingang zum Wartezimmer und schaute in den Raum, in dem nur zwei Stühle nicht besetzt waren. Keiner am Rand. Keiner, der ihr zugesagt hätte.

»Wissen Sie was«, wandte sie sich an den hübschen Studenten, der heute als Sprechstundenkraft aushalf, neben dem sie aber auch nicht hätte sitzen wollen, »ich stelle mich ein bisschen hinaus auf den Gang, wenn das in Ordnung ist?«

»Dort ist die Luft ohnehin besser«, meinte dieser knapp.

Da hatte er wirklich recht. Denn obwohl nicht irgendein kaltes Wasser von den Wänden rann, fühlte sich die Luft im Treppenhaus an wie in der Nähe eines Springbrunnens, während die Luft im Wartezimmer eher so war, als habe sie viele Tage in einer geschlossenen Brotdose gesteckt.

Und als nun Tonia auf den Gang trat, sah sie ihn.

Er hatte sich ebenfalls in die Kühle gestellt. Eigentlich hätte sie ihn schon beim Eintreten ins Haus bemerken müssen. Vielleicht aber ... Nein, sie wusste es nicht, wusste aber genau, dass es sich um den Lowry-Mann handelte. Dunkle Hose, dunkles, kurzärmeliges Hemd, das Jackett unter dem Arm, um den Hals locker gebunden einen hellgrauen, dünnen Seidenschal, das Attribut all derer, denen die Hitze von außen wie von innen zu schaffen macht und die ja nicht nur im Bewusstsein starken Schwitzens leben, sondern auch im Bewusstsein der starken Abkühlung, die unweigerlich folgt und ihr Leben in erster Linie zu einem Wechsel macht.

Er sah sie jetzt mit seinen hellen Augen an, lächelte fein und redete mit einer Stimme, die etwas von Olivenöl hatte, wenn man sich vorstellt, Olivenöl könnte sprechen. Mit der schönsten Stimme aller Pflanzenöle. Er sagte: »Ich finde, beim dritten Mal darf ich Sie ansprechen, oder was meinen Sie?«

Sie überlegte kurz. Es wäre ein guter Moment gewesen, der Hartnäckigkeit des Schicksals zu begegnen und etwa zu erwidern: »Versuchen Sie's beim vierten Mal.« Aber was dann? Was dann, wenn die Geduld der Zufälle ihre eigene übertraf?

Sie sagte gar nichts. Blieb aber stehen.

Der Mann, der aus dem Lieblingsfoto ihrer Mutter zu stammen schien, tat jetzt zwei Schritte auf sie zu und streckte ihr seine Hand entgegen. Tonia zögerte einen Augenblick, so einen Augenblick, der in ein Kuvert gepasst hätte. Dieser kuvertierte Augenblick verflog, und sie nahm also seine Hand in die ihre, spürte die feuchte Haut, die nassen Finger, aber auch den guten Griff, einen Griff von jener Festigkeit, die einer auf einen Scheck gesetzten Unterschrift gleichkommt. Freilich nicht mit einem Kugelschreiber geschrieben, sondern mit Tinte. Tinte braucht eine Weile, um zu trocknen.

Er nannte ihr seinen Namen, Dyballa, Karl Dyballa, und sprach davon, dass sie einander vor einigen Wochen in jener Bar in der Altstadt und kürzlich beim Joggen, besser gesagt beim Dehnen, begegnet seien. Er fragte: »Sie erinnern sich doch, Frau ...«

Noch einmal zögerte sie. Nicht kokett, jedoch eine kleine Lücke im Raum zwischen ihnen schaffend, so eine Lücke genau von der Größe, in die das obige Kuvert passte. Mehr aber auch nicht. Sie nannte ihren Namen und meinte: »Sie haben recht, ich erinnere mich. Aber in der Bar habe ich Sie seither nicht wieder gesehen.«

»Ich schaue in der Regel recht spät vorbei. Sie wohl eher früher, oder?«

»In der Nacht schlafe ich«, erklärte Tonia und gestand, vergleichsweise zeitig den Weg ins Bett zu finden und zeitig aus selbigem wieder hinaus und von dort hoch zum Philosophenweg, wo sie ihn ja ebenfalls erst einmal gesehen habe. Weshalb sie vermute, dass er nicht nur später als sie zum Trinken gehe, sondern auch später als sie zum Sporttreiben.

»Ja, aber nicht, weil ich so lange schlafe«, versicherte Dyballa, ohne vorerst zu erklären, was er stattdessen frühmorgens zu unternehmen pflegte und wieso er vor einigen Tagen dann doch zu dieser Zeit an besagter Stelle gewesen war. Was er hingegen sofort verriet, war, wie wenig Lust er habe, noch länger hier zu stehen und auf seinen Termin bei Dr. Savinkow zu warten. Und noch weniger Lust, dort drinnen zu sein, zwischen den Neukranken und den Dauergästen.

»Was schlagen Sie vor?«, fragte ihn Tonia.

»Wir könnten diesen trostlosen Ort verlassen und hinüber zur alten Johanneskirche gehen, uns auf den Marktplatz setzen und was trinken. Und nachher zurückkommen und schauen, ob wir schon dran waren.«

Es gefiel Tonia, wie Dyballa sich ausdrückte, und es gefiel ihr, dass er die Kirche erwähnte, die sie wirklich mochte. Eine verzwergte Kirche, von der im Zuge dreier Kriege nur noch der Turm und der Altarraum mit seinem Bogen und einem verschlossenen alten Gitter übrig geblieben waren. Wobei hinter dem Gitter neuerdings ein Schild aufgestellt stand, auf dem die »lieben Eltern« aufgefordert wurden, darüber nachzudenken, ob sie ihre Kinder auch dann mit dem Ball gegen dieses Kirchengitter würden schießen lassen, hätte es sich um eine Moschee oder Synagoge gehandelt. Das war eigentlich eine gute Frage. Eine Frage, die man auf eine Menge anderer Dinge hätte anwenden können.

Jedenfalls hatte dieser spätgotische, untersetzte Kirchturm zusammen mit dem gartenhäuschenartigen Chor durchaus etwas Schützenswertes. Weniger ein Gotteshaus als eine Gotteshütte. Ein Bau, dem völlig jener Charakter fehlte, den das große Schloss drüben oberhalb der Altstadt besaß, bei dem mancher Betrachter sich vorstellen konnte, es sei einmal wo ganz anders gestanden. Nein, man spürte im Angesicht dieser Kirche, wie sehr sie mit dem Boden verwachsen war und wie wenig sie sich eignete, als Fußballtor herzuhalten, sosehr heutzutage der Fußball die Rolle des Religiösen in der bürgerlichen Gesellschaft übernommen hatte.

Seitlich der verzwergten Kirche standen die Tische mehrerer Lokale. Und dorthin zu gehen, von der Praxis der Heilkunst zur Praxis der Brau- und Röstkunst, schlug Dyballa vor.

»Das ist keine so schlechte Idee«, sagte Tonia.

Und ohne jemand von den Sprechstundenhilfen Bescheid zu geben, machten sich die beiden auf den Weg. Sie schlichen sich nicht davon, aber es lag doch eine kleine Scham in ihrem Gang. Die sofort verflog, als sie aus dem Haus gelangt waren und sich in Richtung auf die Kirche zubewegten und damit auch auf den gastronomisch kultivierten Bereich des Platzes.

»Nicht in die Sonne«, bestimmte Dyballa und zeigte auf einen freien Tisch unter einem der Bäume.

Es war schon klar, wie sehr dieser Mann bemüht war, möglichen Hitzequellen aus dem Weg zu gehen. Nicht, weil er der blasse Typ war, eher besaß er eine gute Farbe, aber eben genau die Farbe, die man bekommt, wenn man dem Sonnenlicht immer nur im Schatten begegnet. Sich immer nur dann dem Licht ausliefert, wenn das Licht bekleidet ist.

Der Bereich gehörte zu einer gegenüberliegenden Bar, und Dyballa erlaubte sich, einen Gin Orange zu bestellen. Während Tonia, die reine Abendtrinkerin, einen Espresso orderte. Obgleich sie normalerweise den Kaffeekünsten deutscher Hausfrauen auswich, nicht immer denen deutscher Lokale. Allerdings erfuhr ihre österreichisch-italienische Seele dabei selten echte Befriedigung (selbst die Italiener in deutschen Landen scheinen beim Kaffee irgendwie unterlegen, wie etwa auch kein Grieche je außerhalb von Griechenland wirklich gute Souvlaki zusammengebracht hat, obwohl die eigentliche Wahrheit vielleicht darin bestehen mag, dass Souvlaki einfach nur dann schmecken, wenn man sie *in* Griechenland zu sich nimmt).

»Sie kommen aus Österreich, nicht wahr?«, folgerte Dyballa aus dem wenigen, das Tonia bislang von sich gegeben hatte.

»Hört man das?«

»Partikelweise.«

»Dyballa ist aber auch nicht unbedingt Heidelbergensisch, oder?«, fragte Tonia und spielte mit diesem Wort weniger aufs Kurpfälzische an als auf jenen urzeitlichen sogenannten Heidelbergmenschen des europäischen Mittelpleistozän.

»Slawisch«, antwortete Dyballa.

»Und bedeutet was?«

»Würden Sie meine Patientenkarriere kennen, würden Sie jetzt lachen. Der Name Dyballa leitet sich wahrscheinlich von einem Verb ab, das man mit ›kriechen‹ übersetzt. Und welches, in diesen mittelalterlichen Namen gefügt, krankheitsbedingtes Lahmen meint.«

»Sie sind nicht lahm«, stellte Tonia fest

»Ich war es aber einmal. Als Kind. Als Zehnjähriger verlor ich von einem Tag auf den anderen die Fähigkeit, meine Beine zu bewegen. Man hätte mich neben eine Bombe setzen können, es hätte nichts geändert. Natürlich haben sie an mir herumgedoktert, hatten zuerst eine entzündliche Erkrankung der Nerven im Verdacht, aber letztlich blieb nur noch, es als eine psychische Geschichte zu behandeln. Als etwas, das der gute Professor Freud unter Konversion verstand. Ich will mal so sagen: Der Körper tut oder unterlässt Dinge, die eigentlich eine Angelegenheit der Seele wären. Doch weil die Seele ja selbst weder über Beine noch Arme oder Augen und Ohren verfügt, bedient sie sich des Körpers, um ihren Protest vorzubringen.«

»Protest wogegen?«

»Das Leben?«

Tonia musste jetzt wieder an Hölderlin denken und inwieweit das Phänomen der Konversion – bei der neurologische Symptome ohne neurologische Ursachen auskamen – eben auch für einen Tod galt, der, wie es so schön beschrieben wurde, bei »weitgehend körperlicher Gesundheit« eingetreten war. Der Tod als eine psychosomatische Störung. Die Übertragung eines Affekts. Einer Wut oder Angst. Die Wut gegenüber dem Leben.

Dyballa erzählte, dass die Ärzte seiner Kindheit andere, neuere

Begriffe benutzten, er jedoch, nachdem er einmal im Zusammenhang mit seinem Fall den Namen Sigmund Freuds aufgeschnappt hatte, gerne erklärte, er würde unter der »Freud'schen Krankheit« leiden.

»Weil mir der Name so gut gefiel – Freud wie von Freude. Und das ausgerechnet bei einer derartigen Krankheit. Die hatte ich dann lange genug. Bis zur Volljährigkeit. Ich habe den überwiegenden Teil meiner Jugend buchstäblich ausgesessen. Und nicht wenige haben nachher gemeint, ich hätte einfach das Ende der Schulzeit abgewartet, das Gymnasium im Rollstuhl hinter mich gebracht, befreit vom Turnen und befreit von einigem anderen, um dann, endlich auch vom Gymnasium befreit, wieder mit dem Gehen anzufangen. Ich weiß gar nicht, warum ich Ihnen das jetzt erzähle ...«

»Nun, wir sind immerhin beide Patienten bei derselben Ärztin. Auch wenn wir uns heute zum ersten Mal dort begegnet sind.«

»Sind Sie denn öfters bei ihr?«, fragte der Mann, der zwischen seinem zehnten und neunzehnten Lebensjahr das Gehen eingestellt hatte, was seinem Gang jedoch in keiner Weise anzusehen war. Dafür besaß er, wie es Tonia ja gleich beim ersten Mal aufgefallen war, eine auffallend gute Art zu sitzen. Eine gewisse Erhabenheit, wie manche sie bei Jedi-Rittern verorten.

»Nein«, antwortete Tonia auf die Frage nach der Häufigkeit ihrer Arztbesuche, »dabei mag ich die Savinkow ganz gern. Bin mir allerdings nicht sicher, ob sie mehr eine famose Rednerin als eine gute Ärztin ist. Sie hat einen fantastischen Humor, absolut, aber dass Humor die beste Medizin ist, halte ich für einen Spruch der Verzweiflung.«

Ehrlicherweise hätte Tonia eigentlich erklären müssen, dass sie Savinkow vor allem vorwarf, noch immer keine passende Krankheit für sie entdeckt zu haben.

Dyballa allerdings sprach sehr wohl über den Grund, wieso er die Ärztin regelmäßig aufsuchte. Er sagte: »Es ist mein Schwitzen.«

»So schlimm?«

Dyballa erzählte, dass in der Zeit, als er wieder mit dem Gehen anfing, fast gleichzeitig eine extreme, krankhafte Form des Schwitzens eingesetzt hatte. Radikal und quälend. Unkontrollierte Ströme. Allerdings nie nachts, immer untertags. Und vor allem dann, wenn er unter Menschen geriet.

»Hyperhidrose, wie das heißt«, sagte er, »und zwar in jeder gottverdammten Situation, die anstrengender oder nervenaufreibender ist, als sich ein Butterbrot zu schmieren. Es hat Momente gegeben, da hätte ich mir gewünscht, wieder im Rollstuhl zu sein und dafür mit dem Schwitzen aufzuhören. Ein andauernd sitzender Mensch ist akzeptabler als ein andauernd schwitzender. Und das ist wahrlich keine Übertreibung. Das Schwitzen verursacht ein größtmögliches Gefühl der Peinlichkeit. Okay, solange der Mensch sportelt, solange er – ich darf das doch sagen? – Sex hat, in Ordnung, da darf die Haut mal feucht glänzen, aber man kann nicht unentwegt Sport machen und Sex haben. Wissen Sie, als ich meine Beine nicht mehr bewegen konnte, dachte ich nie an Selbstmord. Ich war verwirrt, oft unglücklich, verbittert, aber der Tod als Ausweg kam mir nie in den Sinn. Als jedoch die Schwitzerei losging und einfach nicht mehr aufhören wollte, da hatte ich oft den Wunsch, mich endgültig zu erlösen. Der Rollstuhl davor erschien mir als Schicksal, aber nicht als Fluch. Das Schwitzen, glauben Sie mir, ist eine echte Strafe.«

»Mit Strafen kenne ich mich aus«, sagte Tonia. Ergänzte aber, damit sei nicht gemeint, dass sie als Domina arbeite.

»Sondern?«

»Als Büglerin. Aber erzählen Sie weiter. Mich interessiert sie, Ihre Strafe.«

»Dabei wusste ich ja nicht einmal, eine Strafe wofür«, erklärte Dyballa, »ich dachte mir, ich hätte doch kaum noch die Chance gehabt, etwas anzustellen, was eine solche Demütigung rechtfertigen könnte.«

»Manche Strafe«, sagte Tonia, »führt viel tiefer als die Erinnerung an den Moment, wo man meint, sie begründet zu haben.«

Dyballa nickte. Vieles würde sich leichter erklären lassen, wüsste man um das eigene Vorleben. Um die begangenen Schweinereien aus früheren Jahrhunderten. So wenig er an so etwas glaube.

»Jedenfalls«, sagte er, »war ich, als das alles losging, von einem überzeugt, dass immer alles erst schlimmer werden müsse, bevor es besser wird. Wobei das Allerschlimmste einfach die Ärzte sind. Ich glaube, keine Krankheit, von einigen tödlichen abgesehen, wird von den Ärzten so wenig ernst genommen. Sie bagatellisieren sie, weil sie nicht wissen, was sie tun sollen. Ein paar Tests, Schilddrüse, Diabetes, Bluthochdruck, irgendwann sagen sie dir, dass du weniger Kaffee trinken sollst, und hören auch gar nicht zu, wenn du sagst, du würdest schon lange keinen mehr zu dir nehmen. Die meisten erklären dir dann, es habe etwas mit Veranlagung zu tun und so sei das eben, dass manche Menschen stärker und manche weniger schwitzen. Du sitzt vor ihnen, dir steht der Schweiß wie eine Maske im Gesicht, du traust dich nicht mehr unter die Leute, und da lächelt dich dein Arzt an, staubtrocken, und schwafelt von Genen, Botenstoffen und falschen Signalen, mit denen man nun mal leben müsse. Und wenn du stur nach Hilfe rufst, kommen sie dir mit der Entfernung deiner Schweißdrüsen. Dumm nur, wenn man einfach überall schwitzt. Man müsste den ganzen Körper entfernen.«

»Na, Sie werden sicher auch mal den Begriff *vegetative Dystonie* zu hören bekommen haben«, meinte Tonia.

»Aber hallo! Selbstverständlich. Wenn man Ärzte in so einer Sache zwingt, etwas Fachliches von sich zu geben, dann schenken sie dir diese zwei Wörter. Aber diese Wörter bedeuten nicht wirklich etwas. Man könnte auch sagen, sie sind die doppelte Variable der Medizin. Jemand sagt *vegetative Dystonie*, und dann verschreibt er dir Salbeitabletten. Nichts gegen Salbei, tolle Pflanze, aber die hilft nur denen, die nicht schwitzen. Heutzutage tauschen sich die Betroffenen über das Internet aus, und es wird einem klar, dass man nicht allein ist, dass jeder von denen bei solchen Ärzten war, die rein gar nichts wussten und rein gar nicht helfen konnten. Als das bei mir losging, dachte ich natürlich, ich wäre der Einzige.«

Tonia meinte, dies sei wahrscheinlich die größte Tugend des Internets: die vollkommen logische und doch überraschende Einsicht, nicht allein zu sein.

»Ungnade der frühen Geburt«, sagte Dyballa und erklärte, seine damalige Konsequenz hätte vor allem darin bestanden, nicht mehr aus dem Hause zu gehen. Sich einzusperren. »Die Hyperhidrose ist eine Krankheit wie das Stottern, eine soziale Krankheit, eine Krankheit, die in Gesellschaft nicht nur bloß schlimmer wird, sondern katastrophisch.«

Stottern, fuhr er fort, sei eine Deformation der Sprache, eine Beleidigung fürs Ohr, Schwitzen hingegen erscheine als eine Deformation der Seele. Sowie als eine Beleidigung fürs ästhetische Empfinden.

»Und für viele eine Beleidigung ihrer empfindlichen Nasen«, ergänzte Tonia.

»Ach, wissen Sie, ich habe auch in der schlimmsten Zeit nie stark gerochen. Aber wenn die Leute dich schwitzen sehen, meinen sie gleich, sie würden dich auch riechen. Der Anblick genügt. Ein Mann mit einer roten Nase wird entweder für einen Clown gehalten oder für einen Alkoholiker. Und nicht für jemand, der an ungünstiger Stelle gestochen wurde. Jedenfalls bin ich bald nicht mehr aus meiner Wohnung herausgekommen. Fast nur noch, um in die Bücherei zu gehen und mir Romane auszuborgen. Lesen ist die zwangsläufige Leidenschaft der Verlorenen. Und hätte es damals schon Computerspiele gegeben, ich schwöre Ihnen, ich hätte mich darin ertränkt. Stattdessen Bücher. Dazu Fernsehen und viel Duschen.«

Dyballa beschrieb, wie er recht bescheiden von dem wenigen Geld lebte, das er damals besaß. Kein Geld, das sich irgendwie vermehren ließ, sondern zügig verschwand. Und er zum Sozialfall wurde. Jemand, der sich danach sehnte, ein toter Mann zu sein, der dann immerhin nicht mehr zu schwitzen bräuchte.

»Andererseits«, sagte Dyballa, »wie sicher ist das denn? Was wissen wir denn über das Leben nach dem Tod? Und ob es wirklich geeignet ist, uns aus der Bredouille des Lebens zu befreien. Mir kamen Zweifel. Und zweifelnd blieb ich am Leben. Entschloss mich, eine Arbeit zu finden. – Keine Frage, wenn man Bücher liebt, möchte man mit Büchern arbeiten, den Büchern zuarbeiten, Lektor werden, Übersetzer, Agent oder am besten natürlich Schriftsteller. Das kann man dann auch von zu Hause tun.«

»Interessant«, sagte Tonia, »weil ich Sie nämlich genau dafür gehalten habe. Beziehungsweise dachte ich mir, wie ähnlich Sie einem bestimmten Autor sind.«

»Einem Autor, den Sie mögen?«

»Vor allem mochte ihn meine Mutter«, verriet Tonia, nannte aber keinen Namen. Und Dyballa fragte nicht, wen sie meine. Stattdessen erklärte er, bald begriffen zu haben, sich allein zum Leser zu eignen. »Aber wer bezahlt schon einen Leser?«

»Sie hätten Kritiker werden können.«

»Na ja, das wird man ja nicht aus dem Stegreif heraus. Außerdem ist es ein schrecklicher Beruf. Ganz ähnlich dem, in der Straßenbahn die Fahrscheine zu kontrollieren und dabei aufzutreten, als wollte man alle aufknüpfen, die kein oder das falsche Ticket bei sich haben. Nein, ein Mensch, der Bücher liebt, wird nicht Kritiker. So wenig ich glaube, dass Leute, die wirklich an Gott glauben, Theologen werden. Manche Berufe entstehen allein aus dem Zweifel an dem Stoff, den sie behandeln. Wie es ja auch immer die Wahnsinnigen sind, die sich der Psychologie zuwenden. Und die Unglücklichen, die Lehrer werden.«

»War Freud wahnsinnig?«

»Er ist vielleicht die Mutter des Wahnsinns«, sagte Dyballa ohne jegliche Ironie und erklärte, er hätte sich damals die Frage gestellt, wo er denn, wenn er unter Menschen geriet, eigentlich am liebsten war. Die verblüffende Antwort lautete: in den gekühlten Gemüseabteilungen der Supermärkte.

»Sie sagen mir jetzt aber nicht«, meinte Tonia und lächelte mit den Augen, »Sie hätten darum einen Supermarkt eröffnet.«

»Nein, wozu einen ganzen Markt. Es ging mir ja allein ums Gemüse. Abgesehen davon, dass ich natürlich gar nicht in der Lage gewesen wäre, so etwas Großes auf die Beine zu stellen. Einen kleinen Markt aber schon, ein kleines Geschäft. Einen Laden, in dem ich die idealen klimatischen Bedingungen für das Aufbewahren und Anpreisen meiner Ware schaffen konnte und damit auch die passenden klimatischen Bedingungen für mich selbst. Verstehen Sie, von Beginn an war der entscheidende Aspekt meiner Geschäftsidee, mir einen angenehm kühlen Platz zu verschaffen ...«

»Sie hätten nach Island ziehen können.«

»So, wie Sie nach Deutschland gezogen sind?«

»Sie haben recht«, sagte Tonia, »wenn man flüchtet, sollte man nie weiter flüchten als in ein benachbartes Land.«

»Oder in eine benachbarte Tätigkeit. Womit ich sagen will, dass mir der Gemüsehandel sofort vertraut war ...«

»Gemüsehändler also, das klingt so ... fundamental«, entschied Tonia. Und registrierte diese gewisse Verbundenheit zwischen seinem und ihrem Beruf. Frisches, geordnetes Gemüse und frische, geordnete Wäsche. Zwei Ordnungen innerhalb der gleichen Klasse. Allerdings in entgegengesetzten Klimazonen.

»Den ersten Laden«, erzählte Dyballa, »hatte ich in Konstanz, von wo ich stamme. Vor zehn Jahren ging ich dann nach Heidelberg, bin einer Frau gefolgt. Hinter dem Bismarckplatz habe ich einen kleinen Laden eröffnet. Die Frau ist lange weg, der Laden geblieben. Er trägt den Namen *Das grüne Rollo*. Es gibt sogar einen Roman, der so heißt. Aber ich muss betonen, mein Laden kam vor dem Buch. Vielleicht hat der Autor sogar von mir abgeschrieben.«

»Haben Sie das Buch gelesen?«

»Nein. Ich habe das Lesen aufgegeben. Als ich mit dem Gemüse begann, hörte ich mit den Büchern auf. Ich möchte das eine zwar nicht mit dem anderen vergleichen, aber wenn wir zuvor schon über Nachbarschaften sprachen ... Für mich war's eine logische Folge.«

»Ich muss mir Ihren Laden ansehen«, erklärte Tonia.

»Das müssen Sie unbedingt«, betonte Dyballa. »Mein Geschäft ist der Grund, dass ich so selten zeitig am Morgen zum Laufen gehe, so gut mir das gerade im Sommer täte. Aber um diese Zeit muss ich meine Ware besorgen. Ich lasse nicht liefern, sondern hole ab. Ich schaue mir vorher an, was ich nachher verkaufe. Und ich darf sagen, ich liebe den Anblick von Gemüse, wenn es frisch ist, diese starken Farben: das Rot einer Tomate, wenn es wirklich eine Tomate ist und kein mit Wasser gefüllter Ballon. So ein Rot, wo sehen Sie das sonst noch?«

Tonia wollte etwas antworten. Sie wollte ein bestimmtes Objekt nennen, das nach ihrem Empfinden mit dem Rot einer perfekt gereiften Tomate vergleichbar war. Etwas, das jedermann kannte und das nicht etwa durch ein kompliziertes Fremdwort bezeichnet wurde. Ein Wort wie Tisch oder Hase.

Gut, Tisch oder Hase hätte sie jetzt sofort sagen können. Aber nicht dieses eine bestimmte. Derartiges geschah neuerdings. Simple, vertraute Begriffe, die ihr für einen Augenblick oder auch länger entglitten. Nicht oft, sondern hin und wieder, dann aber doch auf eine eindrückliche Weise. Zu eindrücklich, um sich damit zufriedenzugeben, dass doch jedermann ab und an etwas vergaß.

Genau darüber wollte Tonia an diesem Tag mit Dr. Savinkow sprechen, inwieweit sich nämlich von diesem zeitweiligen Wortschwund – einer Verzwergung ihres Wortschatzes – eine Krankheit oder das Vorzeichen zu einer Krankheit ableiten ließe. Wobei es Tonia weniger so vorkam, als würden die jeweiligen Wörter verloren gehen, vielmehr schienen sie zugedeckt. Wie unter einem Leinen. In ein Gespenst verwandelt. Ohne dass ihr aber möglich war, von der Kontur des Leinens auf den darunter verborgenen Begriff zu schließen, zu verwirrend war der entstandene Faltenwurf, zu knapp auch die Zeit für Spekulationen.

Es gab in solchen Momenten nur zwei Auswege. Der eine bestand darin, eine Umschreibung zu versuchen, da sie sich des Gegenstands durchaus bewusst war, seiner Form und Farbe und Wesenheit, und nur das Wort selbst unter dem Leinen verborgen blieb. Oder aber sie sprach einfach von etwas anderem, wenn dieses andere sich in den bereits begonnenen Satz integrieren ließ.

Und das tat sie jetzt. Anstatt also vom Rot dieses einen sehr bekannten Gegenstands zu sprechen, erwähnte sie das Rot eines anderen sehr bekannten Gegenstands, dessen Name ohne irgendein verhüllendes Leinen sich ihr anbot. Sie sprach vom Rot eines Apfels.

Dyballa entgegnete: »Kein Apfelrot kommt an ein Tomatenrot heran, wenn Sie mich fragen. Aber selbstverständlich führe ich auch Obst. Ein kleines, übersichtliches Angebot mit ein paar Exoten. Und dazu Torten.«

»Torten im Gemüseladen?«

»Ja, aber ich verlange nichts dafür.«

Dyballa erzählte, dass sein ursprünglicher Plan gewesen war, eine kleine Gastronomie anzuschließen, nur ein paar Tische, guten Kaffee, selbst gemachte Torten, zubereitet von einer kleinen, alten Dame aus der Nachbarschaft. Doch die Auflagen zur Genehmigung für dieses gastronomische Angebot hatte er einfach nicht stemmen können.

»Andererseits«, sagte er, »war ich besessen von der Idee, diese Torten aus den geschickten Händen einer alten, fast blinden Köchin zu servieren. Also gibt es jetzt ein paar Stühle, es gibt Kaffee, es gibt Torten, aber es kostet nichts. Ein Geschenk an meine Kundschaft. Werbekosten, wenn Sie so wollen.«

»So werden Sie nicht reich.«

»Wird man als Büglerin reich?«

Tonia lächelte. Es lag etwas wirklich Gutes zwischen Ihnen. Seine Offenheit, sein freundlicher Blick auf ihr, dazu passend die bedächtige Art, mit der er an seinem Gin Orange nippte. Vor allem das eigentümlich Vertraute bereits in diesen ersten Minuten ihrer Bekanntschaft. Tonia ahnte, dass er älter war, als sie anfänglich gedacht hatte. Wegen der Ähnlichkeit mit jenem Foto, das Malcolm Lowry 1946 zeigt, als dieser siebenunddreißig Jahre gewesen war. Aber Dyballa schien wohl eher in Richtung fünfzig zu gehen, auf ein Alter zu, in dem Lowry bereits die Züge eines alten Mannes besessen und bald auch seinen Tod gefunden hatte.

Dyballa nahm jetzt wieder ein Stück Papier vom Tisch und fächelte sich Luft zu. Der Wind, den er dabei erzeugte, schien geradewegs einen Nebel von seinem Gesicht zu nehmen und ließ seine Züge noch klarer hervortreten.

Inmitten der großen Hitze wirkte ausgerechnet dieser unter einer Hyperhidrose leidende Mann heiter und souverän. Die Souveränität mochte einer gewissen Routine geschuldet sein. Die Heiterkeit hingegen dem Umstand, hier mit ihr, Tonia, zusammenzusitzen.

Dyballa wollte jetzt wissen, wie sie zum Bügeln gekommen war.

»Ich bin einem Wunsch gefolgt«, erklärte Tonia, denn in der Tat hatten ja die letzten Worte Emilies in der Aufforderung bestanden, ein Hemd zu bügeln. Und sosehr dies wohl nur in einem symbolischen Sinn zu verstehen gewesen war oder noch eher als eine Sprachverwirrung im Moment ihrer Agonie, hatte es dennoch Tonias Weg bestimmt. Allerdings verlor sie jetzt kein Wort über ihre tote Nichte, jetzt noch nicht, sondern erzählte von ihrem Umzug von Wien nach Hamburg und wie sie im Zuge dieses Ortswechsels auch die Profession gewechselt hatte, von der Meeresbiologie zur Hausarbeit.

Dyballa war die erste Person in ihrem neuen Leben, der gegenüber sie ihr naturwissenschaftliches Vorleben erwähnte. Und das Gute war sicher, dass Dyballa diesen Umstand mit keinerlei Erstaunen oder gar Mitleid quittierte, sondern darauf zu sprechen kam, dass ihm als kleines Kind nichts so sehr den Eindruck von Stille und Erlösung und Vollkommenheit beschert hatte wie der Anblick seiner bügelnden Großmutter.

Er griff nach seinem offenen Hemdkragen, zog ihn ein Stück von sich weg und blies etwas kühlende Atemluft hinunter auf seine Brust. Um dann anzufügen: »Ich selbst bin allerdings kein großer Bügler, wie ich gestehen muss. Ich lasse meine Wäsche gerne so lange hängen, bis die Falten müde werden.«

»Bloß merkt man das einer Wäsche halt auch an«, meinte Tonia, »wenn sie im Zuge einer Erschöpfung glatt geworden ist.«

Dyballa rechtfertigte sich damit, fast nur noch Funktionssachen zu tragen. Auch bei der Oberkleidung, die Sakkos freilich ausgenommen. Als Schwitzender sei er über die Entwicklung solcher Hemden und Hosen dankbar, und auch solcher Unterwäsche, bei der die Feuchtigkeit rasch nach draußen gelangte. Wäsche, die sehr viel schneller trocknen würde als er selbst.

Sie hörte ihm geduldig zu, und dann kündigte sie an: »Trotzdem. Ich werde Ihnen demnächst ein Hemd bügeln.«

Als sie eine Stunde später gemeinsam die Praxis der Frau Dr. Savinkow erreichten, sah Dyballa auf seine Uhr und meinte, für ihn sei es jetzt zu spät. Er müsse zurück in seinen Laden, um dort jene alte, halb blinde Dame abzulösen, die so famose Torten zu fabrizieren verstehe und hin und wieder für ihn einspringe.

Tonia ließ sich die Adresse des *Grünen Rollo* geben und kündigte an, in den nächsten Tagen vorbeizuschauen. Dann gaben sie einander die Hand.

In der seinen, die zuvor noch so warm und feucht gewesen war, lag jetzt eine Ankündigung jener Frische, die ein paar Tage später mehrere heftige Gewitter ins erhitzte Land tragen würden.

Als Tonia die Stufen nach oben nahm, hörte sie gerade, wie der superhübsche Sprechstundenmann genervt ihren Namen rief.

»Hier bin ich«, sagte sie fröhlich und betrat die Praxis. Dabei fiel ihr das Wort wieder ein, welches ihr zuvor entwischt war und das nun rot leuchtend unter dem Leinen hervorkam.

Fast ärgerte es sie. Wie bei den Leuten, die, kaum sind sie beim Arzt, ihre Schmerzen nicht mehr spüren. Und kaum sind sie wieder draußen ...

Das Wort war Seestern.

Sicherlich ein Wort, um das es schade gewesen wäre, hätte sie es dauerhaft verloren.

5

Die Tage vergingen. Tage, in denen sie ihre Arbeit in der gewohnten Weise erledigte und in der gewohnten Weise die Zeiten vor, nach und zwischen dieser Arbeit füllte. Ein Uhrwerk von Leben. Weder begegnete sie Dyballa auf dem Philosophenweg noch frühabends in jener Altstadtbar, in der sie ihn das erste Mal bemerkt hatte, übrigens eine Bar, die genauso hieß wie ein einst berühmter englischer Schachkomponist, von dem man eine Sammlung seiner Endspielstudien unter dem Titel *The Best of Bent* veröffentlicht hatte. Was auch ganz wunderbar als Überschrift für die kleine Karte an Cocktails gepasst hätte, die in Tonias Lieblingsbar offeriert wurde.

Tonia fragte sich nun, ob es nicht besser wäre, es dabei zu belassen, Dyballa genau dreimal gesehen und einmal gesprochen zu haben, und darauf zu verzichten, den Weg über den Neckar zu nehmen und jenen Laden aufzusuchen, in dem Dyballa Gemüse verkaufte und Torten verschenkte. Was wollte sie von diesem Mann? Und was wollte er von ihr? Krankheiten austauschen? – Ja, stimmt, man spricht natürlich nicht davon, Krankheiten auszutauschen, sondern Krankengeschichten. Und doch hatte sich Tonia diese etwas missverständliche Formulierung aufgedrängt und ... ehrlich gesagt, gefiel ihr die Vorstellung, zwei Menschen würden auf solche Weise eine Beziehung führen. Indem der eine jeweils die Krankheit des anderen übernimmt und die Verbundenheit dabei so weit geht, nicht darüber nachzudenken, ob es sich um ein schlechtes Geschäft handelt. Wobei sich in ihrem Fall die Frage stellte, was sie eigentlich zu bieten hatte. Worte verlieren? Um dann im Tausch dafür Dyballas Schweißattacken zu ernten?

Trotzdem, die Idee stimmte Tonia heiter. Wie sie überhaupt zugeben musste, dass sie seit dem Moment mit Dyballa auf dem Marktplatz ihren Wortverlusten mit einem gewissen Humor, ja sogar mit einer gewissen Spannung begegnete. Und nicht mit jenem Krampf, der sich daraus ergeben hatte, trotz beträchtlicher Verunsicherung auf die erwünschte Krankheit zu hoffen.

Dr. Savinkow hatte dazu nur gemeint, man müsse die Sache im Auge behalten. Das sagte sie gerne, etwas solle im Auge behalten werden, als könnte man es in diesem Auge gleichsam einschließen. Sie schlug vor, ein Erinnerungsprotokoll zu führen, eine Aufzeichnung darüber, mit welcher Regelmäßigkeit die Wörter verlustig gingen und wann sie wieder auftauchten, beziehungsweise ob überhaupt.

Tonia wollte diesbezüglich in Zukunft aufmerksamer sein, Listen führen, sich auf eine naturwissenschaftlich strukturierte Weise dem Problem stellen. Auch überprüfen, ob diese Wörter irgendwelche Gemeinsamkeiten aufwiesen. Sie wollte dem Symptom eine klarere Form verleihen, nicht nur, um mit Savinkow darüber sprechen zu können, sondern auch für den hypothetischen Fall, tatsächlich einmal die eigene Krankheit, zumindest das eigene Symptom, gegen ein fremdes tauschen zu können. Und niemand anderer als Dyballa wäre dafür infrage gekommen, denn mit ihm war ja der verrückte Gedanke erst in die Welt gelangt.

Dennoch, es verstrich eine zweite Woche, dann kam ein Freitag, an dem Tonia sehr zeitig zum Laufen ging, anschließend für ein Schwesternpaar bügelte, eine kurze Pause nutzte, um eine Ausstellung im Prinzhornmuseum zu besuchen, mittags ihr Bügeleisen über die feuchte Wäsche eines Professors der Philologie gleiten ließ und danach, weil sie schon einmal in der Nähe war, hinüber zum Bismarckplatz spazierte. Es bestand kein fester Plan, Dyballa aufzusuchen. Eher war es ein Hineingeraten in die Versuchung. Und tatsächlich bog sie jetzt ostwärts in jene Seitenstraße, in der sich das *Grüne Rollo* befinden musste. Sie erkannte es nicht gleich, weil kein Hinweis das Schaufenster, die Eingangstüre oder Fassade schmückte. Obgleich sehr wohl etwas geschrieben stand. In geschwungenen Leuchtbuchstaben war ein kräftig gelbes *K.* zu sehen, das gerade dabei war, ins Orangene zu kippen. Und daran angefügt ein zur Gänze ausgeschriebener Nachname, jedoch nicht der von Dyballa. Darüber wiederum das Wort Metzgerei. Übrigens ein Wort, das Tonia zuletzt mehrmals entfallen war. Und an dessen Stelle sie die österreichischen Begriffe »Fleischer« oder »Fleischhacker« eingesetzt hatte, zwei Ausdrücke, die ohnehin die Profession des Schlächters sehr viel besser beschreiben.

Lesen freilich war kein Problem. Tonia erkannte das Wort an der Fassade jenes Hauses, dessen Nummer ihr Dyballa genannt und dessen braune Fliesen er ihr beschrieben hatte. Aber erst der Blick durch die Scheibe bewies Tonia, sich an der richtigen Stelle zu befinden. Und das, obwohl an der hinteren Wand des schmalen Raums erneut ein Schriftzug die einstige Nutzung des Lokals verriet. Auf einer metallenen Verkleidung fand sich das Wort *Fleischkühlung*. Aber nirgends ein Fleisch. Dafür ein länglicher Tisch, wie man ihn vom Tapezieren kennt, darauf sorgsam aufgereiht ein Dutzend gleich großer Wassermelonen.

Wie auf einem Schießstand, dachte Tonia. Einem Schießstand freilich, wo die Übung darin besteht, auf kürzeste Distanz zu treffen, so klein war dieser Raum. Dazu menschenleer.

Tonia trat ein und bewegte sich vorbei an den Melonen auf eine Vitrine zu, darin diverse Aufstriche, vor allem aber eingelegtes Gemüse, dicke, hohe Gläser, in denen dicht gedrängt Essiggurken, Steinpilze, Zucchini, getrocknete Tomaten, Peperoni und Okraschoten ausgestellt waren, auch etwas, dessen Name soeben unter jenes gespensterhafte Leinen gekrochen war, ganz in der Manier eines Kindes, das sich hinter einem Vorhang versteckt und bis hundert zählt. Wobei, ganz so sicher war das eben nicht, ob das Wort nach der Zahl 100 zurückkehren würde. Manche Kinder kamen nie wieder aus ihren Verstecken gekrochen. Oder wurden nie wieder gefunden, weil ihre Verstecke sich als leer erwiesen.

Auffällig war, dass alle diese Gläser nur je eine Art von eingelegtem Gemüse offenbarten, jedoch keine einzige Mischung zu sehen war. Das wirkte schon ungemein künstlerisch, so konzeptionell und minimalistisch. Es hatte etwas von Alchemie (und es ist gut zu wissen – und wer, wenn nicht Tonia wusste es –, dass nach Paracelsus die Alchemie als die »Vollendung der Natur« gilt). Aber nirgends frisches Gemüse und auch keine einzige Torte, sondern allein weiß gefliese Wände, an denen alte Haken auf Würste verwiesen, die früher hier gehangen hatten. Dazu eine verwaiste Registrierkasse, die aussah, als sei sie aus dem Völkerkundemuseum entwendet worden. Aus einem dahinterliegenden Raum vernahm Tonia Stimmen. Frauenstimmen. Und ging daran, durch eine recht schmale Wandöffnung einzutreten.

Der Anblick überraschte sie.

Nach dem sorgsam eingelegten Gemüse hatte sie nicht mit einer solchen Fülle gerechnet. Wobei Tonia nicht gleich begriff, dass das weite Deckenfenster aus Milchglas, auf dem sich die Bewegungen im Wind schwingender Äste und Blätter abzeichneten, keine echte Natur zeigte. Vielmehr handelte es sich um eine Installation aus künstlichem Licht sowie um die Endlosschleife einer Projektion von Bäumen, deren ausladende Äste man über diesem Raum vermutet hätte. Ein Raum, in dem wie auf einem Bauernmarkt die Kisten mit frischem Gemüse und Obst aufgereiht standen.

In einer Ecke erhob sich eine mannshohe, von innen beleuchtete Tortenvitrine, die die Form einer Säule besaß und in der sich die feine Backware auf vier Ebenen im Kreis drehte. Und zwar nach links, wie Tonia feststellte und dabei an einige Experimente ihrer Eltern dachte, die nachzuweisen versucht hatten, dass Pflanzen besser wuchsen, wenn sie einer Linksdrehung ausgeliefert waren. Vielleicht galt das auf eine alchemistische Weise auch für Torten, die, einmal fertiggestellt, zwar kaum noch größer werden konnten, aber eventuell eine aus der Drehung gewonnene zusätzliche Geschmacksnote erhielten. Dank derer sich auch *ihre* Natur vollendete.

Viel künstliche Illumination also. Und dennoch der Eindruck von klarem Tageslicht, einem Tageslicht, das es draußen vor der Tür wegen des bedeckten Himmels so gar nicht gab. Umgekehrt fehlte hier drinnen die Schwüle, die in diesen Tagen über Heidelberg lag. Es dominierte die angenehme Kühle einer gut eingestellten und vor allem geräuscharmen Klimaanlage. Eine Türe, die noch weiter nach hinten führte, war geschlossen. Zwei einander gegenüberliegende Wände waren in einem sehr hellen Gold gestrichen, die anderen beiden in einem Weiß von silbriger Tönung. Um zwei weiß lackierte Metalltische mit verschnörkelten Beinen saßen jeweils drei Damen sowie ein junges Pärchen. Die Frauen waren nicht nur gut genährt, sondern auch gut geschminkt. Sie trugen leichte Sommerkleider. Das junge Pärchen hingegen offenbarte das Outfit von Punks. Er im schwarzen Netzhemd, sie in einem rosafarbenen Vollbrustkorsett, darüber ein zerfetztes Leibchen mit der Aufschrift »Ich bin eine erlebnisorientierte Jugendliche«, beide mit Wangenknochen, die wie längliche Logen in ihren blassen Gesichtern standen.

Der Unterschied zwischen den Damen und den Punks hätte nicht beträchtlicher sein können, aber alle hatten Teller mit Tortenstücken vor sich stehen und neben sich Tüten mit Gemüse (wobei zumindest diese papierenen Behältnisse den aktuellen Namen des Geschäfts trugen, auf ihnen also der Schriftzug *Das grüne Rollo* aufgedruckt war, dazu ein Logo, das aussah wie ein zu einer dreieckigen Form gehäkelter Spinat).

Die kleine Gesellschaft befand sich auf der linke Seite des Raums, auf der rechten stand Dyballa. Er trug eine lange dunkelgrüne Schürze und war gerade dabei, auf einer Arbeitsfläche einen Berg wunderbar leuchtender Pfifferlinge zu reinigen, genau von jener Farbe wie das *K.* draußen vor der Türe.

Für diese Arbeit verwendete er einen kleinen Pinsel. Ja, man hätte sagen können, er male die Pilze sauber. Hinter ihm an der silbrig weißen Wand hing ein großes Foto, auf dem eine Giraffe zu sehen war. Das Foto steckte in einem üppig verzierten goldenen Rahmen, wie man ihn von den Gemälden alter Meister kennt. Der Bezug zwischen dem Gemüse und den Torten war Tonia bekannt, der zu der Giraffe blieb ihr im Moment noch verborgen. Doch ganz gewiss war dieses Bild nicht ohne guten Grund an dieser Stelle platziert. Nichts hier war ohne guten Grund.

Als Dyballa von seiner Arbeit aufsah und Tonia erkannte, ging ein Strahlen über sein Gesicht. Nicht übertrieben, ohne Grinsen oder breites Lächeln, nur so ein Strahlen, wie wenn in ein schwarzweißes Bild etwas Farbe gerät. Nicht unbedingt das Rot der Tomaten, aber in Dyballas Gesicht schien etwas vom Saft der Cardinal-Trauben zu wirken, die so schön in einer der hölzernen Kisten glänzten. Die Tropfen von bläulichem Rot verliehen seinen Wangen etwas jungenhaft Erhitztes. Dabei schwitzte er nur leicht. Er sagte: »Wie schön, dass Sie mich gefunden haben.«

»Sie hätten mir schon sagen können, dass Sie sich als ... Fleischer tarnen.«

»Fleischer?«

»So sagt man in Österreich zu ... mmh ...«

»Sie meinen Metzger.«

Das war schon gut, wenn ein Mann das konnte: einer Frau, die ein Wort suchte und es nicht fand, anstatt sie dumm dastehen zu lassen, ihr zu Hilfe zu eilen und die Lücke zu füllen. Simplerweise dadurch, umstandslos das Wort zu nennen, um das es sich handelte.

Dyballa erklärte, er hätte sich einfach nicht dazu durchringen können, den alten Besitzer so gänzlich auszuradieren, seinen Namen, seine Profession und damit auch die lange Geschichte dieses Geschäfts. Also habe er die Schrift über dem Schaufenster unverändert gelassen. Die Leute hätten ja bald begriffen, dass an diesem Ort kein Fleisch mehr verkauft werde, sondern Gemüse.

»Es genügt«, fand Dyballa, »wenn dieser Umstand hier drinnen offensichtlich wird. Und das wird er ja.«

Es ging ein Nicken durch die anwesende Kundschaft, die sich kurz vom Genuss der Torten und ihren Gesprächen durch Tonias Eintreten und vor allem ihrem offenkundigen Bekanntsein mit Dyballa hatte ablenken lassen. Dabei war der Blick der Damen auf Tonia nicht frei von Missgunst. Sie sah schon wirklich gut aus, so streng und schön. Aber das eigentlich Missgünstige ergab sich vor allem aus der traubenroten Freude Dyballas, das den Damen nicht entgangen sein konnte.

Sie wandten sich jetzt aber wieder ihrer Diskussion zu, die sie untereinander und mit den beiden Punks führten und bei der es um die vielen Attentate und Amokläufe der letzten Zeit ging, einer Reihe von Vorfällen, die den Menschen in Europa die allergrößte Unsicherheit beschert hatte. Nicht nur ein Klima der Angst – denn noch immer war die Wahrscheinlichkeit größer, von einem Blitz erschlagen zu werden, oder sich einfach zum falschen Zeitpunkt auf einer von dickem Nebel heimgesuchten Autobahn zu befinden –, sondern das Gefühl, etwas würde zu Ende gehen, eine Epoche unweigerlich ihren Abschluss finden. Das Gefühl, eine saftige Rechnung würde auf dem Tisch landen. Wie sich da eine unglaubliche Summe angesammelt hatte, deren Begleichung einfach nicht mehr weiter aufgeschoben werden konnte. Daran mochten tausendundein Dinge schuld sein und von den tausendundeinen Dingen vielleicht sogar ein Kapitalismus, der nun das tat, was man früher der Revolution nachgesagt hatte, nämlich die eigenen Kinder zu fressen. Faktum war, das es einem vorkam, als hätte der große Zahlmeister seine Geduld verloren. So empfanden es selbst die, die großmundig alles hatten kommen sehen und sich früh gewünscht hatten, um den Kontinent herum eine Mauer zu errichten. Und einen Stacheldraht, um die Mauer zu schützen. Und mehr Soldaten, um den Stacheldraht zu schützen.

Sosehr man für all das die Politik verantwortlich machen konnte, fühlte sich das Unglück der Welt doch sehr persönlich an, wie sich ja auch die Bedrohung ungemein persönlich anfühlte. So, als befände sich einer dieser Attentäter oder Amokläufer auf einem in vielen Träumen vorhergesehenen Weg, der schnurstracks auf jene Person zuführte, die man selbst war. Es herrschte ein solipsistisches Gefühl unter den Bürgern. Der einzige echte Mensch auf der Welt war man selbst, und der Wahnsinn der Welt lag allein darin begründet, diesem einzigen echten Menschen ein so schreckliches wie scheinbar sinnloses Ende zu bereiten (natürlich war da auch die Angst um die eigenen Kinder, den eigenen Partner oder die Angst um die eigenen Eltern, aber dies ganz im Rahmen des Solipsismus, vergleichbar dem Verhältnis von Vater, Sohn und Heiligem Geist).

Tonia bewegte sich noch ein Stück auf Dyballa zu. Er legte seinen Pinsel hin, wischte die rechte Hand an seiner Schürze ab und reichte sie ihr. Ihrer beider Hände griffen ineinander. Es war aber kein Schütteln, eher so, wie wenn zwei Katzen für einen Moment an ihren Flanken gegeneinanderstreichen und sich ein leichtes Zittern einstellt.

»Ein wirklich schöner Laden«, sagte Tonia. »Aber die Giraffe hinter Ihnen, die verstehe ich nicht.« Dabei verspürte sie eine gewisse Fröhlichkeit darüber, wie glatt und makellos das durchaus unter ein Leinen passende Wort Giraffe über ihre Lippen gekommen war.

»Das ist ein Standbild aus einem Film, den ich sehr mag«, erklärte Dyballa.

Genauer gesagt war es ein Nachtbild. Man sah die Giraffe vor dem Hintergrund einer punktuell beleuchteten, vom Halbdunkel stark konturierten Ruine. Vor der Giraffe zwei Männer, der eine auf den anderen zugehend. Dyballa beschrieb, es handle sich hierbei um eine Szene, die in der Ruinenanlage der antiken Caracalla-Thermen in Rom spiele. Der eine Mann erkläre dem anderen, für ein Zauberkunststück zu proben, um die Giraffe vor den Augen des Publikums verschwinden zu lassen.

Der Angesprochene, ein alternder Schriftsteller und Dandy, der seit seinem gefeierten Erstlingswerk kein Buch mehr verfasst hat, bittet daraufhin sein Gegenüber, er möge doch, wenn er imstande sei, eine Giraffe verschwinden zu lassen, auch ihn, den Schriftsteller, verschwinden lassen. Der Zauberer jedoch meint mit einem abfälligen Lachen, dass wenn er wirklich in der Lage wäre, etwas zum Verschwinden zu bringen, er sich in seinem Alter ganz sicher nicht mehr mit einem solchen Blödsinn wie dem Fortzaubern einer Giraffe herumschlagen würde.

»Wenig später«, so Dyballa, »sieht man, wie die Giraffe tatsächlich von einer Einstellung zur nächsten verschwunden ist. Ein Trick also. Aber was für ein Trick? Denn das ist ja kein Blumenstrauß, der sich da in Luft auflöst. Die Frage, die ich mir irgendwann gestellt habe, war, ob vielleicht der Trick gar nicht im Verschwinden besteht, sondern darin, etwas vorzuspiegeln, was nicht da ist, nie da war. Dass also die Giraffe überhaupt nicht existiert. Und als sie dann plötzlich weg ist, wir nur das sehen, was auch vorher schon die einzige Wahrheit war: nämlich eine Ruine in Rom, nett beleuchtet, jedoch ohne Giraffe. Nicht die Giraffe verschwindet also, sondern ein Betrug an unseren Augen.«

»Das bedeutet dann aber«, meinte Tonia, »dass ich hier auf dem Bild gar keine Giraffe sehe, sondern eine Täuschung.«

»Ich denke, Fälschung ist das bessere Wort.«

»Eine Fälschung wovon?«

»Eine Fälschung der Schöpfung«, sagte Dyballa, »eine doppelte dazu, weil die Giraffe ja aus einem Film stammt, der wie alle Filme vorgibt, etwas Reales zu zeigen. Ich habe das Foto an dieser Stelle aufgehängt, um mich an diesen Gedanken zu gewöhnen, an den Gedanken, dass gewisse Dinge, die verschwinden, vielleicht nie da gewesen sind. Und unsere Trauer über den Verlust genauso unsinnig ist wie unser begeistertes Erstaunen über die Fähigkeiten eines Magiers.«

Gefiel Tonia dieser Gedanke? Oder gefiel ihr die Originalität des Gedankens und damit der Mann, der zu dieser Originalität in der Lage war?

Was sie aber sagte, war: »Und trotzdem haben Sie sich die Giraffe ausgesucht und nicht etwa die Szene, wo sie bereits verschwunden ist.«

»Stimmt. Zur Mahnung taugt das Bild der Giraffe besser, als einfach zu zeigen, dass sie da gar nicht da ist. Beziehungsweise die Welt nur eine Ruine.« Dazu lachte er. Sein Oberlippenbart zog sich auseinander und war für einen Moment ein helles Band von grauem Licht. Dyballa griff wieder nach dem Pfifferlingspinsel und malte weiter.

Während er malte, fügte er noch an: »Dieses Bild erinnert mich nicht zuletzt daran, wie oft im Leben ich mir gewünscht habe, zum Verschwinden gebracht zu werden. Wie von Zauberhand aus dem Leben zu geraten. Und nie wieder zu schwitzen, nie wieder diese Scham ertragen zu müssen.«

»Was aber nach Ihrer Theorie bedeuten könnte, nie da gewesen zu sein.«

»Sie haben recht. Das mag der Grund dafür sein, dass ich noch immer am Leben bin. Wie auch der Schriftsteller in diesem Film. Ich scheine einfach nicht zur Giraffe zu taugen.«

Aus Dyballas Lachen war ein Lächeln geworden, aus dem Oberlippenbart ein Silberstreifen. Dyballa versprach Tonia, noch rasch die bestellten Pfifferlinge fertig zu putzen und dann gleich bei ihr zu sein, um ihr ein Stück Torte zu servieren. Er bat sie, schon einmal auszuwählen zwischen den vier Möglichkeiten: Schwarzwälder, Käsesahne, Prinzregenten und Erdbeer.

Tonia ging hinüber zur Vitrine und betrachtete die sich im Kreis drehenden Torten. Sie besaßen alle etwas leicht Unregelmäßiges (wie man sagen kann, Malewitschs Schwarzes Quadrat sei leicht unregelmäßig), etwas deutlich Hand- und Hausgemachtes, eine töpferische Qualität. Tonia konnte sich gut die halb blinde alte Köchin vorstellen, die hier am Werk gewesen war und Erfahrungen eines ganzen Lebens in ihre Süßspeisen gepackt hatte.

Und während Tonia dastand und schaute und überlegte, nach welcher der vier ihr am ehesten der Sinn stand, vernahm sie die Stimmen der diskutierenden Gäste. Eine der gut geschminkten Damen meinte: »Wie kann man so dumm sein, sich Attentäter ins Land zu holen?«

»Wie kann man so dumm sein«, entgegnete ihre Freundin, »sich Leute ins Land holen und sie sich dann zu Feinden zu machen? Wobei wir das natürlich nicht erst seit vorgestern tun.«

»Du findest immer eine Ausrede für diese Leute.«

»Wieso Ausrede? Man muss doch schauen, woher etwas kommt. Wenn mir einer mit seiner Faust ins Gesicht schlägt und ich beurteile nur die Form seiner Faust, dann werde ich kaum verstehen, wieso es ausgerechnet mein Gesicht ist, in dem die Faust gelandet ist, oder?«

»Du meinst, wir verdienen es, von diesen Bastarden umgebracht zu werden?«

»Nein, aber ich halte es einfach für dumm, weiter so zu tun, als wäre da nur eine Faust. Wir züchten uns Wahnsinnige. Mir kommt das vor wie bei einem Experiment, wo man Kretins schafft und dann schaut, was die Kretins anstellen. Und sich wundert, dass die gar nicht lieb sind.«

»Der Mensch ist doch für sein Unglück selbst verantwortlich.«

»Ach, meine Liebe, du hast ein Millionenvermögen geerbt und deine Kinder werden ebenfalls ein Millionenvermögen erben. Und dass die mal alle studieren würden, das stand bereits auf ihrer Geburtsurkunde.«

»Ach ja, und du bist also arm geboren?«

»Nein, Karin. Genau das meine ich ja. Wir leben in einer Erbengesellschaft, wir vererben aber nicht nur das Glück, wir vererben auch das Unglück. Reden aber von Fairness. Und von eines Glückes Schmied, der wir selbst sind. Welche Fairness? Die Fairness, im falschen Bett auf die Welt gekommen zu sein? Und was wird geschmiedet? Die vorgefertigte Form eines Hufeisens?«

Jetzt mischte sich der Junge mit dem schwarzen Netzhemd ein, dessen Unterlippe so voll mit Metallringen war, dass man daran einen kleinen Duschvorhang hätte montieren können. Er sagte: »Das Problem ist doch, dass die Typen, die Bomben schmeißen, Feiglinge sind. Oder einfach zu behindert, woanders zuzuschlagen als in einem Vorortzug oder auf einer Strandpromenade. Wenn das echte Krieger wären, ich meine echte Soldaten, okay, das wäre in Ordnung, Krieger, die den Feind angreifen, die Bankzentralen, das Militär, die Schaltzentralen. Aber das sind keine Krieger, schon gar keine Gotteskrieger, das sind einfach Loser, denen es zu anstrengend ist, ein ganzes Scheißleben durchzuhalten. Hätten die den IS nicht, wie würden sie sich umbringen? Wahrscheinlich vor den Zug werfen, anstatt sich mit dem Zug in die Luft zu sprengen. Das ist wie bei den Faschos, die Flüchtlingsheime abfackeln und Dönerbuden angreifen, weil die Dönerbude gleich um die Ecke ist und keine Polizei davorsteht. Islamisten oder Nazis, die treibt doch alle eins an: die Feigheit vor dem Feind. Die erschießen lieber ein Kind, bevor sie versuchen, den Generalbundesanwalt zu erwischen. Von den Wirtschaftsbossen kennen die doch nicht mal die Namen. Dafür müssten sie sich nämlich schlau machen. Aber blöd bleiben ist leichter. Und den Nachbarn abstechen ist auch leichter.«

»Das klingt jetzt«, meinte eine der Frauen, »als wolltest du die RAF zurück.«

Der Punk war sechzehn oder siebzehn, jedenfalls ließ er es sich gefallen, geduzt zu werden. Umgekehrt aber blieb er den Damen gegenüber beim Sie. Diese Frauen hätten alle seine Mütter, wenn nicht Großmütter sein können. Er sagte: »Wäre Ihnen nicht auch lieber, wir müssten uns wieder vor der RAF fürchten?«

Das war interessanterweise eine Anschauung, die auch gerne jener Mann vertrat, für den Tonia an zwei Tagen der Woche bügelte, der alte Professor Hotter, der sogar einst auf einer Todesliste der RAF gestanden hatte. Die RAF war die Welt von gestern. Eine Erinnerung an bessere Zeiten, als noch die Gebildeten zur Waffe gegriffen und zweifellos die Namen aller Wirtschaftsgrößen gekannt hatten, wenn sie nicht sogar aus deren Familien gekommen waren.

Die eine Dame im geblümten Kleid von Givenchy, die die Erbengesellschaft als das eigentliche Übel ansah – und dabei nicht ahnen konnte, dass mit Tonia eine radikale Erbschaftsentsagerin im Raum stand –, zeigte sich erstaunt, weil sie gedacht hätte, Punks würden dazu neigen, die Verzweiflung der Unterprivilegierten zu verstehen. Und natürlich stecke in solchen Attentaten auch Verzweiflung. Je verzweifelter, desto sinnloser. Aber sinnlos bedeute nicht grundlos.

»Das mit der Verzweiflung stimmt«, antwortete der Punk. »Aber die eigene Verzweiflung zuzulassen ist doch ein Zeichen von Faulheit.«

»Wird das jetzt etwa ein Plädoyer für den Fleiß?«

»Als echter Krieger«, sagte der Punk, »kann man schwer faul sein, oder? Als irrer Typ, der im Kaufhaus steht und herumballert, schon. Aber eins ist natürlich richtig: Für die Faschisten, die uns demnächst regieren werden, sind die irren, faulen Typen ein Geschenk. Und die Frage darf man doch stellen, ob das wirklich der liebe Gott war, der uns all die irren, faulen Typen geschickt hat, oder nicht doch eher ein paar Leute, die wollen, dass Europa brennt, damit sie so tun können, als wollten sie es retten. Das ist schon wie die Geschichte mit dem Feuerwehrmann.«

Aha, hier saß also ein Punk – wahrscheinlich ein christlicher Punk, und die gibt es ja –, der die Faulheit beklagte, ohne den Bau von mehr Eigenheimen zu fordern.

Tonia, die mitgehört hatte, dachte nun unweigerlich an die berühmte *Brennende Giraffe,* dieses Schlüsselgemälde des Surrealismus, das von Salvador Dalí stammte. Denn während noch der Punk über das zum Brennen gebrachte Europa gesprochen hatte, war Tonias Blick wieder von den Torten hinüber zur Giraffe geschwenkt. Sodass sich das Gehörte mit dem Gesehenen vermischte. Dalís in Flammen stehendes Tier erschien Tonia als ein wahrlich passendes Symbol für die ganze europäische Situation, die ja keineswegs »bei aller Gewalt« klar und deutlich war, sondern »bei aller Gewalt« unklar und undeutlich. Auch wenn der Surrealismus angeblich tot war, in der europäischen Wirklichkeit war er höchst lebendig.

Wenn Europa eine brennende Giraffe war, würde es dann irgendwann mit der Plötzlichkeit eines mirakulösen Akts verschwinden? Und würde später irgendjemand behaupten, Europa hätte nie wirklich existiert, sei nur eine Illusion gewesen, geschaffen, um eine historische Brücke zu schlagen?

Es gibt schwierige Fragen. Und mitunter ist es auch nicht leicht, sich zwischen vier Torten zu entscheiden, obwohl Tonia sicher auch um zwei oder drei Stücke oder gleich vier Kostproben hätte bitten können. Aber das wäre ihr ungehörig erschienen. Und als Dyballa seine Pfifferlinge zu Ende gemalt, in eine papierene Tüte gefüllt, an den Rand der Arbeitsfläche gestellt und Tonia einen zugleich einladenden wie fragenden Blick zugeworfen hatte, sagte sie: »Die Schwarzwälderin bitte.«

»Eine gute Wahl«, meinte Dyballa, »auch wenn man bei diesen Torten kaum danebenliegen kann.«

Das war wirklich eine seltene Gelegenheit, dachte Tonia, nämlich wählen zu können, ohne einen Fehler zu begehen. Oder eben das Gefühl zu verspüren, durch die Wahl, die man soeben getroffen hatte, dem Teufel Eintritt in die Welt zu verschaffen.

Während Dyballa die Vitrine öffnete und von der obersten Ebene ein Stück der von Schokospänen geradezu herbstlich zugedeckten Schwarzwälder Kirschtorte herauszog, erlebte Tonia die Einmischung der Punkerin, die sich darüber wunderte, dass niemand auf die Idee komme, mit dem IS einen Frieden auszuhandeln.

»Mit Terroristen verhandelt man nicht«, erklärte eine der Damen. »Das kann nur schiefgehen.«

»Also abgesehen davon«, sagte die Punkerin, »dass die dort drüben meinen, wir sind die Terroristen, wäre es doch vielleicht klüger, zu sagen: Gut, bitte, danke, wir hatten unseren Krieg, weil das ohne Krieg nicht geht, weil das zum Wirtschaften und Geldverteilen und Landverteilen und zum Geschichteschreiben dazugehört, aber bevor das jetzt noch uncooler wird und vor allem schlecht fürs Geschäft, schließen wir Verträge, und in den Verträgen steckt auch der Frieden drin. Wenigstens bis zum nächsten Krieg. Dieser IS will doch in Wirklichkeit auch nur Geld machen. Ich bin mir sicher, die wären bereit, ihren Leuten einzureden, wie supervereinbar das mit dem Koran ist, im Auftrag von Adidas Schuhe herzustellen.«

Eine der Damen entgegnete, sie glaube kaum, dass für die Islamisten irgendeine Art von Frieden infrage käme. »Nein, Ihr Freund hat schon recht, das sind keine Soldaten und Krieger und keine Agenten, eigentlich sind das nicht mal Terroristen, sondern frustrierte junge Männer, die sich selbst losschicken. Seid mir nicht böse, aber wir sollten diese Leute alle ins Meer zurückschicken.«

»Auch die, die gar nicht aus dem Meer kommen?«, fragte ihre Freundin.

»Wir kommen alle aus dem Meer.«

»Das ist zynisch.«

»Realistisch. Wir hätten große Schilder aufstellen sollen, auf denen steht: Nicht willkommen!«

»Ja, die hätten wir dann aber nicht erst 2015 aufstellen sollen, sondern spätestens 1964, als der millionste Gastarbeiter ins Land gekommen ist und man sich vielleicht schon ausrechnen konnte, dass langsam auch welche dabei sein werden, die nicht wieder nach Hause fahren, nachdem sie uns die Garagentür repariert und uns den Mercedes zusammengeklebt haben.«

»Also, da gebe ich dir jetzt recht. Man schaut doch nach, wer einem ins Haus kommt. Es ist schon idiotisch, wenn man Leute aufnimmt, ob jetzt zum Arbeiten oder zum Faulenzen, und ihnen dann jegliche Vermehrung zugesteht. Seien wir ehrlich, die Welt schickt uns ihren ganzen Abschaum.«

»Ein paar Kernphysiker sind schon dabei.«

»Meine liebe Freundin, geh doch mal auf einen Spielplatz und schau dir an, wie die Türkinnen da ihre kleinen Sadisten heranziehen. Frauen produzieren Tyrannen. Faule Tyrannen, und kein Einziger von denen wird mal Kernphysiker, sondern natürlich Tyrann. – Bin ich jetzt ein Nazi, weil ich das sage? Oder ein Punker?«

»Ein bisschen von beidem. Aber deinen ägyptischen Gärtner magst du schon, gell?«

»Der war früher Architekt. Und jetzt ist er Gärtner. Warum nicht? Und ich habe ihn mir ausgesucht. Aber sein Bruder zum Beispiel ist ein Gauner. Ich bin dafür, dass der brave Gärtner bleibt und der Gauner geht. Warum soll das so schwer sein?«

»Warum ist es so schwer«, mischte sich jetzt Tonia ein, während sie das Stück Schwarzwälder Kirschtorte entgegennahm, »eine Torte, wenn sie einmal fertig ist, wieder in ihre Bestandteile zu zerlegen.«

Die Damen und das Punkerpärchen schauten verblüfft zu Tonia. Alle waren für einen Moment still.

Keiner von ihnen konnte ahnen, dass Tonia einen geliebten Menschen im Zuge eines solchen Akts – ob nun Terror oder Amok oder eine der Mischformen – verloren hatte. Und dass in ihr zusehends der Gedanke keimte, die Umstände der Zeit würden zu etwas führen, das man sehr vorsichtig als »zweite Chance« bezeichnen konnte. Und sie dann hoffentlich in der Lage wäre, das einzig Richtige zu tun. Und nicht das einzig Falsche wie damals bei Emilie. Wer weiß, vielleicht würde das einzig Richtige darin bestehen, nichts zu unternehmen. In hochkonzentrierter Weise eine Handlung zu vermeiden. Statt zu zielen, das Ziel zu sein.

Aber auch ein Ziel muss sich erst einmal an die richtige Stelle begeben.

Tonia drückte ihre Gabel in die bekirschte Schwarzwälderin, brach ein Stück herunter, hob es an und ließ es in den Mund gleiten. Teig und Creme zerfielen und zergingen auf ihrer Zunge. Sie meinte fast, sie könne spüren, wie ein Gefühl der Erlösung durch die Torte ging. Wie bei allen Dingen, die den Punkt ihrer Bestimmung erreichen.

6

Donnerstag war der beste Tag. Der beste Bügeltag. Denn am Vormittag arbeitete Tonia für eine Frau namens Kreutzer, Marlen Kreutzer, und am Nachmittag für die Familie des Professor Hotter, was schlichtweg darum ein Vergnügen war, weil die Licht- und Raumverhältnisse in der Hotter'schen Bibliothek sich so ungemein günstig auf das Bügeln auswirkten. Zudem konnte Tonia durch die hohen Fenster der Bibliothek auf einen Garten sehen, der noch von Hotters Frau angelegt worden war und dem Professor in wunderbarer Weise entgegengesetzt schien: Er wirkte sympathisch.

Im Falle der als Single lebenden Marlen Kreutzer war es insofern umgekehrt, als die etwa dreißigjährige Frau – eine wissenschaftliche Leiterin am Max-Planck-Institut für Astronomie – sympathisch war, während der Blick aus ihrem eher düsteren Bügelraum auf eine wenig attraktive Häuserwand in der Heidelberger Altstadt fiel. Dabei handelte es sich um eine große Wohnung, und zur anderen Seite hin lagen zwei schöne, helle Räume. Dennoch bestand Tonia darauf, in dem kleinen Hinterzimmer zu arbeiten, in dem eine vorindustrielle Stimmung herrschte. Überall, wo sie bügelte, suchte sie einen Raum – und eine bestimmte Position im Raum –, um das Gefühl zu gewinnen, an einer für sie reservierten Stelle zu stehen. Wenn sie die Stelle gefunden hatte, wusste sie es einfach. Wie man weiß, wo auf der Wand ein Bild hinpasst (außer bei den Leuten, die Bilder aufhängen, als hätten sie das aus einem IKEA-Katalog gelernt).

Das Schöne am Kreutzer'schen Bügelraum war, dass bei aller

Düsternis an den Vormittagen ein Streifen Licht sich an der engen Architektur vorbeiwand und genau für die Zeit der Bügelarbeit einen Schein auf das nahe ans Fenster gerückte Bügelbrett warf. An wolkenlosen Tagen tadellos gleißend, an bedeckten Tagen milchig, sahnig, weich. In jedem Fall achtete Tonia darauf, diese Zeit zu nutzen und Frau Kreutzers modischer und edler Kleidung – eine Mischung aus Prêt-à-porter und Haute Couture – die gewünschte Glätte und nicht minder gewünschte Leichtigkeit zu verleihen, etwas von einem Wind, als gelänge es Tonia, einen zugleich warmen wie kühlenden Hauch in die dünnen Sommerkleider, die dünnen Blusen und die dünne Seidenunterwäsche hineinzubefördern. Und ja, sie kümmerte sich auch um die Nylonstrümpfe, ohne dabei natürlich ihr Bügeleisen einzusetzen, sondern in der Art einer händischen Bügelei, indem sie die Nylons sehr vorsichtig streckte und dehnte und dann auf dem Wäscheständer einer finalen Hängung aussetzte.

Nach Tonias Empfinden entsprach kein Kleidungsstück so sehr dem Prinzip, eine zweite Haut zu bilden, wie Damenstrümpfe, und kein Kleidungsstück war so sehr in der Lage, die Schönheit von Beinen zu steigern oder ihnen etwas von ihrer Hässlichkeit zu nehmen. Und keines fühlte sich so gut an. Als würde ein mit Güte ausgestattetes Gespenst seine Wangen an den Beinen reiben. Tonia fand, dass man die Leute, die an der Erfindung und Entwicklung von Damenstrümpfen beteiligt waren, heiligsprechen sollte. Zumindest als Gruppe. Heilige Gruppen wären sowieso die bessere Idee.

Marlen Kreutzer war eine Frau, die immer bestens und ausgefallen gekleidet war, sosehr es auch ihrer Profession zu widersprechen schien. Denn bei den meisten Astronomen konnte man den Eindruck bekommen, die ständige Beschäftigung mit einem an Schönheiten kaum zu überbietenden Universum führe zu einer Vernachlässigung des eigenen Äußeren, weniger zu einer Geschmacklosigkeit als zu einem schieren Fehlen von Geschmack. Ganz sicher aber nicht bei Marlen Kreutzer, die gleich bei welcher Tätigkeit, ob allein mit dem Universum oder in Gesellschaft von

Menschen, stets Kleider, Kostüme, Jacken und Blusen trug, die ihr etwas jahreszeitlich Prägnantes verliehen. Etwas bei aller Extravaganz recht Ausgelassenes. Und andeutungsweise Aufreizendes. Sie wirkte eher jünger, als sie war, ganz im Unterschied zu Tonia, die trotz ihrer Eleganz und trotz der Feinheit ihrer Züge die melancholische Qualität einer zehn Jahre älteren Person ausstrahlte. Woraus sich der Eindruck ergab – welcher nichts mit Falten oder Körperfett zu tun hatte –, zwischen den beiden Frauen würden dreißig statt der tatsächlichen zehn Jahre liegen. Wie das halt manchmal vorkommt, wenn das eine Wesen mehr seiner Jugend und das andere mehr seinem Ende zuneigt.

Freilich war da keinerlei Beziehung zwischen ihnen außer der geschäftlichen. Wenn Tonia pünktlich jeden Donnerstag um halb neun erschien, stand man noch ein paar Minuten zusammen und redete über Kleidung und die Qualität der Stoffe. Manchmal berichtete Kreutzer auch über eine astronomische Entdeckung, weil sie begriffen hatte, dass Tonia an Derartigem interessiert war, ohne jedoch zu erkennen, wie sehr Tonias Interesse aus einer Beziehung zwischen Whiskys und Sternen resultierte.

War das kurze Gespräch beendet, so brach Kreutzer ins Institut auf, und Tonia begab sich ins Bügelzimmer, wo mehrere Körbe mit gewaschener Wäsche bereitstanden.

Es war der erste Donnerstag nach Tonias Besuch in Dyballas *Grünem Rollo*, das sie mit einem Bund Karotten, einem Kilo Kartoffeln, dazu der schönsten Aubergine, die ihr je untergekommen war, sowie einem Karton Stachelbeeren verlassen hatte, nicht zuletzt auch mit dem Versprechen, demnächst wieder einmal vorbeizuschauen. Vielleicht nächsten Freitag, hatte sie gesagt, vielleicht am frühen Abend, um danach mit Dyballa auszugehen, wenn dieser sein Geschäft gegen achtzehn Uhr schloss. Wobei sie ihm erklärt hatte – leise genug, um die diskutierenden Damen aus dieser Information auszuschließen –, nichts anderes im Sinn zu haben, als zu sehen, ob sie und er Freunde werden könnten. Sie hatte es ganz unverblümt ausgesprochen: »Mir ist nicht danach, einen Mann fürs Leben zu finden. Oder auch nur einen für gewisse Stunden.«

Seine Antwort hatte ihr gefallen. Indem er meinte: »Das ganze Leben oder gewisse Stunden sind mir nicht so wichtig. Aber nach einer guten Freundin sehne ich mich schon lange.«

»In Ordnung, Freitag«, hatte sie geantwortet und dabei schmunzeln müssen, weil es sich anhörte, als rede sie mit Robinson Crusoes Gefährten. Abschließend war eine zuvor an ihrem Rock gesäuberte Stachelbeere zwischen ihren Lippen verschwunden. Der feine Pelz auf der Haut dieser Beere hatte ihr ein leichtes Frösteln beschert.

Donnerstag also, bevor dann der Freitag kommt. Der Freitag, der ein Eingeborener ist und gleichzeitig einen Tag bildet (natürlich ist die Reihenfolge umgekehrt, zuerst der Tag, dann der Eingeborene, aber wer weiß, vielleicht ist das in Wirklichkeit bloß Ausdruck einer christlichen Belehrung, den Tag vor den Eingeborenen zu setzen).

Tonia verspürte eine Vorfreude. Die Vorfreude gab ihr freilich zu denken. War es denn nicht so, dass eine mögliche Freundschaft mit Dyballa dem Prinzip der Selbstbestrafung viel eher widersprach, als wenn sie vorgehabt hätte, mit diesem Mann ins Bett zu gehen? Im Sex lag immer ein Zug zum Untergang und zur Verzweiflung, so lustig oder spannend oder erfreulich er mitunter auch sein mochte, aber sein Wesen war ein dunkles. Der Sex eine weltliche Form des Todes. Woraus die absurde Konsequenz folgte, eine Strafe allein dadurch bewirken zu können, die beginnende Freundschaft zu Dyballa in ein intimes Verhältnis zu verwandeln. Dunklen Sex zu haben. Etwas, was Dyballa glücklicherweise ausgeschlossen hatte. Aber konnte man ihm wirklich glauben?

Derartige Gedanken gingen Tonia durch den Kopf, während sie im Bügelzimmer des Kreutzer'schen Haushalts ihr schwingendes Bügelbrett auf einem Tisch vor dem Fenster aufstellte. Es war ein Tag mit Sahnelicht. Tonia schätzte es sehr, die Kreutzer'schen Blusen zu bügeln, die in puncto Bügeltechnik den Höhepunkt ihrer Arbeitswoche darstellten. Als Erstes aber erledigte sie immer die Leintücher und die Bettwäsche, wie um sich warmzumachen und dem ganzen Raum die richtige Atmosphäre zu verleihen.

Dann folgten Handtücher, Geschirrtücher, Röcke, Kleider, die händisch gebügelten Nylons, danach die Unterwäsche – feine Dessous, die Tonia mit einer Vorsicht glättete, mit der man wohl im Märchen einen verknitterten Engel in einen würdigen Zustand zurückversetzt (und sich die interessante Frage stellt, welche Aktivitäten Engel in einen verknitterten Zustand versetzen). Zum Schluss kamen die Blusen an die Reihe, die gleichermaßen eine moderate Temperatur wie eine moderate Bewegung erforderten. Frau Kreutzer schien eine Blusenfrau, ihre Oberweite bescheiden, aber gerade dank weit geöffneter Knopfleiste genau von der Art, die einem schlanken Körper jene gefährliche Schönheit verleiht, wie man sie von Schwänen kennt.

Nachdem Tonia eine Seidenbluse von Dior und ein polnisches Designerstück – einen Körperschatten in Altrosa – gebügelt hatte, griff sie in den Korb und zog ein hellblaues Hemd heraus. Sehr zu ihrer Überraschung. Erstens hatte sie Marlen Kreutzer noch nie in einem Hemd gesehen, und zweitens waren noch nie die Kleidungsstücke irgendwelcher Liebhaber unter der zu bügelnden Wäsche gewesen. Aber gut, manches geschah eben zum Zweck der Erstmaligkeit. Auch bestand keinerlei Abmachung darüber, Hemden beim Bügeln auszulassen, wie etwa im Falle des alten Professors, dessen Unterhosen Tonia zu ignorieren hatte.

Tonia breitete das hellblaue Stück über ihr Bügelbrett und begann mit dem Kragen, ging zur Knopflochleiste über und kam dann zur Brusttasche, die gleich allen Brusttaschen auf Hemden und Blusen eine Funktion vortäuscht, die kaum zur Anwendung kommt. Nicht einmal hauchdünne Straßenbahnfahrscheine oder Kinokarten landen dort. Und nur äußerst selten ein inhaltsreicher USB-Stick. Hin und wieder sorgsam aufgereihte Kulis, aber wahrscheinlich allein bei Atomwissenschaftlern und Automechanikern.

Sie hätte es gleich bemerken müssen, trotz der geringen Größe. Das eingenähte Emblem an der oberen Kante selbiger Tasche. Aber es kam eben an gänzlich unerwarteter Stelle. Nicht im Museum, nicht als Kopie in den Räumen eines Sammlers, nicht beim Aufschlagen einer Zeitung, die darüber berichtete, es gebe bezüglich des von Kasimir Malewitsch gemalten ultrateuren und ultraberühmten Schwarzen Quadrats neue Erkenntnisse der Forschung. Auch nicht – wie es sich in manchen Träumen Tonias angekündigt hatte – als tätowiertes Bild auf der Brust eines weiteren Leichnams. Nein, das schwarze Quadrat mit dem weißen Rand – das seiner Unregelmäßigkeit wegen eigentlich ein Viereck darstellte und ursprünglich von Malewitsch im ersten Ausstellungskatalog auch als solches bezeichnet worden war – zierte als millimetergroßes Symbol die obere Kante der Brusttasche. Wobei man wirklich nahe herangehen musste, um den weißen Rand auf dem hellblauen Grund zu erkennen und den schwarzen Teil nicht als bloßen Fleck in der Art sehr ordentlich ausgeronnener Tinte wahrzunehmen. Eine Stickerei, die von der gleichen Größe schien wie damals die Miniatur von Malewitschs Gemälde auf der linken Brust des toten Attentäters. 7,9 mm × 7,9 mm, erinnerte sich Tonia.

Indem nun die Seiten nicht parallel zueinander standen und indem auf der schwarzen Fläche mittels winziger Risse die Krakelüre des 1915 entstandenen Originals zitiert wurde, blieb kein Zweifel, dass sich dieses textile Emblem in der gleichen miniaturisierten Weise auf dieselbe symbolische Quelle bezog wie das Tattoo des Toten.

Dass nun Malewitschs Quadrat einer Modefirma als Vorlage für ein Markenzeichen diente, wäre an sich keine Sensation gewesen, allerdings wusste Tonia nichts von einem solchen Label. Bei dem Hemd hier handelte es sich – gemäß dem Etikett unter dem Kragen – um ein Produkt der Firma Eterna. Hätte jedoch das bekannte Passauer Bekleidungsunternehmen eine seiner Kollektionen mit dem an Malewitsch angelehnten Symbol versehen, hätte es Tonia eigentlich wissen müssen. Oder umgekehrt: wenn jemand damit begonnen hätte, Eterna-Hemden auf diese Malewitsch-Weise zu modifizieren. Das Internet hätte Derartiges doch sicher preisgegeben. Kaum eine Branche war so internetig wie die Mode, so tief gesunken in die Verwicklungen des Netzes.

Tonia war nie ganz losgekommen von diesem schwarzen Quadrat. Hatte seine Spuren verfolgt, in der Kunstgeschichte, der

Mode, im Alltag. Wozu auch die kürzlich verlautbarte Entdeckung gehörte, es würden sich unter der Oberfläche von Malewitschs Original nicht ein, sondern zwei Bilder befinden. Zudem hatte sich ein Schriftzug, der ursprünglich für eine schwer lesbare Signatur des Malers gehalten worden war, als ein Satz herausgestellt, der, ins Deutsche übertragen, lautet: »Schlacht von Schwarzen in einer dunklen Höhle.«

Befremdlicherweise also kein Hinweis auf die religiöse oder ideelle Intention des Künstlers, die so oft erwähnte Befreiung der Kunst vom Ballast der Gegenständlichkeit, sondern ein wenig intelligenter Verweis auf ein wenig intelligentes Witzbild eines gewissen Alphonse Allais, der 1897 eine schwarze Monochromie mit dem Titel »Kampf von Schwarzen in einem Keller, in der Nacht« geschaffen hatte. Wobei angeblich auch Allais inspiriert worden war, und zwar von seinem Freund Paul Bilhaud, der noch früher, bereits 1882, ein schwarzes Bild mit dem Titel »Kampf von Schwarzen in einem Tunnel« präsentiert hatte. Somit war die Entwicklung früher monochromer Malerei in mehr als drei Jahrzehnten vom Tunnel über den Keller hin zur Höhle gelangt: ein Rückschritt in der Menschheitsgeschichte. Gleichbleibend hingegen die Annahme, schwarzhäutige Menschen wären in absoluter Dunkelheit besonders geeignet, nicht gesehen zu werden.

Man musste diese kunsthistorischen Erkenntnisse ignorieren, um wieder zur Schönheit von Malewitschs Quadrat zurückkehren zu können. Auch glaubte Tonia nicht, die dreifache Verbindung von schwarzen Orten und schwarzen Menschen könnte ihr erklären, wieso sie nun erneut auf eine verzwergte Form des schwarzen Quadrats gestoßen war. Aber sie hielt es keineswegs für einen Zufall. Sie hatte immer ein wenig damit gerechnet, es könnte passieren, auch wenn ihre Erwartung eher gewesen war, noch einmal auf ein Tattoo zu stoßen. Das Tattoo auf einem lebenden oder toten Mann.

Doch statt dem Mann nun also ein Hemd. Aber welche Bedeutung hatte dieses Hemd? Und wie war es unter die sonst völlig hemdenfreie Bügelwäsche der Marlen Kreutzer geraten?

So selten Tonia die Kameraeinstellung ihres Smartphones

nutzte, jetzt tat sie es und fotografierte das Emblem. Vielleicht, um sich später beweisen zu können, nicht geträumt zu haben. Vielleicht auch, um es an den Kriminalinspektor zu schicken, mit dem sie fünf Jahre zuvor in der Gerichtsmedizin zusammengekommen war. Wie hatte er noch geheißen? Richtig, Halala, Chefinspektor Halala.

Ein Polizist.

Ein Hemd.

Ein Quadrat, das keines ist.

Doch Tonia fotografierte nicht nur, sondern nützte ihr Gerät auch, um auf der Webseite von Eterna nachzusehen, ob man sich dort neuerdings mit Malewitschs Ikone der Moderne schmückte. Aber da war nichts dergleichen. Auch nicht unter der Rubrik der »personalisierten Hemden«. Dort wurde allein die Möglichkeit offeriert, sich seine Initialen in der Farbe des Hemds auf den rechten Ärmel sticken zu lassen. Mehr nicht. Kein Wort von einem Quadrat.

Rätselhaft!

Sie betrachtete das Hemd in der Weise, wie man ein Foto betrachtet, von dem man sich nicht sicher ist, ob es die Wahrheit abbildet oder auf einer Fälschung beruht. Erinnerte sich dann aber ihrer Pflicht und bügelte es zu Ende. Bügelte in der Folge den Rest der teils noch feuchten Wäsche, durchaus mit der gewohnten Genauigkeit, wenn auch mit verminderter Konzentration. Sie hing mit ihren Gedanken weiterhin an dem einen Hemd, ohne unter den Blusen noch auf ein weiteres zu stoßen. Auch zeigte sich das markante Quadratsymbol auf keinem der anderen Kleidungsstücke. Das Hemd samt Quadrat blieb an diesem Ort ein Solitär.

Stellte sich die Frage nach seinem Zweck. Abgesehen vom grundlegenden Zweck eines Hemdes, einen männlichen Oberkörper auf stoffliche Weise zu straffen, ihn »in Form« zu bringen. Tonia schloss aus, dass dieses eine Stück in der Garderobe der Frau Kreutzer eine Spezialposition einnahm, einen gewollten Ausrutscher ins Virile. Was aber sonst?

Tonia empfand eine große Ruhelosigkeit. Sie wollte nicht auf die nächstbeste Gelegenheit warten, ihre Kundin nach dem Hemd zu fragen, sondern die nächstbeste Gelegenheit sofort herbeiführen.

Sie besaß Kreutzers Handynummer, sie hätte anrufen können. Aber die Frage nach dem Hemd erschien ihr doch von jener Art, die ein persönliches Gespräch unabdingbar machte. Es gibt Fragen, bei deren Beantwortung man sein Gegenüber nicht nur sehen, sondern auch riechen muss. Von Tier zu Tier.

Was sich jetzt nur machen ließ, indem Tonia gleich nach Beendigung ihrer Arbeit aus dem Haus trat, um zur nahe gelegenen Talstation der Heidelberger Bergbahn zu gehen, einer aus zwei Standseilbahnen kombinierten, hoch zum Königstuhl führenden Verbindung. Auf diesem Berg war nicht nur das steinreiche Schloss zu finden, sondern ganz oben auf der Höhe auch die Sternwarte sowie der Campus des Max-Planck-Instituts für Astronomie, wo Marlen Kreutzer forschte und unterrichtete.

An der Endstation der Bahn verfügte man über einen prächtigen Blick auf die Stadt und das Umland. Bis in die Pfalz. Die Wolken, die noch kurz zuvor dem Kreutzer'schen Bügelraum ein Sahnelicht beschert hatten, jetzt waren sie verschwunden. Schwimmbadblau dominierte.

Freilich hatte Tonia keine Zeit, sich dem Fernblick hinzugeben, sondern marschierte das kurze Stück hinüber zum scharf in den Wald geschnittenen Campus. Es war inzwischen Mittag, und auf den Wiesen saßen Menschen in kleinen Gruppen. Wie hingestreute Kugeln. Verklumpte Astronomen.

Linker Hand leuchtete der weiße, geschwungene Baukörper des Hauses für Astronomie, den man für einen zur Ordnung gerufenen, selbst noch in der Sommerhitze schneebedeckten Windbeutel hätte halten können. Ein tatsächlich vom Wind gebeuteltes, aber im Zuge dieser Beutelung eben auch geschliffenes, liniertes und diszipliniertes »Backwerk« (und dass Architektur viel mit Bäckerei zu tun hat, ist ja kein Geheimnis und ebenso wenig, dass aus vielen Architekten auch tolle Bäcker geworden wären – wenn nicht bessere).

Das Backwerk jedoch für Kreutzers Arbeitsstätte zu halten war ein Fehler, den Tonia machte, bevor sie nun begriff, dass es sich beim eigentlichen Institut um den dahinter gelegenen Komplex handelte, einen Bau aus den 1970er-Jahren. Aus einer Zeit, da fast alle Gebäude wie Mehrzweckhallen aussahen und es letztlich eher als eine Frage aktueller gesellschaftlicher Notwendigkeit erschien, ob sie sich als Kirche, Garage oder Gefängnis herausstellten.

Diesen praktischen, nüchternen Bau betrat Tonia durch die auseinanderfahrenden, gewölbten Scheiben des Haupteingangs. Und stand nun also in der Lobby des Instituts, stellte sich am Empfangsschalter mit ihrem Namen vor und bat darum, Frau Kreutzer zu benachrichtigen.

»Sie haben einen Termin?«, fragte der junge Mann am Schalter.

»Ich bügle die Wäsche für Frau Kreutzer«, erklärte Tonia.

Nun, das stimmte zwar, war aber eine merkwürdige Antwort auf die Frage nach einem Termin.

Der junge Mann, der in frappanter Weise an den Aushilfsschönling aus Dr. Savinkows Praxis erinnerte, weitete seine bislang müdkleinen Augen und sagte: »Oh ja, Sie sind das also. Ich gebe Frau Kreutzer gleich Bescheid, dass Sie hier sind.«

Das kam nun doch überraschend.

Kreutzer befand sich aber noch in einer Besprechung. Man analysierte neueste Daten betreffs eines jüngst entdeckten fernen Planeten, und aus der kleinen Aufregung, die derzeit bestand, sollte später noch eine große werden, wenn man einmal die Bedeutung der Daten vollständig begriffen haben würde. Der junge Mann bat Tonia also, sich kurz zu gedulden und doch bitte auf einem der Sessel im Wartebereich Platz zu nehmen.

Als sie bereits saß, trat der Empfangsmensch aus seiner gläsernen Koje, kam auf Tonia zu und fragte sie, ob er ihr einen Kaffee bringen dürfe.

»Geht Tee?«

Einen Moment machte er ein verzweifeltes Gesicht, als würde er sich die Schwierigkeiten eines Tees beim Gehen vorstellen. Dann verschwand er für eine Weile und kehrte mit einer Tasse heißen Wassers zurück, in der ein Teebeutel schwamm und auf deren Boden sich eine rotbraune Schicht gebildet hatte, gleich einem Unterwassersee. Tonia nahm die Tasse dankend entgegen und ließ den Teebeutel langsam rotieren, sodass das Rotbraun sich bis zum Tassenrand hin einmischte.

Der Tee schmeckte ... Nun, Tonia war schon immer der Ansicht gewesen, der Geschmack einer Sache hänge auch stark vom Ort ab, an dem man sich gerade befand, während man schmeckte. Der gleiche Tee in einem Krankenhaus genossen, im Parkcafé oder den eigenen vier Wänden hätte eine ganz andere Wirkung besessen als hier, in einem Institut, das nichts weniger im Sinn hatte, als die Massen und Materien im weiten Raum über unseren Köpfen zu begreifen. Dieser Tee an Tonias Lippen mundete exoplanetarisch. Nach Kraftfeldern und fernen Nebeln. Er vibrierte ein wenig von den Flüstergeräuschen des Alls. Tonia stellte sich Tee vor, der in Millionen Lichtjahren Entfernung genossen wird. Kräutertee irgendwo im Sternbild der Jagdhunde.

»Ausgezeichnet!«, lobte sie.

»Wirklich?« Der junge Mann wunderte sich, er hatte diesen nicht mehr ganz frischen Teebeutel aus einer Lade unterhalb der Kaffeemaschine gezogen, in die schon lange niemand mehr gegriffen hatte. Wer hier Tee bevorzugte, brachte seinen eigenen mit.

»Nein, wirklich gut«, betonte Tonia und lehnte sich zurück. Sie schlug ihre Beine übereinander, die – in schwarzen Strümpfen unter dem schwarzen Rock – sehr viel mehr Anlass gegeben hätten, Malewitschs Quadrat in etwas Gegenständliches zu übertragen, als sich über dunkelhäutige Menschen in Höhlen lustig zu machen. Die schlichte Schönheit dieser Beine bedenkend.

Tonia kam zur Ruhe. Die Eile, an diesen Ort zu gelangen und Frau Kreutzer zu sprechen, war der Stille und Weite gewichen, die dieser fremde Tee auf sie übertrug. Tonia schloss die Augen und sah eine Wüste. Was sie spürte, war Hitze, in der aber etwas Kühlendes lag: kleine Tröpfchen, die hundertfach an ihrem Körper klebten, zerplatzten und sie gleich kaltem Regen pünktchenweise benetzten. Flüssige Akupunktur.

Tonia musste erschöpft eingenickt sein. Sie spürte die Hand auf ihrer Schulter erst, als diese breits wieder herunterglitt. Vor ihr stand Marlen Kreutzer und schaute sie ängstlich und fragend an.

Tonia erhob sich und sagte: »Tut mir leid, Sie bei der Arbeit zu stören. Aber es ist wichtig.«

»Etwas mit der Wohnung?«

»Nein, es geht ... Könnten wir uns draußen unterhalten?«

»Gut«, meinte Kreutzer und erklärte, ohnehin eine kleine Pause zu verdienen. Hauptsache, die Wohnung stehe nicht in Flammen.

Die Frauen wechselten ins Freie und bewegten sich hinüber zu dem wie in einer Rotation erstarrten weißen Baukörper, bei dem es sich, wie Tonia jetzt erfuhr, um das Zentrum für astronomische Bildungs- und Öffentlichkeitsarbeit handelte. Dessen Architektur war von einer Galaxie inspiriert worden, die angeblich einem Whirlpool ähnelte. Einer Galaxie mit dem Namen M 51, die wohl lange vor den ersten dieser sprudelnden Wasserbecken entstanden war.

Marlen Kreutzer führte Tonia zu einer Bank, die im Schatten stand wie in einem aus Luft gebauten dunklen Wirtshaus.

Sie nahmen Platz.

»Also, was ist so wichtig, dass Sie den Berg hochkommen?«, fragte Kreutzer.

»Es geht um das Quadrat.«

»Welches Quadrat?«

»Das Malewitsch-Quadrat auf dem Herrenhemd. Und es ist ja ein Herrenhemd, oder? So, wie es ein Malewitsch-Quadrat ist.«

»Malewitsch? Ich weiß wirklich nicht, wovon ...«

»Das Markenzeichen auf dem Hemd.«

»Wie? Meinen Sie das eine Hemd in der Bügelwäsche?«

»Genau das.«

»Und was wollen Sie mir jetzt sagen, liebe Frau Schreiber, dass Sie keine Männersachen bügeln?«

»Nicht ganz so schlimm«, antwortete Tonia, »ich gehöre nicht zur Bügeltruppe der Zeitschrift *Emma*.«

»Sondern?«

»Es ist ... Ich sehe ein solches Quadrat nicht zum ersten Mal.«

Frau Kreutzer hob die Augenbrauen, als wollte sie sagen, Quadrate würden im Leben der Menschen verhältnismäßig häufig auftreten.

Tonia sah sich gezwungen, ihrer Kundin zu erzählen, was fünf Jahre zuvor geschehen war und wieso ausgerechnet dieses kleine, schwarze, von einer weißen Umrandung ergänzte Viereck ihre Aufmerksamkeit und Neugierde erregte. Derart, dass sie nicht hatte warten können und sofort hierhergeeilt war, um sich nach dem Ursprung des Hemds zu erkundigen. Beziehungsweise des Markenzeichens, für dessen offizielle Existenz es keinerlei Hinweis gab.

So erfuhr Kreutzer von Emilies Tod im Kino und Tonias Unvermögen, dies zu verhindern. Und begriff nun Tonias Interesse an diesem Quadrat.

»Glauben Sie ernsthaft«, fragte Kreutzer, »da könnte ein Bezug bestehen? Ein Hemd ist etwas anderes als die tätowierte Haut auf der Brust eines Mannes.«

Keine Frage, sie wich aus.

Weshalb Tonia erwiderte, um dies zu beurteilen, müsste sie wissen, wie dieses Quadrat auf dieses Hemd gelangt sei. Und fügte an, dass sie doch gerne erfahren würde, wessen Hemd das sei, sowenig sie auch die Zusammensetzung von Kreutzers Wäsche etwas angehe. »Wäre es möglich, dass Sie mir davon erzählen?«

»Ich weiß nicht ...«

Tonia berührte sachte die Hand der Astronomin. Als lege sie dort einen kleinen Wunschzettel ab.

»Das ist etwas heikel«, äußerte Frau Kreutzer. »Ich müsste mich wirklich darauf verlassen können, dass Sie das nicht weitergeben, was ich Ihnen erzähle.«

Tonia versicherte ihrer Kundin, sie aus allem herauszuhalten.

Kreutzer erwiderte, mit einem kleinen Zorn in ihrer Stimme: »Wie sicher ist so ein Versprechen?«

Anstatt den Grad der Sicherheit zu definieren, sagte Tonia einfach: »Bitte.«

Kreutzer zögerte weiter. Aber es war das Zögern des Aufgebens. Wie diese Spieler im Fußball, die eine Rote Karte gezeigt bekommen und trotzdem eine Weile verärgert auf dem Spielfeld stehen bleiben und mit dem Schicksal und einer ungerechten Schiedsrichterentscheidung hadern. Kurz darauf verlassen sie das Feld dann doch.

So auch Kreutzer. Sie erklärte: »Das Hemd gehört dem Mann meiner … Sie müssen wissen, Frau Schreiber, ich liebe Frauen, und es gibt Frauen, die mich lieben, die aber trotzdem bei ihren Männern bleiben. Ich selbst hatte nie einen. Wozu auch? Clarissa schon. Clarissa ist die Frau in meinem Leben.«

Kreutzer sagte, lesbisch zu sein sei zwar kein Staatsverbrechen mehr, für Clarissa aber dennoch ein Problem. Nicht zuletzt wegen ihrer Kinder. Natürlich die Kinder.

»Hätten wir die Kinder nicht«, sagte Kreutzer, »wir müssten sie erfinden. Sie sind unser aller Ausrede für die meisten Verbrechen und jeglichen Unsinn.«

»Dumm nur«, meinte Tonia, »dass der Zustand der Kindheit ein zwangsläufiger ist. Ohne Larvenstadium funktioniert es nun mal nicht.«

»Und ohne Ausreden offenbar auch nicht. Aber Sie wollten etwas über das Hemd erfahren.«

»Das will ich«, bestätigte Tonia.

Als Clarissa das letzte Mal bei ihr gewesen war, so Kreutzer, habe sie dieses Hemd getragen. Clarissa liebe Hemden. Wobei sie nicht etwa den männlichen Part in ihrer beider Beziehung übernehme, wirklich nicht, Hemden würden ihr einfach gut stehen, Hemden und Krawatten.

»Sie besitzt etwas«, sagte Kreutzer, »das ich einen Zwanzigerjahreschick nennen würde, als Frauen auf Weltreise gingen, ohne darum gleich unförmig zu werden. Damen in der Wüste. Ich denke mir Clarissa manchmal als russische Aristokratin, die für den Anarchismus schwärmt, aber ungnädig wird, wenn sie ihr französisches Parfüm nicht dabeihat … Gott, ich rede mich um den Verstand.«

»Wunderbar treffend«, sagte Tonia und meinte damit das Bild mit der Aristokratin. »Ich kann mir Ihre Freundin gut vorstellen.«

»Es sind die Hemden von ihrem Mann, die sie trägt«, erklärte Kreutzer, »ich glaube, es bereitet ihr eine gewisse Freude, ihn auf diese Weise zu betrügen.«

»Und er hat keine Ahnung?«

»Also, ich glaube nicht, dass er seine Hemden zählt. Und in der

Regel lässt Clarissa ja auch keines davon bei mir liegen. Aber diesmal ging es nicht anders. Ein Fleck, kein schwarzer, sondern etwas von Speiseöl, oben am Kragen. Na gut, ich hab ihr gesagt, lass es doch hier, nimm dir eine Bluse von mir, ich entferne den Fleck, wasche das Hemd und gebe es meiner Frau Schreiber zum Bügeln. Eigentlich eine einfache Geschichte, oder?«

»Und das Quadrat?«, fragte Tonia.

»Was soll damit sein? Ich habe das kleine schwarze Ding schon irgendwie registriert, aber in erster Linie sehe ich einfach nur Clarissa in diesem Hemd, nicht das Quadrat auf dem Hemd. In einem haben Sie freilich recht, mir ist das Zeichen auch noch nie woanders untergekommen. In keinem Modejournal, keiner Werbung. Und stimmt, ja, ich kenne das Malewitsch-Gemälde. Aber wenn ich ehrlich bin, umhauen tut es mich nicht. Als Astronomin ist mir ein natürliches schwarzes Loch lieber als ein künstliches schwarzes Quadrat. Vor allem aber wüsste ich wirklich nicht, wie da irgendeine Beziehung zwischen Clarissa und … Wie war der Name ihrer Nichte?«

»Emilie.«

»Zwischen Clarissa und Emilie bestehen könnte.«

»Aber vielleicht zwischen Emilie und Clarissas Mann«, meinte Tonia. »Oder zumindest seinen Hemden. Das mag weit hergeholt erscheinen. Aber mir wäre doch wichtig herauszufinden, wie das Quadrat, dieses spezielle Quadrat, auf dieses Hemd kommt.«

Kreutzer griff nun nach ihrem Smartphone. Sie sagte, sie wolle noch einmal nachsehen. Sie strich und tippte über den empfindsamen Bildschirm in einer überaus flinken Manier. Es sah aus, als massiere sie das Universum. Dessen leidenden Rücken.

Minuten vergingen. Die Hitze stand über Heidelberg, wie einer dieser Leichname, die, hoch aufgebahrt, verbrannt werden.

Es blieb aber dabei, auch Kreutzers Bemühungen, Hemd und Quadrat auf einen Nenner zu bringen, scheiterten. Es existierten weder Modehäuser noch Textilfirmen, denen eine stark verkleinerte Form als Logo gedient hätte. Nicht im Netz.

Wo aber dann? Der Verdacht lag nun wirklich nahe, dass es sich um eine Spezialanfertigung handelte, ein Signet für einige wenige Kunden, oder – und das bot sich am ehesten an – ein Signet für Clarissas Gatten, der sich statt gestickter Initialen dieses viereckige Sonderzeichen hatte aufnähen lassen. Anzunehmen, dass er nicht nur dieses eine Hemd auf solche Weise personalisiert hatte, sondern auch andere Stücke seiner Garderobe. Zumindest sämtliche Hemden. Etwas, was Marlen Kreutzer aber nicht hätte beschwören können, auch wenn sie diesem Mann immer wieder mal begegnete.

»Wie heißt er?«, fragte Tonia.

Noch einmal zögerte Kreutzer. Und noch einmal versicherte ihr Tonia, nichts unternehmen zu wollen, was der geheimen Liebe der beiden Frauen schaden könnte. Sie fragte: »Halten Sie mich für derart rücksichtslos?«

»Ich halte Sie für unglücklich«, antwortete Kreutzer. »Und auf einer verzweifelten Suche nach Antworten. Verzweiflung hat noch jede Rücksicht zunichtegemacht.«

Tonia aber erwiderte: »Man kann nicht Menschen, die einem helfen, in den Rücken fallen, ohne dafür bestraft zu werden. Dessen bin ich mir in jeder Sekunde bewusst. Glauben Sie mir! Ich habe mich, nachdem Emilie gestorben war, gefragt, ob der Tod wirklich so beliebig zuschlägt, wie wir glauben. Was wäre denn, wenn es nur darum junge Menschen trifft, weil die alten oder zumindest älteren, die eigentlich an der Reihe wären, einfach nicht sterben wollen? Was wäre, wenn Kinder allein deshalb vor ihren Eltern oder Verwandten sterben, weil diese Eltern oder Verwandten sich dem Tod verschließen und dem Tod nichts anderes übrig bleibt, als neben die Eltern oder Verwandten zu greifen und sich ersatzweise der Jüngeren zu bedienen, die damit nicht rechnen?«

»Meine Güte«, stöhnte Kreutzer, »Sie haben doch vorher gesagt, Sie seien Naturwissenschaftlerin.«

»Und? Stehe ich darum außerhalb der Gesetze? Sie müssen verstehen, dass ich nicht Emilies Eltern die Schuld gebe, sondern mir. Ich war es, die in diesem Kino mit Emilie saß, ich war es, die einen Fehler begangen hat. Wäre ich gestorben, hätte möglicherweise dieses Kind nicht zu sterben brauchen.«

»Ich bitte Sie, Sie sind heute keine alte Frau und waren es damals erst recht nicht.«

»Im Vergleich zu Emilie sehr wohl.«

»Ich sehe schon«, meinte Kreutzer, »man kann Ihnen nicht helfen.«

»Doch, durchaus. Indem Sie mir den Namen des Mannes nennen, zu dem dieses Hemd gehört. Damit ich mich nicht in ganz Heidelberg nach sämtlichen Kerlen umsehen muss, die Hemden anhaben. Das wird mühsam.«

Die Astronomin schenkte Tonia einen Blick von der Seite, so einen Blick, mit dem manche es verstehen, Löffel zu verbiegen. Fügte diesem Blick aber eine abschließende Rundung bei, einen versöhnlichen Glanz, und sagte: »Der Mann heißt Almgren, Siem Almgren. Er ist der Besitzer von Spacelife, einer Firma, die elektronische Bauteile für die Raumfahrt herstellt.«

»Haben Sie mit ihm beruflich zu tun?«

»Almgren sucht einen Weg, nach oben zu den Sternen zu kommen. Wir sind schon dort. Aber es gibt Veranstaltungen, da laufen wir einander über den Weg. Glücklicherweise hat er keine Ahnung, weder vom Weltraum noch von der Liebe. Er hält sich für unwiderstehlich, weil er ein bisschen an Johnny Depp erinnert. Schöne Männer verwechseln sich gerne mit interessanten Männern.«

Während Kreutzer das sagte, sah sie auf ihre Uhr. Erhob sich und erklärte, sie müsse zur Besprechung ihrer Projektgruppe. Im Gehen fragte sie: »Werden Sie weiter für mich bügeln?«

Das war weder eine dumme noch war es eine unberechtigte Frage. Denn es gab Dinge, die das Verhältnis zweier Personen nachhaltig veränderten.

In der Tat schien Tonia unsicher.

Kreutzers Blick hatte die Kraft des Metallverbiegens eingebüßt.

Tonia sagte: »Ich rufe Sie an. In Ordnung?«

Kreutzer ging. Tonia blieb noch eine Weile im Schatten sitzen. Das Licht kam näher und erreichte die rechte Seite ihres Gesichts. Eine trockene Hitze sprühte hervor wie Gas aus einer Dose.

7

Nachmittags, als Tonia den Kiesweg zum Haus von Professor Hotter hochfuhr, hatte die Hitze die Dose gewechselt, war nicht mehr ganz so trocken und stechend, die senkrechte Sonnenstrahlung wurde waagrecht gequert von der Kühle des nahen Odenwalds, woraus sich klimatechnisch gesehen ein kariertes Heft ergab. In karierten Heften lässt sich leichter schreiben und leichter leben als auf den leeren oder linierten Seiten eines städtischen Sommerhefts.

Als Tonia aus dem Auto stieg, tat es ihr merklich gut, die Luft zu atmen, die sanft die Hauswände entlangstrich und den Garten der verstorbenen Frau Hotter in Schwingung hielt. So blieb sie eine ganze Weile stehen und lehnte sich an den Wagen wie eine Sängerin an das sie begleitende Klavier. Dabei hatte sie die Augen geschlossen.

»Kann ich Ihnen helfen, Frau Schreiber?« Es war der alte Hotter, der auf der Treppe stand, trotz des warmen Tages wie üblich mit Krawatte und Weste unter dem Jackett. Dies war nicht allein seinem Alter und seiner Würde geschuldet. Er hielt T-Shirts – auch an jungen und jüngeren Menschen – für eine Form von Nacktheit, einen Rückfall ins Primitive und Urwäldliche. Dass Tonia immer, auch heute, langärmelig bekleidet war, zeigte ihm nur, wie richtig es war, dass sie die Frau war, die seine Wäsche bügelte.

»Ich habe noch fünf Minuten, oder?«, rief Tonia zum Professor hoch. Sie begann stets pünktlich um vier Uhr, im Winter um drei.

»Ja, aber natürlich, ich dachte nur …«

»Dass ich ohnmächtig werde? Oder im Schlafen stehe? Es ist Zweiteres.«

Die Art, wie sie mit Hotter redete, war ein wenig so wie damals mit dem Bruder der Frau, für die sie in Hamburg gearbeitet hatte. Nur dass Hotter kein alter Trottel war, sondern ... Nun, er verfügte über eine komplizierte Intelligenz, genährt von seiner einstigen Außerordentlichkeit als Spezialist der Augenheilkunde und seinem noch immer von jeder Vergesslichkeit ungetrübten Vermögen, Wörter und Sätze nach Belieben zu gestalten. Von ihm ging ein Geruch der Zeit nach dem Zweiten Weltkrieg aus, als »große« Männer so redeten, als pumpten sie das eigene Blut ins Herz der Welt. Und zwar mithilfe ihrer Manschettenknöpfe. Diese baroneske Art hatte Hotter schon zu seiner Zeit als Chefarzt und Universitätsprofessor gepflegt, als er durch die Gänge und Räume seiner Augenklinik marschiert war. In einer Weise, als hätte er jüngst das Auge selbst erfunden. Und es damit auch in der Hand, jegliches Auge zu heilen, wenn er nur wollte.

Seine eigenen Augen waren übrigens hervorragend, so, wie er insgesamt – und trotz seines Gejammers über das Alter – ungemein agil wirkte, robust, nur einigermaßen übergewichtig, was aber seiner Statur die nötige Kompaktheit verlieh, um seine Anzüge auf eine gravitätische Weise zu tragen. Er hätte sich zum dünnen Mann einfach nicht geeignet.

Jedenfalls war er in der Lage, auch auf einige Entfernung zu erkennen, dass Tonia ihre Augen geschlossen hielt. Die sie nun öffnete, um sich nach hinten zum Kofferraum ihres Wagens zu begeben und Bügeleisen und Bügelbrett herauszuholen. Hotter war herbeigeeilt und übernahm das Brett. Sie ließ es geschehen, wie sie es immer geschehen ließ, wenn er darauf bestand, eine Frau dürfe nichts Schweres tragen. Oder Unhandliches, etwas, das das Aussehen der Frau eventuell verzerren könnte. Offenkundig meinte er, Bügelbretter würden ähnliche Verzerrungen hervorrufen wie über die Schulter gelegte oder unter die Achsel geklemmte Skier. Nur Tennisschläger waren für ihn Ordnung. Oder Schlittschuhe, die an den Schuhbändern getragen imstande waren, die Seitenlinie einer Frau zu betonen. Und Schlittschuhe waren es ja tatsächlich gewesen, welche Tonia erwähnt hatte, als ihr einst zwei Zuhältertypen dumm gekommen waren.

Der Professor achtete sehr darauf, Tonia nicht zu nahe zu treten, indem er ihr etwa Komplimente machte oder irgendeine Gelegenheit zur Körperberührung nutzte. Er war bemüht, mit seinem Altherrencharme und seiner Chefarztattitüde zu überzeugen, ergänzt um eine Verbitterung, die er geschickt vorzutragen verstand: wie hässlich das Alter war, wie sehr er es verachtete und zwar trotz des immer noch ausgezeichneten Augenlichts. Ja, eigentlich hätte er weniger von einer Welt sehen wollen, auf der er nicht mehr allzu lange leben würde. Seine Philosophie des Alters war eine zynische Geste. Aber mit Schwung vorgetragen.

Während er nun mit dem Brett unterm Arm – als ginge Curd Jürgens direkt von der Verleihung der Goldenen Kamera zum Surfen ans Meer – neben Tonia herschritt und die beiden in die kühle Schattenwelt des Hauses mit seinen hohen Räumen traten, Richtung Bibliothek, die auf der Rückseite des Gebäudes lag, verkündete Hotter mit einem Klingelton in seiner Stimme: »Gestern wurde ein fünfundzwanzigjähriger *Talisker* mit der Post geliefert, was meinen Sie, wollen wir die Flasche aufmachen?«

Tonia antwortete bestimmt: »Sie wissen doch, dass ich mit meinen Kunden niemals trinke, Herr Professor.«

Tonia redete ihn immer mit seinem wichtigsten Titel an, so wenig dies eigentlich zu ihr passte, sie, die nie mit einem Wort erwähnte, einen Doktortitel zu besitzen. Aber sie machte dem Alten die Freude. Nicht aber die Freude, einen Whisky zu öffnen.

»Und wenn ich Sie bitte, herzlich bitte?«

Sie schüttelte den Kopf, meinte dann aber: »Sie könnten mir anders helfen. Kennen Sie einen Mann namens Siem Almgren?«

»Das kommt davon, liebe Frau Schreiber«, erklärte Hotter, »weil Sie sich unseren samstäglichen Treffen verweigern. Obwohl ich Sie jetzt wirklich schon sehr oft eingeladen habe. Sie wüssten sonst, wer Almgren ist.«

Mit den samstäglichen Treffen waren die Abendgesellschaften gemeint, die die Familie Hotter in regelmäßigen Abständen veranstaltete und die in der Gegend um Heidelberg einige Bedeutung besaßen. Diverse Politiker, Unternehmer, Künstler und Wissenschaftler folgten diesen Einladungen, mal in kleiner Runde, mal etwas umfangreicher, immer begleitet von einem ausgiebigen Essen, für das ein kleines Küchenteam aus Frauen benachbarter Orte angeheuert wurde. Wer einmal bei den Hotters gegessen hatte, schwärmte davon. Einer der Gäste, ein bekannter Schauspieler, hatte es einmal so ausgedrückt: »Bei den Hotters wird mir klar, was ich sonst für einen Fraß zu mir nehme.«

Das war sicher übertrieben, weil dieser Mann immer übertrieb, aber ganz gewiss gab es einige Leute, die es ärgerte, entgegen ihrer lokalen oder gar überlokalen Bedeutung noch nie zu einer dieser Hotter'schen Abendgesellschaften eingeladen worden zu sein. Tonia hingegen sehr wohl. Mehrmals hatte der alte Hotter sich erkundigt, ob sie denn nicht Lust habe, an einem dieser Samstage sein Gast zu sein.

»Als Büglerin?«, hatte sie gefragt.

»Als was Sie mögen«, hatte er geantwortet. »Wenn Sie wollen, einfach als Frau Schreiber. Da sind so viele Doktoren und Professoren dabei und Leute mit einer hohen Funktion und Eheleute von Leuten mit einer hohen Funktion, da wäre es sicher erfrischend, jemanden vorstellen zu können, der einfach Frau Schreiber ist. Geradezu mysteriös.«

»Wollen Sie mich als Kuriosität dabeihaben?«

»Also bitte, jetzt verstehen Sie mich wirklich falsch. Und ich glaube, Sie wollen mich falsch verstehen.«

»Da haben Sie wahrscheinlich recht.«

So und so ähnlich liefen die Einladungsgespräche stets ab und führten dazu, dass Tonia schließlich erklärte, derartigen Gesellschaften aus Prinzip aus dem Weg zu gehen. Sosehr es sie freue, dass er an sie denken würde und ihr dabei einen Platz zugestehe, bei dem sie einfach »Frau« sein dürfe, nicht einmal »Ehefrau« zu sein brauche.

Was ihn veranlasste, es bedauernswert zu finden, dass sie nicht heiraten wolle. Er sagte dann: »Es gibt sicher einen Mann, der das verdient hätte. Einen gibt es immer.«

»Vielleicht auf dem Mars.« Das antwortete sie gerne: Vielleicht auf dem Mars.

Während Tonia die Bibliothek betrat, drehte sie sich zum Träger ihres Bügelbretts hin und erkundigte sich, ob dessen Bemerkung also bedeute, Almgren sei ein Gast dieser Samstagsgesellschaften.

»Ein regelmäßiger«, erklärte Hotter und stellte das Brett auf einen mittig platzierten, langen und breiten Schreibtisch, mit Blick auf den Garten seiner verstorbenen Frau. »Was wollen Sie von Almgren? Ich hoffe nicht, ihn heiraten.«

»Der ist doch schon verheiratet«, erinnerte Tonia.

»Richtig. Doch davon abgesehen, finde ich, dass er ein langweiliger Mensch ist.«

»Sie laden ihn aber ein.«

»Er steht auf der Gästeliste meiner Tochter. Im Grunde haben wir zwei Listen, meine und ihre. Und kombinieren die Listen halt. Almgren ist reich und sieht gut aus, das mag ein Grund für meine Tochter sein, ihn zu favorisieren. An seinem Esprit kann es nicht liegen, wenn Sie mich fragen. – Jetzt weiß ich aber immer noch nicht, warum der Mann Sie interessiert.«

»Darüber bin ich mir selbst noch nicht ganz im Klaren«, gestand Tonia. »Es könnte sein, dass er etwas weiß, was ich selbst gerne wissen möchte.«

»Sie wollen mir wohl kaum verraten, was das ist.«

»Nein, will ich nicht.« Und dann fragte sie: »Laden Sie mich jetzt ein oder nicht?«

»Natürlich lade ich Sie ein, mit Vergnügen. Hauptsache, Sie fangen mit diesem Kerl keine Beziehung an.«

»Ganz sicher nicht, Herr Professor.«

»Dann ist es gut. Und Sie haben Glück. Sie müssen nicht lange warten. Übermorgen findet unser nächstes Essen statt. Almgren und seine Frau gehören wie immer zu den Gästen.«

»Bestens«, meinte Tonia, »länger wäre dumm gewesen.«

»Stellt sich noch die Frage, liebe Frau Schreiber, ob Sie in Begleitung kommen möchten?«

Eigentlich wollte Tonia antworten, selbstverständlich alleine zu erscheinen, doch als rede jetzt ein fremder Geist aus ihrem Mund, sagte sie: »Ich würde gerne einen Bekannten mitnehmen.«

»Kenne ich ihn? Hoffentlich kein Marsianer.«

»Nein. Aber er wird Ihnen besser als Almgren gefallen, glaube ich. Er ist Gemüsehändler in Heidelberg. Ich muss nur noch sehen, ob er Zeit hat.«

»Ich bin sicher, er hat Zeit«, prophezeite Hotter. Jetzt war er es, der mit einem locker gesponnenen Lächeln das Gespräch beendete und Tonia mit ihrer Bügelarbeit zurückließ. Nicht aber, ohne ein letztes Mal auf seinen neuen Whisky aufmerksam zu machen. Er sagte: »Talisker ist der Whisky, bei dem man das Meer im Mund hat.«

»Wenn Sie es sagen«, meinte Tonia. »Samstag werde ich ihn probieren. Samstag.«

Am selben Abend griff Tonia zum Telefon und rief den Mann an, der ihr Vermögen gleich zweimal an die katholische Kirche weitergeleitet hatte und der stets erfreut war, von Tonia zu hören. Und noch erfreuter, ihr einen Dienst erweisen zu können. Er war in diesem Jahr siebzig geworden, leitete aber weiterhin die Kanzlei, die seinen Namen trug und in der zwei seiner Söhne, Zwillinge, wie in einem Vogelkäfig saßen und einander ansahen, als schauten sie in einen kleinen runden Spiegel. Letztlich war für diesen Mann, der Vater von gleich vier Söhnen geworden war, Tonia die Tochter gewesen, die er sich so sehr gewünscht hatte. Die ihm aber keiner seiner beiden Frauen schenken konnte, sondern eben Tonias Eltern, indem sie gestorben waren und es ihm überlassen hatten, Tonias Interessen zu vertreten. Es ist das Erhabenste, was ein Mensch tun kann: die Interessen eines anderen zu vertreten.

Als Tonia ihn anrief, da dachte er, sie sei erneut zu einem Vermögen gekommen, von dem er sie in der bekannten oder vielleicht auch in einer ganz neuen Form zu befreien habe.

Natürlich besaß dieser Mann einen üblichen Vor- und Nachnamen, aber als Tonia jung gewesen war, hatte sie ihn Gabriel getauft. Und er hatte es akzeptiert. So, wie er es akzeptiert hatte, dass Tonia als angehende Zoologin von Gabriel … nein, nicht zu Franziskus, sondern zu Raphael gewechselt war. Und dabei auch blieb.

Selbiger Raphael erfuhr, dass diesmal kein Geld abzustoßen

war, sondern Tonia einen Kontakt zu jenem Chefinspektor aufnehmen wollte, der sie vor Jahren begleitet hatte, als man ihr zugestand, sich den Leichnam von Emilies Mörder anzusehen. Und damit auch das kleine Quadrat auf dessen Brust.

Noch in der Nacht rief Raphael Tonia zurück und diktierte ihr eine Mailadresse, unter der sie jenen Chefinspektor von damals, Peter Halala, würde erreichen können.

Dann sagte er: »Darf ich dich fragen, Tonia, was du vorhast?«

»Die Vergangenheit ausgraben.«

»Also einen Toten.«

»Wenn du so willst«, antwortete Tonia. »Wobei ich nicht glaube, dass man Tote zum Leben erwecken kann. Aber vielleicht von ihnen lernen, wie man sagt, man lerne aus der Geschichte.«

»Niemand hat je aus der Geschichte gelernt«, behauptete Raphael. »Freilich kann man herumbuddeln und ein paar Überbleibsel entdecken.«

»Vielleicht finde ich eine Scherbe«, meinte Tonia, »von der man auf den Rest schließen kann. Jedenfalls, danke schön, du Lieber, für deine Hilfe.«

»Darin besteht meine größte Freude, dir zu helfen. Leider viel zu selten. Vergiss nicht, ich bin immer für dich da, auch wenn du gerade kein Erbe verschleuderst.«

»Ich schick dir ein Bussi«, sagte Tonia, wie das die Wiener gerne sagen, und letztlich würde Tonia immer eine Wienerin bleiben, auch wenn sie aus dem Meer gekommen war und ihre Jugend in Italien verbracht hatte und zudem überzeugt war, nie wieder nach Wien zurückzukehren. Außer vielleicht, um ein Erbe zu verschleudern oder eine weitere Scherbe auszugraben.

Wiener oder Wienerin war man, wie man des Todes war. Unausweichlich.

So gingen Tonia und Raphael telefonisch auseinander.

Nur wenig später schickte Tonia an die genannte Adresse von Peter Halala eine Mail mit der Bitte um eine Fotografie der Leiche von Erich Müller, dem von ihr so genannten Erler. Aber nicht Bilder aus der Gerichtsmedizin, sondern noch vom Tatort.

Tonia teilte mit, es gehe ihr darum, zu erfahren, welche Kleidung Erler damals getragen habe. Sie schloss mit den Worten: »Seien Sie gnädig. Erklären Sie mir nicht, Sie könnten mir diese Fotos nicht zur Verfügung stellen.«

Halala antwortete noch vor Mitternacht. Er schrieb, der Fall sei abgeschlossen, die Unterlagen archiviert. Und in der Tat dürfte er diese eigentlich nicht an eine Privatperson weitergeben ... Und nannte ihr seine Telefonnummer, sie möge ihn anrufen.

Als sie dies gleich darauf tat, fragte er: »Was wollen Sie eigentlich mit den Bildern?«

Sie antwortete mit einer Gegenfrage: »Ist Ihnen das kleine schwarze Quadrat wieder untergekommen? Sie wissen schon, der Malewitsch auf der Brust des Toten.«

»Nein.«

»Mir schon.«

»Inwiefern?«

»Nicht auf einem Körper, aber auf einem Hemd.«

»Was für einem Hemd?«

»Hier in Heidelberg.«

»Was tun Sie in Heidelberg?«

»Leben«, antwortete sie und erklärte, mit welcher Tätigkeit sie an diesem Ort beschäftigt sei und wie diese Tätigkeit sie zu einem Hemd geführt habe. Und wie sie auf diesem Hemd erneut auf ein Quadrat der gleichen Machart gestoßen war. »Seien Sie so gut, schicken Sie mir die Fotos!«

»Sie verrennen sich da in etwas«, meinte Halala. »Trotzdem, ich will schauen, was ich für Sie tun kann.«

Er konnte. Am nächsten Vormittag, einem Freitag, arbeitete Tonia für einen Pfarrer, der mit jenem uralten Schwesternpaar befreundet war, deren »Freitagswäsche« Tonia üblicherweise bügelte. Aber eben mitunter auch die Gewänder des katholischen Geistlichen, der zwar eine eigene Haushaltskraft beschäftigte, sich aber in Bezug auf das Bügeln vor allem seiner liturgischen Gewänder etwas Ähnliches erhoffte wie der alte Professor Hotter. Eine Art von Vergebung.

Der Mann Gottes hatte natürlich nicht die geringste Ahnung, dass seine Kirche von Tonia gleich zweimal mit absurd hohen

Beträgen bedacht worden war. Tonia wiederum bügelte nur darum für ihn, weil sich die beiden Schwestern das so sehr wünschten. Und die beiden Damen waren zu alt und zu verschrumpelt, als dass man ihnen einen Wunsch hätte abschlagen können.

Tonia strich soeben über die sogenannte Albe, das weiße Untergewand des Pfarrers, als ihr Smartphone den Empfang einer Nachricht verkündete. Üblicherweise hatte es Tonia nicht eilig mit dem Nachsehen. Heute schon. Und tatsächlich stammte die Nachricht von Halala, der ihr mitteilte, im Anhang befänden sich drei Fotografien, auf denen jeweils die Leiche am Tatort zu sehen sei. Dazu schrieb er: »Ich dürfte das nicht tun.«

Tonia schrieb zurück: »Sie sind ein Schatz.«

Nicht auszuschließen, dass es genau das war, was der Chefinspektor hören wollte, der sich in seinem Leben auch nach mehr sehnte, als von Leuten umgeben zu sein, die wie aus einem Regionalkrimi herausgeschnitten schienen. Jedenfalls mailte er Tonia, sie solle sich sofort bei ihm melden, falls sie etwas herausfinde, was für die Ermittlungen – so abgeschlossen diese seien – von Bedeutung wäre. Bat sie aber, sich nicht in Gefahr zu bringen.

Sie antwortete: »Meinen Sie, das würde mich kümmern?«

Darauf brauchte er nun wirklich nicht zu antworten.

Tonia bügelte das Gewand des Pfarrers zu Ende, dann öffnete sie ihren Laptop, um Halalas Mailanhang aufzurufen und die Fotografien auf ihren Schirm zu befördern. Auf den drei Bildern war Erlers Leichnam einmal zur Gänze zu sehen, zweimal nur Kopf und Rumpf. Das Blut, die Augenhöhle, der unwirklich verdrehte Körper. Erler trug eine Jacke, die aber weit genug offen stand, um Teile des darunterliegenden Hemds zu erkennen. Ein Hemd, das ganz sicher nicht mehr existierte. Es musste einen ähnlichen Weg gegangen sein wie sein Träger, dessen Leiche verbrannt und in einer Urne bestattet worden war. Aber indem Tonia eines der Fotos weit auseinanderzog, sodass der Bildausschnitt nur Erlers linke Brust zeigte, erkannte sie genau jene Stelle des Hemds, die sich über dem Malewitsch-Tattoo auf der Haut des Toten befinden musste.

Die Enttäuschung war groß.

»Merda!« Sie wurde laut und italienisch. Sie war überzeugt gewesen, mehr zu entdecken als die pure Oberfläche eines grüngrauen Hemds. Sie hatte ein Quadrat erwartet, ähnlich dem auf dem Hemd, das in Marlen Kreutzers Bügelwäsche gelegen hatte. Eine Parallelität zweier Malewitsch-Quadrate – einmal gestickt auf Erlers Hemd, das andere Mal gestochen auf seiner Haut. Weshalb sie ja genau um diese Fotos gebeten hatte.

Aber da war nichts!

Wahrscheinlich hatte Halala recht, wenn er meinte, sie würde sich in etwas verrennen.

Aber die Möglichkeit, damit aufzuhören, war längst vertan. Das Bedürfnis nach Erkenntnis übermächtig, auch auf die Gefahr hin, letztlich bloß die eigene Verlorenheit einzusehen. Einzusehen, wie man sich da in einem schwarzen Quadrat fürchterlich verirrte.

Tonia blieb dabei. Blieb bei der Annahme, es müsse ein Bezug zwischen Erler und Almgren bestehen. Mag sein, ein harmloser Bezug. Allein eine Frage der Mode. Vielleicht jedoch ein schwerwiegender und tiefgehender. Und dies galt es herauszufinden.

Nachdem das Schicksal ihr Almgrens Hemd unter das Bügeleisen befördert hatte, wollte sie auch an den Körper des Mannes gelangen, der zu diesem Hemd gehörte. Ihn auf ein Quadrat hin untersuchen.

Vorher aber erfüllte sie das Versprechen, das sie Dyballa gegeben hatte. Nachdem sie am Nachmittag zuerst die Wäsche einer Großfamilie und dann die Hemden – die vollkommen quadratlosen Hemden – eines alleinstehenden Universitätsprofessors erledigt hatte, überquerte sie den Neckar und begab sich hinüber zum *Grünen Rollo*. Dyballa war eben dabei, den Boden zu wischen.

»Ich bin gleich fertig«, rief er, »und muss mich bloß noch waschen.«

»Tun Sie nur«, sagte Tonia.

Er ging, und als er wiederkam, im Haar noch ein paar Perlen von Wasser, war Tonia in die Betrachtung des Giraffenfotos versunken.

»Wenn Ihre Theorie stimmt«, meinte sie, »dann werden wir irgendwann vor diesem Bild stehen und nichts anderes darauf sehen als eine nächtlich beleuchtete Ruine. Nichts sonst.«

»Also bei einem Foto …«, setzte Dyballa an. Meinte dann aber mit einem Lächeln, das ein wenig stolperte: »Mal schauen.«

8

Die beiden traten aus dem *Grünen Rollo*, Dyballa sperrte ab. Zusammen standen sie auf der schmalen Straße, beide in Schwarz.

Es war ein warmer Tag im August, die Luft feucht, der Himmel etwas, was man einen Mix aus Sonne und Wolken nennt. Und man könnte vielleicht sagen, Dyballa und Tonia bildeten ebenfalls einen Mix, einen Mix aus Mann und Frau, ohne sich aber im anderen aufzulösen. Wolken schaffen es schließlich auch nicht bis zur Sonne. Es war etwas Zölibatäres, das sie vereinte. Ein Abstand, der verband.

Dyballa griff sich in den Nacken, während er mit der anderen Hand einen Hemdknopf öffnete. Dann fragte er: »Haben Sie Lust, Schwimmen zu gehen.«

»Im Neckar?«

»Nein, ins Schwimmbad. Drüben in Ziegelhausen, oben am Köpfel. Da gibt es einen wunderbaren Ausblick auf die Stadt.«

Tonia erklärte, keinen Schwimmanzug bei sich zu haben. »Sie denn?«

Dyballa gestand, nie ohne Badehose unterwegs zu sein. Was sicherlich in seinem krankhaften Hang zum Schwitzen und damit dem häufigen Bedürfnis nach Erfrischung begründet sei, aber ebenso an seiner prinzipiellen Lust an der Bewegung im Wasser.

Tonia sah ihn von der Seite an. Kritisch. Es erschien ihr verdächtig, dass dieser Mann, dem sie in ihrer Kindheit täglich auf einem Foto auf dem Schreibtisch ihrer Mutter begegnet war, ausgerechnet seine Liebe zu ausgerechnet jenem Element offenbarte, das für sie so prägend gewesen war. Noch während ihrer Internatsjahre und in der Zeit, als sie nach Wien kam, wäre es ihr nie in den Sinn gekommen, ohne Badesachen das Haus zu verlassen. Auf die Möglichkeit, irgendwo ins Wasser zu geraten, war sie stets vorbereitet gewesen.

Aber jetzt?

»Also wenn Sie mögen«, meinte Dyballa, »dann gehen wir rasch einen Badeanzug kaufen. Oder ist das ungehörig?«

»Ungehörig wäre es, wenn Sie auf die Idee kämen, ihn mir zu bezahlen.«

»Keinesfalls«, versprach er. »Ich bleibe auch gerne draußen, wenn Sie mich nicht dabeihaben wollen. Allerdings möchte ich Ihnen gerne einen Laden vorschlagen, gleich hier um die Ecke. Die Besitzerin ist eine meiner Kundinnen.«

Tonia kannte das Geschäft. Es bot sogenannte Mieder- und Wäschemoden an, aber auch Badekleidung. Sie hatte dort einmal einen BH gekauft.

Als die beiden den Laden erreichten und Dyballa sich anschickte, draußen vor der Tür stehen zu bleiben, meinte Tonia: »Ach kommen Sie mit, bevor man Sie für einen Hund hält.«

Also kam er mit. Und war in der Folge sogar eine große Hilfe. Indem er nämlich eine Meinung besaß, eine Meinung zu Farben und Formen und wie diese Farben und Formen eine Frau kleiden konnten oder eher nicht. Er brauchte dafür nicht schwul zu sein, wie das Klischee sagt, offenkundig genügte sein im Gemüsehandel geschulter Blick.

Wobei Tonia sich nicht etwa die ausgewählten Badeanzüge anzog und damit vor Dyballa posierte (ein Bikini kam übrigens nicht infrage, wie schon früher nicht, im Bikini hätte sich Tonia wie ein in der Mitte durchtrennter Fisch gefühlt). Aber von den drei Badeanzügen, die sie zusammen auswählten, meinte Dyballa, dass der eine schwarze mit den weißen Rändern an den Trägern und dem weißen Reißverschluss entlang der Brustnaht am besten zu Tonia passen würde. Und als Tonia dann in der Umkleidekabine die drei Stücke hintereinander ausprobierte, stellte sie fest, dass Dyballa einfach recht hatte.

Der aus einem »figurformenden Material« bestehende Anzug –

aus Polyamid und Elasthan sowie einem Netzfutter, das sich freundlich an Bauch und Hüften setzte –, betonte auf ideale Weise die Schwimmfähigkeit ihres zweiundvierzigjährigen Körpers. Die eingearbeiteten, leicht gepolsterten Softcups gaben ihren Brüsten, die eher größer als klein waren, einen Halt, der nicht bemüht wirkte. Während der tiefe Rückenausschnitt, auch er weiß umrandet, aus dem Strömungskanal geboren schien. In diesem Anzug hätte es auch genügt, irgendwo am Beckenrand zu stehen. Jedermann hätte sich sofort vor dem Ertrinken gerettet gefühlt.

Zudem war der Badeanzug ausgesprochen günstig. Allerdings meinte Tonia, er sitze etwas eng.

»Der wird im Wasser weiter«, versprach die Ladenbesitzerin.

Tonia dachte, im Wasser wird das ganze Leben weiter, nahm ihre Geldbörse und zahlte.

Als sie nach draußen traten, erklärte Dyballa, sein Wagen stehe drüben in der Parkgarage.

Ein Wagen, der Tonia überraschen sollte.

Ein wirklich hübsches Gefährt.

»1972«, nannte Dyballa jetzt das Geburtsdatum dieses alten, offenen, mit zwei Sitzen ausgestatteten Mercedes. Und mehr als zwei Sitze benötigten sie nicht. Nirgends drohten Kinder.

»Tolle Nase!«, kommentierte Tonia die keilförmig zugeschnittene Motorhaube mit den breiten Scheinwerfern und dem unverschämt auftrumpfenden Stern an der Frontschürze.

Und tatsächlich stammte der Wagen ja aus einer Zeit, in der das Wesen und die Verlockung dieses Gesichtsteils grundsätzlich neu definiert worden waren. Man erinnere sich an Barbra Streisand, die in den Siebzigern mit Filmen wie *Is' was, Doc?* ihrer großen Nase zum Durchbruch verholfen hatte. Richtig, Streisand war auch die Schauspielerin, die dann in den Achtzigern den Film *Yentl* drehte, in dem sie als Mann verkleidet eine jüdische Religionsschule besucht, eine Rolle, für die man sie boshafterweise für eine Goldene Himbeere in der Kategorie für die schlechteste männliche Hauptrolle nominiert hatte. Dennoch, es war eine Epoche gewesen, in der sich andere Schönheitsbilder durchsetzten, die näher an die Realität des Menschen reichten, bevor dann mit dem neuen Jahrtausend die Welt wieder in eine Gemäldesammlung zurückfiel, deren Ideal genau darin bestand, nicht an echte Menschen zu erinnern. Etwa Frauen nur aus Beinen.

Der nasenhafte Wagen glänzte kirschrot im Kunstlicht der Garage, flach, ohne aber geduckt zu wirken, kein Räuber, kein Jäger, aber auch kein Flüchtender, mehr ein Auto zum Stehen, auch wenn man darin fuhr.

Tonia fand jedenfalls, dass er bestens zu Dyballa passte. Der Mercedes besaß eine ähnliche Ausstrahlung wie jene Giraffe in seinem Laden.

Dyballa hielt Tonia die Wagentüre auf und sagte: »Ich hoffe, Sie halten mich jetzt nicht für einen Angeber, weil ich ein solches Auto fahre. Es ist einfach so, dass ich mir damit einen Kindheitstraum erfüllt habe.«

»Dann ist es weniger eine Angeberei als eine Kinderei. Aber eine hübsche«, sagte Tonia.

Während sie auf dem grauen, tief eingesessenen Leder des Beifahrersitzes Platz nahm, erzählte Dyballa, es habe sich genau ein solches Modell unter seinen Matchboxautos befunden. Wie auch der Wagen des Superhelden Batman, jenes berühmte Batmobil. »Das Batmobil und den Mercedes habe ich geliebt«, sagte Dyballa. »Da war ich sieben oder acht und schwor mir, eins der beiden Autos später einmal zu fahren. Klar, den Traum vom Batmobil hab ich irgendwann aufgeben müssen. Mir dafür aber den Traum vom roten Mercedes vor ein paar Jahren unter finanziellen Mühen erfüllt.«

»Was für ein Glück«, meinte Tonia, »dass ich jetzt nicht im Auto einer Fledermaus sitzen muss.«

Dyballa nickte mit einem Grinsen, gestand allerdings: »Leider bin ich ein grottenschlechter Fahrer, und das, obwohl ich jeden Tag in meinem Lieferwagen unterwegs bin, um frische Ware zu besorgen. Aber meine Fahrweise ist … Na, Sie werden sehen.«

»Ich muss mich aber nicht fürchten?«, erkundigte sich Tonia.

»Wie wäre es denn, wenn Sie fahren?«, fragte Dyballa. »Wollen Sie?«

»Aber gerne«, antwortete Tonia.

Dyballa stieg aus, und Tonia rückte einen Sitz nach links. Dieser Wagen war ein Kino des Lebens, indem es nur eine Reihe und in dieser Reihe nur zwei Sitze gab.

Tonia selbst besaß einen gebrauchten Ford Kombi, der frei war von jeglicher Extravaganz, aber bestens geeignet, ein Bügelbrett zu transportieren. Wofür sich dieser Mercedes so gar nicht eignete.

Tonia startete, fuhr los und war sofort eins mit dem fremden Wagen. Ihr gelang, dem Benziner mit seinen acht Zylindern auf der Fahrt vom Stadtzentrum hinauf zum sogenannten Köpfel seine besten Seiten zu entlocken, den Wagen auch in der Bewegung gut aussehen zu lassen. (Es ist eine der Besonderheiten dieser Geschichte, freilich völlig unmysteriös, dass Tonia nie die Gelegenheit erhalten sollte, Dyballa beim Lenken dieses oder irgendeines anderen Wagens zu erleben. Heute nicht und auch sonst nie. Sie würde niemals Zeuge seiner behaupteten schlechten Fahrweise werden. Dies erinnert ein wenig an die Annahme, unser Sonnensystem bestehe aus nur einer Sonne, was ja so gut wie feststeht, jedoch nicht wirklich bewiesen ist. Nicht vom Standpunkt einer Menschheit, die zwar das Bild vom gesamten Sonnensystem aus der Schule und dem Fernsehen kennt, aber keinesfalls aus eigener Anschauung. Dazu ist das Sonnensystem einfach zu unübersichtlich. Die Wissenschaft spricht von »weitgehend ausgeschlossen«. Doch ohne wirklich jede Ecke dieses Systems gesehen zu haben, kann man nicht gänzlich ausschließen, dass eine zweite Sonne existiert, so, wie Tonia nicht ausschließen konnte, Dyballa sei in Wirklichkeit ein exzellenter Autofahrer, der es einfach nur bevorzuge, von ihr chauffiert zu werden.)

»Wo haben Sie gelernt, so Auto zu fahren?«, fragte Dyballa, als er aus dem Wagen stieg und dabei einen Blick auf sein Gefährt warf, als versuche er eine Veränderung daran festzustellen. Nicht einen Schaden, sondern eine Evolution, auch wenn das für einige aufs Gleiche hinausläuft.

»Ich weiß auch nicht«, sagte Tonia, griff nach der Tüte mit dem Badeanzug und verließ ihrerseits den Wagen, »ich verstehe mich mit Autos einfach gut, eigentlich mit jedem, in dem ich einmal saß. Es ist wie bei manchen Leuten, die sagen, sie seien Katzenmenschen. Oder Hundemenschen. Wie es scheint, bin ich ein Automensch. Ohne darum den Autoverkehr besonders zu schätzen. Mir wären weniger Autos ... Nein, mir wären weniger Autofahrer wirklich lieber.«

Tonia war nicht nur ein Automensch, sondern auch ein Wassermensch. Wie sich gleich zeigen würde. Und nicht bloß eine Frau, die einen Badeanzug zu tragen verstand. Das aber auch.

Obwohl man an diesem Ort nur in der Halle schwimmen konnte, war das Bad auch jetzt im Sommer gut besucht. Vor allem die Liegewiese, die sanft abfiel und mit einem sandigen Kinderspielplatz abschloss, dahinter der Wald, der dicht und fest den Blick einfing und ihn nach oben in den Himmel lenkte. Zu vereinzelten Wolken in großen Abständen. Seitlich der Wiese befand sich die Terrasse eines Cafés, auf dem kein einziger Stuhl mehr frei war. Doch Tonia und Dyballa zog es ohnehin ins Wasser.

Als Tonia den Gemüsehändler zum ersten Mal mit nacktem Oberkörper sah, kam sie nicht umhin, erneut an eine Fotografie zu denken, die den Schriftsteller Malcolm Lowry zeigt und über die Tonia im Netz gestolpert war, eigentlich auf der Suche nach etwas ganz anderem (die meisten Entdeckungen im Internet entsprechen Christoph Kolumbus' Bemühen, den westlichen Seeweg nach Indien beziehungsweise Ostasien zu entdecken, um dann aber auf Amerika zu stoßen und dort so folgerichtig wie irrtümlich auf »Indianer«).

Auf diesem Foto posiert Lowry vor seiner berühmten Hütte in Dollarton, in Kanada. Er hat ein Buch in der Hand, sein Blick aber ist verkrampft auf die Ferne gerichtet – hätten Tränen ein Gesicht, dann ein solches. Er steht mit nacktem Oberkörper da: die behaarte Brust, der massive, eher breite als runde Bauch, dazu die im Vergleich dünnen Arme, etwas insgesamt Speckiges, aber auch Mächtiges.

Es ist ein häufiges Thema von Witzbildern, uns Schlangen zu zeigen, wie sie alles Mögliche schlucken, nicht nur ganze Eier oder ganze Hühner oder gar Krokodile, sondern auch Hundehütten und Staubsauger und anderes in diesem Zusammenhang Obskures. Doch übertragen auf den Menschen kann es durchaus zu einer treffenden Charakterisierung führen, wenn man sich vorstellt, was dieser Mann oder diese Frau geschluckt haben könnte, um so auszusehen, wie sie aussehen. Also Körper und Haltung betreffend. Um ein Beispiel zu nennen, mit dem jeder Leser etwas anfangen kann: Der Körper und die Haltung der deutschen Kanzlerin Angela Merkel suggeriert dem Betrachter, sie hätte Mao Zedong geschluckt.

Im Falle Malcolm Lowrys hätte Tonia gesagt, er schaue aus, als hätte er einen Seelöwen geschluckt. Und als Kenner von Lowrys Biografie hätte sie anfügen müssen: einen alkoholisierten Seelöwen.

Auch in dieser Hinsicht ähnelte Dyballa dem britischen Schriftsteller. Er hatte ebenfalls etwas Seelöwenartiges.

Wie gut dieses Seelöwen-Bild zu Dyballa passte, sollte sich gleich zeigen. Denn er und Tonia wählten jene Bahn, die im großen Becken dank zweier Abgrenzungen aus dem Wasser geradezu herausgeschnitten schien. In diesem Bereich waren schon zwei andere Schwimmer unterwegs, die sich aber bald nach rechts und links verabschiedeten, zu deutlich war die ungemeine Präsenz der durchs Wasser gleitenden Neulinge. Nicht unbedingt im Sinne einer stilistischen Übereinstimmung, dazu waren sie körperlich zu verschieden: der schwere Dyballa und die leichte Tonia. Sie, die stets ein kleines Stück vor ihm her kraulte, wobei die Distanz vollkommen unverändert blieb. Und das ist vielleicht das Tollste überhaupt, einen Abstand genau beizubehalten. Jedenfalls war es ein Genuss, ihnen dabei zuzusehen. Jemand, der soeben vorbeikam, meinte, er hätte das Gefühl, den berühmten amerikanischen Schwimmer Michael Phelps zu sehen, einmal in einen schwergewichtigen Mann verwandelt, das andere Mal in eine Frau von jener Weiblichkeit, wie sie richtigen Schwimmerinnen vollkommen abgeht (Topschwimmerinnen sind zu stromlinienförmigen Fischwesen mutierte russische Hammerwerferinnen, um sich das mal genau vorstellen zu können).

Tonia merkte es sofort, und es irritierte sie. Wie perfekt dieser Mann an ihrer Seite schwamm, genau eine halbe Körperlänge hinter ihr. Wie gut er im Wasser lag, wie auf einer dieser Matratzen, in die sich der Körper dank eines sogenannten Gedächtnis-Schaums hineinpresst.

Dyballa schlug eine niedrigere Frequenz als Tonia, schob sich aber mit etwas mehr Kraft durchs Wasser. Noch deutlicher wurde der Unterschied bei der Wende. Tonia praktizierte die beim Kraulen übliche Rollwende und blieb nach dem Abstoßen vom Beckenrand eine ganze Weile unter Wasser, während Dyballa auf eine Rolle verzichtete, sich in der Drehung abstieß und flach über das Wasser katapultierte, bevor er wieder eintauchte. Und dabei eine starke Welle auslöste, die über die tauchende Tonia wie ein sanfter Schub hinwegglitt. Das hatte schon etwas von einer Berührung. Tonia spürte für einen Moment Dyballa wie jemanden, der über sie kam, aber unmittelbar darauf wieder in den Zustand angemessener Begleitung zurückfiel. Und damit auch in ein paralleles Wiegen, eine aus der Rotation der Schultern resultierende Schaukelbewegung.

So schwammen sie an die zwanzig Minuten, bevor Dyballa ein letztes Mal am Beckenrand anschlug. Weil sich Tonia aber bereits wieder in der Vorwärtsbewegung befand, bewältigte sie noch eine weitere Bahn. Solo. Und wie sie sich eingestehen musste: ungerne. Er fehlte ihr, ihr Partner im Wasser. Sie registrierte eine Einsamkeit. Ausgerechnet sie, die sehr gut mit dem Alleinsein auskam. Doch mit einem Mal empfand sie eine enorme Leere um sich herum, obwohl sich durchaus noch andere Personen im Wasser aufhielten. Aber diese anderen waren Teil der Leere. Und die Leere eine bedrohliche.

Nicht, dass sie ihm das sagte, nachdem sie neben ihm am Beckenrand anschlug. Immerhin aber fragte sie ihn, und zwar in der gleichen Weise, wie er sich zuvor nach ihren Fahrkünsten erkundigt hatte: »Wo haben Sie gelernt, so zu schwimmen?«

»Bei einem Stuttgarter Bademeister, und das ist gar nicht so lange her«, antwortete Dyballa. Um nach einer kleinen Pause noch hinzuzusetzen: »Aber zu zweit schwimmt es sich besser.«

Sie sah ihn fest an und erklärte: »Sie hatten versprochen, mir keinen Antrag zu machen.«

»Ich meinte nicht, dass wir gemeinsam durchs Leben schwimmen werden. Aber hin und wieder eine Runde im Becken fände ich schon fein. Weil wir doch wirklich das gleiche Tempo draufhaben, oder?«

»Das stimmt, das Tempo passt«, gestand Tonia. Und als wäre das die daraus zwingend hervorgehende Schlussfolgerung, meinte sie: »Einen guten Whisky werden sie da drüben im Café wohl nicht haben. Aber vielleicht einen Weißwein, was meinen Sie?«

»Die servieren hier einen ganz ordentlichen Weißburgunder«, sagte Dyballa und wuchtete sich mit einer derart gekonnten Bewegung aus dem Wasser, als gelte es noch einmal das Bild zu bestätigen, einen Seelöwen geschluckt zu haben.

Und Tonia? Was für ein Ding oder Wesen war es, von dem man hätte sagen können, sie habe es geschluckt, als sie jetzt zur Leiter hinüberschwamm und aus dem Wasser hochstieg? Dabei jeweils den Bruchteil einer Sekunde auf der jeweiligen Sprosse verweilend, wie man das eigentlich macht, wenn man einen steilen Berg hochmarschiert.

Dyballa hätte auf diese Frage geantwortet: eine Flamme, eine Kerzenflamme. Und damit hätte er nicht etwa eine sprichwörtliche Feurigkeit gemeint, sondern Tonias Gabe, eine gleichbleibende Form zu variieren.

Tonia kostete. Stimmt, es war ein feiner Wein, gut temperiert, allerdings noch immer kein freier Tisch zu sehen. Also gingen Tonia und Dyballa mit ihren Gläsern hinüber zur Liegewiese. Die Sonne brannte jetzt kräftig herab, und Dyballa wollte unbedingt in den Schatten am Rande einer Baumreihe. Er breitete ein Badetuch aus. Gemeinsam nahmen sie Platz. Tonia fröstelte ein wenig, weshalb sie etwas vorrückte und ihre Beine durch den Schatten in die Sonne lenkte. Aus der Ferne sah es aus, als würden die Füße aus einem kleinen dunklen Weltall herauswachsen.

Während sie anstießen, meinte Dyballa: »Sobald man sich duzt, geht etwas verloren.«

»Dann sollten wir es bleiben lassen«, folgerte Tonia. Es klang hart, wie sie das sagte.

Eine Härte, die eine Traurigkeit in Dyballas Gesicht hervorrief. Genau jene Traurigkeit im Gesicht von Männern, die Tonia für sich als *Writers Tears* bezeichnete, eine Formulierung, die sie einem irischen Whiskey entliehen hatte, den sie wiederum im Rahmen ihrer Sterne-Klassifikation M57 nannte (kein richtiger Stern, sondern ein Ringnebel, der den Überrest eines Sterns im Sternbild Lyra bildet, was zu einem Schriftsteller ganz gut passt, weniger der Umstand eines Überrests, als sich in einen Nebel zu verwandeln).

Dyballa drehte sich zu Tonia hin und meinte, er habe es sich überlegt. Wenn etwas beim Duzen verlorengehe, nämlich eine gewisse Würde, könne man das sehr gut ausgleichen durch ein höheres Maß an Vertrauen und Verlässlichkeit. Die beide im Du steckten.

Tonia entgegnete, die Tragik des ganzen Lebens stecke in seinem grundsätzlichen Potenzial. »So viel Raum und so wenig Handlungen, die zum Guten führen.«

»Trotzdem, wir könnten den Raum nutzen«, meinte Dyballa und schlug ihr vor … ja, er sagte es genau mit diesen Worten: »Wie wäre es mit ewiger Treue? Im Rahmen der Freundschaft.«

»Meine Güte«, lachte sie, »bei solchen Ansprüchen wird's natürlich schwer, sich weiterhin zu siezen.«

So spöttisch Tonia auch klang, Dyballas Vorschlag – der ein Versprechen war – löste dennoch ein warmes Gefühl in ihr aus. Die Vorstellung einer lebenslänglichen Bindung, die den Begriff des Lebens über den Tod ausdehnte (sodass für den Fall, Himmel und Hölle würden tatsächlich existieren, sich die Frage stellte, ob man bereit wäre, ins Höllenfeuer zu gehen, nur um die Treue zu einem bestimmten Menschen zu erhalten).

Das gegenseitige Du benötigte keine weitere Begründung mehr. Es geschah.

Tonia und Karl.

Und mit dem Du ergab sich die Frage nach den Eltern. Wenn man jung ist, fragt man den anderen, was die Eltern machen, was sie arbeiten. Wenn man alt ist, fragt man, ob die Eltern leben. Dyballa stellte die Frage.

»Sie sind tot. Ein Bootsunfall«, erklärte Tonia. Und erklärte auch, wie es dazu gekommen war, und dass die Leiche ihrer Mutter niemals wieder aufgetaucht war. Und war sogar bereit, ein wenig über ihre Kindheit zu sprechen: von der Geburt oberhalb eines Meeresrückens, von einem entgegen seines Namens überaus gnädigen Boot, von ihrer großen Nähe zum Wasser, und wie dies alles später ein Studium der Meeresbiologie nach sich gezogen hatte. Und von ihrem Interesse an Verzwergungen.

Wie bei ihrem ersten Treffen mit Dyballa – dem ersten, bei dem sie miteinander ins Gespräch gekommen waren – ließ Tonia auch jetzt unerwähnt, aus welchem Grund sie von Österreich nach Deutschland gezogen war und aus welchem Grund sie von der Meeresbiologie zur Hausarbeit und schließlich zum Bügeln gewechselt hatte. Immerhin sprach sie von ihrem beträchtlichen Vermögen aus dem Erbe ihres Vaters wie auch dem nicht ganz so beträchtlichen, aber ebenfalls nicht geringen, das ihr ihre Hamburger Arbeitgeberin vermacht hatte. Und wie sie die beiden Vermögen an die katholische Kirche abgestoßen hatte.

»Das erfindest du«, meinte Dyballa. »Das erfindest du, um mich zu testen.«

»Wenn es ein Test wäre, dann nur der, ob du mir alles glaubst, was ich dir erzähle.«

Er überlegte kurz. Dann fragte er: »Bist du denn so katholisch?«

»Nein, gar nicht, im Gegenteil. Ich wollte das Geld loswerden, ohne etwas Gutes zu bewirken. Und ich habe es keine Sekunde bereut.«

Dann fragte sie nach seinen Eltern.

»Sie leben beide noch«, sagte er. »Wobei ich immer etwas unsicher bin, wenn ich über die beiden spreche. Viele Leute, die von meiner Lähmung in der Jugend wissen, denken natürlich, das müsste mit meinen Eltern zusammenhängen. Dass sie irgendeine Schuld trifft. Wäre ich vom Rad gefallen, vom Skateboard, okay, aber bei einer psychischen Sache denkt jeder gleich an die Eltern. Dabei sind es zwei ganz wunderbare Menschen. Das waren sie von Anfang an. Es gibt da kein dunkles Geheimnis.«

»Nun, das wäre aber der Sinn eines Geheimnisses, geheim zu sein. Das musst du schon zugeben.«

»Ich müsste zumindest eine Ahnung davon haben«, sagte Dyballa. »Vielleicht nicht, wie das Geheimnis aussieht, aber wenigstens die Dunkelheit ahnen. Wenn da ein schwarzer Fleck ist, dann sieht man ihn. Ich sehe aber nichts, nicht bei meinen Eltern, die mir in all diesen Jahren immer nur geholfen haben. Dabei kann man sich vorstellen, wie wütend es Eltern machen muss, wenn das eigene Kind mit dem Gehen aufhört und alle einen schief ansehen, weil eben alle ein dunkles Geheimnis vermuten. Alle tun das, die Ärzte, die Nachbarn, die Lehrer, die Freunde. Irgendeine Form von Missbrauch oder Übergriff. Und sei's der Übergriff allzu großer Fürsorglichkeit.«

Aber selbst das sei nicht der Fall gewesen. Er könne diesen beiden Menschen keinen Vorwurf machen. Sie seien ihm immer mit Verständnis und Liebe begegnet. Wenn es etwas vorzuwerfen gebe, dann noch am ehesten das Erbe. Das genetische. Denn auch sein Vater habe ein Leben lang unter einer Hyperhidrose gelitten, nicht ganz so heftig, aber doch. Allerdings sei er niemals gelähmt gewesen.

»Ich glaube«, sagte Dyballa, »ich bin ein gutes Beispiel dafür, dass es kein Trauma braucht, um traumatisiert zu sein. Dass einen auch das gute Leben lähmen kann.«

»Angst vor der Schule ist aber schon ein starkes Argument. Auch wenn man die liebsten Eltern der Welt hat«, erklärte die ehemalige Vorzugsschülerin.

»Dann wäre es aber passender gewesen, zu verstummen und zu erblinden, als die Beine nicht mehr bewegen zu können. Oder? Das ist doch dumm. Wobei ich schon zugeben muss, dass nicht jede psychogene Störung automatisch gescheit ist und immer alles gut zusammenpasst. Auch Krankheiten können sich irren und mal in die falsche Schublade greifen. Aber die Sache mit der Schule musste ich mir häufig anhören in meiner langen Karriere als therapieresistenter Patient. Das kam gleich nach dem Elternthema. Und später dem Sexthema.«

»Machst du noch eine Therapie?«

»Nein, ich bin ja jetzt Gemüsehändler.«

»Das ist eine gute Antwort«, fand Tonia. Und meinte es in keiner Weise spöttisch.

»Danke«, sagte Dyballa. Allerdings gestand er, dass er in Momenten besonders heftigen Schwitzens, und die gebe es natürlich immer noch, ein Medikament parat hätte. Das leider nicht ohne beträchtliche Nebenwirkungen auskomme. Herzrasen und eine Trockenheit im Mund. Weshalb er mit der Einnahme vorsichtig sei. »Ich bin froh, mich auf das Zeug verlassen zu können, habe mich ihm aber nicht verschrieben.«

Doch Tonia wollte schon noch wissen, wo Dyballas Eltern heute lebten und womit sie beschäftigt waren.

»Sie sind inzwischen in Rente«, antwortete Dyballa.

»Natürlich, ja, ich vergesse das, dass man Eltern haben kann, die einmal alt genug sind, eine Pension zu teilen.«

»Mein Vater war Fußballtrainer«, erzählte Dyballa, »meine Mutter Betreiberin des Stadionrestaurants. Ist das nicht eine schöne Art, sich kennenzulernen?«

Dyballa beschrieb, dass wenn seine Mutter die Tische deckte, sie immer hinunter auf den Platz sehen und dem Vater zuwinken konnte wie er dastand und seine Männer antrieb. »Die beiden, mein Vater und meine Mutter, sind nie über die dritte Liga hinausgekommen. Aber ich hatte auch nie den Eindruck, es würde sie stören. Irgendwie schien die dritte Liga ihr Himmel.«

»Warst du auch in dem Verein, ich meine, warst du Fußballspieler, bis zu dem Moment ...?«

»Ich hatte ein gewisses Talent als Torhüter. Aber alle reden davon, dass jeder ein Talent hat und wie wichtig das ist, dass man es entdeckt. Doch es gibt auch ein Talent, das ohne Leidenschaft bleibt. Mit acht Jahren bin ich zwar geschickt zwischen den Pfosten hin und her geflogen, aber ich will mal so sagen: Ich erkannte die Schönheit meines Flugs nicht. Sondern habe mich nach dem Sinn gefragt. Mit der Sinnfrage jedoch verpufft das meiste Talent. Gerade im Fußball, und der ist ja ohne hysterische Übertreibung völlig undenkbar. Als ich schließlich damit aufhörte, fand mein Vater es zwar schade, wegen meinem Talent schade, aber es war kein Unglück für ihn. Jedenfalls habe ich aufgehört, im Tor zu stehen, noch bevor ich aufgehört habe, meine Beine zu bewegen. Nur damit du nicht glaubst, das würde zusammenhängen.«

Seine Eltern, erzählte Dyballa, lebten noch immer in der Nähe des Fußballstadions, in dem der Vater so lange Trainer gewesen war, zuletzt die Jugendmannschaft betreuend, und wo die Mutter so lange das Restaurant geführt hatte. Nun bewohnten die beiden ein kleines Haus und halfen ehrenamtlich ein paar Leuten, die noch älter waren als sie selbst.

»Hast du Geschwister?«, fragte Tonia.

»Nein. Und du?«

»Eine Halbschwester«, antwortete sie, und in ihrem Gesicht war jetzt ein Pfeil, der schräg nach unten führte. Eine Bitterkeit.

Und Kinder?

Stimmt, über Kinder spricht man in der Regel, noch bevor man die eigenen Eltern und Geschwister erwähnt. Doch Tonia und Dyballa kamen erst jetzt auf die Kinder zu sprechen. Kinder, die Tonia nicht hatte, Dyballa aber schon. Zumindest eines. Eine Tochter, die bei ihrer Mutter in Neuseeland lebte. Die Mutter war noch vor der Geburt des Kindes dorthin ausgewandert. Eine Geburt, von der Dyballa erst nachträglich erfahren hatte, in der Folge aber nichts unternahm, das Kind sehen zu wollen. Wie auch die Mutter untätig geblieben war, Tochter und Vater zusammenzubringen.

»Im Nachhinein gesehen ist es schrecklich«, sagte Dyballa. »Wenn ich daran denke, wie wenig mich das gekümmert hat. Als sei die Distanz ein gutes Argument der Verleugnung. Nicht einmal meine Eltern wussten davon. Jedenfalls sind zehn Jahre vergangen, in denen ich meine Tochter nicht gesehen habe. Sie verdrängt habe. Man könnte sagen, ich war so ganz in mein Schwitzen verbohrt, dass ich keine Kraft hatte, mir ein Kind auch nur vorzustellen. Ich war verbohrt in meine Hoffnung auf irgendeine Form von Ende. Ende und Erlösung. Und dann kam eine Karte von ihr, von Vivien. An ihrem zehnten Geburtstag hat sie mir eine Karte geschickt und mir erklärt, sie sei mit ihrer Mama in Europa. Wegen einiger Konzerte. Absurd, mir war nicht einmal aufgefallen, dass die Frau, mit der ich ein paar Mal geschlafen und die dann auf der anderen Seite der Erde dieses Kind auf die Welt gebracht hatte, eine erfolgreiche Sopranistin geworden war.«

»Berühmt?«, fragte Tonia.

»Zwischenzeitlich so richtig«, antwortete Dyballa und nannte einen Namen, der Tonia, die sich wenig für Alte Musik interessierte, dennoch einige Male untergekommen war. Allerdings in einem ganz anderen Zusammenhang. Einem des gesellschaftlichen Tratsches. Sie fragte, inwieweit die Mutter des Kindes von den Bemühungen ihrer Tochter, einen Kontakt zum Vater herzustellen, gewusst habe.

»Gar nicht, das war wirklich nicht ihre Idee«, antwortete Dyballa.

»Aber sie muss dem Kind doch von dir erzählt haben.«

»Das hat sie sicher. War dann aber wenig begeistert, als sie mich sah. Ich bin nach Köln gefahren, zur Aufführung eines Händel-Oratoriums. Was für eine Stimme! Überirdisch, wenn ich das als jemand sagen darf, der ans Überirdische nicht glaubt. Als Mensch und Frau allerdings eine Katastrophe, wenn du mich fragst. Als ich ihr erklärt habe, Vivien hätte mir geschrieben, hat sie mich mit ins Hotel genommen. Und als ich die Kleine dann ... Vivien war wie die Stimme ihrer Mutter, aber eben auf die ganze Person übertragen. Kein Vorwurf, keine Fragen, wo ich denn die ganze Zeit abgeblieben war, so ohne Nachricht, ohne Geschenke, ohne alles, als wäre ich zehn Jahre in einem sehr fernen Krieg gewesen, noch hinter Jupiter und Saturn ... Nein, sie war einfach froh, mich zu sehen. Das ist jetzt auch wieder zwölf Jahre her, das Kind eine junge Frau. Sie besucht mich zwei-, dreimal im Jahr. Und immer ist es eine Freude.«

»So einfach?«

»So einfach. Scheint es zumindest. Vielleicht trügt der Schein. Aber ich bin froh drum, dass er scheint.«

Dyballa kündigte an, Tonia werde Vivien bald kennenlernen. Sie plane für drei Wochen nach Europa zu reisen, zuerst nach Mallorca, wo eine Freundin von ihr heirate, und dann nach Heidelberg, um ihn zu besuchen.

»Und welche Leidenschaft«, fragte Tonia, »hat sich bei deiner Tochter durchgesetzt? Die Musik oder der Sport?«

»Wieso nicht die Malerei«, fragte Dyballa zurück, »oder die Mode? Oder selbst Kinder kriegen?«

»Aber ich habe doch recht, Karl, nicht wahr?«

»Beinahe«, gestand Dyballa. »Beide. Die Musik *und* der Sport. Wobei Vivien keine Sängerin geworden ist. Sosehr ihr Wesen und ihr Charakter die Stimme ihrer Mutter verkörpern, singen kann sie nicht. Aber sie studiert Musikwissenschaft. Sie schreibt gerade eine Arbeit über den Sänger Walter Berry.«

»Der ist doch Österreicher«, stellte Tonia fest.

»Für Vivien ist er der Größte. Ich meine nicht, der größte Österreicher, der größte Sänger überhaupt.«

Tonia erklärte, sich nicht einmal sicher zu sein, ob Walter Berry überhaupt noch lebe. Und erfuhr nun von Dyballa, der berühmte Bassbariton sei zu Beginn des neuen Jahrtausends im Alter von einundsiebzig Jahren verstorben, was er natürlich auch nur wisse, weil Vivien viel von diesem Mann erzähle. Vivien, die zwei Jahre zuvor in der Plattensammlung der Universität von Auckland auf eine Aufnahme der Matthäuspassion unter dem Dirigenten Karl Richter gestoßen war und dabei Berrys »Mache dich, mein Herze, rein« gehört habe. Um sich, wie sie sagte, geradezu hoffnungslos in die Stimme Berrys zu verlieben.

»Liebe kann man natürlich auch in kontrollierter Form leben«, meinte Dyballa mit einem Lächeln, das sich wie eine liegende Mondsichel auf seiner feuchten Stirn spiegelte, »indem man Wissenschaft betreibt. Wahrscheinlich die beste Form von Liebe.«

Vivien, so Dyballa, arbeite an einer großen Biografie Walter Berrys, die aber auch irgendwie eine Biografie Europas während der zweiten Hälfte des zwanzigsten Jahrhunderts werden solle.

»Geschrieben von einer Neuseeländerin, wie hübsch!«, fand Tonia.

»Ja, von einer Neuseeländerin, die nur den letzten Zipfel des alten Jahrhunderts erlebt hat, und nur als Kleinkind. Und die Walter Berry nie persönlich erlebt hat. Aber was soll's, wer heute über den Gallischen Krieg schreibt, hat ja auch nicht mitgekämpft.«

»Ich tue mir schwer«, meinte Tonia, »mir zu dieser Geschichte den passenden Sport vorzustellen.«

»Ich weiß nicht, ob man sagen kann, er würde passen. Es ist Rugby, also Frauenrugby natürlich.«

»Ich wusste gar nicht, dass Frauen das jetzt auch tun.«

»Stell dir bloß kein Monster vor, es ist nicht wie beim Frauenboxen oder Schlammcatchen ... Aber groß ist Vivien schon, und muskulös. Aber wirklich eine hübsche junge Frau. Ungemein schnell und erstaunlich kräftig. Und verdammt wendig. Das merkt man, selbst wenn sie nach einer Tasse greift. Als würde sie die Tasse überlisten. Diese trickreiche Wendigkeit ist etwas, das hat sie weder von mir noch von ihrer Mutter.«

»Und was hat sie von dir?«

»Ich habe immer befürchtet, es könnte das Schwitzen sein. Aber ... nein, ist es nicht.«

»Und sie war auch nie gelähmt, oder?«

»Mir scheint, sie hat gar nichts von mir«, sagte Dyballa. »Und das ist ein großes Glück ...«

»Na, ein bisschen schwitzen sollte man schon«, meinte Tonia, die ja selbst zu jenen Wesen gehörte, die auch in größter Hitze an ein poliertes Stück Silber erinnerten. Manchmal kam ihr vor, als hätte sie nur ein einziges Mal in ihrem Leben richtig und wild und über die Maßen geschwitzt, damals, als Emilie starb, und nachher nie wieder.

Dyballa erzählte, dass Vivien zuletzt sogar für die Olympiamannschaft der Rugbydamen nominiert war. Und ergänzte: »Die neuseeländische natürlich. Leider hat sie sich dann am Knie verletzt. Hat aber nur gemeint, wie gut, dass man auch mit einem kaputten Knie Musikwissenschaft studieren kann. Weil eine vernünftige Frau immer zwei Sachen haben sollte, eine geistige und eine körperliche.«

»Und Viviens Mutter«, fragte Tonia, »siehst du sie manchmal?«

»Hin und wieder im Fernsehen. Oder im Internet. Sie ist jetzt mit einem amerikanischen Schauspieler verheiratet, der auch sehr berühmt ist. Vivien sagt, der Mann würde gut zu ihrer Mutter passen. Der sei auch ständig unterwegs.«

Stimmt. Daher kannte Tonia den Namen der Sängerin und viel beschäftigten Bach-Interpretin, ohne dass jetzt aber der Name ihres noch weit berühmteren, derzeitigen Gatten gefallen wäre. War auch nicht so wichtig.

Wichtig war allein Vivien. Eine in Walter Berrys Stimme aus den Siebzigerjahren verliebte und am alten Europa interessierte Musikwissenschaftlerin, die an einer Doktorarbeit schrieb, aus der einmal ein Buch werden sollte, das später nicht nur die Musikwelt in Aufregung versetzen würde.

Und Emilie? Was würde Emilie jetzt wohl studieren? Welchen Sport würde sie treiben? Oder würde sie eher erklären, Sport sei überflüssig. Wahrscheinlich das.

Tonia entschied sich, doch von Emilie zu sprechen. Dem Kind, der jungen Frau, die einem Verbrechen zum Opfer gefallen war. Ohne dass Tonia die Art des Verbrechens präzisierte. Sie sprach von ihrer Liebe zu diesem Kind und wie sehr diese Liebe in den Tod hineinreichte. Dass man einfach nicht aufhörte, den toten Menschen zu begleiten. So, wie sie umgekehrt lange Zeit das Gefühl gehabt hatte, ihre toten Eltern stünden an ihrer Seite, zumindest ihr toter Vater.

Tonia sagte: »Ich bin Naturwissenschaftlerin. Ich glaube nicht an Gott, an Geister aber schon. Es ist nur das Wort selbst – also Geist oder Geister –, das einem Probleme bereitet. Manche Wörter behindern das Denken. Man sollte an ihrer Stelle ein neues Wort erfinden.«

Was Tonia meinte, war ein Begriff, der weniger das Fehlen eines Körpers betonte, dafür mehr die Verwandlung dieses Körpers in eine Essenz.

Tonia beschrieb, dass ihr beim Ausatmen immer wieder vorkam, ihr Atem werde zurückgeworfen. So, wie man das erlebte, sobald man sich in die eigene Hand blies oder nahe an das Gesicht eines geliebten oder gehassten Menschen geriet und dessen Wange wie ein Trampolin funktionierte. Der Unterschied war, dass in solchen Momenten kein sichtbares Gegenüber existierte und die eigene Hand woanders war. Nein, in diesem zurückgeworfenen

Atem steckte die Information jener Fläche, von welcher der Atem abgeprallt war. Und diese Information betraf Emilie. Nicht die Emilie, die vor Jahren gestorben war, sondern Emilie heute, der erwachsene Geist.

»Ich weiß schon«, sagte Tonia, »der verzweifelte Mensch bildet sich eine Menge ein. Und verzweifelt bin ich ja. Aber Verzweiflung ist auch Ausdruck einer höheren Sensibilität. Wenn man genau schaut, kann man feststellen, dass die meisten Erfindungen und Entdeckungen von Leuten gemacht wurden, die verzweifelt waren. Ich glaube übrigens, Schwitzen gehört auch dazu.«

»Ich sehe aber nirgends Geister«, versicherte Dyballa.

»Ja, aber die Geister vielleicht dich.«

»Tut mir leid«, sagte Dyballa, »ich glaube, da ist rein gar nichts. Nein, mein Schwitzen ist eine dumme Laune der Natur. Es ist einfach Pech. Und kein Geist weit und breit, der einen trösten könnte.«

»Na, das werden wir noch sehen«, kündigte Tonia an.

»Was werden wir sehen?«

»Sollte ich vor dir sterben«, sagte Tonia, »und das glaube ich bestimmt, dann werde ich mich dir in den Weg stellen. In den Atemweg. Du wirst das spüren und gleich wissen, dass nur ich das sein kann. Versprochen!«

Dyballa lachte. Und meinte: »Was aber, wenn es für die Toten genauso schwer ist, die Lebenden zu sehen wie umgekehrt?«

Das war eigentlich eine gute Frage.

Auf die Tonia keine Antwort gab, sondern aus dem Schatten herausrückte und sich erkundigte: »Wollen wir noch eine Runde schwimmen?«

»Gerne«, antwortete Dyballa.

Diesmal gingen sie nicht nur gleichzeitig ins Becken, sondern auch gleichzeitig aus dem Becken wieder hinaus. Tonia hatte keine Lust, noch einmal die endlose Weite dieses Wassers zu spüren. Ohne Begleiter zu sein.

Hinterher, nach dem Schwimmen, dem Duschen, dem Umkleiden, trafen sie sich draußen vor dem Bad und spazierten das kleine Stück hinunter zu der Stelle, von der aus man einen grandiosen Blick auf Heidelberg hatte. Die Stadt lag im Licht der jenseits der Pfalz untergehenden Sonne und wirkte hinter dem dunklen V-Ausschnitt des Waldrands wie aus einem Märchenbuch abgezeichnet. Heidelberg war schlichtweg eine ganz großartige Abendstadt, auch am Morgen nicht schlecht, aber an den Abenden unschlagbar, selbst im Regen. Klar, es regnete nicht, aber das rote Abendlicht besaß die Wirkung eines reinigenden Gesichtswassers. Man hätte bei einem solchen Anblick seufzen mögen. Doch Tonia stellte eine Frage. Sie wollte von Dyballa wissen: »Bist du morgen Nachmittag beschäftigt?«

»Um eins schließe ich das Geschäft, kurz nach zwei bin ich fertig. Um drei ist dann Fußball angesagt.«

»Was, als Zuseher?«

»Nein, als Spieler. Wie sind da so eine Altherrenrunde, die sich jeden Samstag trifft.«

»Stehst du im Tor?«

»Nein. Nicht mehr.«

»Deine Jungs können aber sicher mal auf dich verzichten, oder?«

»Wieso?«

»Du könntest mich begleiten. Zu einer größeren Gesellschaft. Nachmittagskaffee und Abendessen. Bei den Hotters.«

»*Die* Hotters?«

»Wenn du sie kennst.«

»Na, ich weiß, wer das ist«, sagte Dyballa und erklärte, eine Einladung aus dieser Familie bedeute, dass sich die Farbe des eigenen Bluts verändere. So in Richtung Gold oder Platin. »Bügelst du für die?«

»Das tue ich. Aber diesmal wollen sie mich nicht bügelnd, sondern als Gast. Mit Begleitung. Und da dachte ich mir, du wärst der Richtige dafür. Nicht nur, weil du so gut neben mir schwimmst. – Schwer für dich, den Fußball zu opfern?«

»Nein, leicht. Auch wenn die Kollegen mich hängen werden.«

»Gut. Wir nehmen wieder den Wagen«, bestimmte Tonia. Und erklärte, man würde von der Stadt hinaus etwa eine halbe Stunde benötigen, um die Hotter'sche Villa zu erreichen.

Die beiden gingen das Stück bis zum Mercedes hoch. Tonia nahm erneut hinter dem Steuer Platz und lenkte den Wagen hinunter in die Stadt, wo sie ihn nahe Dyballas Adresse parkte, die gar nicht so weit weg lag von ihrer eigenen, jener zwischen klein und winzig schwankenden Souterrainwohnung. Wo noch immer ein vergangener Winter einsaß und geduldig das bisschen strengen Sommer abwartete.

Dyballa begleitete sie bis zum Haus, machte aber keinerlei Anstalten, auf etwas mitkommen zu wollen. Und sie machte keine Anstalten, ihn einzuladen.

»Ich fahre morgen um halb vier mit dem Wagen vor«, kündigte er an, »und dann überlasse ich dir wieder das Steuer, in Ordnung?«

»Sehr in Ordnung, gute Nacht.«

9

Am nächsten Tag herrschten die Tropen. Spät in der Nacht war mit der Plötzlichkeit eines Mannes, der während des Abends unheimlich nüchtern wirkt und kurz darauf unheimlich betrunken zu randalieren beginnt, ein Sturm über Heidelberg losgebrochen und mit ihm ein heftiger Regen. Der dann bis in die Morgenstunden auf die Stadt prasselte, um Hauskeller und die südliche Neckaruferstraße zu überfluten. Vormittags ging der Schauer in einen Wechsel aus Getröpfel und kurzen Pausen über, sodass man nicht wissen konnte, ob es leicht regnete oder der Wind bloß das Nass von den Bäumen und Gebäuden herunterwehte. Gegen Mittag wurde der Regen dann wieder kräftiger und anhaltender.

All das bewirkte noch keinerlei Abkühlung, sondern schuf dampfbadartige Verhältnisse. Stadt und Land kochten. Und es war gar keine Frage, dass Dyballa an diesem Tag kaum auf jenes Anticholinergika würde verzichten können, das seinen Schweiß zwar nicht stoppte, aber doch moderater rinnen ließ.

Weil nun Dyballa etwas zu früh kam, stand Tonia noch nicht auf der Straße und war darum auch nicht in der Lage, die Fahrweise ihres Freundes zu bezeugen. Somit zeigte sich erneut, dass Tonia nicht dazukam, Dyballa beim Fahren zu beobachten.

Er parkte den Wagen trotz eines Verbotsschilds vor dem Haus und läutete an Tonias Türe. Sie ließ ihn herein, verschwand aber gleich wieder, sodass Dyballa für einen Moment die Kühle der beiden Räume genießen und sich vorstellen konnte, wie schön es gewesen wäre, den Nachmittag und Abend in dieser Wohnung zuzubringen, plaudernd, erzählend, vielleicht auch gemeinsam kochend, eine Flasche Rotwein sicherlich, möglicherweise ein guter Film. Wie von der Welt getrennt, ein freundlicher Nord- oder Südpol mitten im kochenden, perspirierenden Heidelberg.

Dyballa atmete wie auf Vorrat.

Tonia erschien, selbstverständlich in Schwarz. Allerdings mit einem Oberteil, welches – hochgeschlossen und mit langen Ärmeln – im Bereich der Schulter und oberhalb des Busens sowie auf der gesamten Länge der Arme aus schwarzer Spitze bestand, hinter der die helle Haut der Trägerin wie durch eine löchrige Sonnenbrille hindurchschimmerte. Tonia hatte sich geschminkt, ganz leicht nur, ein Hauch von Make-up, mehr eine geträumte Schminke.

Zusammen traten sie nach draußen. Sie erwischten eine kleine Regenpause, die auch gleich wieder zu Ende war, aber da saßen sie bereits im Wagen unter dem schützenden Verdeck. Es war ungemein dunkel im Wageninneren, geradezu heimelig. Sie fuhren entlang des Neckars auf der Ziegelhäuser Landstraße. Der Regen klatschte jetzt derart heftig gegen die Scheiben, dass sich Tonia an die Vögel aus Hitchcocks »Tierfilm« erinnert fühlte, an einen kamikazeartigen Schauer.

So ging es noch eine ganze Weile weiter, während sie den im Unwetter kaum noch zu erahnenden Fluss linker Hand verließen und hochfuhren zur Hügellandschaft des südlichen Odenwalds. Wo dann mit jener angesprochenen Plötzlichkeit, mit der jemand friedvoll Nüchterner sich in ein besoffenes Biest verwandelt, genau das Gegenteil geschah. Von einem Moment auf den anderen gerieten sie aus dem Regen hinaus und hinein in eine zwar feuchte, aber vom Sonnenlicht stellenweise geklärte Landschaft. Endlich konnten sie die seitlichen Fenster herunterfahren, sodass der Fahrtwind eine erfrischende Brise ins Wageninnere blies.

Um vier Uhr erreichten sie pünktlich das Hotter'sche Anwesen. Mehrere Wagen standen bereits auf dem weiten hellen Kies, der dem Eingang vorgelagert war. Teure Autos, aber keines davon, auch der dottergelbe Ferrari nicht, besaß eine ähnliche Anmut wie

Dyballas Mercedes. Erst recht, als der Wagen endlich stand, gewissermaßen saß.

Auch heute trat der Professor persönlich nach draußen, um Tonia und ihren Begleiter in Empfang zu nehmen. Für Tonia wirkte Hotter noch ein wenig würdiger und feierlicher als sonst, ohne darum einen Frack tragen zu müssen. Aber es war auch etwas Neugeborenes an ihm, wie als Folge einer Häutung, zu der selbst alte Lebewesen noch in der Lage sind.

Dyballa wiederum war mit einem Anzug bekleidet, der über ein Dunkelblau verfügte wie jenes tief im Wasser und sehr hoch im Himmel. Er trug sein Jackett in der Armbeuge, und sein massiver Oberkörper steckte in einem kurzärmeligen Hemd aus gänzlich schwarzem Funktionsmaterial. Er sah aber nicht wie ein Sportler aus, sondern auf elegante Weise leger. Er sah aus wie jemand, der im Urlaub war, ohne darum in kurze Hosen schlüpfen zu müssen.

»Das ist eine Freude und Ehre«, empfing sie Hotter. Es klang keinesfalls übertrieben. Zudem erlaubte er sich, Tonia die Hand zu küssen. Was nie zuvor geschehen war, weil es sich bei einer Frau, die kam, um seine Wäsche zu bügeln, nicht gehört hätte. Heute aber war es anders, schließlich erschien Tonia ja vereinbarterweise als Frau Schreiber, so wie ihr Begleiter folgerichtig nicht als Gemüsehändler, sondern als Herr Dyballa. Übrigens wurde Dyballa im Laufe des Abends von verschiedenen Gästen auf seinen Wagen angesprochen. Dieser Wagen zierte ihn mehr, als wenn er den Ferrari besessen hätte, der um einiges teurer war, aber viel eher die Frage nach seinem Beruf aufgeworfen hätte. Besser gesagt nach der Art seines Einkommens. Der Mercedes hingegen erschien nicht als eine Frage des Geldes, sondern des Geschmacks.

Tonia und Dyballa folgten Hotter ins Haus, der ihnen nun die Räume erklärte.

Der Weg führte durch die Bibliothek, deren Fenstertüren heute offen standen und durch die man hinaus auf die Terrasse gelangte, die wie ein Abschlagplatz den Garten eröffnete. Mehrere Gäste standen herum, einige Herren hatten ihre Sakkos abgelegt, die Damen auf ihren hohen Schuhen wirkten allesamt größer und schlanker als ihre Männer (dabei waren einige kleiner und dicker, aber in Summe war der Eindruck eben ein anderer, und jeder Einzelne wirkte auf dieser Terrasse als Ausdruck der Summe).

Das Bekanntmachen begann. Hotter hielt sich daran, seine neuen Gäste einfach als Frau Schreiber und Herr Dyballa vorzustellen, während er bei einigen anderen auch mal eine Erklärung beifügte, wie die, jemand Bestimmter sei ein Bürgermeister und die Frau neben ihm nicht nur seine Gattin, sondern auch Landtagsabgeordnete. In dieser Art. Natürlich wartete Tonia mit einiger Spannung darauf, wer hier wohl Almgren sein würde. Aber da war kein Almgren. Und als die Vorstellungsrunde zu Ende war und Tonia für einen Moment mit Hotter allein an der Brüstung der Terrasse stand, um in einen Garten zu sehen, den kaum jemand so gut kannte wie sie beide, da erinnerte Tonia ihn: »Sie haben mir Almgren versprochen.«

»Ja schon, aber doch nicht erlegt und filetiert«, erlaubte sich Hotter einen Scherz und meinte, Almgren und seine Frau würden sich verspäten, aber ganz sicher noch auftauchen. Noch nie habe ein Gast sich erlaubt, nicht zu erscheinen.

»Ich frage mich«, sagte Tonia, »woher Ihre Macht rührt.«

»Sie meinen, weil ich im Ruhestand bin?«

»Zum Beispiel.«

»Wissen Sie, liebe Frau Schreiber, fast alle Leute fürchten sich davor, ihr Augenlicht zu verlieren. Ich praktiziere nicht mehr, operiere nicht mehr, lehre nicht mehr, das ist schon richtig, aber unbewusst denken die Leute doch, ich könnte über Wohl und Wehe ihrer Augen bestimmen. Für die meisten Menschen sind Ärzte eine Verbindung zum lieben Gott. Daran glauben insgeheim auch die Ungläubigen. Man muss schon ziemlich verrückt sein, einem Arzt zu widersprechen. Ich habe das so gut wie nie erlebt. Der sogenannte mündige Patient ist ein Internettrottel. Den hat man rasch unter Kontrolle. Sie beweisen ihm einfach, dass er unrecht hat und sein Wissen auf dem Halbwissen anderer beruht, und danach ist seine Demut umso größer.«

Er machte eine kurze Pause, indem er einen vorbeischreitenden

Kellner mit einer fast unsichtbaren Geste zu sich beorderte – als fange er eine Fliege mit Daumen und Zeigefinger, ohne sie aber umzubringen –, und zog zwei Gläser Veuve Clicquot vom Tablett, um eines davon Tonia zu reichen. Sie nahm es. Die beiden stießen an, tranken einen Schluck. Danach setzte Hotter seine Rede fort, indem er erklärte: »Auf eine Einladung von mir mit einem Fernbleiben zu reagieren wäre so, als wollte man dem Arzt widersprechen. Und einem Arzt widersprechen bedeutet folgerichtig, sich mit dem lieben Gott anzulegen. Almgren ist Atheist, klar, er baut Raketen. Aber ich sage Ihnen, die Ersten, die in die Knie gehen, wenn sich Gott irgendwie bemerkbar macht, sind die Atheisten. Also keine Angst, Sie kriegen Ihren Almgren.«

Und so war es. Eine halbe Stunde später erschien das Ehepaar Almgren auf der Terrasse. Wie von Marlen Kreutzer beschrieben, erinnerte der »Raketenbauer« an jenen weltbekannten Schauspieler und Frauenschwarm, der nicht nur dann, wenn er gerade als Pirat verkleidet herumlief, ein karibisches Flair verströmte und dabei an einen Gegenstand erinnerte ...

Tonia dachte: »Wie wenn ein Klavier Fieber hat.« Ein Vergleich, der nun ganz sicher nicht ihrer Wortfindungsstörung zuzuschreiben war, sondern ins Schwarze traf, diesmal in ein rundes und nicht quadratisches.

Mit Almgren stand hier also ein ausgesprochen gut aussehender Mann, der soeben nach einem Glas Champagner griff. Dennoch fand Tonia dessen Ehefrau sehr viel interessanter. Nicht dünn, sondern schmal, goldrotes, langes Haar, eine recht helle Haut, die stellenweise einen barocken Glanz besaß, als spiegle sich dort ihr langes Haar. Ihre langen Arme vermittelten vor dem Hintergrund des ärmellosen, geblümten Sommerkleids den Eindruck »fabelhafter Werkzeuge«. Sie besaß ungemein gerade, vertikale Züge, in denen aber eine Biegung lag, ohne dass man hätte sagen können, was genau da gebogen wäre, die Nase nicht, der Mund nicht, nichts Benennbares, aber als eine Art Kurve dennoch vorhanden. Eine Kurve, die stets von ihrem Mann wegzuführen schien. Sie hatte einen betörenden Gang, leichtfüßig hätte es nicht getroffen, auch schwebend wäre falsch gewesen, Tonia fiel das richtige Wort nicht ein, sie konnte aber auch nicht sagen, ob das Wort nicht existierte oder sie es, wie einige andere Wörter, einfach vergessen hatte.

Es war die Dame des Hauses, Hotters Tochter, die Filmproduzentin, die Almgren und seine Frau aufs Herzlichste begrüßte. Etwas später würde Tonia – die am Fernsehen völlig uninteressiert war – begreifen, dass es sich bei Clarissa Almgren um eine bekannte Fernsehschauspielerin handelte, die in diversen Serien auftrat und für die Rolle einer neuen *Tatort*-Kommissarin im Gespräch war (*Tatort* hieß eine ewige TV-Serie, in der die Zuseher Polizisten in ihrer kompaktesten Weise erlebten: zugleich zornig und erhaben).

Nicht dass Tonia den Professor speziell darum gebeten hatte, aber als nach einiger Zeit zum Essen gerufen wurde – ein Essen, das man in einem großen, luftigen Raum im zweiten Stockwerk servierte –, konnte Tonia feststellen, dass ihr Namensschild neben dem von Siem Almgren stand. Als sie sich dort niederließ, grüßte sie der bereits sitzende Almgren mit seinem karibischen Lächeln. Gar keine Frage, Almgren war ein Frauensammler und hatte wohl auch Erfolg bei denen, die ihn nur hübsch fanden. So reich war die Welt nicht.

Mit einem gekünstelten Blick schaute er auf Tonias Namensschild und meinte: »Aha, Frau Schreiber also. Sie sind neu hier, oder? Ich hätte Sie kaum übersehen, wären Sie schon einmal zu Gast gewesen.«

»Ich bin ganz oft in diesem Haus«, erwiderte Tonia. Und ergänzte: »Um zu bügeln.«

»Bügeln. Wie meinen Sie das?«

»Ganz genau, wie ich es sage. Ich bügle die Wäsche der Familie Hotter. Und von einigen anderen Leuten aus der Gegend.«

»Im Ernst?«, fragte Almgren.

»Natürlich im Ernst«, sagte sie und fügte an, es würden sich noch einige andere ihrer Kunden unter den Gästen befinden.

Das stimmte nicht. Aber sie sagte es, um erwähnen zu können, dass sie am liebsten für Marlen Kreutzer bügelte, die mit Sicherheit über die schönste Kleidung von allen verfüge. Kreutzer, die doch oft bei Hotters zu Besuch sei. »Auch wenn ich sie heute noch gar nicht gesehen habe.«

»Da irren Sie sich«, sagte Almgren mit einem Nagel in der Stimme, »die Kreutzer war noch nie eingeladen.«

Wie er das sagte, *die* Kreutzer, gab Tonia das Gefühl, Almgren würde diese Frau nicht nur aus beruflichen Gründen kennen, sondern über ihr Verhältnis zu Clarissa Bescheid wissen. Ganz im Gegensatz zu Marlen Kreutzers Annahme, er hätte keine Ahnung.

Tonia meinte eine Rage hinter seinem wutlosen Gesicht zu erkennen.

So, wie sie bemerkte, dass Siem Almgren hin und wieder kurz zu seiner Frau sah, die er nicht Clarissa, sondern Cla nannte, aber es war so, als vergewissere er sich bloß, dass sie ihren Schmuck nicht verschenkt hatte.

Während der Vorspeise – kleine Stücke von Huhn, in die noch kleinere Stücke von Steinpilz eingelegt waren, kombiniert mit Portionen, wo es genau umgekehrt war – erzählte Almgren von seiner Firma und dass man derzeit an der Entwicklung wiederverwertbarer Trägerraketen beteiligt sei. Immer wieder dieses Wort: wiederverwertbar. Darin, sagte er, liege die Zukunft, denn das bislang größte Hemmnis der Raumfahrt sei schlichtweg der hohe Preis. Die vielen nur einmal einsetzbaren Teile, die ungeheure Verschwendung an Material. Das Problem am Reisen ins Weltall, so Almgren, sei nicht die Entfernung, nicht einmal die Reisedauer, sondern wie viel es koste, Mond und Mars und all die dahinterliegenden Orte zu erreichen. Die Zukunft der Raumfahrt entscheide sich nicht über die Frage, was möglich sei, sondern wie teuer das Mögliche und wie oft man es wiederholen könne, ohne pleitezugehen.

»Ich soll aber nicht glauben«, meinte Tonia, »dass Sie Ihre Entwicklungen besonders günstig an die NASA abtreten, oder?«

Almgren lachte. Dann sagte er: »Rentabilität ergibt sich immer daraus, dass alle glücklich werden.«

Was war das für eine Antwort? Keine ganz dumme. Ganz so blöd konnte Almgren nicht sein. Und nicht so uninteressant, wie Kreutzer behauptet hatte. Es war am ehesten seine Art zu lachen und zu lächeln, die Tonia missfiel, und zwar sehr im Unterschied zu jener Karls, der zu ihrer Linken saß und sich gerade mit einer Museumsdirektorin unterhielt. Tonia mochte Dyballas Lachen und Lächeln, das in einer geschmeidigen Weise unter seinem Oberlippenbart schwebte und den Begriff des Schnurrbarts sehr wörtlich zu nehmen schien.

Freilich war Tonias Interesse im Moment weder den Physiognomien noch dem Verhältnis von Huhn und Steinpilz gewidmet, sondern der Frage nach dem Hemd, das der schöne Mann an ihrer Seite trug. Leider jedoch schien er sehr viel weniger hitzempfindlich als Dyballa. Zudem waren sämtliche Fenster weit geöffnet, und es wehte ein Wind herein, dessen Frische die fünfhundert Meter Seehöhe bestätigte, auf denen diese Villa errichtet worden war. Wie auch die Nähe des Waldes, der sich nach drei Seiten ausdehnte, ohne dass ein anderes Gebäude gestört hätte. Jedenfalls hatte Almgren sein Jackett anbehalten, trug aber keine Krawatte. Von seinem in verschiedenen Grautönen längs gestreiften Hemd war nur der streifenlose Kragen zu sehen sowie die weit unter den Sakkoärmeln hervorstehenden Manschetten, zusammengehalten von zwei goldenen Knöpfen. Außerdem saß Tonia links von Almgren. Es war ihr unmöglich, in die Spalte zwischen dem linken Revers und dem Hemd zu sehen und ein mögliches Emblem zu erkennen.

Es folgten weitere Gänge. Es kam ausgezeichneter Wein. Und natürlich wurde auch quer über den Tisch diskutiert. Doch Almgren war fortgesetzt daran interessiert, Tonia von den Technologien zu berichten, die die Menschheit demnächst kostengünstig ins Weltall befördern sollten. Er sagte, es sei wirklich an der Zeit, dieser Utopie des letzten Jahrhunderts – die, mit den größten Erwartungen begonnen, in ihren Kinderschuhen steckengeblieben war – endlich einen wahrhaftigen Antrieb zu verleihen. Antrieb in beiderlei Bedeutung des Wortes. Einiges Unglück in dieser Welt sei einer falschen Zukunft zu verdanken.

Tonia betrachtete den zweiten Gang, ein Häufchen Sauerkraut, das unter einer hauchdünnen, spitz zulaufenden Konstruktion gleichmäßig gelochten, knusprigen Teigs verborgen war. Man konnte das Sauerkraut sehen, würde es aber nicht erreichen, ohne diese hübsche Haube aus Teig zu zerstören. Tonia kam es so vor, als müsse sie ein Kirchendach demolieren, um an den Altar zu gelangen. Sie wollte noch etwas warten, drehte sich zu Almgren und fragte: »Was meinen Sie mit falscher Zukunft?«

»Sehen Sie, das ganze Theater mit dem Internet, vom Kauf einer Handtasche bis zur Anleitung, wie man eine Bombe baut, das alles ist nichts anderes als eine traurige Kompensation dafür, dass wir aufgehört haben, zu den Sternen reisen zu wollen. Das Netz lässt uns auf der Erde kleben. Wir sind völlig eingeschränkt. Als würden selbst die, die eigentlich gehen können, in einem Rollstuhl sitzen.«

Tonia merkte, wie Dyballa ein wenig zusammenzuckte. Offensichtlich war er mit einem Ohr bei ihr und Almgren.

»Das Netz«, setzte der Raketenbauer fort, »ist die stärkste Kraft, die uns an die Erde bindet. Sie ist das Mittel, das uns hindert, die Schwerkraft überwinden zu wollen. Anstatt selbst zu fliegen, schauen wir Leuten aus Filmen und Serien dabei zu. Oder bilden uns ein, wir wären eine Figur in unserem PC. Nichts gegen die Fiktion, aber sie ist doch ziemlich armselig im Vergleich zum gelebten Abenteuer. Was ist schöner? Ein Mann in einem Raumschiff? Oder ein Mann zu Hause, der ein Buch liest über einen Mann in einem Raumschiff?«

»Sie wollen die Leute in Raketen stecken, damit sie schöner werden?«, fragte Tonia.

»Glücklicher, liebe Frau Schreiber, glücklicher. Ich möchte, dass sie sich bewegen können. Nicht nur in Zügen, nicht nur von Frankfurt nach München Hauptbahnhof. Nichts gegen Frankfurt, nichts gegen München, aber dafür haben wir doch nicht so lange unsere Köpfe rauchen lassen, um uns mit ein paar neuen ICE-Zügen und ein bisschen Fahrzeitersparnis zufriedenzugeben. Um dann schneller, aber verspätet und mit einem grausigen Kaffee im Magen in der alten Residenzstadt anzukommen. Oder Flugzeuge. Ich meine, das war doch nicht unser Traum, bloß die Erde zu umrunden. Das geht auch mit einem Rad. Nein, wollen wir uns eine echte Zukunft schaffen, eine, die anders aussieht als ein elektrifiziertes Mittelalter, dann müssen wir die Raumfahrt in Gang bringen. Und uns mehr erhoffen, als eisgekühlte Leichname von Multimillionären ins All zu befördern.«

»Ein Weltall für alle«, stellte Tonia fest und brach nun doch durch das Kirchendach.

»Zumindest für die, die es schaffen, ihre Hintern hochzuheben und die Schwerkraft ihrer Computerplätze und damit endlich auch den Biedermeier zu überwinden.«

Tonia entgegnete, sich kaum eine Raumfahrt ohne Computer vorstellen zu können.

»Das ist etwas anderes«, antwortete Almgren. »Wir gehen mit unseren Computern ins Bett. Ist doch so! Wir haben ständig Sex mit ihnen, selbst die Kinder, die Kinder ganz besonders. Es ist aber etwas völlig anderes, über einen Bordcomputer zu verfügen, der einem sagt, wo es Richtung Proxima Centauri b geht. Das ist nicht Sex, auch nicht Liebe oder Langeweile, sondern Koexistenz. Weil nämlich der Computer auch dorthin will.«

»Ganz sicher ist das nicht«, sagte Tonia und meinte, dass erstens Fiktionen dazu tendierten, sich irgendwann ins Reale zu schleichen, und zweitens oft ein erheblicher Unterschied bestehe zwischen dem, was der Passagier möchte, und dem, was der Bordcomputer möchte.

Als habe sie das so gänzlich ernst gemeint, erklärte Almgren, der Mensch wäre gut beraten, die A.I. nicht zu weit zu treiben. Sosehr es eine faszinierende Idee sei, den freien Willen in die Maschine einzupflanzen, das freie Lernen, das Bewusstsein und die mit jedem Bewusstsein einhergehende Arroganz des Individuums, so dumm wäre es, dies auch wirklich zu tun.

»Hätten wir die Möglichkeit«, meinte er, »ich sage jetzt mal, Insekten oder Reptilien mit einer humanoiden Intelligenz auszustatten, wir würden kaum noch recht lange existieren.«

Und als stehe das nun in einem direkten Zusammenhang, fragte er: »Und was genau bügeln Sie so?«

»Sie meinen, ob ich nur Hemden bügle?«

»Zum Beispiel.«

»Nein, ich bügle alles. Aber ich bügle nicht für jeden.«

»Sondern?«

»Nun, in erster Linie für Leute, deren Wäsche ich ausstehen kann. Manche Kleidung ist fürchterlich, und es wäre eine Zumutung, sie bügeln zu müssen.«

»Sie nehmen mich auf die Schippe, oder?«

»Mache ich denn ein Gesicht, das eine Schippe nahelegt?«

Almgren grinste und sagte: »Eigentlich nicht. Aber wie muss ich mir das vorstellen? Überprüfen sie zuerst die Kleidung eines potenziellen Kunden, bevor Sie für ihn zu arbeiten anfangen?«

»Ach wissen Sie, jeden neuen Kunden verdanke ich der Empfehlung eines alten Kunden. Man weiß, womit man mir kommen kann und womit nicht.«

Hätte Almgren sämtliche Umstände gekannt, die Tonia zum Bügeln gebracht hatten, hätte er sicher eingewendet, dass es sich als Strafe doch kaum eigne, wenn eine Büglerin sich auf schöne Wäsche, gute Kleidung und geschmackvolle Stoffe festlegte. Anstatt den Charakter der Bestrafung dadurch zu betonen, für das wenige Geld auch bei denen zu bügeln, die eine hässliche Garderobe besaßen und deren Bettwäsche an erlegte Tiere und Verkehrsunfälle erinnerte.

Tonia hätte ihm erwidert, dass auch und gerade die Strafe einer Evolution unterliege und es ja ganz richtig gewesen sei, zuallererst, damals in Hamburg, praktisch jede Arbeit im Haus erledigt zu haben, um sich in der Folge immer mehr zu spezialisieren. Die Spezialisierung – die Spezialisierung als kluge Verzwergung – sei die Triebfeder von allem und jedem, eben auch der Selbstbestrafung.

Aber Almgren konnte davon nicht wissen, und Tonia erzählte es ihm nicht. »So komplex das Bügeln sein mag, liebe Frau Schreiber, mich würde trotzdem sehr interessieren, was Sie vorher gemacht haben.«

»Braucht es nicht.«

»Sie wissen aber schon, dass Sie nicht wie eine Büglerin aussehen.«

»Wie sehen Büglerinnen denn aus?«

»Erschöpfter, wenn ich das sagen darf.«

»Ich würde sicher erschöpfter aussehen, würde ich an der Supermarktkasse arbeiten. Und hätte vier Kinder. Und hätte nicht vorher ein Make-up aufgetragen und ein Glas belebenden Champagner getrunken.«

Von gegenüber des Tisches redete irgendein Mensch zu Almgren herüber und unterbrach damit das Gespräch zwischen dem Raketenbauer und der Büglerin. Übrigens stimmte es nicht, wenn Almgren meinte, man würde Tonia die Erschöpfung nicht ansehen. Doch er interpretierte die Müdigkeit in ihrem Gesicht falsch. Er verwechselte die Müdigkeit mit einem Merkmal des Romantischen, hielt sie für eine elegante Verbitterung. Verbitterung darüber, dass die wirkliche Welt nicht wie auf einem Gemälde von Monet aussah. Für Almgren besaß Tonia eine Wirkung, als wäre sie Prousts *Auf der Suche nach der verlorenen Zeit* entstiegen, nur halt mit der Verspätung eines ganzen Jahrhunderts. (Das dachte Almgren wirklich, ohne den in seiner Schülerzeit gelesenen Roman noch so richtig im Kopf zu haben. Bloß diese gewisse Stimmung. Und ahnte gar nicht, wie richtig er damit lag. In Prousts Roman beginnt dessen Protagonist Swann erst in dem Moment Odette de Crécy zu lieben, als er eine erstaunliche Ähnlichkeit zu einer von Botticelli gemalten jungen Frau feststellt: Sephora, Tochter des Jethro und später Ehefrau des Mose. Und wenn man sich nun dieses Botticelli-Bild aus der Sixtinischen Kapelle in Erinnerung rief und dann Tonia betrachtete, kam man nicht umhin, eine frappante Ähnlichkeit festzustellen, verschoben allein vom Umstand höheren Alters bei Tonia.)

Am Tisch war aber nicht Botticelli das Thema, sondern Fußball, weil einer der Anwesenden, Besitzer eines Softwareunternehmens, zum Präsidenten eines großen deutschen Fußballclubs gewählt worden war. Ein Mensch, der sich äußerst bescheiden gab. Auf so seine Art, die nach einem Orden schreit. Seine Bescheidenheit lag schwer und aufdringlich im Raum. Man musste dankbar sein um jenes Gegengewicht, das von Professor Hotter ausging, dessen Auftreten völlig unbescheiden blieb. Es war schon so, wie er gesagt hatte, als liege es in seiner Macht, über das Augenlicht seiner Gäste zu verfügen.

So verging das Essen mit kleinen und großen Gesprächen und dem Genuss diverser Gänge, darunter auch ein Lachs, der frisch aus Kanada kam, soweit etwas frisch sein kann, das die halbe Welt umreist. Ein Gericht, das Tonia unwillkürlich an jenen Kater erinnerte, den ihr Vater gerettet hatte. Wobei sie selbst diesen Gang natürlich ausließ, weiterhin die alte Regel befolgend, keine Meeresbewohner zu verspeisen.

»Ich kenne eigentlich nur Vegetarier«, sagte Almgren, »die kein *Fleisch*, dafür aber Fisch essen.«

»Ich bin mit Fischen aufgewachsen. Das ist wie mit Haustieren. Oder kennen Sie Leute, die ihre Haustiere essen?«

»Im Krieg schon.«

»Ich war nie im Krieg«, sagte Tonia. »Aber im Wasser.«

»Soll das also heißen, Sie sind in einem Aquarium groß geworden?«

»Einem sehr großen«, antwortete sie.

Es war nun der alte Professor Hotter, der alle Aufmerksamkeit auf sich zog, indem er die Pause vor dem Dessert nutzte, eine kleine Rede zu halten, eine Rede, in der er die Tradition dieser Zusammenkünfte betonte und sie mit der Tradition der Hotter'schen Villa wie mit der das Gebäude umgebenden Landschaft in einen Zusammenhang brachte. Eine Rede, die damit endete, dass Hotter an seine verstorbene Frau erinnerte, deren Stilsicherheit, deren in Gestaltungswillen verwandelte hohe Bildung und exzellenter Geschmack noch heute alles und jedes in diesem Haus trage und halte.

Tonia blickte hinüber zu Hotters Tochter und sah den stillen Zorn in ihrem Gesicht. Es war klar, dass sie gerne den Geist ihrer Mutter aus diesem Haus verjagt hätte, nicht nur das eine oder andere Möbel austauschen, sondern wirklich den Einfluss der Mutter aus allen Zimmern hätte herauswaschen wollen. Waschen und Schleudern und den mütterlichen Saft herauspressen und von Tonia alles zu einer neutralen Form bügeln lassen. Denn sosehr der alte Professor Hotter die Büglerin schätzte, es war nicht *seine* Büglerin. Nicht er, sondern seine Tochter hatte Tonia angestellt. Tonia war *ihre* Büglerin. Wäre es für Tonia zwingend gewesen, sich einmal loyal zeigen zu müssen, dann gegenüber der Tochter, die die Dame des Hauses war. Und der es letztlich zu verdanken war, dass dieses ganze Hotter'sche Anwesen mit all seiner Pracht, aber ebenso den aus der Pracht resultierenden Umständlichkeiten funktionierte. Und nicht dem alten Professor, der genau genommen dadurch Ähnlichkeit mit einem Gott erworben hatte, indem er untätig blieb.

Die Gesellschaft erhob sich. Man wechselte wieder ins untere Stockwerk und hinaus auf die Terrasse. Die steinerne Anlage lag im Licht der spätabendlichen Sonne, die jetzt gänzlich unbehindert von Wolken war und ebenso unbehindert ein orangefarbenes Rouge auf Terrassenboden und Brüstung, auf den Garten und die nahen Wälder setzte. Aus jedem Gegenstand fiel, gleich einer Buchstütze, ein langer Schatten, und man sah die Luftbläschen in den Champagnergläsern durch das gebrochene Licht hochwirbeln.

Tonia stand etwas abseits zusammen mit Dyballa. Endlich, denn bislang hatten sie kaum miteinander gesprochen.

»Und, wie ist sie, deine Direktorin?«, fragte Tonia. »Habt ihr euch über Giraffen in der Kunst ausgetauscht?«

»Nein, über meinen Mercedes. Sie plant eine Ausstellung über das Automobil in der Kunst und wie die Kunst das Automobil beeinflusst hat.«

»Raffiniert«, sagte Tonia, »dich auf diese Weise einzuwickeln.«

»Meinst du? Was sollte die Frau anderes tun, als mit dem zu reden, neben den man sie gesetzt hat.«

»Nein, falsch«, sagte Tonia, »*du* wurdest neben sie gesetzt.«

»Also meinen Mercedes kriegt sie jedenfalls nicht. Auch nicht für die Dauer einer Ausstellung. – Und du? Wirst du für diesen Typen bügeln, neben den man *dich* gesetzt hat?«

»Nein, Karl, da war es umgekehrt. Der Typ wurde zu mir gesetzt.«

»Echt?«

Bevor Tonia etwas antworten konnte, gesellte sich der alte Professor zu ihnen. Er hielt recht geschickt drei kleine, schlanke Gläser zwischen den Fingern, in denen sich jener angekündigte fünfundzwanzigjährige Single Malt von der schottischen Insel Skye befand, den man *Talisker* nennt.

Hotter erklärte, es handle sich um eine Abfüllung aus dem Jahre 2014, also nicht die Fassstärke mit 56,9 % wie etwa aus den Jahren 2004 und 2006, sondern die mit 45,8 %, welche zu verdünnen nicht mehr nötig sei. Freilich wäre es Unsinn, diesen Tropfen sämtlichen Gästen anbieten zu wollen. Nicht alle würden die Tragweite erkennen. Und es wäre sehr schade um die rasch geleerte Flasche.

Dagegen war schwer etwas einzuwenden. Zu dritt stießen sie an. Sehr dezent. Als zerreibe man zwischen den Wänden der Gläser einen kleinen Zweifel, der sich sodann unsichtbar und in Sicherheit wähnte.

Tonia hielt ihre Nase über die kleine Öffnung des Glases und registrierte sofort den typischen Einfluss einer an Salzwassertröpfchen reichen Luft. Seetang und Orangenschalen. Jod. Weicher Rauch. Küste. Wetter. Alles in einer Menge und Stärke, die andere Mengen und Stärken am Leben erhielten. Kein Krieg. Sondern langer Frieden. Frieden ohne Langeweile. Harmonie der Aromen.

Hierauf nahm sie einen Schluck und ließ diesen einige Sekunden lang wie ein Kind, das man badet, hin und her schwappen. Schließlich schluckte sie das Kind. Und blieb danach eine ganze Weile stumm, bevor sie erklärte: »Enorm.«

»Nicht wahr?«, lächelte Hotter.

Tonia meinte, es sei erstaunlich, wie lange der Geschmack anhalte, sie habe dies noch nie in solcher Weise erlebt. Geradezu narrativ. Eine weit zurückreichende Geschichte erzählend. Die sehr viel weiter zurückreiche als das Bestehen der Destillerie, aus welcher der Whisky stamme.

Tonia überlegte, dass wenn sie diesem wirklich wunderbaren, nach Bienenwachs, süßer Melone und wildem Oktobersturm schmeckenden Malt – ein alter Mann, der in seine Jugend zurückkehrt, aber nun voller Erfahrung – demnächst einen Sternnamen geben sollte, es sich um einen sehr alten und sehr langlebigen Stern würde handeln müssen. Ja, sie dachte daran, den *Talisker 25* nach jener hypothetischen Sonne zu benennen, die sie sich selbst ausgedacht hatte. Und die mit einem Alter von über 14 Milliarden Jahren ein Paradoxon beschrieb, nämlich älter als das mit 13,7 Milliarden Jahren angenommene Universum zu sein. Eine Sonne, die noch vor dem Urknall entstanden sein musste und von Tonia den Namen *Plan Eins* erhalten hatte. Wobei sich der Name nur indirekt auf eine Art von Vorvergangenheit bezog. Vielmehr stellte er eine Kombination der ersten vier Buchstaben der Nachnamen von Max *Plan*ck und Albert *Eins*tein dar, also jener beiden Herren, denen wir die moderne Erklärung des Lichts verdanken.

Tonia überlegte, dass es vielleicht doch übertrieben sei – jetzt, da sie ja bei Weitem noch nicht alle Whiskys kannte, vor allem noch nicht alle *alten* Whiskys –, bereits den Namen *Plan Eins* zu vergeben. Andererseits war sie von diesem einen Schluck mit seiner gewaltigen Ausdehnung und Erzählkunst derart beeindruckt …

Während sie noch solche Überlegungen anstellte, fiel ihr Blick auf Siem Almgren, der in wenigen Metern Entfernung mit zwei älteren Damen zusammenstand, die ihn ansahen, als könnten sie Austernfleisch aus ihm herausschlürfen.

Almgren hatte sein Jackett ausgezogen und es am Kragen fixiert über die Schulter geworfen, während er mit der anderen Hand ein Glas Rotwein hielt.

Aus ihrer augenblicklichen Position heraus konnte Tonia ihn nur von der Seite her betrachten, wobei es bei dieser Entfernung auch wenig genützt hätte, ihn von vorne zu sehen. Die vielen unterschiedlich grauen Streifen boten einen miserablen Hintergrund, um ein kleines, dunkles Malewitsch-Quadrat auszumachen, wenn man nicht direkt davorstand. Sie musste schon näher kommen. Das tat sie auch, entschuldigte sich bei Dyballa und Hotter, ohne zu sagen, wofür, und bewegte sich hinüber zu Almgren und den Damen, die, während sie auf den schönen Mann einredeten, ihn ständig kurz berührten.

Wollten sie mittels dieser Antipperei Morsezeichen in die Welt schicken?

Nun, das unternahm jetzt auch Tonia. Sie tat ihre Hand sachte auf Almgrens rechten Oberarm. Zugleich wandte sie sich an die beiden Frauen und äußerte einen Fragesatz ohne Fragezeichen: »Ich darf Ihnen Herrn Almgren für einen Moment entführen.«

»Ungerne«, sagte die eine und lachte nervös. Während die andere Tonia einen Blick zuwarf, der auch einem Glassplitter Angst gemacht hätte.

Der charmante Almgren versprach den beiden, bald wieder zu ihnen zurückzukehren, trieb allerdings recht willig mit Tonia mit. Sie dirigierte ihn zu einer kurzen Treppe, die hinunter in den Garten führte.

Almgren meinte mit einem Schmunzeln: »Sie wollen mir aber nicht gestehen, sich so schrecklich für Raketen zu interessieren.«

»Nein, ich interessiere mich für Sie«, erklärte sie geradeheraus.

Er lächelte siegessicher. Da waren sie bereits unten angekommen und taten einige Schritte auf die Wiese, die ungemein perfekt vor ihnen lag. Ein Gänseblümchen hätte sich hier wie der letzte Immigrant gefühlt.

Tonia kannte natürlich den Gärtner, einen so gut wie andauernd alkoholisierten Mann aus einem der benachbarten Orte, der jedoch ein geniales Händchen für Pflanzen besaß. (Tonia hätte nicht behaupten mögen, diese Blumen und Hecken und Sträucher und nicht zuletzt diese glatten, dichten Wiesenflächen hätten dem Gärtner weniger gefolgt, wäre er nüchtern gewesen. Doch gerade als Biologin wollte sie dies zumindest nicht ausschließen.)

»Spüren Sie, wie gut der Rasen sich anfühlt?«, fragte Tonia, dabei drehte sie sich zu Almgren hin, der sich ebenfalls ihr zuwandte. So konnte Tonia ihn endlich von vorne und aus der Nähe betrachten.

»Weich und hart zugleich«, kommentierte Almgren die Bodenverhältnisse. Und fügte an: »Das ist ein Grün, das sich eignen würde, von der Bank of Ireland beworben zu werden.«

Doch Tonia ließ nun Wiese Wiese sein und meinte: »Ein bemerkenswertes Emblem haben Sie da.« Dabei deutete sie auf das kleine schwarze, weiß umrandete Quadrat auf Almgrens Hemd. Es war nicht ganz so wie bei dem Hemd, das sie aus der Bügelwäsche von Marlen Kreutzer gezogen hatte, wo das verzwergte Kunstwerk die Kante einer Brusttasche geschmückt hatte. Denn eine Brusttasche fehlte hier. Dennoch zeigte es sich an der exakt gleichen Stelle des Hemdes, beziehungsweise auch an der gleichen Stelle wie auf der Brust Erlers damals.

Almgren schaute verblüfft an sich herunter, dann wieder zu Tonia und schenkte ihr einen fragenden Blick. »Finden Sie mich darum interessant, weil ich ein Hemd von Brioni trage?«

Tonia blieb ganz ruhig. »Ich weiß leider nicht, was Brioni für ein Logo hat, aber ich glaube nicht, dass es sich dabei um Malewitschs berühmtes Schwarzes Quadrat handelt, oder?«

»Schau an! Sie haben wirklich Ahnung.«

»Nun, man kennt dieses Bild aus dem Museum und den Katalogen und Büchern. Und von den Kopien und Fälschungen in den Wohnzimmern von Sammlern. Aber die Frage ist, was es auf einem Hemd verloren hat.«

»Was soll daran schlimm sein?«, fragte Almgren.

»Wenn es nicht schlimm ist, können Sie mir es ja erklären.«

»Es ist mein persönliches Emblem«, sagte Almgren mit einer entschuldigenden Geste. »Eine kleine Extravaganz, die aber kaum jemand auffällt. Ich wüsste nicht, warum Sie das kümmert. Sie haben mich doch nicht darum hierhergelockt, um mit mir über Quadrate auf Hemden zu plaudern, oder?«

»Eigentlich schon.«

»Ach kommen Sie!«

Beinahe hätte Tonia jetzt davon erzählt, kürzlich auf ein solches Hemd gestoßen zu sein. Und zwar in der Bügelwäsche jener bereits erwähnten Frau Kreutzer. Doch so sicher sich Tonia auch war, Almgren wüsste von der Beziehung seiner Frau zu Marlen Kreutzer – oder ahnte es wenigstens, so, wie man den Schnee ahnt, wenn die Luft plötzlich ganz anders riecht, ein wenig verbrannt, bevor dann aus dem dichten Grau das lockere Weiß fällt –, durfte dies nichts daran ändern, ihr Versprechen zu halten.

Was sie stattdessen aussprach, wog ohnehin schwerer. Sie sagte: »Ich möchte wetten, dass Sie genau unter diesem Ding ein Tattoo auf der Haut tragen. Ein Tattoo von der gleichen Art und Größe wie das Quadrat auf Ihrem Hemd.«

Almgrens Augenbrauen zogen sich zusammen und bildeten zwei kräftige Falten, in denen sich ein beträchtliches Gewicht andeutete. Als stünden zwei kleine, aufrecht stehende Hanteln mitten in seinem Gesicht.

Er war jetzt gleichermaßen beunruhigt und genervt, als er sagte: »Ich weiß wirklich nicht, was der Unsinn soll. Schickt Sie Marlen?«

»Warum sollte sie mich schicken?«

»Um mich zu ärgern. Aber lassen wir das. Die Damen dort oben warten auf mich.«

Er drehte sich von Tonia weg.

Sie redete trotzdem weiter: »Sagen Sie mir einfach, ob Sie ein schwarzes Quadrat auf Ihrer Brust haben. Und nicht nur auf Ihrem Hemd.«

»Schauen Sie doch nach!«, empfahl er mit einem verächtlichen Ton in seiner Stimme und ging davon.

»Das werde ich.« Sie rief es nicht, sondern schickte es ihm ruhig und gelassen hinterher.

Er sah sich kurz um. Ein Moment der Fassungslosigkeit. Die Sache lief einfach nicht auf die Weise ab, die er gewohnt war, wenn er einer Frau begegnete.

Es wurde dunkel. Weiße Lampions, die im Sonnenlicht wie unsichtbar gewesen waren, erstrahlten nun im Licht, das die flackernden Kerzen gegen die papierenen Wände warfen. Lampions auch im Garten, die gleich aufrecht schwebenden Riesenwürmern dem ganzen Ort einen zeichentrickhaften Anstrich verliehen.

Musik erklang, Tanzmusik. Tango. Auf der großen Terrasse drehten sich mehrere Paare.

Hotter bat Tonia mit einer einladenden Verbeugung um einen Tanz.

Tonia zögerte. Dabei war sie ja in ihren Wiener Jahren gerade dieser Tanzart häufig nachgegangen.

Hotter reagierte darauf, indem er sagte: »Mein Ehrenwort, dass ich Sie nicht verletze.«

»Das sagt sich so«, meinte Tonia. Zeigte sich aber willig, indem sie Hotter ihre Hand reichte.

Er nahm die Hand und führte Tonia auf die Tanzfläche. Sie spürte seinen Griff an ihrer Hüfte. Ein kleiner elektrischer Schlag. Wie bei einer Wiederbelebung.

Es war nun ein wenig so wie mit Dyballa beim Schwimmen. Die Überraschung, die sich daraus ergab, wie sehr Hotter mit seinem nicht gerade kleinen Bauch – mitunter war schwer zu sagen, ob der Mann den Bauch trug oder der Bauch den Mann – wie also dieser so gar nicht tänzerhaft schlanke Zweiundachtzigjährige seine Partnerin zu führen verstand. Die beiden bewegten sich, als marschierten sie durch einen Gang in der Luft, der seit Ewigkeiten bestand, allein zu dem Zweck, hier und heute durchschritten und letztlich auch geschlossen zu werden. Als sei dieser Gang – ähnlich wie in Kafkas *Vor dem Gesetz* – allein für dieses in ihrer Tanzbewegung kokonierte Paar errichtet worden. Es schien absolut keine Alternative zu bestehen, auch keine, die die Freiheit beinhaltet hätte, einen anderen Schritt zu tun als den, den man tat. Was ja umso frappanter war, als der Tango Argentino ohne ein festes Programm der Schrittfolge auskam, sich eher aus der »Haltung« der Tänzer und ihrem Miteinander ergab. Der Begriff des Fehlers hatte an dieser Stelle zu existieren aufgehört. Das heißt, der Fehler wurde nicht etwa im Zuge von Perfektion oder Routine vermieden, sondern er lag schlichtweg außerhalb des Möglichen.

Tonia hatte es noch selten erlebt, dass ein Tanzpartner derart gekonnt diese gewisse Enge des Raums zu nutzen verstand, aber noch mehr die Enge zwischen ihnen beiden selbst, die ja beim Tango Argentino besonders ausgeprägt ist. Ein Tanz, der die Kopulation zwar nicht zitiert, aber doch umschreibt. Es gelang Hotter, der »Raumnot« zwischen ihnen etwas Selbstverständliches zu verleihen und inmitten der Enge eine noble Distanz zu schaffen.

Sie absolvierten drei Tänze, während derer einige Leute von drinnen nach draußen gekommen waren, um ihnen zuzusehen. Es gab nicht etwa einen erregten Auflauf und am Ende auch keinen Applaus, aber die meisten Zuseher waren doch ziemlich gebannt angesichts der zauberischen Qualität dieses eben nicht einfach fehlerlosen, sondern vielmehr fehlerfreien Auftritts. Wie hier Augenarzt und Büglerin sich auf einer streng begrenzten Fläche hin und her bewegten.

Letztlich ist Tanzen eine der schönsten Arten, etwas gänzlich Sinnloses zu tun, bei dem man keinen Meter vorwärtskommt.

Hotter begleitete Tonia zurück in den Bibliotheksraum, in dem sie üblicherweise bügelte und wohin sich nun auch die meisten anderen Gäste begaben.

Anders als beim schwimmenden Dyballa verzichtete Tonia darauf, Professor Hotter zu fragen, wo er denn gelernt habe, so zu tanzen. Und auch Hotter unterließ es, das soeben Geschehene zu kommentieren und dadurch zu verderben. Er dankte Tonia und begab sich hinüber zu einer Runde ähnlich alter Herren, die offensichtlich auf ihn gewartet hatten. So als wäre man im neunzehnten Jahrhundert, wechselten die Männer in einen Salon, um dort Zigarren zu rauchen und Cognac zu trinken. Allerdings keinen Plan-Eins-Whisky.

Überhaupt verteilten sich die Gäste jetzt stärker über die Räume, bildeten kleine Grüppchen oder Paare. Tonia war zu Dyballa zurückgekehrt, der sich wieder mit seiner Tischnachbarin unterhielt. Er hatte einen Fächer aufgespannt und produzierte einen kleinen Wind. An Stirn und Schläfen glänzten die Spuren eines jüngsten Anfalls von Hitze.

Es war das erste Mal, dass Tonia ihn mit einem Fächer sah. Wozu Mut gehörte, wenn man keine Dame war und kein Modeschöpfer und keine Transe.

Es war nicht einmal ein schwarzer Fächer, sondern einer von denen, die eine kleine Geschichte erzählen, die sich aufgrund der Bewegung in einen verschwommenen Film verwandelt.

Über Fächer wusste die Museumsdirektorin einiges zu sagen, doch im Moment ging es nicht um Angewandte Kunst, sondern um Dyballas Geschäft in Heidelberg. Die Frau Direktor schien ganz wild darauf, zu erfahren, woher Dyballa sein Gemüse bezog. Sie ließ keinen Zweifel daran, Gemüse absolut großartig zu finden. Jetzt fehlte nur noch, dass Dyballa ihr von der Giraffe erzählte.

Plötzlich spürte Tonia eine Berührung an ihrem Arm. Als

streife sie die Schnauze eines Delfins. Sie wandte sich um und blickte in Almgrens Gesicht. Der schöne Raketenbauer sagte: »Ich muss Sie sprechen.«

»War denn nicht vereinbart, dass ich es bin, die Sie verfolgt?«

Anstatt ihren Spott zu kommentieren, sagte er: »Ich will wissen, warum Sie mich nach dem Quadrat gefragt haben. Könnten wir das mal kurz besprechen? Aber woanders bitte.«

Dyballa musste mitgehört haben. Er blickte dunkel zu Almgren und schob ein wenig vom Fächerwind in dessen Richtung. Doch der Raketenbauer machte keinerlei Anstalten, sich dem Gemüsehändler zu erklären.

»Also gut«, sagte Tonia, und diesmal war sie es, die Almgren folgte. Nicht ohne Dyballa mit einer Geste zu verstehen zu geben, dass sie diesem karibischen Menschen sicher nicht folgte, um ihm in irgendeiner Weise zu erliegen. Sondern weil es etwas zu klären gab, zu lösen, einen Knoten.

Es blieb dabei, Dyballa und Tonia waren nichts anderes als Freunde. Tonia durfte so vielen Raketenbauern folgen, wie sie wollte, genauso wie Dyballa sich von jeder Museumsdirektorin einwickeln lassen konnte, die ihm über den Weg lief. Theoretisch. Praktisch aber waren sie sich doch verpflichtet. Auch Freundschaft war eine Ehe. Eine andere halt.

Tonia folgte Siem Almgren hinauf in den zweiten Stock, in einen kleinen Raum, ein Arbeitszimmer. Es stand offen und gehörte fraglos der Dame des Hauses. An den Wänden hingen diverse Fotos, auf denen Hotters Tochter zusammen mit breit grinsenden Leuten in Abendkleidern und Smokings zu sehen war. Leute, die alle Trophäen in ihren Händen hielten: kleine, goldene Rehkitze.

10

Nachdem sie eingetreten waren, schloss Almgren die Türe. Tonia nahm auf einem breiten Sofa gegenüber dem Schreibtisch Platz. Sie schlug ihre Beine aber nicht übereinander, so gut das zu diesen Beinen gepasst hätte, sondern ließ sie gerade und eng und parallel.

Almgren blieb stehen. Er zog eine Packung Zigarillos hervor, ließ eine herausgleiten und zündete sie an.

Tonias Mund verzog sich.

»Lachen Sie mich aus?«, fragte Almgren.

»Nein, aber ich musste daran denken, dass Sie ja Raketen bauen, und eben sah es so aus, als hätten Sie eins Ihrer Modelle im Mund.«

»Dann würde die Rakete aber in die falsche Richtung fliegen«, blieb Almgren vollkommen ernst.

»Wenn die Reise zum Mond geht, haben Sie recht«, gab Tonia zurück, »wenn man sich hingegen ihren Mund als ein schwarzes Loch denkt ...«

»Sie wollen meinen Mund mit einer Singularität vergleichen?«

Tonia hätte gerne auf dem Wort Loch bestanden, meinte jedoch: »Was ich möchte, ist eine Antwort. Eine Antwort auf die Frage, ob es stimmt, wenn ich behaupte, Sie würden ein kleines Quadrat nicht nur auf Ihrem Hemd, sondern auch auf Ihrer Haut tragen.«

»Warum interessiert Sie das so?«, fragte er.

»Weil ich jemanden kannte, bei dem es so war. Er hatte genau ein solches Quadrat von genau dieser Größe genau an dieser Stelle ... auf seiner Haut.«

»Was noch kein Verbrechen ist.«

»Der Umstand nicht. Die Taten dieses Mannes aber durchaus.«

Almgren biss in sein Zigarillo. Man hätte meinen können, die Tabakblätter begännen zu bluten. Er nahm das Ding aus dem Mund und fragte: »Sagen Sie, sprechen Sie von Wien?«

»Genau das tue ich. Wien. Meine einstige Heimat.«

»Das hört man gar nicht«, erklärte Almgren geradezu anklagend.

Was so nicht stimmte. Dyballa zum Beispiel hatte es durchaus herausgehört. Oder herausgeschmeckt, was wahrscheinlich das bessere Wort war.

In diesem ganz zart österreichisch gefleckten Deutsch – gewissermaßen ein Schnittlauchgrün auf weißer Teigware – präzisierte Tonia, sie würde auf ein Ereignis anspielen, das sich fünf Jahre zuvor in Wien zugetragen hatte.

Almgrens Augen blitzten. Wie es blitzt, wenn man zwei Steine gegeneinander schlägt. Er sprach es aus. Er fürchte, sie meine die Schießerei, die in einem Kino in Wien ein Menschenleben gekostet habe.

»Sie fürchten richtig«, antwortete Tonia.

Der Raketenbauer drehte sein Zigarillo zwischen den Fingern und betrachtete es eine Weile, als erhoffe er sich von diesem stummen Gegenstand irgendeine Hilfe. Dann gab er sich einen Ruck und verriet, bei der Person, die Tonia offenbar meine, würde es sich um einen seiner Brüder handeln.

»Was für Brüder?«, fragte Tonia. »Brüder im Geiste?«

»Nein, richtige Brüder ... wobei man *richtig* in diesem Fall nicht ohne Einschränkung sagen kann.«

»Inwieweit?«

Almgren erklärte nun, inwieweit. Erklärte, wie es angefangen hatte, ein Jahr vor jenen Ereignissen, die in Wien zur Katastrophe geführt hatten. Wie ihn da ein Mann angerufen und behauptet hatte, sein leiblicher Vater zu sein.

»Ich habe ihm versichert«, erzählte Almgen, »ich hätte schon einen leiblichen Vater und bräuchte keinen neuen. Auch wenn mein Vater im letzten Jahr verstorben war. Ich hielt das Ganze für einen dummen Scherz und habe aufgelegt. Zwei Tage später stand derselbe Mann im Vorzimmer meines Büros. Ich wollte ihn gleich wieder hinauswerfen, aber er machte nun mal nicht den Eindruck eines Scherzbolds. Schien auch nicht verzweifelt. Sondern sehr beherrscht. Beherrscht und mit einem Ziel vor Augen. Dem Ziel, seinen Kindern zu begegnen.«

Tonia drückte ihren Rücken durch. Aufrechter konnte man nicht sitzen.

Was sie in der Folge von Almgren erfuhr, war die Geschichte eines Mannes, der damals, als er mit großer Bestimmtheit Almgrens Büro betreten hatte, Mitte sechzig gewesen war. Ein Russe, der aber ein ganz hervorragendes Deutsch sprach. Ein Russe namens Poljakow. Anfang der Siebzigerjahre war er aus der UdSSR nach Amerika geflüchtet und zehn Jahre später als Spion unter falschem Namen in die Sowjetunion zurückgekehrt. Um weitere zehn Jahre später deren Zerfall zu erleben und in der Folge wieder seinen alten Namen anzunehmen. Den Namen sowie die Position eines von Amerika beauftragten Lobbyisten in der neu gegründeten Russischen Föderation.

Neben seiner dubiosen Existenz inmitten ringender Weltmächte erwies sich der 1948 geborene Poljakow als geradezu leidenschaftlicher Samenspender. Was er selbst später mit einer Art von Größenwahn erklärte: sich nämlich die eigene außerordentliche Person in einer optimalen Vervielfachung zu wünschen. Nicht zuletzt in dem Glauben, seine Intelligenz würde sich als Erbgut durchsetzen. Durchsetzen und erneuern. Woraus logisch die Idee resultierte, das eigene Sperma weit größere Kreise ziehen zu lassen als die Kreise, die sich durch ein noch so umfangreiches Liebesleben erreichen ließen.

Poljakow beherrschte mehrere Sprachen, hatte in der Sowjetunion in Rekordzeit ein Studium der Mathematik, der Physik und Astrophysik beendet und war früh in eine Kaderschmiede zukünftiger Schachgroßmeister gelangt. Ob die Amis ihn anwarben oder er von sich aus den Kontakt suchte, war nicht klar. Jedenfalls fungierte er nach seiner Flucht in die Staaten als eine Art geheimer Sparringspartner für das einzelgängerische Schachgenie Bobby Fischer, der 1972 gegen den Russen Boris Spasski den Weltmeistertitel errang und der von Poljakow wohl nicht nur in technischen Fragen des Spiels, sondern vielmehr in psychologischer, wenn nicht eher parapsychologischer Hinsicht beraten worden war. Genau dem, was man ihm in der Sowjetunion beigebracht hatte.

All seine Begabungen verführten Poljakow also zur Annahme, es sei absolut nötig, sich umfassend zu vermehren. Erst recht, als Robert Graham – ein Mann, der mit bruchsicheren Plastikbrillen zum Millionär geworden war und nun an einer Samenbank für zukünftige Übermenschen bastelte – Anfang der Achtzigerjahre an ihn herantrat, um ihn für einen »Beitrag« zu seinem Unternehmen zu gewinnen. Best Semen!

Poljakow wurde eigentümlich umgarnt von Millionären. Wobei nicht auszuschließen war, dass sein Antrieb, sich stark zu vermehren, auch darin begründet lag, dass er selbst bei aller Besonderheit seiner Talente und Fähigkeiten nie über den Status des anonymen Helden hinauskam, immer nur jemand *Geheimer* war, gleich ob als Trainer eines Schachgenies oder als Agent einer Weltmacht.

»Faktum war«, sagte Almgren, »dass Poljakow sein Leben lang ohne eine familiäre Bindung blieb. Nicht ohne Beziehung, aber ohne eigene Kinder. Und als er sechzig wurde, da scheint ihn das dann doch gestört zu haben. Er fing an, die Spur zu verfolgen, die er spendend gelegt hatte. Was sicher nicht einfach war. Er dürfte der biologische Vater von mehr als fünfzig Personen sein.«

Bei acht von ihnen war es ihm gelungen, sie ausfindig zu machen. Zwar war Poljakow immer nur in Amerika und Russland als Spender aufgetreten, doch sein Sperma war in verschiedene europäische Länder gelangt. Ganz entsprechend seiner eigenen Logik, sich und sein Genmaterial umfassend verteilt zu sehen.

»Samenhandel«, stellte Tonia fest.

»So sieht es aus. Jedenfalls hat sich Poljakow sowohl in Samenbanken als auch als privater Spender verewigt. – Nicht, dass ich ihm das alles sofort geglaubt habe. Ich war immerhin im Bewusstsein aufgewachsen, das leibliche Kind meiner Eltern zu sein, also beider Eltern. Ich habe vermutet, Poljakow versuche irgendeine Art von Trick. Dass es um Geld geht. Und war also drauf und dran, ihn doch noch hinauszuwerfen. Aber es ging wirklich um Geld. Jedoch nicht um meines, sondern seines.«

Wie sich zeigte, war Poljakow im Zuge diverser Geschäfte zu einem beträchtlichen Vermögen gekommen. Einem Vermögen, das er nun unter jenen Personen, die er hatte ausfindig machen können, aufteilen wollte. Acht seiner Kinder. Alles Männer. Acht Brüder. Unter einer Bedingung. Eigentlich war es keine wirkliche Bedingung, aber er wünschte sich, nachdem er jeden dieser acht aufgesucht und aufgeklärt hatte, dass sie alle sich zu einem Treffen zusammenfinden sollten. *Seine* Familie.

»Ich fand das verrückt«, sagte Almgren, »aber ich muss gestehen, ich hatte damals ein paar finanzielle Schwierigkeiten, und die Möglichkeit kam mir mehr als gelegen. Ich habe ihm erklärt, ich müsse zuerst einmal mit meiner Mutter sprechen. Er sagte, er verstehe das. Doch bevor er gehe, wolle er mir noch etwas zeigen.«

Tonia ahnte es. Sie vollzog mit Daumen und Zeigefinger ihrer rechten Hand eine Geste, mit der sie ein kleines Viereck in die Luft zeichnete.

»Richtig«, sagte Almgren, »Poljakow fing an, sich das Hemd aufzuknöpfen. Und ich dachte mir schon: Scheiße, zeigt er mir jetzt seinen Sprengstoffgürtel? Aber da war nichts als seine nackte Brust. Eine nackte Brust und darauf ein dunkler Fleck, auf den er mit seinem Finger deutete. Und ja, es stimmt, der Fleck besaß die Form eines kleinen schwarzen Quadrats.«

»Ein Tattoo«, stellte Tonia fest.

»Kein Tattoo«, berichtigte Almgren und begann nun ebenfalls, sein Brioni-Hemd aufzuknöpfen. »Das ist es doch, was Sie wollten, oder?«

»Ja und nein«, antwortete Tonia.

Almgren wusste, was sie damit meinte, dass es ihr nicht darum ging, trickreich einen Blick auf seinen Luxuskörper zu erhaschen. Weshalb er das Hemd auch nicht zur Gänze auszog, sondern nur den oberen Teil der Knopfreihe öffnete und die Hemdseiten wie einen Bühnenvorhang zur Seite schob. Mit dem Finger tippte er auf jene Struktur, die da auf seiner linken Brust bläulich schimmerte. Genau wie Poljakow fünf Jahre zuvor in seinem Büro.

Ein dunkles Blau, ein wenig wie bei Dyballas Anzug, aber kein Schwarz, wenigstens kein reines, sondern eben ein bläuliches, ergänzt um einen silbrigen Schimmer.

Tonia erhob sich und näherte sich Almgren. Und damit dem herznahen Mal auf seiner Haut.

»Das ist kein Malewitsch«, kommentierte sie, als sie jetzt einen Tanzschritt von ihm entfernt stand. »Also, zumindest ist das Quadrat nicht schwarz.«

»Vor allem ist es kein Tattoo«, betonte Almgren. »Und wie ich schon sagte, es war auch bei Poljakow keines. Sondern ein blauer Nävus, eine spezielle Art von Muttermal, obgleich Poljakow lieber von Vatermal sprach.«

Tonia ließ sich erklären, was es war, das sie soeben betrachtete. Eine gutartige, angeborene melanozytäre Geschwulst. Ein Naevus bleu. Welcher an dieser Stelle tatsächlich als ein scharf umschriebenes Quadrat von leichter Unregelmäßigkeit auftrat, wie ja auch im Falle der originalen Malewitsch-Ikone eine gewisse »Schiefheit« vorlag. Was freilich fehlte, war jene helle Umrandung. Und das sagte Tonia jetzt auch: »Da fehlt der weiße Rand. Eher ist Ihr Rand schwarz und das Quadrat graublau.«

»Stimmt schon«, sagte Almgren, »aber ich bin ja auch nur der Sohn. Einer von den Söhnen. Zumindest hat Poljakow nur männliche Nachfahren auftreiben können. Was ich schade finde. Und was er selbst auch schade fand. Man will sich die Welt ja nicht als eingeschlechtlich vorstellen.«

»Manchmal schon«, sagte Tonia und ließ das einfach so stehen.

»Poljakow jedenfalls«, setzte Almgren neu an, »hat mir an diesem Tag sein Muttermal gezeigt. So wie ich jetzt Ihnen. Nur bei ihm war es wirklich ziemlich perfekt. Perfekt im Hinblick auf das Malewitsch-Quadrat, das ich da allerdings noch gar nicht kannte. Für mich war in diesem Moment nur wichtig, dass Poljakows Quadrat absolut die gleiche Größe besessen hat wie meines, die gleiche Größe, und dass es sich an der exakt gleichen Stelle befunden hat. Sie können sich vielleicht vorstellen, wie sehr mich dieses

Muttermal auf meiner Brust immer beschäftigt hat. Eine solche Form und Farbe und Größe! Gleich über dem Herzen! Da denkt man sich schon als Kind: Das kann kein Zufall sein.«

Seine Eltern, so Almgren, hätten ihm diese spezielle Auffälligkeit an seinem Körper nie erklären können. Und später auch sein Arzt nicht, der ihm bloß die Ungefährlichkeit dieses Mals bestätigen wollte, und dass so was eigentlich viel häufiger bei Frauen auftreten würde. Ach ja, danke! Und eher an den Händen und Fußrücken. Die Form aber ... nun, die Form sei wirklich erstaunlich.

»Wenn ein Arzt das Wort ›erstaunlich‹ verwendet«, sagte Almgren, »dann merkt man, wie allein man im Universum ist.«

Immerhin konnte ihn dieser Arzt darüber aufklären, dass die blaue Farbe dem tief gelegenen schwarzen Pigment und dem Milchglaseffekt der zwei darüberstehenden farblosen Hautschichten zu verdanken war.

»Ich will ja nicht sagen«, äußerte Almgren, »Poljakow hätte keine zwei Hautschichten besessen, aber bei ihm war das Quadrat wirklich schwarz. Vielleicht wegen seines Alters. Fortgeschrittenes Blau ist ziemlich dunkel. Jedenfalls habe ich in diesem Moment, als er mir seine Brust zeigte, begriffen, tatsächlich vor meinem richtigen Vater zu stehen. Ich weiß nicht, warum einen das so schockiert, aber das tut es. Und dabei war der Mann, den ich bis dahin für meinen Vater hielt, ein wunderbarer Mensch gewesen, warmherzig und absolut glaubwürdig.«

»Es haut einen um, nicht wahr?«

»Das tut es«, sagte Almgren. »Dabei ist es gar nicht so wichtig, ob der, den man nun als seinen richtigen Vater erkennt, ein Versager oder Held oder ein durchschnittlicher Mensch ist, man ist überwältigt. Überwältigt und verärgert.«

»Verärgert, weil er sich so lange nicht gezeigt hat?«

»Komisch, das ist es, glaube ich, gar nicht«, meinte Almgren und schloss jetzt wieder die Reihe seiner Hemdknöpfe, »sondern dass man das Gefühl hat, teilweise eine Kopie zu sein. Klar, das ist jeder ein bisschen. Auch Poljakow hatte einen Vater und hatte eine Mutter, und möglicherweise hatte einer von den beiden ebenfalls einen quadratischen Leberfleck auf der Brust. Vielleicht sogar einen, der noch mehr an das gemalte Original herankam.«

»Wenn Sie von dem Gefühl sprechen, eine Kopie zu sein«, fragte Tonia, »meinen Sie jetzt das Quadrat auf Ihrer Brust oder eher den Umstand, im eigenen Vaters sich selbst zu erkennen, aber leider als Duplikat?«

»Duplikat ist ein hartes Wort. Aber ich meine wohl beides, das Quadrat *und* den Vater«, sagte Almgren und erzählte, wie er einen Tag später erneut mit Poljakow zusammengetroffen war, kurz bevor dieser nach Helsinki flog, um dort dem sechsten seiner acht Söhne zu begegnen.

»Er hatte ein Kunstbuch bei sich, in dem die berühmte Malewitsch-Ikone abgebildet war. Er hat sie mir gezeigt und behauptet, sein eigener Großvater sei als junger Mann in Moskau mit dem etwas älteren Malewitsch befreundet gewesen und habe möglicherweise sogar einen wesentlichen Beitrag zur Entstehung dieses Bildes geliefert.«

Poljakow hatte die Vermutung geäußert, erst das Quadrat auf der Haut seines Großvaters hätte den Anstoß gegeben, ein derartiges Objekt auch auf eine Leinwand zu bringen. Was ein guter Beweis dafür sei, dass selbst die radikalste Form der Abstraktion das Vorbild der Natur benötige. Weil eben außerhalb der Natur nichts wirklich denkbar sei.

»Das«, sagte Almgren, »habe ich dann doch für eine Legende gehalten. Allerdings hatte ich keinen Zweifel mehr, wie hier eine Generation an die jeweils nächste Generation blaue bis schwarze Muttermale vererbt.«

»Und Ihre Mutter? Was hat Ihre Mutter dazu gesagt.«

»Sie hat es zugegeben. Die Sache mit der Samenbank. Das war geschehen, noch bevor sie den Mann kennenlernte, den ich so lange für meinen Vater hielt, mir aber insgeheim immer schon dachte: So lieb ich ihn habe, doch Ähnlichkeit schaut anders aus. So was fällt einem auf, nur man sagt eben nichts. Und verdrängt es.«

Die Wahrheit, erklärte Almgren, habe darin bestanden, dass seine Mutter, die lange alleine gewesen war und es wohl auch hatte bleiben wollen – alleine, aber mit Kind – nach Holland gegangen war, um sich, man muss es so sagen, ein Kind machen zu lassen. Und das mit Erfolg. Allerdings sei sie wenig später, im vierten Monat ihrer Schwangerschaft, plötzlich dem Mann begegnet, mit dem sie sich dann doch ein Zusammenleben vorstellen konnte. Ein Mann, der rein alles akzeptieren wollte.

Was für eine Ironie des Schicksals!

»Ich glaube«, sagte Almgren, »er hätte sie auch geheiratet, wäre sie mit einem Alien schwanger gewesen. Das war übrigens das Einzige, was mich an ihm gestört hat, seine Demut. Selbst als er krank wurde und schließlich starb. Bei Poljakow hingegen ... also Demut war nicht sein Ding.«

Tonia wollte wissen, wie Almgrens Mutter auf Poljakow reagiert habe.

Almgren gestand, seiner Mutter gegenüber allein von seinem Zweifel gesprochen zu haben. Aber nicht von dem Mann, der ihn ausgelöst hatte. »Das wäre zu weit gegangen. Für meine Mutter war Poljakow ja ein völlig Fremder. Für mich nicht. Nicht wirklich.«

»Haben Sie denn auf einem Test bestanden?«, fragte Tonia. »Oder hat das Poljakow?«

»Keiner von uns. Als ich seinen blauen Nävus sah, der mehr ein schwarzer war, und der sich nur unmerklich von meinem eigenen unterschieden hat, hatte ich keinen Zweifel mehr. Und wissen Sie, ich konnte es endlich sehen. Sah die Ähnlichkeit, die Ähnlichkeit in seinem Gesicht, seinem Gang, die Art, wie er mit den Augen zwinkerte oder manchmal die Hände eine Weile in der Luft stehen ließ, als würde er predigen. Das waren Dinge, die ich von mir selbst kenne.«

»Sie haben aber nicht so viele Kinder wie er?«

»Zwei genügen, wenn man sie selbst großziehen muss.«

»Und? Haben die auch Male?«

»Nein. Es sind beides Mädchen. Wie es scheint, ist in dieser Familie der blaue Nävus eine reine Männersache. Sosehr das der Statistik widerspricht. Aber dafür ist Statistik ja auch da, dass ihr widersprochen wird.«

Wie Almgren sagte, sei ihm damals klar geworden, die Begegnung mit seinem tatsächlichen Vater insgeheim erwartet zu haben. »Und als sie dann geschah, ergab alles einen Sinn.«

Tonia, die ja einige Erfahrung mit Verlassenschaften besaß, meinte: »Das Geld ergab auch einen Sinn, nicht wahr?«

»Ja, natürlich, ich habe es genommen. Es bot sich im einzig richtigen Moment an. Ohne dieses Geld würde ich heute nicht hier stehen. Es hat mich damals gerettet. So was tut Geld manchmal. Heute könnte ich es leicht zurückzahlen, wäre das nötig. Ist es aber nicht. Ich habe kein Darlehen erhalten, sondern ein Erbe zu Lebzeiten. Von einem Mann, der das so wollte. Und der nun nicht mehr lebt.«

Poljakow war nach seinem Besuch bei Almgren auch den restlichen seiner acht Söhne begegnet und hatte sie schließlich alle nach Wien eingeladen. Was einerseits damit zu tun hatte, dass dieser Ort so ziemlich in der Mitte lag zwischen sämtlichen Wohnorten, über die seine Söhne verteilt waren. Aber auch, weil Poljakow einer von den acht besonders am Herzen lag. Und dieser eine eben in Wien lebte. Und die Wahrscheinlichkeit gering war, er würde sich aus Wien hinausbewegen.

»So ist das mit Kindern«, sagte Almgren, »auch wenn die Kinder bereits erwachsen sind und man sie eben erst kennengelernt hat. Entweder man entscheidet sich für eine Bewunderung der Stärksten und Erfolgreichsten, oder dafür, den Kleinsten und Schwächsten zu schützen. Oder den Schwierigsten. Weil der Schwierige auch der Außerordentliche ist.«

»Erler«, stellte Tonia fest.

»Erler?«

»So nenne ich ihn«, sagte Tonia. »Aber ich meine Erich Müller.«

Almgren verzog die Lippen. Als würde das schwarze Loch dahinter die Raumzeit seiner Lippen krümmen. Aus dem Loch heraus sagte er, dass Tonia vielleicht wirklich recht habe, diesen Mann Erler zu nennen.

»Einverstanden«, sagte er. »Erler also. Ich bin ihm jedenfalls nie persönlich begegnet. Dazu kam es nicht mehr. Ich will nicht sagen, dass wir anderen sieben so völlig ohne Probleme waren, ich glaube auch nicht, der Einzige gewesen zu sein, dem Poljakows Geld ziemlich gelegen kam. Aber wir waren doch alle einigermaßen ... gefestigt. Anders als Erler. Ich befürchte, in seinem Fall wäre es besser gewesen, Poljakow hätte ihn nicht gefunden und Erler wäre in einem Zustand der Bewusstlosigkeit verblieben. Er war wohl auf Drogen und Alkohol und ganz in seine Selbstzerstörung verliebt. Aber eben Stück für Stück. Eigentlich undramatisch. Einer säuft sich zu Tode. Das ist es.«

Doch erst dieses Ereignis, dem richtigen Vater begegnet zu sein, schien Müller so gänzlich aus der Bahn geworfen zu haben, eben auch aus der Bahn geordneter Selbstverstümmelung.

»Wenn einem das Leben schrecklich schwer ist«, sagte Almgren, »wird es nicht dadurch leichter, Gewissheit über seine Vergangenheit zu erlangen. Und dass diese Vergangenheit anders ist, als man dachte.«

Almgren beschrieb, wie sie alle sich in Wien trafen, in einem gemieteten Raum des berühmten Hotel Sacher. Alle bis auf Müller ... also Erler. Er war als Einziger nicht erschienen, obwohl sein Weg mit Abstand der kürzeste war. Darum hatte es ja Wien sein müssen.

»Wir sieben sind da mit Poljakow um einen feierlich dekorierten Tisch gesessen und haben uns unterhalten, teils auf Deutsch, teils auf Englisch. Poljakow aber ist immer unruhiger geworden und hat mit seinem Handy versucht, Erler zu erreichen.«

Irgendwann war Poljakow, weil der fehlende Sohn einfach nicht abhob, dazu übergegangen, Mails zu schreiben.

»Wir haben bald begriffen«, sagte Almgren, »dass da mehr schiefläuft als bloß ein Fernbleiben oder Zuspätkommen. Allerdings waren wir natürlich entsetzt, als Poljakow erklärte, unser Bruder sitze in einem Kino und behaupte, er trage eine Waffe bei sich und wolle seinem Leben ein Ende setzen. Wir sind dann alle sofort aufgebrochen, um hinüber zu diesem Kino zu fahren. Aber als wir dort ankamen, war es bereits geschehen und das Gebäude von der Polizei abgesperrt. Es ist absurd, aber ich kann mich in erster Linie an dieses große Plakat erinnern, auf dem man Tom

Cruise sieht. Ich kann seither Tom Cruise nicht sehen, ohne an diesen Abend zu denken. Ich kann auch keine Quadrate sehen, ohne ...«

»Wie kommt es dann, dass Sie Ihre Hemden auf diese Weise schmücken?«

»Es ist wie ein Familienwappen. Es hat etwas Zwanghaftes wie alles Familiäre. Sie können mich aber auch einen Snob nennen.«

»Sollen Sie mir darum leidtun?«

»Was wollen Sie überhaupt?«, fragte Almgren.

»Wenn wir schon bei der Familie sind«, sagte Tonia, »das Quadrat auf Erlers Brust, das war kein Nävus, sondern ein Tattoo. Fragen Sie einmal die Polizei. Ein Tattoo! Und zwar eines, das nicht nur einfach Malewitschs Gemälde ein bisschen ähnlich sah, sondern wirklich und wahrhaftig eine Miniatur des Originals.«

»Haben Sie es denn gesehen?«

»Das habe ich. Glauben Sie mir!«

Almgren meinte, dies würde seinen Verdacht bestätigen, Erler sei gar nicht wirklich ein Sohn Poljakows gewesen. Dass irgendein Irrtum sich eingeschlichen habe. Oder aber es einfach so gewesen war, dass Erler als einziger von den acht Söhnen das Muttermal nicht geerbt hatte. Sieben schon, er aber nicht. Und es sich darum hatte stechen lassen. Ein schwarzes Quadrat auf weißem Grund.

»Auf diese Weise«, sagte Almgren, »kam Erler seinem Vater eigentlich viel näher als wir anderen. Dank einer perfekten Fälschung, die wie nichts anderes dem Original entspricht. Dem Original auf Poljakows Brust. So gesehen war Erler der vollkommene Sohn.«

Tonia lachte. Es war ein Ekel in ihrem Lachen. Sie sagte: »Das ist sensationell, die Vorstellung, wie sehr alleine eine Fälschung imstande ist, ein Erbe zu rechtfertigen. Nur muss man sich dann fragen, wieso Erler – Ihr perfekter Erler! – nicht zu dem Treffen im Hotel Sacher erschienen ist.«

»Ich kann da nur spekulieren«, antwortete Almgren. »Vielleicht fehlte ihm die Kraft zur Versöhnung. Denn natürlich geht es immer auch um Versöhnung. Für uns andere war das Geld ein Mittel der Versöhnung. Das mag zynisch klingen, aber so ist es.

Doch ganz offensichtlich war das kein Weg, den dieser Mann hat gehen können. Sosehr er versucht haben mag, dem Vater nahe zu sein, indem er sich ein schwarzes Quadrat auf die Brust hat stechen lassen.«

»Hat denn Poljakow nie mit der Polizei gesprochen?«

»Nein. Soweit ich weiß nicht.«

»Und Sie und die anderen ebenso wenig.«

»Was hätten wir denen erzählen sollen? Dass Erler vielleicht gar kein richtiger Amokläufer ist, dass es nie sein Plan war, irgendjemanden außer sich selbst zu töten? Kein Attentat, sondern ein auf fürchterliche Weise gescheiterter Selbstmord. Was ja erst zu beweisen gewesen wäre.«

»Was soll das heißen: kein Amokläufer? Erler hat in diesem Kino um sich geschossen, bevor er sich selbst gerichtet hat. Und auch nur, weil er nicht mehr fliehen konnte.«

»Woher können Sie das wissen?«

Anstatt zu antworten, sagte Tonia: »In der letzten Mail, die Poljakow geschickt hat, schrieb er: Tu es endlich!«

»Noch einmal, woher wissen Sie das? Was haben Sie überhaupt mit der Geschichte zu tun?«

»Das kann ich Ihnen sagen. Meine Nichte starb in diesem Kino. Durch eine Kugel Erlers.«

Almgren blinzelte nervös. Erneut griff er nach einem Zigarillo, wie um sich daran festzuhalten, dann setzte er sich auf einen Stuhl seitlich des Sofas, auf dem Tonia noch immer mit so eng gesetzten Beinen saß, dass kein Traum und kein Gedanke dazwischengepasst hätte.

»Ich weiß wirklich nicht«, sagte er, »was genau Poljakow Erler damals geschrieben hat. Aber ich kann mir kaum vorstellen, dass es eine Aufforderung an Erler war, sich endlich das Leben zu nehmen. Und noch weniger die Aufforderung, dabei andere Menschen mit in den Tod zu ziehen. – Woher wissen Sie das mit den Mails überhaupt. Von der Polizei?«

Es war das, was Tonia gemeint hatte zu lesen. Und was sie in höchste Alarmbereitschaft versetzt hatte. Der Moment, bevor sie gehandelt, über den Sitz gesprungen und auf ihn zugestürzt war.

Eine Sekunde vielleicht, nicht viel mehr. Eine Sekunde, in der sie ihn erreicht hatte und in der ein Schuss gefallen war. Und eine weitere Sekunde, in der sie ihn umklammert und mit ihm die kurze Brüstung hinuntergestürzt war, eine Sekunde fataler Bewegung, in der Erler zwei weitere Schüsse hatte abgeben können.

Abgeben?

War das das richtige Wort?

Oder hätte an diese Stelle ein anderes Wort gehört, nämlich: gelöst? Zwei Schüsse, die sich *gelöst* hatten.

Das war es doch, was Tonia so gefürchtet hatte, irgendwann zu begreifen – es nicht nur zu ahnen, sondern unumstößlich einsehen zu müssen –, dass Erler nie vorgehabt hatte, Menschen zu erschießen. Dass alle drei Kugeln im Zuge ihres Eingreifens den Lauf verlassen hatten. Und somit – wie Almgren es ausgedrückt hatte – ein »fürchterlich gescheiterter Selbstmord« geschehen war. Ja, selbst die vierte Kugel, die, die sich Erler in den eigenen Kopf gejagt hatte, hatte er erst abgeben können, nachdem sie, Tonia, ihn mit den Worten aufgefordert hatte: »Schieß endlich, du Mistkerl!« Und ihm so erlaubt hatte, auf eine Weise Schluss zu machen, die ihm drei Kugeln lang verwehrt geblieben war und den Tod Emilies bewirkt hatte.

Wenn Tonia so hartnäckig die Spur eines schwarzen Quadrats verfolgt hatte, dann in der Hoffnung, auf ein Komplott zu stoßen, auf den Beweis dafür, Erler habe im Auftrag gehandelt. Dass es sein Plan gewesen war, Menschen zu töten, Politik zu machen, Politik zumindest vorzutäuschen, und es letztlich der viel zu geringen Opferzahl zu verdanken gewesen war, dass das politische Moment ohne Bedeutung geblieben war.

Nicht, dass es je ihr Wunsch gewesen war, sich irgendwie freizusprechen, aber doch die eigene Schuld aus der fremden schöpfen zu können. Aus einem dunklen Hintergrund heraus. Was sich nun aber mit großer Sicherheit sagen ließ – und sie war sich sicher –, war, wie sehr sie mit ihrer Schuld alleine bleiben würde. Und wie ungeheuerlich diese in Wirklichkeit war.

Die einzige Person, die es verdient hätte, an diesem Nachmittag von Erler getötet zu werden, war sie selbst, Tonia.

Und das sagte sie jetzt auch: »Er hätte mich damals erschießen sollen. Und zwar augenblicklich. Ich dachte immer, ich war zu langsam. Aber er war es, der zu langsam war. Er hätte mich aufhalten müssen.«

»Wie? Sie waren dort?«

»Ich hatte meine Nichte ins Kino begleitet.«

Erst jetzt begriff Almgren den Zusammenhang. Ihm war ja nicht bewusst gewesen, dass die Frau, deren heldenhaften Einsatz die Medien gefeiert hatten, mit dem jungen Mädchen, das sterben musste, verwandt gewesen war. »Sagen Sie nicht, Sie waren die Frau, die ihn …«

»Ich saß genau hinter ihm«, erklärte Tonia, »hinter Erler. Als er die Waffe hervorzog, habe ich versucht, ihn zu überwältigen. Ich war doch überzeugt, er würde um sich schießen. Aber erst mein Eingreifen hat ihn gehindert, sich augenblicklich eine Kugel in den Kopf zu jagen. Sich zu töten, ohne irgendjemand anderen zu treffen.«

Almgren entgegnete: »Das hätte er dann aber besser zu Hause gemacht.« Und fügte nach einer kurzen Pause an: »So sicher ist das alles nicht. Wir können nicht wissen, was ihn letztlich angetrieben hat. Menschen bringen sich um und nehmen andere mit, das geschieht.«

»Hören Sie auf, mich beruhigen zu wollen. Was denken Sie denn, warum wir hier sitzen? Warum ich Ihr Hemd gefunden habe?«

»Welches Hemd haben Sie gefunden?«, fragte Almgren und schaute an sich herunter, unsicher, ob Tonia nun das Hemd meinte, das er soeben trug, oder aber ein anderes.

Doch anstatt eine Antwort zu geben, fragte Tonia: »Glauben Sie, es war ein Zufall, dass ich Büglerin wurde?«

Almgren öffnete seine Hände zu einer hilflosen Geste.

»Wir sind uns begegnet«, sagte sie. »Aber sicher nicht aus dem Grund, damit ich etwas über die Zukunft bemannter Raumfahrt erfahre. Das Schicksal schafft Fügungen, damit jeder von uns begreift, was zu begreifen ist. Oder begreift, was er längst geahnt hat. Das haben Sie doch selbst gesagt, oder?«

»Na, ich habe geahnt, dass der blaue Fleck auf meiner Brust mehr bedeutet als ein Missgeschick meiner Dermis.«

»Und ich habe geahnt«, fügte Tonia an, »dass meine Schuld weit größer ist, als bloß meine Nichte Emilie nicht gerettet zu haben. Viel schlimmer! Das weiß ich jetzt. Ich habe aus einem Selbstmörder einen Mörder gemacht und mich dazu. Wenn man es genau betrachtet, haben wir – Erler und ich – diese Schüsse gemeinsam abgegeben. Mit dem Unterschied, dass Erler keine Schuld trägt. Er konnte nichts dafür, sich nicht auf die geplante Weise umbringen zu können. Ich schon.«

»Ich flehe Sie an«, sagte Almgren, »wenn es eine Schuld gibt, dann auch eine Unausweichlichkeit. Was hätten Sie denn tun sollen? Zusehen, wie der Wahnsinnige vielleicht bloß seine Waffe reinigt, vielleicht sich damit erschießt, vielleicht andere, vielleicht auf die Kinoleinwand zielt und Tom Cruise erschießt, vielleicht bis zum Ende des Films damit herumfuchtelt? Sie mussten handeln. Im Nachhinein sind wir alle immer gescheiter. Im Nachhinein müsste man sagen, Poljakow hätte, als er nach seinen Kindern suchte, nur sieben Söhne, nicht acht finden sollen.«

»Ach was«, sagte Tonia, »er hätte früher anfangen sollen zu suchen.«

Jedenfalls könne sie auf solche Ausreden verzichten. Ein Vielleicht würde es immer geben. Es gebe aber auch eine Verantwortung, die eigene Dummheit zu erkennen. Wie dumm es von ihr gewesen war, überhaupt einzugreifen.

Tonia erzählte davon, ihr halbes Leben darauf ausgerichtet zu haben, für einen bestimmten Moment gewappnet zu sein. Weil sie sich immer sicher gewesen war, etwas würde geschehen.

»Ich habe nur nicht verstanden«, sagte sie, »dass es nicht darum geht zu handeln, sondern vielmehr darum, mich unter Kontrolle zu bringen. Ruhig statt panisch zu sein. Ich hätte begreifen müssen, wie sehr der Sinn meines ganzen Trainings, der ganzen ewig langen Vorbereitung, darin hätte bestehen müssen, *nichts* zu tun. Und diesen unglücklichen Mann sich umbringen zu lassen.«

»Meine Güte«, stöhnte Almgren, »Sie sind völlig unfair gegen sich selbst.«

»Ja, das bin ich ganz sicher«, sagte Tonia. Sie sagte es mit einer gewissen Zufriedenheit in ihrer Stimme.

Sie erhob sich und ging hinüber zum Schreibtisch, auf dem eine offene Packung Zigaretten lag. Sie zog eine heraus und kommentierte: »Die erste seit zehn Jahren. Wobei ich nicht damit aufgehört habe, um länger zu leben. Sondern um leichter zu atmen, wenn ich einmal sterbe.«

Sie führte die Zigarette zum Mund und schob sie sich wie ein Lesezeichen zwischen ihre Lippen. Almgren bot ihr Feuer an. Doch Tonia nahm die Zigarette wieder aus dem Mund und meinte: »Das eigentliche Wohlgefühl findet gar nicht so sehr beim Rauchen statt. Was eigentlich so guttut, ist, etwas zwischen den Fingern zu halten. Etwas derart Leichtes. Leichtes und trotzdem Stabiles.«

»Da könnten Sie auch ein Papierröllchen nehmen oder einen dünnen Ast.«

»Ja, aber die Zigarette fühlt sich so angenehm an wegen des Tabaks. Es kommt einem vor, als sei da eine ganze Sippschaft, ein kleines Dorf im Inneren, versammelt.«

Das war ein merkwürdiger Vergleich, der sich aber erklären ließ, wenn man wusste, unter welchen Verhältnissen Tonia aufgewachsen war.

Almgren wusste es nicht. Er fragte: »Was soll das heißen? Dass Sie das Dorf nicht anzünden wollen?«

Darauf war schwer eine Antwort zu geben. Stattdessen erkundigte sich Tonia, ob sie das zuvor richtig verstanden habe. »Poljakow lebt nicht mehr?«

»Ja, er starb ein Jahr nach den Vorfällen in Wien«, antwortete Almgren. Und fügte an: »Eine Krankheit, an der er bereits litt, als er angefangen hat, überall auf der Welt nach seinen Kindern zu suchen. Er starb in Island, soweit ich weiß. Was doch eine ziemliche Pointe darstellt, weil schließlich auch dieser irre Schachspieler, Bobby Fischer, in Island starb. Passender wäre wohl Sankt Petersburg gewesen.«

»Weil dort Malewitsch starb, nicht wahr?«

»Genau.«

»Gut«, sagte Tonia, »jetzt kenne ich mich aus und brauche Sie nicht länger wegen Ihres Hemds und wegen des Quadrats auf Ihrer Brust zu belästigen.«

Tonia legte die ungerauchte Zigarette zur Seite, erhob sich und bewegte sich auf die Türe zu. Ganz in Schwarz, mit den Ohrringen ihrer Mutter, ein Tabakvolk zurücklassend, und ganz im Bewusstsein der Wiener Geschehnisse.

Als sie ging, spürte sie Emilies Hand auf ihrer Schulter. Emilie, die ihr verzieh. Die ihr schon immer verziehen hatte. Nur Tonia selbst verzieh sich nicht. Nicht nach diesem Abend. Und schon gar nicht – und das ist die eigentliche Wahrheit –, weil auch ein Trost darin lag, sich nicht verzeihen zu können.

Draußen kam ihr Dyballa entgegen. Sie war jetzt wirklich froh, ihn zu sehen. Sie spürte seine Freundschaft, sie spürte, wie dieser Mann sie in Zukunft schwimmend und redend und helfend begleiten würde, ohne darum den Anspruch zu haben, in irgendeiner Form mit ihr verschmelzen zu wollen. Was ja selten zu einer schöneren Form von Lebewesen führt, wenn zwei Gestalten ineinanderfließen. Oft kommt etwas heraus, was an jene Gebilde erinnert, die beim Bleigießen entstehen und denen wir mit Ach und Krach eine Bedeutung verleihen.

»Ich habe dich gesucht«, sagte Dyballa. »Ist alles in Ordnung?«

»Nein«, antwortete Tonia, »in Ordnung nicht. Aber notwendig. Und nichts, worüber wir sprechen müssen.«

Dyballa schob seine Hände nach vorn, so als wäre in einer davon eine kleine Überraschung und die andere leer, und sagte: »Vielleicht klingt das jetzt ein bisschen pubertär. Aber soll ich diesem Almgren die Zähne ausschlagen?«

»Würdest du das tun?«

»Schau dir diese Hände an«, sagte er und öffnete sie. In der Tat waren es die Hände eines Möbelpackers. Ja, diese Hände, die täglich Obst und Gemüse auswählten und ordneten, wären in der Lage gewesen, Schaden im Gesicht Almgrens anzurichten.

»Das ist lieb von dir, danke«, erwiderte Tonia, »aber nicht nötig. Almgren ist doch bloß ein …«

Welches Wort war es, das sie jetzt hatte benutzen wollen? Es war verschwunden, einfach weg. Aber was soll's? Da waren ja noch immer genügend andere vorhanden, man könnte sagen: am Leben.

Eins von den Wörtern, die noch am Leben waren, hieß Müdigkeit.

Tonia erklärte, es sei spät geworden, sie sei müde und wolle fahren.

»Natürlich«, nickte Dyballa.

Sie gingen zusammen hinüber zu Hotter, um sich zu verabschieden. Der alte Professor wollte ihnen das Versprechen abnehmen, demnächst wieder vorbeizukommen, um einen kürzlich bestellten uralten *Balvenie* zu kosten.

Doch Tonia lehnte ab. Der Besuch heute, sagte sie, sei eine Ausnahme gewesen. Und ein wesentliches Prinzip der Ausnahme bestehe darin, sich nicht zu wiederholen. Es tue ihr leid, aber entweder sei sie weiterhin die Büglerin oder eine gute Bekannte, die hin und wieder auf einen Whisky vorbeikomme.

Hotter presste die Lippen zusammen, meinte dann aber: »So wichtig der Whisky auch ist, das Bügeln ist wichtiger.«

Das war somit erledigt. Dyballa und Tonia traten ins Freie. Zwischen ein paar dünnen Nachtwolken lag der Sternenhimmel deutlich unverschmutzt. Tonia zeigte nach oben und nannte ein paar Namen. Schottische und irische Whiskymarken. Womit sie also – umgekehrt zu ihrem üblichen Verfahren der Benennung hochprozentiger Destillate – den fernen Sonnen die Namen irdischer Güter verlieh.

In ihrer Stimme war eine sonderbare Fröhlichkeit.

Was sie abschließend sagte, es murmelte, verstand Dyballa nicht ganz. Es klang so wie »frei von Schuld«. Nein, was sie sagte, war: »Frei von Unschuld.«

Dyballa erkundigte sich: »Soll ich fahren?«

»Hast du Angst?«, fragte Tonia zurück.

»Ein bisschen.«

»Angst gehört dazu«, meinte die Büglerin, nahm hinter dem Steuer Platz, startete den Wagen und ließ das Verdeck herunter, damit man einen freien Blick auf das von Schotten und Iren besetzte Firmament hatte.

Dyballa setzte sich neben sie. Über leere Straßen gelangten sie nicht ohne Geschwindigkeitsüberschreitung, aber gänzlich unbeschadet hinunter nach Heidelberg.

11

Mein Gott, wie sehr hatte Tonia den Mann gehasst, dem sie den Namen Erler gegeben hatte. Doch von diesem Hass war allein jener Vorwurf geblieben, den Siem Almgren ausgesprochen hatte, es gebe bessere Orte, sich umzubringen, als ein gut besuchter Kinosaal.

Trotz eines weiteren Telefonats mit Peter Halala ließ sich nicht klären, ob der Mann, mit dem Erler vor seinem »Kino-Tod« mehrere Mails ausgetauscht hatte, wirklich »Verdammt noch mal. Tu es endlich!« geschrieben hatte. Oder ob es nicht viel eher geheißen hatte »Verdammt noch mal. Tu es nicht!«.

Sicherlich, diese beiden Begriffe waren unterschiedlich lang, und dennoch besaßen sie einen ähnlichen Schwung. Man brauchte nur rasch zwischen ihnen hin- und herzuschauen, dann sah man es. Tonia konnte nicht ausschließen, die beiden Wörter verwechselt zu haben, ein »endlich« gesehen zu haben, wo ein »nicht« gestanden hatte. Einen Irrtum begangen zu haben, aus ihrer Erwartung heraus, etwas Schreckliches würde geschehen.

Ein Zyniker könnte anfügen: *endlich* geschehen.

Aber selbst wenn Poljakow tatsächlich eine Aufforderung zum Handeln formuliert hatte, so allein aus dem Grund, seinen achten Sohn – seinen schwierigen Sohn – nicht weiter daran hindern zu wollen, den angekündigten Selbstmord auch zu begehen.

Das wäre das Schlimmste gewesen, was man diesem Mann hätte vorwerfen können. Dennoch war Tonia bemüht, noch etwas mehr über ihn zu erfahren. Aber die Biografie des Russen stand tief im Schatten der Weltgeschichte. Als wirklich konkret erwies sich allein das auf acht Personen verteilte Vermögen, ohne dass allerdings ruchbar wurde, wohin der achte, der Erler'sche Teil, gekommen war. Immerhin gelang es Tonia herauszufinden, dass man Poljakow auf dem gleichen Friedhof beerdigt hatte wie Bobby Fischer, nämlich im südwestisländischen Laugardælir. Es bestand sogar eine Erklärung der Friedhofsverwaltung, Poljakows sterbliche Überreste seien entsprechend einer beiderseitigen Verfügung im Grab des 2008 verstorbenen Schachgenies und letztendlichen Amerikahassers Bobby Fischer beigesetzt worden. Allerdings erinnerte keinerlei Inschrift an Poljakow, was bei seinem so gut wie anonymen Leben und seiner so gut wie unscheinbaren Fortpflanzung nicht überraschte.

Und wo lag Erler begraben?

Tonia wusste es nicht und würde es auch nicht in Erfahrung bringen.

Erler verschwand aus ihrem Schuldgefühl. Er fiel geradezu heraus, hörte auf, Teil ihrer Verantwortung zu sein. Sie war nun ganz alleine damit. Ohne dunklen Hintergrund. So, wie sie alleine war, wenn sie die Wäsche der anderen bügelte. Immer nur die der anderen. Es blieb eines ihrer Geheimnisse, dass sie niemals für sich selbst bügelte. Und zu diesem Zweck auch niemand anderen beschäftigte. Natürlich nicht. Nein, ihre eigene Wäsche blieb zwar nicht ungewaschen, aber doch ungebügelt. Was keinem auffiel, weil keiner es sich vorstellen konnte.

Erler verschwand also aus ihrem Bewusstsein. Es blieb das schwarze Quadrat. So, wie der Himmel bleibt und das Wetter und die Erinnerung an das Wetter von früher.

Mit Siem Almgren kam Tonia nicht mehr zusammen. Zudem unterließ sie es einige Monate lang, für Marlen Kreutzer zu bügeln, auch wenn es ungerecht war. Derart ungerecht, dass sie sich gegen Ende des Jahres dann doch umentschied und wieder anfing, der Bügelwäsche der Astronomin die gewohnte Glätte und Geschmeidigkeit zu verleihen. Umso mehr, als Tonia erfuhr, dass in der Zeit während dieser Bügelpause einiges im Leben Kreutzers schiefgegangen war. Nicht zuletzt die Beziehung zu Clarissa Almgren. Das mochte reiner Zufall sein, reine Psychologie, reiner Unsinn oder Teil einer schwer durchschaubaren Alltagsmagie (die auch denen zustößt, die nicht an so was glauben, aber Unglaube ist halt nun mal kein wirklicher Schutz). Jedenfalls fühlte sich Kreutzer wie von einem Fluch befreit, als Tonia Schreiber wieder regelmäßig jeden Donnerstag in der Früh bei ihr erschien, um ihr Bügelbrett aufzustellen und all den Tüchern und Blusen und Röcken und Kleidern »zu Hilfe zu kommen« (so hatte es einmal der Priester, dessen Messgewänder Tonia bügelte, ausgedrückt). Was aber völlig ausblieb, war das nochmalige Auftauchen eines Männerhemds in Kreutzers Wäsche. Kein Hemd und kein kleines schwarzes Quadrat an irgendeiner Stelle.

Nur zwei Wochen nach der Sommergesellschaft auf dem Hotter'schen Anwesen flogen Dyballa und Tonia nach Mallorca, um Dyballas Tochter Vivien zu besuchen. Eigentlich hatte Vivien ja geplant, im Anschluss an die Hochzeit ihrer besten Freundin in Heidelberg vorbeizuschauen, aber wie sie mitteilte, zwangen diverse Umstände sie, gleich nach den dreitägigen Feierlichkeiten nach London zu reisen. Wohin aber Dyballa nicht wollte, und auch seiner Tochter war es offensichtlich lieber, ihren Vater am Meer zu sehen. Jedenfalls bat sie ihn, nach Mallorca zu kommen. Er kam. Und bat seinerseits Tonia, ihn zu begleiten.

Es ist nicht einfach, wenn ein Mann und eine Frau Freunde sind. Die Welt scheint im Großen und Ganzen für eine Freundschaft zwischen den Geschlechtern nicht konzipiert. Kaum jemand, der eine solche Verbindung ernst nimmt. Jeder wittert etwas anderes als das, was es ist.

So ist es schon einmal recht schwierig, sich und die befreundete Person anderen Menschen vorzustellen, dabei aber Irrtümer vermeiden zu wollen. Vor allem, wenn man nicht bereit ist, die Freundschaft kleinzureden und sie zum Begriff der Bekanntschaft zu verzwergen. Eine Distanz zu betonen, die gar nicht vorhanden ist. Als würde jemand, der zwischen den Seiten eines alten Buchs eine Originalzeichnung von Renoir entdeckt, von einer mittelmäßigen Kopie sprechen, nur damit ihm die Leute eher glauben.

»Tonia ist meine beste Freundin.« So einfach pflegte es Dyballa mitzuteilen, und hoffte, durch die Verwendung von *beste* – statt etwa *einzige*, was ebenso stimmte, aber das Missverständnis nur noch verstärkt hätte –, klärend zu wirken. Und genau so sagte er es auch seiner Tochter, als er sie anrief und ihr ankündigte, er wolle nach Mallorca kommen. Nicht alleine, sondern eben mit Tonia, seiner besten Freundin, die genau das sei, nicht mehr und nicht weniger.

In Viviens begeisterter Reaktion war deutlich zu spüren, wie sehr sie die Ausführungen ihres Vaters bezüglich Frau Schreiber für eine Untertreibung hielt. Und gerne glaubte, ihn demnächst verheiratet zu sehen, nicht mehr und nicht weniger. Es freute sie, ihren Vater auf diese Weise aufgehoben zu sehen.

Aber gut, Töchter kann man beizeiten aufklären. Viele andere Bereiche hingegen bleiben vollkommen blind gegen die Freundschaft von Mann und Frau. Zum Beispiel Hotelzimmer. Natürlich, es gibt Einzelzimmer, aber Einzelzimmer sind eben für Leute, die alleine sind. Es gibt keine Zimmer für Freunde, außer vielleicht in Gegenden, wo man noch getrennte Betten führt, dort wiederum ist nichts so unerwünscht wie ein unverheiratetes Paar.

Obgleich Dyballa nun anbot, für die geplanten drei Tage irgendwo in Palma oder nahe Palma je ein Zimmer für sich und Tonia zu buchen, prallte dies ab an den Organisatoren der Hochzeit. Den Eltern der Braut, reiche Londoner Juden, die ein Hotel in Cas Català für die Tage der Feierlichkeiten zur Gänze angemietet hatten, um Gäste aus aller Welt in den neunundzwanzig Zimmern des Hauptgebäudes – ein Palast aus den späten Vierzigerjahren – sowie den zweiundzwanzig Zimmern des dahinter gelegenen modernen Nebengebäudes unterzubringen. Und die es sich nicht nehmen ließen, die gewissermaßen quer eingestiegenen »Eltern« der Freundin ihrer Tochter ebenfalls dort einzuquartieren.

Sosehr Dyballa meinte, sein Verhältnis zu Tonia Schreiber eindeutig dargelegt zu haben, wollte das offensichtlich niemand hören und niemand verstehen. Und als die beiden dann nach einer einstündigen Zugfahrt von Heidelberg nach Frankfurt, einem zweistündigen Flug nach Palma und einer halbstündigen

Taxifahrt zum Hotel an der Rezeption begrüßt wurden, stellte sich heraus, dass selbstverständlich ein Doppelzimmer für sie beide reserviert worden war. Ein sehr schönes, und ja, mit einem überaus geräumigen und komfortablen und eigentlich nur durch eine Säge zu trennenden Doppelbett. Aber nirgends eine Säge in diesem Fünf-Sterne-Hotel.

An der Rezeption herrschte einiger Betrieb, weil eine Vielzahl von Hochzeitsgästen gleichzeitig eingetroffen war und andere, die schon vorher gekommen waren, diese begrüßten. Zudem gab es Wünsche, Bestellungen, Nachfragen. Und irgendwie war es Dyballa unmöglich – dabei sprach die Dame am Empfang ein ausgezeichnetes Deutsch – darzulegen, dass Tonia weder seine Frau noch seine Lebensgefährtin sei, sondern seine Freundin. Zu sagen »eine« Freundin, wäre auch komisch gewesen, denn es gab ja nicht etwa mehrere, und hätte es mehrere gegeben, wieso es hervorheben? Jedenfalls stellte sich heraus, dass Einzelbetten in Doppelzimmern durchaus im Programm standen, aber das reservierte Zimmer sei nun mal …

»Alles in Ordnung«, mischte sich Tonia ein, berührte auf besänftigende Weise Dyballas Unterarm und erklärte der Hotelangestellten, man werde sich schon arrangieren. Dann äußerte sie, wobei ihr Blick über die Halle glitt, es habe sich doch sehr viel geändert.

»Nun …«, zögerte die Hotelangestellte ganz kurz und meinte schließlich, seit der Eröffnung 2002 hätte es eigentlich keine wesentlichen Neuerungen gegeben, aber man sei selbstverständlich bemüht, laufend …

Tonia lachte und sagte, sie meine eine sehr viel frühere Zeit.

»Sie kennen das alte Hotel?«

»Ja, es ist mir wirklich erst jetzt klar geworden, dass ich schon einmal hier war. Mit sieben oder acht Jahren. Also, das muss dann neunzehneinundachtzig oder zweiundachtzig gewesen sein. Eine Nacht nur. Mit meinen Eltern natürlich. Wir sind am nächsten Tag weitergesegelt.«

Sie könne sich deshalb so gut erinnern, sagte sie, weil sie zu dieser Zeit praktisch nie woanders als an Bord des elterlichen

Schiffs geschlafen habe. Doch in dieser einen Nacht hatten ihre Eltern unbedingt im Hotel bleiben wollen. In erster Linie wohl wegen der berühmten Sammlung von Whiskys, dem sogenannten *Whisky Corner.*

»Eine wunderbare Ecke für meine Eltern«, sagte Tonia. »Aber die existiert wohl nicht mehr. Oder doch?«

»Nein, leider, dafür haben wir eine sehr schöne Bar. – Darf ich Ihnen nun Ihr Zimmer zeigen? Es ist vis-à-vis im Neubau, aber Sie werden es mögen, auch wenn es mir jetzt besonders leidtut, Ihnen kein Zimmer hier im Haupthaus anbieten zu können. Es ist alles sehr strikt eingeteilt.«

»Das ist schon in Ordnung, das Meer ist ja das gleiche.«

Ganz richtig war das nicht. Aber es war schon klar, was Tonia meinte. Vorbei an den Bögen der Arkaden sah man auf ein Meer, das sich zumindest in einem optischen Sinne seit den Achtzigerjahren des zwanzigsten Jahrhunderts kaum verändert hatte. Und das wahrscheinlich auch in den Sechzigern, als hier Leute wie Errol Flynn und Ava Gardner residierten, nicht viel anders gewesen war. Und damit auch der Blick nicht, der an den Säulen vorbei den Eindruck einer würdevoll gerahmten Wassermasse ergab. Eines mehrfach unterbrochenen Streifens, der alles aus der Farbe Blau herausholte, was in ihr steckte, mitunter auch jenes Schwarz, welches Malewitsch meinte.

Vom Haupthaus aus, das in früheren Zeiten als Treffpunkt eines »oldschool Jetset« gegolten hatte und inzwischen eher die Bedürfnisse einer neuen Schule alter und junger Liebespaare nach Komfort, Design und ewig langen Frühstücken auf der Terrasse befriedigte, wurden Tonia und Dyballa durch eine Unterführung hinüber zum Neubau geleitet, in dem sich ihr Zimmer und darin ihr *unverbrüchliches* Doppelbett befand. Zudem unter einer Speiseglocke angerichtete Scheiben von feinem rohen Schinken, zwei nur durch ein Glas vom Bett getrennte Waschbecken und eine auf einem Podest freistehende Badewanne, wobei Tonia als Erstes jene Haarbürste aus ihrer Tasche zog und auf dem Bord ablegte, in der sich etwas vom rotblonden Haar Emilies fand.

Der Raum verfügte außerdem über eine famose Zimmerwand

aus rötlichem, unbehauenem Stein sowie über einen kleinen Ein-Mann-und-eine-Frau-Pool in der Vertiefung des Balkons. Und auch hier der Blick aufs Meer, halb verstellt vom palastartigen Haupthaus.

Tonia und Dyballa offenbarte sich die angekündigte Geschlossenheit des Bettes. Zwar gab es einen kleinen Tisch und zwei hübsche Sessel, aber nicht etwa ein Sofa, auf das Dyballa hätte ausweichen können. Zudem verfügte dieses Bett über eine durchgehende Decke. Ungemein breit, die Decke, keine Frage, aber so unteilbar wie die darunterliegende Matratze.

Es wurden ganz wunderbare Tage, sosehr Dyballa mit der Hitze zu kämpfen hatte, die nicht weniger anstrengend war, wenn man einen Anzug trug. Andererseits bot das Meer genau jene Erfrischung, die Dyballas Körper mehr entgegenkam als jegliches Medikament.

In dieses Meer sprang er. Zusammen mit Tonia. Gleich am ersten Abend wie dann auch zeitig am darauffolgenden Morgen. Sie begaben sich also nicht etwa in das elegante Bassin des Haupthauses, dessen äußere Breitseite gegen das Meer angrenzte, sondern direkt in die darunterliegenden Fluten. Wie drüben auf dem europäischen Festland – oben auf dem Köpfel über Heidelberg – schwammen sie in der gleichen harmonisch-geordneten Weise nebeneinander her: Dyballa immer eine Viertellänge hinter Tonia (und hätte man sich die Mühe gemacht nachzumessen, hätte man festgestellt, dass diese Viertellänge sich auf eine Körpergröße bezog, die genau in der Mitte zwischen Tonia und Dyballa lag). In dieser Manier eines »Doppels« kraulten sie hinaus aufs offene Meer, dann an der Küste entlang und schließlich in einer etwas näher am Ufer gelegenen Strecke wieder zurück zum Hotel.

Am Abend ihrer Ankunft trafen sie nur kurz mit Vivien zusammen, offensichtlich hatte Dyballas Tochter einiges zur Vorbereitung der Hochzeit ihrer besten Freundin beizutragen. Doch am nächsten Morgen, nachdem Dyballa und Tonia wieder aus dem Meer gekommen waren, empfing Vivien sie auf der Frühstücksterrasse, wo man zu dritt an einem reservierten Tisch Platz nahm.

Vivien war wirklich ein Schatz. Und in der Tat ein ziemlich mächtiges Weib. Hübsch, aber mit einem Körperbau, der Tonia an einen Vortrag erinnerte, den sie Anfang der Neunziger in Berlin gehört hatte und der den provokanten Titel *Der weibliche Körper in der Großplastik der griechischen Antike – Die Frau, ein »verunglückter Mann«?* getragen hatte. Nur dass Tonia angesichts der groß gewachsenen, breitschultrigen, muskulösen, aber in ihrem Gang und ihrer Haltung ungemein grazilen, keineswegs androgynen Vivien eher einen Titel wie *Die Frau als endlich geglückter Mann* gewählt hätte. Vivien war überaus redselig, ohne aber geschwätzig zu werden. Nicht einmal, als sie von Walter Berry schwärmte oder über Rugby sprach und dabei übersah, dass weder ihr Vater noch Tonia die Grundregeln dieser Sportart annähernd durchschauten.

Wenn Vivien redete, dann wechselte sie zwischen dem Deutschen und dem Englischen, manchmal auch fügte sie französische Phrasen ein. Oder verwendete kurz ein Wort aus dem Hebräischen, dabei war sie selbst keine Jüdin. Das hatte schon etwas Abgehobenes, passte aber ganz gut an diesen Ort und schien frei von der Pose polyglotter Verachtung für die Einsprachigkeit Einsprachiger. Sie war nun mal eine Person, aus der es heraussprudelte. Vivien war eine Fontäne des Erzählenden.

Es blieb Tonia aber nicht verborgen, dass in dieser Fontäne bei aller Freude am Leben auch eine Traurigkeit steckte. Gleich, als sie Vivien das erste Mal gesehen hatte und die beiden einander wie Mutter und Tochter in die Arme gefallen waren, hatte Tonia gespürt, wie aus diesem robusten und lebensfreudigen Körper eine dunkle Note herausglitt. Ein einzelner Ton im Widerspruch zu allen anderen, die im Hellen und Lichten und Vitalen vereint waren.

Es ist eine eigentümliche Überlegenheit, die vom Einzelnen im Vergleich zum Massenhaften ausgeht. Der Unterschied zwischen Solo und Chorgesang.

Markantes Solo!

Es war schlichtweg die Nähe des Todes, die Tonia aus dieser hübschen, jungen, so kräftigen und kraftvollen Frau praktisch heraushörte. Eine Note, deren Gestalt einen durchaus an ein kleines, schwarzes Quadrat erinnern konnte.

Tonia hätte jetzt nicht sagen können, auf wen der Tod, den sie in Vivien so nahe und drängend spürte, ursprünglich konzentriert gewesen war. Auf Dyballa? Auf Viviens Mutter? Auf deren Filmstar-Ehemann? Oder doch auf jemanden von den Alten und sehr Alten aus dem Kreis jener beiden Familien, die die lebenden Äste von Emilies Stammbaum bildeten. Irgendeiner, der am Lebensende stand und einfach nicht aufhören wollte, nach Luft zu schnappen.

Gleich, als Tonia den Tod im Körper Viviens gespürt hatte, war ihr Gedanke gewesen, augenblicklich bereit zu sein, sich selbst zur Verfügung zu stellen und den Tod anstelle der jungen Frau zu erleiden. Grundsätzlich und frei von irgendeiner Bedingung.

Wenn denn darin der Deal bestand.

Allein diese Möglichkeit zu denken schien Tonia angebracht. Und so dachte sie sie. Ohne jedoch unverzüglich tot umzufallen.

Aber sie war zu einer Hochzeit erschienen, nicht zu einer Beerdigung. Die Hochzeit fand dann auch am zweiten Tag statt, tief im Landesinneren, auf einer großzügigen Finca aus dem Besitz der Brauteltern. Wie bei jüdischen Hochzeiten üblich, blieb man im Freien, wobei die Zeremonie unter dem traditionellen Baldachin, der Chuppa erfolgte, dem »Dach über dem Kopf«, das ganz in Weiß gehalten war, wie auch die Tücher über den Stühlen und das lange, glattgebügelte Leinen, das die steinernen Wege bedeckte. Ebenso die aufgespannten Schirme, sogar noch die Fächer, die auf einem jeden Stuhl abgelegt worden waren. Oder die weißen Stelen, die den Weg zur Chuppa flankierten. Was nicht weiß war – die gelblichen Blumengestecke, die schmückenden Ranken grüner Blätter, dunkle Anzüge, farbige Kleider –, das alles wurde vom Weiß geradezu aufgesogen. Die ganze Hochzeit war ein weißes Quadrat auf blauem Grund, angesichts eines wolkenlosen Himmels. Dazu eine Hitze, die ebenfalls genau diese durchgehende Weiße besaß und die im Übrigen die Bereitstellung der papierenen Fächer bestens begründete.

Es war Dyballas erste jüdische Hochzeit, und es war das erste Mal in seinem Leben, dass er eine Kippa trug, jene kreisförmige Mütze, die bei derartigen Anlässen aufzusetzen der Respekt auch dem Nichtjuden empfahl.

»Die steht dir wirklich gut«, fand Tonia.

»Ja, ich könnte mich daran gewöhnen«, meinte Dyballa, »es hat schon etwas Behütetes, aber nicht wie bei einem Hut, sondern eher so, als würde dir jemand die Hand auf den Schopf legen. Ich will nicht sagen, Gott, aber schon einer mit väterlichen Gefühlen für dich.«

Erst hinterher, als sie wieder im Hotel waren, um sich für die nachmittäglichen und abendlichen Feierlichkeiten herzurichten, sah Dyballa im Internet nach, um sich über das Ding auf seinem Kopf belehren zu lassen. Er stellte überrascht fest, wie wenig es sich dabei um eine alte Erfindung handelte, sondern um eine der Neuzeit, die ernsthaft gottesfürchtige Juden dazu anhielt, sich nicht mehr als vier Ellen weit mit entblößtem Haupt fortzubewegen. Vier Ellen, so das Internet, seien in etwa 2,40 m – und wenn man die Badische Elle heranzog, stimmte das auch genau. Wobei die Elle ursprünglich der Länge eines Unterarms entsprochen hatte und es Dyballa interessiert hätte zu erfahren, wessen Unterarm gemeint war.

Das war eine Regel, die Dyballa doch sehr beeindruckte. Vor allem die Frage, was sich in dieser räumlichen Distanz *begangener* Barhäuptigkeit abspielte. Er überlegte, inwieweit man innerhalb dieser vier Ellen wirklich frei von Gott war. Beziehungsweise in der Lage, ihm ohne Furcht zu begegnen, genau dadurch eben, für einen Moment nicht gottesfürchtig sein zu müssen.

Dyballa war ja gänzlich ungläubig und dennoch merkwürdig begeistert von der Vorstellung einer auf zwei Meter und vierzig Zentimeter ausgelegten absoluten Freiheit des Menschen. Er dachte sich diese Strecke durchaus in dem Sinn, sich in selbiger hin und her bewegen zu können, wie in einer Zelle, aber eben einer völlig unabhängigen Zelle. Einer Zelle, in die kein Gefängniswärter je Eintritt erhielt.

Während Dyballa laut vorlas, was er in Sachen Kippa und Freiheit herausgefunden hatte, trug Tonia ein Make-up auf, das im Unterschied zu dem, das sie während der Zeremonie getragen hatte, nun etwas konturierter ausfiel, auch mondäner, außerdem wechselte sie das Kleid, ein an den Beinen kürzeres als das vom Vormittag, aber genauso schwarz und langärmelig, mit Spitzen an den Rändern.

»Stell dir vor«, sagte Dyballa, »unter den vielen verschiedenen Ellen gibt es auch eine Mallorca-Elle. Die heißt *Canna*. Und wenn du die mal vier rechnest ...«

Er rechnete. Beziehungsweise sein Computer rechnete. Dyballa las: »Sechs Komma achtfünfzig Meter.«

»Also, ich finde«, sagte Tonia, »das ist eine weit bessere Distanz, um von Gott frei zu sein als die läppischen zwei Meter vierzig, oder?«

»Absolut«, antwortete Dyballa. »Wir nehmen die Mallorca-Elle.«

Und indem Dyballa dies entschied, erhob er sich von seinem Sessel, auf dem er nur mit einer Hose bekleidet und mit zwei kalten, feuchten Tüchern auf Brust und Schulter gesessen hatte. Er ging kurz unter die Dusche, kehrte mit einem Badetuch bekleidet zurück und ließ sich lufttrocknen. Schließlich zog er sich an, auch er von oben bis unten in Schwarz, und griff zuletzt nach seiner Kippa. Eine weiße übrigens, die er aber nicht gleich aufsetzte, sondern in der Hand behielt. Zusammen mit Tonia verließ er das Zimmer. Erst draußen auf dem Gang – nach einer gefühlten Länge von knapp sieben Metern – blieb er stehen und fügte sich die Kippa, diesen Kopfhalter, auf sein Haar.

»So«, sagte er, »jetzt sind wir wieder zu dritt.«

Tonia sah ihn zweifelnd von der Seite an. Aber sie wusste, was er meinte, denn sie erklärte: »Ehrlich, ich glaube, wir sind mehr als drei.«

Am Nachmittag und Abend wurde auf den Terrassen sowie unter den Steinbögen und am sogenannten Infinity Pool gefeiert, ein Pool, in den die Kinder sprangen, obgleich Kinder um diese Sommerzeit im Hotel unerwünscht waren, aber die Brauteltern hatten selbstredend nicht nur alle Zimmer gebucht, sondern damit auch das Kinderverbot außer Kraft gesetzt und die Obergewalt über das lang gestreckte, meernahe Bassin erlangt.

Die ganze Feier war von jener beträchtlichen Ausgelassenheit geprägt, die die jüdische Hochzeit unbedingt vorsieht. Eine höchst angenehme Form, die bösen Geister zu vertreiben.

Und dann der Sonnenuntergang.

Hätte man Sonnenuntergänge kaufen können, die Eltern der Braut hätten ganz sicher genau den gekauft, der sich soeben ereignete. Aber es gab ihn ja umsonst. Was fast ein wenig schade war.

Der Sonnenuntergang reflektierte das Glück, das hier Masel tov hieß. Die abtauchende Sonne bestrahlte das Meer, das Haus, den Pool, die Gesichter der Gäste, die Kleider. Und veredelte selbst noch das Schwarz der Smokings. Alles war nun in dieses spezielle, ungemein warme Rot getaucht, wobei Tonia fand, dass sich das Abendlicht nirgends so gut verfing wie in ihrem mit Campari-Soda gefüllten Glas. Als dann die Sonne vollständig untergegangen war und mit dem ausblutenden Licht eine angenehme Brise heranwehte, wechselte Tonia endlich zu einem Glas Whisky.

Irgendwann war auch das Brautpaar erschienen, das sich gemäß der Tradition nach der Vermählungszeremonie zurückgezogen hatte, um im Kreis ihrer vielen Verwandten und Freunde den Eindruck zweier Kugeln zu machen, die wie in einem Flipperautomaten zwischen den Elementen hin und her fliegen. Schlanke Kugeln, muss gesagt werden. Die beiden waren eindeutig das, was man ein schönes Paar nennt. Esther und Zac, die Engländerin und der Grieche, die sich in Neuseeland kennengelernt hatten, um auf einer spanischen Insel nach den Gesetzen Mose und Israel ein Ehepaar zu werden.

»Man kann sich schwer vorstellen«, meinte Tonia zu Dyballa, »wenn man so glückliche Menschen sieht, wie das später einmal ausschaut, wenn der Alltag große Löcher in ihre Gemüter gebohrt hat und sie ungnädig gegeneinander macht.«

»Das muss aber nicht sein«, erwiderte Dyballa, »manche Paare sind schließlich in der Lage, die Löcher gegenseitig zu verschließen. Wenn ich dein Bild aufgreifen darf.«

»Ja und womit eigentlich?«

»Zärtlichkeit, Routine, Kinder ...«

»Im Ernst? So wie bei dir?«

»Ich war nie verheiratet«, erklärte Dyballa und fuhr fort: »Oder gemeinsam ins Theater gehen als Ausgleich zum eigenen Theater. Alles, was sich als Füllmaterial eignet. Nicht zuletzt Sex. Und Sport. Also ich meine nicht Sex als Sport, sondern Sport als Sport.«

»Du denkst, wenn die zwei fröhlich auf den Tennisplatz gehen, wird das ihre Ehe retten?«

Dyballa meinte, es sei doch ein Unterschied, ob man den Sport als eine Pause vom Gegenüber begreift. Oder als die Möglichkeit, sich zu begegnen. Im Spiel harmonisch verbunden zu sein.

»Harmonisch?«

»Ja, dazu muss man kein Weltmeister sein. Schau uns an, wenn wir schwimmen. Das geht auch ohne Weltrekord.«

»Wir sind kein Liebespaar«, erinnerte Tonia.

»Ja, aber vergiss nicht, dass der Alltag schließlich auch in Freundschaften Löcher bohrt. Löcher, die man schließen sollte, oder?«

»Und wenn uns einmal die Luft ausgeht beim Schwimmen, mein lieber Karl?«

»Also, das glaube ich nicht«, sagte der Mann, der im Wasser an eine Robbe erinnerte, »dass das passiert. Aber wenn doch, na, dann könnten wir ja aufs Rudern ausweichen. Ich habe es zwar nie ausprobiert, stelle mir das aber sehr schön vor, so ein Zweier ohne Steuermann auf dem Neckar.«

»Das ist aber mindestens so anstrengend wie durchs Wasser kraulen. Sieh dir mal an, was diese Ruderer für Körper haben.«

»Man kann auch langsam rudern, oder? Und man kann Pausen einlegen, ohne unterzugehen.«

»Da hast du recht«, gab Tonia zu, »vielleicht sollten wir schon mal mit der Ruderei anfangen. Prophylaktisch für die Zeit, wenn uns das Wasser zu kalt wird oder wir das Chlor nicht mehr vertragen. Oder uns ärgern über die schrumpelige Haut.«

»Qu'est-ce que c'est, *schrumpelig*?« Es war Vivien, die sich zu ihrem Vater und Tonia an den Rand des »ewigen« Pools gestellt hatte.

»Wir reden über Löcher«, sagte Tonia und erklärte, welche Löcher sie meinte.

Vivien fand, das sei gar kein schlechtes Bild. Sie meinte aber auch, ihre nun verheiratete Freundin wäre genau der Mensch, dem kein Alltag je derartige Verletzungen würde beibringen können. Gar nicht darum, weil sie aus reichen Verhältnissen stamme oder ihrer Schönheit oder Brillanz wegen. Vielmehr verstehe sie es, eben nicht nur ihren Mann, sondern auch das Leben zu lieben. Ohne Idiotie. Sie sei nicht glücklich, weil sie so naiv sei, sondern so klug.

»Das gibt es«, sagte Vivien. »Ein kluges Glück.«

Tonia darauf: »Na, hoffentlich gilt das auch für ihren Mann.«

»Er ist der Beste, der sich denken lässt«, erklärte Vivien.

Tonia sah, was zu sehen war. Sie sah den ungemein schönen Schnitt, der in diesem Moment Viviens Gesicht bestimmte. Aber noch mehr erkannte sie darin die dunkle Note von Viviens Traurigkeit. Fast wie ein Schönheitsfleck auf ihrer Wange.

Wie Vivien es sagte ... Tonia war sich sicher, dass Vivien diesen jungen, nun mit ihrer besten Freundin verheirateten Mann liebte. Nicht wie einen Freund. Sondern wie den Mann, mit dem sie selbst ein Leben hätte führen mögen. Ein kluges Glück.

Doch wie es schien, war Vivien in irgendeiner Weise zu spät oder zu früh gekommen. Und jetzt blieb ihr nichts als Großzügigkeit.

»Unsinn«, sagte Dyballa, als sie dann spät in der Nacht wieder in ihr Zimmer zurückkehrten, verschwitzt vom vielen Tanzen, wobei Dyballa nicht annähernd an den alten Hotter herankam. So gut er im Schwimmen war, er war halt eine Robbe, somit an Land nicht ganz so gut.

»Glaub mir«, sagte Tonia, »sie war einmal mit diesem Mann zusammen.«

»Woher willst du das wissen?«

»Wenn sie von ihm redet ... Man kann es in ihrem Gesicht lesen. Als rede sie über den Mann, der einmal die Welt retten wird. Sie liebt ihn, und ich befürchte, sie wird damit nicht aufhören. Sosehr sie sich zwingt, den beiden eine gute Freundin zu sein.«

»Ich weiß nicht, Tonia, ich glaube, da liegst du falsch. Vivien mag die zwei, das ist alles. Sie liebt Walter Berry und die Musik, und sie liebt es, einen Ball, der etwas von einem Ei hat, durch feindliche Linien zu tragen. Und wenn sie einmal heiratet, dann wird es aus reiner Vernunft geschehen. Nein, Tonia, du irrst dich.«

Doch es war Dyballa, der sich irrte.

12

Ein halbes Jahr verging.

Dyballa und Tonia in Heidelberg, noch immer gemüsend und noch immer bügelnd. Noch immer schwimmend. Allerdings hatten sie daneben tatsächlich mit dem Rudern begonnen. Tonia fand, ihre Bewegungen – vor allem die Notwendigkeit, unterschiedlich zu ziehen, um nicht ständig kleine Kurven dort zu fahren, wo sich eine gerade Linie empfahl – würden genau in der Mitte zwischen dem Tangotanzen und der synchronen Art ihres partnerschaftlichen Schwimmens liegen.

Noch immer waren sie sich in Freundschaft verbunden, ohne dass die geringste Übertretung stattgefunden hätte. Woran eben auch die Umstände eines mallorquinischen Doppelbetts nichts geändert hatten.

Und genau dorthin würden sie nun zurückkehren. Nach Mallorca.

Gerade als Tonia ihre Arbeit in Marlen Kreutzers milchig vernebeltem Bügelzimmer beendet hatte und dabei war, die Wohnung zu verlassen, läutete ihr Handy. Das leuchtende Viereck des Displays kündigte ihr Dyballa an. (Es war schwer, sich vorzustellen, welchen Mut es früher bedeutet hatte, einfach zum Hörer zu greifen und gewissermaßen von der Klippe hinein in die Leitung zu springen, ohne zu wissen, auf was oder wen man traf.)

Es war also Dyballa, der sich meldete. »Ich glaube, wir müssen nach Mallorca.«

»Und wieso glaubst du das?«

»Das Hotel hat mir geschrieben. Das Hotel von der Hochzeit.«

»Na und? Brauchen die grad einen Gemüsehändler oder eine Büglerin?«

»Sie brauchen Gäste«, sagte Dyballa. »Jetzt, wo Winter ist. Jedenfalls haben sie mir ein Angebot zu recht günstigen Konditionen geschickt. Eines, das allerdings nur für die kommenden zwei Wochen gilt. Die versuchen, ihre Bude vollzukriegen.«

»Aber Karl, du weißt doch, dass ich nicht in Urlaub gehe.«

»Sieh es doch eher als eine Zeitreise an«, empfahl Dyballa. »Zurück ins letzte Jahr, als wir Vivien gesehen haben. Oder zurück zu den Tagen, als du Kind warst und einmal nicht auf einem Boot geschlafen hast.«

»Wenn ich wegfahre«, sagte Tonia, »werden meine Kunden jammern. Deine übrigens auch.«

»Also ich will ja keine Kreuzfahrt mit dir machen. Bloß ein paar Tage. Ich möchte das Meer im Winter sehen. Man könnte auch sagen: Ich will mal meine Kunden jammern hören.«

Natürlich hatten beide ihre Verpflichtungen. Aber Dyballa konnte sein Geschäft für ein paar Tage jener älteren Dame anvertrauen, der er seine grandiosen Torten verdankte. Eine Dame, die bei aller Blindheit das *Grüne Rollo* auf eine traumwandlerische Weise bestens zu führen verstand. Abgesehen davon, dass die Kundschaft gefürchtet hätte, in die Hölle zu kommen, hätte sie versucht, die Tortenfrau zu betrügen.

Tonia freilich fehlte eine solche »blinde Dame«. Sie würde einige Termine umlegen und ein paar Leute vertrösten müssen. Aber es würde gehen.

Sie war unsicher. Wie hatte sie es gegenüber Hotter ausgedrückt, als er sie überreden wollte, ihn erneut zu besuchen, um einen neuen alten Whisky zu probieren? Sie hatte gesagt, der Sinn einer Ausnahme bestehe darin, diese nicht zu wiederholen. Whisky *oder* Bügeln.

Das müsste eigentlich auch für Mallorca gelten, dachte sie. Überhaupt dafür, Heidelberg zu verlassen und eine Reise anzutreten. Genau das, was im letzten Jahr als Ausnahme geschehen war.

»Eigentlich kann ich nicht«, sagte Tonia.

»Fünf Tage. Oder vier oder drei. Mir zuliebe.«

»Warum ist dir das so wichtig?«

»Ich weiß nicht. Vielleicht, weil ich wieder eine Kippa tragen möchte und mir einbilde, dass ich das nur glaubwürdig machen kann, wenn ich es in Mallorca tue.«

»Was denn? Einen Juden spielen?«

»Nein, die Kippa aufsetzen, dann herunternehmen und für einen Moment wirklich frei sein.«

Das war natürlich ein Scherz. Aber Dyballa hätte nicht wirklich einen guten Grund angeben können. Er war nicht überarbeitet. Er war auch nicht der Typ, der darauf hoffte, der mallorquinische Januar wäre wärmer als der heidelbergische.

Es war einfach ... ein Wunsch.

Und genau darum, weil es nicht mehr war, weil nichts Größeres und Tieferes und Bedeutenderes als ein Wunsch dahintersteckte, tat sich Tonia schwer, ihrem Freund die Sache auszureden.

Der Wunsch wog schwerer als ihr Prinzip, Ausnahmen nicht zu wiederholen.

Und wenn sie ehrlich war, es war auch *ihr* Wunsch.

Der Wunsch, das Meer zu sehen. Der Wunsch, das Meer zu spüren, so kalt es um diese Zeit auch sein mochte.

»Gut«, sagte sie. »Nächste Woche also. Vier Tage. Ich besorge die Flüge, du organisierst das mit dem Hotel.«

Das war die Art, wie Tonia und Karl alles Finanzielle erledigten, das sie gemeinsam betraf. Keine Halbierung der Kosten, sondern eine Halbierung der Aufgaben, ohne großartig nachzurechnen. Und nie eine Diskussion. Einer von ihnen bestimmte die Form der Halbierung. Der andere akzeptierte sie.

Es wurde dann doch einen Tag später als geplant und gebucht. Sie nahmen den Zug nach Frankfurt. Der Zug aber nahm sich die Freiheit, auf freier Strecke stehen zu bleiben. Deutsche Züge waren manchmal wie kleine, bockige Kinder, die sich vor Eissalons auf den Boden werfen und eine ganze Zeit lang nicht mehr aufstehen.

Jedenfalls erreichten sie den Flughafen viel zu spät, mussten in einem Airport-Hotel übernachten – ohne auf Einzelzimmer zu bestehen, sie waren in dieser Hinsicht vollkommen selbstsicher geworden – und betraten am nächsten Morgen den Flieger einer von Insolvenzgerüchten geradezu in der Luft gehaltenen Gesellschaft.

Während des Flugs las Tonia in einem Buch, das ihr Dyballa geschenkt und mit dem sie eben erst begonnen hatte. Irgendwann lachte sie kurz auf und sagte: »Hör zu, Karl, was da steht.« Und dann las sie vor: »Joseph Priestley war überzeugt, der Endzustand der Menschheit würde glorreich und paradiesisch sein – bemerkenswert für einen Mann, der einen Großteil seines Lebens in Birmingham verbrachte.«

Weil nun aber das Dröhnen des Flugzeugs die Akustik deutlich störte, verhörte sich Dyballa. Vielleicht auch, weil er soeben einen Schluck vom obligatorischen Tomatensaft nahm, den er wohl nur bestellt hatte, weil der Typ vor ihm beziehungsweise der Typ vor dem Typen es getan hatte. Es mochte somit dem eigenen Schluckgeräusch wie auch dem Schluckgeräusch des Flugzeugs zu verdanken sein, dass das, was bei Dyballa ankam, eine kleine Änderung besaß: »Joseph Priestley war überzeugt, der Endzustand der Menschheit würde glorreich und paradiesisch sein – bemerkenswert für einen Mann, der einen Großteil seines Lebens verheiratet gewesen war.«

Ein Leben in Birmingham und ein Leben in der Ehe, das mochte kein großer Unterschied sein, und doch war dieses Missverstehen wie ein Knoten, der sich genau dadurch löst, indem man ihn enger zusammenzieht.

Mittags kamen sie im Hotel an und erhielten – offensichtlich eine vorsorgliche Reservierung Dyballas – das exakt gleiche Zimmer wie beim letzten Mal. Und wirklich hätten sie ungerne darauf verzichtet. So herrschaftlich sich das Hauptgebäude auch präsentierte und sosehr noch immer ein wenig der Parfümgeruch von Ava Gardner und Patrice Wymore und auch Silvia Hedges – die aus der bekannten Zigarettenfamilie – die Räume durchwehte, gab es dort nirgends Zimmerwände aus dem gleichen erdigroten, grob behauenen und grob verspachtelten Stein, der den Neubau jenseits der Straße so wunderbar dominierte. Wände, die einem das Gefühl gaben, ein moderner Höhlenmensch zu sein. Genau das, was Tonia und Dyballa so gut gefiel.

Nachdem die beiden ihr Gepäck untergebracht und sich etwas frisch gemacht hatten, kehrten sie zum Haupthaus zurück und setzten sich auf die Terrasse, um auf das Meer zu sehen.

Dyballa meinte, man erkenne ein Wintermeer an seinen Farben. Es würden dann die Farben einer dunklen Glasflasche dominieren. Oder die einer Zucchini.

»Ich schätze dreizehn, vierzehn Grad.« Dabei machte Tonia eine Geste, die die Gestalt ihres eigenen Körpers nachzeichnete. Möglicherweise eine Anspielung darauf, *keine* Robbe zu sein. Und damit auch nicht über jene Speckschicht zu verfügen, dank derer man eine solche Wassertemperatur länger aushalten konnte.

Und doch ahnte Tonia sehr genau, dass es während der folgenden Tage geschehen würde, sich in dieses kalte Wasser zu begeben. Der Moment würde kommen.

An Land hingegen war es angenehm warm. Die Sonne warf hübsche Flecken auf ihre beiden vom Heidelberger Winter ein wenig eingeschneiten Gesichter. Eine Sonne, die sich aber nicht mehr lange halten würde. Vom offenen Meer her trieb eine Front mächtiger Wolken auf das Festland zu, an deren Peripherie man deutlich das Gesprüh dichten Regens erkennen konnte.

Dyballa schlug vor, nach Palma zu fahren, um die große Kathedrale zu besichtigen. Bekannt für die prächtige Rosette an der Ostfront, das von Gaudí gestaltete Presbyterium und die vielen kunstvollen Seitenkapellen, etwa die dem heiligen Sebastian geweihte. Dyballa kannte Tonias Liebe zu Kirchen, die allerdings rein gar nichts damit zu tun hatte, dass sie gleich zwei Erbschaften an die katholische Kirche übertragen hatte.

Warum Dyballa ausgerechnet den heiligen Sebastian erwähnte, war unklar. Vielleicht um jetzt anmerken können, wie seltsam er es finde, dass jemand seine Berühmtheit ausgerechnet dem Umstand verdanke, von einer Menge Pfeile durchbohrt worden zu sein.

»Pfeile, die er immerhin überlebt hat«, sagte Tonia.

»Ja, aber nachher haben die Römer Keulen genommen und ihn endgültig erschlagen. Dumm.«

»Das hängt davon ab, ob man Märtyrer werden will oder nicht. – Aber weißt du, die entscheidende Person ist ja gar nicht Sebastian, sondern Irene, das ist die, die Sebastian gefunden hat, wie er da tödlich verletzt an einem Baum hing. Ihr war es zu verdanken, dass seine tödlichen Wunden sich schlossen. Es ist freilich sehr typisch, dass Sebastian, der die Bedrängnis suchte, in unserem Gedächtnis hängen blieb, und nicht die Frau, die ihn daraus befreit hat.«

Ja, das war die Frage. Wer war von größerer Bedeutung? Irene, die Schutzpatronin der Kranken, oder der heilige Sebastian, der Schutzpatron der Sterbenden?

Zwischen Irene und Sebastian lag die feine Grenze zwischen Heilung und Ende.

»Wir können den Bus nehmen«, meinte Dyballa. Er hatte festgestellt, dass gleich vor dem Hotel eine Haltestelle lag.

In der Zeit, die es brauchte, sich die Mäntel zu holen und von der Dame an der Rezeption zwei Regenschirme sowie den Hinweis zu erhalten, den Bus am besten an der Station beim Kaufhaus C&A zu verlassen, um von diesem Punkt aus die Kathedrale anzusteuern, in dieser Zeit also hatte der Regen die Küste erreicht. Derart heftig, dass Tonia und Dyballa auf ihrer Busfahrt kaum etwas von der Umgebung zu sehen bekamen. Die Straßen und Häuser erschienen wie beim Blick in eine Waschmaschine. Autos und Menschen im Stil herumwirbelnder Wäsche. Zudem war es ungemein dunkel geworden. Immerhin beruhigte sich das Wetter am Ende der halbstündigen Fahrt, sodass die beiden das C&A-Zeichen erkennen konnten, das wie ein feuriger Stempel aus dem schwarzen Regen herausleuchtete.

Sie stiegen aus, öffneten die Hotelschirme und bewegten sich in Richtung auf die Kathedrale der heiligen Maria, die man katalanisch *La Seu* nennt, was zwar toll klingt, aber einfach nur »der Bischofssitz« heißt, beziehungsweise »die Zentrale«.

Die beiden erreichten den massiven, ohne echte Türme bestehenden, ein wenig an einen gewaltigen Toaster erinnernden Komplex, um zwei Dinge festzustellen: Erstens, dass alle Menschen, die das elfte Lebensjahr erlangt hatten, aber auch alle darüber, 7 Euro Eintritt zahlen mussten. Und es sich zweitens anbot, dies noch vor 15 Uhr 15 zu tun. Denn Faktum war, dass sie vor einer so kostenpflichtigen wie verschlossenen Kirche standen.

Eine um diese Zeit abgesperrte Kirche, eine reine Vormittags- und Mittagskirche, hatte etwas Teuflisches an sich. Und in der Tat wirkte es unheimlich, all die dämonischen Wasserspeier, die entlang der hohen Fassaden aus dem Mauerwerk ragten und überaus kräftige Wasserfälle entließen (sehr viel kräftiger, als der im Augenblick moderate Regen es vermuten ließ, eher so, als ströme das viele Wasser aus dem Inneren der Kirche).

Tonia und Dyballa standen eine Weile ratlos vor dem verschlossenen Eingang dieser Geisterkathedrale. Und während sie so standen, brach erneut ein heftiger Donner los. Sie entschieden sich, einen Platz im Trockenen zu suchen.

Am Ende der Stufen, die seitlich der Kirche abwärtsführten, fanden sie ein Ecklokal, unter dessen steinernen Arkaden sich die Leute drängten. Es war jetzt so dunkel, dass die glühenden Röhren der Heizstrahler gleich kleiner roter Ampeln in der Luft schwebten. Ein Ort, an dem man sich hätte zu Tode trinken können, bevor es einmal Grün wurde.

Tonia und Dyballa traten ins Innere, in einen Raum mit weißen Marmortischen und von hellblau gemasertem Stoff überzogenen Stühlen. Ein Raum von beträchtlicher Coolness. Ein Raum wie eine zum Zimmer verwandelte Mentholzigarette, auch wenn man zum konkreten Rauchen hinaus zu den roten Ampeln musste.

Ein sehr schicker Kellner erschien. Er hatte eine Hand hinter sich auf dem Rücken und neigte sich leicht nach vorn. Seine Frisur war eine gefrorene Welle. Sollte die mal tauen, der Meeresspiegel wäre echt betroffen.

»Welchen Whisky haben Sie?«, erkundigte sich Tonia geradeheraus. Draußen ging soeben die Welt unter, da wollte sie nicht bis zum Abend warten.

»Malt Scotch?«, fragte er zurück.

Sie nickte, als hätte man sie gefragt, ob sich Malcolm Lowrys Geist zu ihnen an den Tisch setzen dürfe.

Der Kellner sagte, er könne ihr einen *Glenmorangie* oder einen *Glenrothes* anbieten.

»*Glenrothes*«, antwortete Tonia. Und allein indem sie diesen Namen aussprach, empfand sie eine große Nähe zu ihrer Mutter, die schon so lange im Meer *lebte*. Und konnte sich ganz gut vorstellen, wie ihre Mutter auch dort ein dickwandiges, gut gefülltes Glas klirrend schwang.

Dyballa hatte rasch die Karte durchgesehen und bestellte einen Espresso Martini, ein Getränk, das sich aus Wodka, Kaffeelikör und dem namensgebenden Espresso zusammensetzte, aber eigentümlicherweise überhaupt keinen Martini zu beinhalten schien. Egal, Dyballa hatte es ohnehin nicht so richtig mit dem Alkohol. Im Unterschied zu Tonia. Er hätte wohl gesagt, das Beste am Alkohol sei, diesem indirekt zu verdanken, Tonia kennengelernt zu haben, dank der Heidelberger Bar, in der sie einander das erste Mal begegnet waren. Auch wenn letztlich eine russische Ärztin den Ausschlag gegeben hatte.

»Stühle und Menschen«, sagte Tonia und schaute interessiert in den Raum mit seinen Gästen und Möbeln.

»Was meinst du?«

»Dass die meisten von uns besser aussehen, wenn sie sitzen. Wie fatal das aber ist, weil man sich schließlich vom vielen Sitzen den Rücken verdirbt.«

»Ja, das ist verzwickt«, meinte Dyballa. Und fügte an: »Wie gut, dass es beim Rudern anders ist, da kann man sitzen und tut dennoch was für seinen Körper.«

»Darum bist du aber nicht dünner geworden.«

»Du aber schon.«

»Wichtig ist«, meinte Tonia, »dass das Rudern uns beiden so eine schöne Struktur verleiht. Mehr noch als das Schwimmen. Das sieht man auch, wenn du in deinem Laden bist, obwohl du dort so gut wie nie sitzt. Nur deine Schmarotzer sitzen.«

Sie meinte die Damen, die regelmäßig zum Tortenessen in

Dyballas Geschäft kamen und die in keiner Weise Tonias beste Freundinnen geworden waren. Und die nun mit einer halb blinden Köchin vorliebnehmen mussten.

Der hübsche Kellner erschien und servierte den Whisky sowie eine in einem Martiniglas schwimmende dunkelbraune Mixtur mit hellem Schaum, in den ein paar Kaffeebohnen halb eingesunken waren. Wie kleine Fallschirmspringer, die Glück im Unglück hatten.

Ein Paar setzte sich an den Nebentisch. Junge Leute, Schweizer. Tonia und Dyballa konnten hören, wie die beiden etwas bestellten, was hier gar nicht auf der Karte stand, einen Shaker Loops.

»Also ehrlich«, sagte Tonia. »So gut das klingt, aber ich glaube nicht, dass es wirklich einen Cocktail gibt, der so heißt.«

Der junge Mann schien das gehört zu haben und erklärte, dieser Name stamme von einem Musikstück von John Adams, wobei sich das Wort Shaker wohl gar nicht auf einen Mixbecher beziehe, sondern auf den Schütteltanz einer bestimmten Quäkersekte. Eine Musik, die auch in dem Film *Barfly* vorkomme.

»Ist das nicht der Film«, fragte Dyballa, »in dem Charles Bukowski den ständig betrunkenen Mickey Rourke spielt?«

»Nein, Schatz, das war umgekehrt.«

Dass Tonia »Schatz« zu Dyballa gesagt hatte, ging sicher zu weit. Das wurde ihr sofort klar. Aber es war nun mal geschehen. Auch war deutlich zu erkennen, dass es Dyballa freute, auf diese Weise korrigiert zu werden. Ohne sich darum bemüßigt zu fühlen, ihr einen Heiratsantrag zu machen. Außerdem stimmte es ja. Sie waren sich ein gegenseitiger Schatz.

Als dann die zwei Shaker Loops wirklich serviert wurden, meinte Tonia zu der jungen Frau am Nebentisch: »Wie hübsch das zu Ihrer Bluse passt.«

In den beiden hohen Gläsern befand sich eine sämige, dunkelblaue Flüssigkeit, in der kleine helle Punkte schwammen, die in der Tat die Bluse der jungen Frau zu zitieren schienen.

Von der Terrasse her hörte man das Geschrei eines Neugeborenen. Eine große Klage über das Hiersein.

Tonia und Dyballa tranken und unterhielten sich. Und während sie sich unterhielten, meldete sich Dyballas Handy mit einer kleinen Musik. Etwas von den Beatles. Es hörte sich an, als hätte er ein kleines gelbes Unterseeboot in der Hosentasche stecken. Er holte das Gerät heraus, erkannte die Nummer, runzelte die Stirn und berichtete Tonia in abfälligem Tonfall: »Es ist ihre Mutter.«

Wenn er von »ihrer Mutter« sprach, meinte Dyballa Viviens Mutter, die grandiose, weltberühmte Bach-Interpretin, von der man niemals sagen konnte, von wo aus sie gerade anrief. Nicht, dass es oft geschah, dass sie mit Dyballa sprechen wollte.

Dyballa nahm das Gespräch an und sagte: »Ja, Lill, hallo. Was gibt's?«

Sie sagte ihm, was es gab.

Seine Mimik löste sich auf. Seine Gesichtszüge verschwammen. Mit jedem Wort, das er vernahm, ein wenig mehr.

Dyballa sagte kaum etwas, nur hin und wieder »gut«, aber es war wohl nicht etwas Gutes damit gemeint. Sondern die zwangsweise Bejahung von etwas Schlimmem.

Am Ende fragte er: »Und du willst wirklich nicht, dass ich komme? – Gut, in Ordnung. – Gut, ruf mich sofort an, wenn du etwas weißt.«

Als er aufgelegt hatte, griff er sich an den Kopf. In seinen Augen stand eine feuchte Wand.

»Was denn?«, fragte Tonia.

»Ich hatte keine Ahnung«, sagte er, »dass sie auf einen gottverdammten Berg steigt.«

»Lill?«

»Nein, Vivien.«

»Was für einen Berg?«

Dyballas Stimme besaß den Klang sich rasch fortpflanzender Sprünge auf einem Glas, als er jetzt berichtete, Vivien sei zusammen mit einem neuseeländischen Team von Bergsteigern auf den Kangchendzönga gestiegen, den dritthöchsten Berg der Welt. Ausgerechnet im Winter! Ihm war zwar nicht verborgen geblieben, dass Vivien mit dem Klettern begonnen hatte, aber doch mehr in der Halle als sonst wo. In einer Weise, die er bislang als vernünftig bezeichnet hatte. Wenn einem nämlich das Überleben vernünftig erschien. Und nicht im Januar auf einen über achttausend Meter hohen Stein zu marschieren, der da in dünner Luft eine Grenze zwischen Nepal und Indien bildet und von dessen Höhe, Gefährlichkeit und Anmut man sich auch dank zahlreicher Fotos eine Vorstellung machen konnte.

»Warum tut sie so was?«, fragte Dyballa und berichtete Tonia, Lill habe aus dem Basislager am Fuße des Berges einen Anruf erhalten. Ihre Tochter sei mit anderen Expeditionsmitgliedern beim Abstieg vom Gipfel in einen schweren Sturm geraten, in einen Sturm, der die Mannschaft gezwungen habe, die Nacht in großer Höhe zu verbringen. Offensichtlich seien zwei Bergsteiger abgestürzt, der Kontakt zu den anderen wäre abgebrochen.

»Lill«, sagte Dyballa, »ist mit ihrem Mann bereits auf dem Weg nach Delhi. In seinem Privatjet. Von dort wollen sie weiter nach ... ich glaube, sie sagte: Taplejung. Und sie möchte, dass ich hierbleibe. Dass ich auf weitere Nachrichten warte. Dabei ...«

Tonia griff nach Dyballas Hand und hielt sie fest. Sehr fest.

»Warum?«, wiederholte Dyballa und schaute ins Leere. »Warum macht das Kind so einen Unsinn? Gott, ich bete um sie.«

Dyballa hatte gewusst, dass seine Tochter eine große Reise plante. Allerdings nicht, wohin. Sie hatte allein davon gesprochen, für eine Zeit lang Pause und Abstand zu benötigen. Weil ihre Verzweiflung sich nicht länger unterdrücken ließe. Die Verzweiflung, den Mann verloren zu haben, den sie so geliebt hatte. In der Tat Zac, mit dem sie zusammen gewesen war, bevor er der Ehemann von Esther geworden war.

Tonia hatte es ja von Anfang an gespürt, aus einer einzigen Umarmung heraus und einem Blick in Viviens damals von Fröhlichkeit zugedecktes Gesicht.

Die genauen Umstände dieser Dreiecksgeschichte würden immer unklar bleiben. Klarheit ist bei drei Ecken ohnehin selten vorhanden. Doch letztlich war dies der Grund gewesen, wieso Vivien versucht hatte, einen Abstand herzustellen. Zumindest einmal einen räumlichen. Einen räumlichen und extremen.

Einen, der ihrer eigenen extremen Körperlichkeit entsprach. Darum war sie ins Gebirge gegangen, als Mitglied einer kommerziellen Expedition. Nicht unbedingt zum Sterben, aber doch, um dem Sterben nahe zu sein. Denn aus nichts anderem besteht der große Reiz solchen Bergsteigens, aus der Nähe zum Tod. Nicht in der Überwindung der Natur, sondern des Lebens.

So interpretierte es Tonia. Sie erinnerte sich, wie sie bei ihrer ersten Begegnung mit Vivien sofort gedacht hatte, es könne ein Deal darin bestehen, sich für diese junge Frau zu opfern ... nein, nicht zu opfern, sondern sich dem Tod anzubieten. Und der Tod somit nicht diese junge Frau zu nehmen brauchte.

Eine Frau, die möglicherweise aber bereits gestorben war. Abgestürzt, in eine Lawine geraten, vielleicht erfroren. Vielleicht aber noch um dieses Leben kämpfend. Denn die Paradoxie des Bergsteigens besteht darin, dem Tod nahe sein zu wollen, um ihn dann mit aller und auch letzter Kraft zu vermeiden.

Aber gab es überhaupt noch eine Chance? Hier in Mallorca war es zwanzig nach fünf, im Bundesstaat Sikkim, in dem der Achttausender lag, kurz vor zehn Uhr abends. Falls Vivien noch lebte, man sie aber noch immer nicht gefunden hatte, würde sie eine zweite Nacht unter Bedingungen zubringen müssen, die man aus gutem Grund »lebensfeindlich« nennt. War in einem solchen Fall *Hoffnung* überhaupt ein Wort, das Kraft spenden konnte?

Dyballa erhob sich. Auch Tonia ging in die Höhe und fing ihren Freund regelrecht auf. Was sich anfühlte, wie wenn zwei Blätter sich für einen Moment verkleben, ein Frühlings- und ein Herbstblatt. Und bei Dyballa war es Herbst.

Arm in Arm traten sie nach draußen in die Dunkelheit. Noch immer ging ein heftiger Regen herunter. Tonia zitierte einen alten Film mit Rock Hudson, in dem es heißt: »*The good things always happen with the rain.*«

Wobei das kein Film war, der gut ausging.

13

Als sie im Hotelzimmer ankamen, holte Tonia eine Flasche aus ihrem Gepäck und goss für Dyballa und sich Whisky in zwei Gläser.

Dyballa saß an der Bettkante und hatte seine zu Klumpen verkrampften Hände auf den Schenkeln liegen. In all seiner Trauer und Angst lag eine große Wut darüber, nichts tun zu können. In Mallorca zu sitzen. Er sagte: »Lill fliegt wenigstens hin.«

»Na, und was denkst du, wird sie dort tun? Selbst auf den Berg steigen?«

»Ihr Mann kann sicher einiges in Bewegung setzen«, erklärte Dyballa.

»Dann ist es doch gut, oder? Dazu musst du nicht auch in diesem Privatjet sitzen. Komm, trink einen Schluck.«

Sie reichte ihm ein Glas und setzte sich an seine Seite. Er hielt es fest, trank aber nicht. Sondern drehte sich zu ihr und fragte: »Kannst du für mich bügeln?«

»Bitte?«

»Ja, ich weiß, das klingt bescheuert. Aber ehrlich, ich habe das Gefühl, dass es auf eine gewisse Weise helfen könnte, wenn du mir ein Hemd bügelst.«

Tonia wollte einwenden, dass falls eine solche Handlung eine Bedeutung haben sollte – und dazu gehörte eigentlich eine Portion Glaube, ein Glaube, den Dyballa stets bestritten hatte –, es eigentlich nötig gewesen wäre, etwas von Vivien zur Hand zu haben, etwas von ihr, was man bügeln konnte. Aber da war nichts. Natürlich nicht. Dyballa pflegte keinerlei Kleidung seiner Tochter mit sich zu führen. Und weil das so war, brauchte Tonia auch nichts einzuwenden. Sie brauchte nur Dyballas bescheuerten Wunsch zu akzeptieren. Nämlich in diesem Moment, da sie beide nichts tun konnten, als zu warten, eine Handlung zu vollziehen, die als ein symbolischer Akt für all das stand, was sie getan hätten, hätte eine Chance dazu bestanden: Vivien eine Sauerstoffflasche reichen, Vivien heißen Tee einflößen, ihre Wunden versorgen, den Sturm verjagen, die wärmende Sonne mitten in der Nacht scheinen lassen, sie vielleicht sogar von den Toten erwecken, alles Mögliche und Unmögliche tun.

Stattdessen bügeln.

Tonia verließ das Zimmer und ging hinüber zum Haupthaus, um an der Rezeption um ein Bügeleisen zu bitten.

»Sie können uns gerne Ihre Wäsche überlassen«, erklärte die Hotelangestellte mit einem trainierten Lächeln.

»Nein danke, ich möchte es selbst machen«, erklärte Tonia. »Wenn das ginge.«

Ungewöhnlich, aber es ging.

Eine Viertelstunde später lag ein weißes Hemd auf dem Bügelbrett, das man Tonia nach oben ins Zimmer gebracht hatte. Dazu eine schalenartige Aufheizstation, in der ein kabelloses Dampfbügeleisen senkrecht stand. Dessen Bügelsohle zeigte eine Struktur, die an das Bild einer laminaren, von Turbulenzen freien Luftströmung erinnerte.

Tonia befeuchtete das ganze Hemd, indem sie ein wenig Wasser aus ihrer Hand regnen ließ, nahm das Bügeleisen von der Station, überprüfte den Dampf und begann mit einer klassischen Eröffnung. Mit raschem Zug strich sie die Krageninnenseite glatt, faltete den Kragen um und führte das Eisen über die Naht. In der Folge behandelte sie die inneren wie äußeren »Körperteile« des Hemds mittels einer gleichmäßigen Bewegung. Teil für Teil. Ihr Vorgehen besaß den Charakter einer anatomischen Beschreibung. Der von innen gebügelte Nacken, die von innen gebügelten Handgelenke, die ausgefalteten Arme. Es folgten die äußeren Partien des Rumpfs, die rechte Seite von Brust und Bauch mit den Knöpfen, zwischen die Tonia den Bug des Bügeleisens führte, als reserviere sie viele kleine Parkplätze. Danach kamen die beiden Seiten des Rückens an die Reihe, von den Schulterblättern bis hin zu den Ansätzen des Gesäßes. Zuletzt lenkte sie die Keramiksohle über die linke Vorderfront mit der Knopflochleiste, wobei Tonia ein wenig den Norden des Hemds hochzog, während sie über die Leiste strich. Bei all dem setzte sie den Dampf mittels kleiner, kurzer Stöße ein. Ein Klang wie der Blas auftauchender Wale.

Nachdem sie alle Partien behandelt hatte, stellte sie ihr Arbeitsgerät zurück auf die Station und hob das Hemd am steifen Kragen hoch, um es ein wenig zu beuteln und ausschwingen zu lassen. Einen Zustand erzielend, bei dem – wenn man sich das Hemd als ein Geschöpf dachte – die Paradoxie entstand, etwas sei zugleich vollkommen konzentriert und absolut erschöpft. Ja, Glätte war stets auch ein Ausdruck konzentrierter Erschöpfung. Wenn jegliche Kraft verbraucht war, eine Falte zu bilden.

»Hier«, sagte Tonia und reichte Dyballa das Hemd. Ein für ihn vollkommen untypisches, keins seiner kurzärmeligen, schwarzen Hemden, sondern reinweiß, langärmelig und aus Baumwolle, ein Hemd, das nicht ganz billig gewesen war und das er schon seit Jahren mit sich führte, ohne es ein einziges Mal getragen zu haben. Stets lag es in seinem Koffer oder in einer seiner Taschen, hin und wieder brachte er es zur Reinigung, wenn es vom vielen Transportieren mitgenommen aussah. Dyballa hatte dieses Hemd für die Zeit bestimmt, wenn er nicht mehr schwitzen würde, sowenig er bislang geglaubt hatte, diese Zeit würde wirklich kommen. Vielleicht wenn er uralt war und das Blut in ihm nur noch auf kleiner Flamme kochte. Aber sicher nicht früher.

Doch das war ein Irrtum gewesen. Ausgerechnet jetzt, da ein großer Schrecken und eine große Angst in ihm war, spürte er eine vollkommene Trockenheit am Körper, etwas beinahe Metallisches, wie sich vielleicht eine Maschine fühlte, eine Puppe oder ein Roboter. Oder eine Prothese.

Dyballa nahm das Hemd aus Tonias Händen. Es knisterte ein wenig, als würden winzig kleine Gewitter über seine Oberfläche ziehen. Er schlüpfte in die Ärmel, führte es an den hochstehenden

Kragenspitzen über die Schulter, legte den Kragen um und schloss vom zweiten Knopf abwärts die beiden Leisten seines Hemds.

Einen kurzen Moment hatte er das Gefühl, der Schweiß könnte losbrechen, aber es waren allein die Sekunden, in denen er zu atmen vergaß.

Er blieb trocken.

War das ein gutes oder schlechtes Zeichen, nicht mehr zu schwitzen? Jedenfalls erschien es ihm wichtig, dass Tonia dieses Hemd gebügelt hatte. Es war wie ein Gebet gewesen.

Richtig, er glaubte nicht an Gebete. Aber Unglauben war in diesem Moment einfach keine vernünftige Option.

Er saß die ganze Zeit in seinem weißen Hemd, mit dem aufrechten Oberkörper gegen die Rückwand des Bettes gelehnt. Kurz nach Mitternacht läutete sein Handy. Es war Lill, die erklärte, man sei nun von Delhi aus auf dem Weg nach Kathmandu, da das schlechte Wetter in der Sikkim-Region eine Landung auf dem kleinen Flughafen nicht erlaube. Noch immer gebe es keine Nachricht von Vivien. Man hätte zwei der Bergsteiger tot geborgen, zwei andere hätten eins der Lager erreicht, aber Vivien sei weder unter den einen noch den anderen. Zuletzt sagte Lill: »John schickt dir Grüße. Er wird alles tun, um Vivien dort rauszuholen.«

»Ich könnte morgen einen Flieger nehmen«, meinte Dyballa.

Aber Lill sagte nur: »Wir starten jetzt.«

Dann war die Verbindung unterbrochen.

Tonia hatte mitgehört. Sie versprach: »Vivien lebt noch.«

»Wie kannst du das sagen? Hast du das beim Bügeln gespürt?« Sein Ton war anklagend, obwohl die Sache mit dem Hemd doch seine eigene Idee gewesen war.

Tonia blieb nüchtern und beherrscht und wiederholte: »Ich weiß es einfach.«

Nun, sie wusste es nicht. Aber die Art und Weise, wie sie es sagte, hatte etwas von einem fest ins Zeichenpapier gedrückten und gezogenen Strich, der sich selbst eine Realität schafft. Auch wenn ein solcher Strich natürlich ausradiert werden konnte.

Doch Tonia hatte beschlossen, ein Ausradieren nicht zuzulassen.

Sie war nach sehr kurzem Schlaf erwacht. Soeben ging die Sonne auf. Das Weltall zog sich zurück.

Tonia stand auf.

Sie stand auf und unternahm keinerlei Anstalten, Dyballa zu wecken. Er befand sich noch immer in der gleichen sitzenden Position, trug noch immer das frisch gebügelte weiße Hemd. Sein Kopf lag schief auf der eigenen Schulter. Sein Gesicht war jetzt ebenfalls ein Felsen, eine steile Wand, die schnaufte.

Tonia trat vor den Spiegel, kämmte sich, legte ein wenig Rouge auf ihre Wangen und schlüpfte schließlich in eins ihrer schwarzen Kleider wie in eine Gedankenlosigkeit, ein Versehen, ein Versehen, das kleidet und die Nacktheit verschließt.

Sie verließ das Zimmer und ging hinüber zum Haupthaus, blieb eine Weile auf der oberen Terrasse stehen und sah auf die vom frühen Tag beschienene Bucht von Mallorca. Um sie herum das Gezwitscher fülliger Spatzen, die auf die ersten Gäste warteten. Tonia spürte einen Schwindel. Es war dieses Gefühl, die Zeit würde ihre Festigkeit einbüßen, als seien Vergangenheit, Gegenwart und Zukunft austauschbare Bündel.

Ihr Bündel unter Kontrolle bringend, bewegte sie sich auf die untere Terrasse und betrat durch eine Glastüre den Frühstücksraum, wo sie an einem der Tische mit Blick auf das Meer Platz nahm. So früh am Morgen war sie der einzige Gast. Eine junge Frau war soeben dabei, das Büffet zu decken. Ein Kellner in weißem Hemd lugte um die Ecke. Als er Tonia sah, zog er sich sein Jackett über, trat zu ihr hin und erkundigte sich, was er ihr bringen dürfe.

Tonia betrachtete den Mann, als wollte sie herausfinden, ob seine Körperhaltung eine Botschaft darstellte. Als wäre er in Wirklichkeit ein Sherpa mit einer wichtigen Mitteilung. – Was auch immer er war, er wartete geduldig. Endlich entschied sie sich für einen Cappuccino, der ihr kurz darauf serviert wurde. Als sie die Tasse an ihren Mund führte, spürte sie den Schaum auf ihren Lippen wie eine heranschwappende Welle zarter Hiebe.

Durch die Scheibe, über die Terrasse hinweg, schaute sie aufs Meer. Die Sonne stand jetzt hoch genug, um einen gleißenden

Silberstreifen weit hinten auf die Oberfläche zu werfen. Am Rande dieser Spiegelung bemerkte Tonia ein einzelnes Segelboot. Es befand sich viel zu weit weg, um etwas Genaues über dieses Boot sagen zu können. Sie hätte also nicht behaupten können, dort drüben liege eine Swan 55 vor Anker, ähnlich der, die 1971 erbaut und 1972 von ihrem Vater gekauft und in der Folge von Mutter wie Vater zu einer partnerschaftlichen Hülle umgestaltet worden war, und auf der sie selbst, Tonia, 1974 an einer Stelle oberhalb des Meeresrückens der Chilenischen Schwelle auf die Welt gekommen war. Ein Boot, das definitiv 1988 in einem Sturm vor den Kapverdischen Inseln gesunken war.

Das änderte aber nichts daran, dass ihr dieses Boot dort drüben vertraut schien. Selbst auf die Entfernung hin, auch gegen jeden Verstand, obwohl sie ja nicht einmal die Farbe des Rumpfes hätte ausmachen können. Die natürlich im Falle der gesunkenen *Ungnadia* weiß gewesen war, allerdings ein Weiß, das Tonia, wenn sie als Kind in irgendeinem Ozean schwimmend das Boot umkreist hatte, eher wie Silber vorgekommen war, ein Silber, von dem sie gemeint hatte, es sei einer Schwäche der Farbe Weiß zu verdanken. Einer Schwäche fürs Zart-Pompöse. Einer Schwäche für Prinzessinnen.

Tonia spürte eine Angst, das Boot könnte demnächst ablegen.

Sie blickte hinunter auf ihre Handtasche, die sie neben sich auf den Boden gestellt hatte und in der sich auch ihr Badeanzug befand. Ein Stück Stoff stand aus dem schmalen Spalt der Tasche heraus, ein Trägerteil genau jenes Badeanzugs, den Dyballa in dem kleinen Laden in der Heidelberger Altstadt ausgewählt hatte.

Tonia sah wieder hinüber zu dem Boot und schätzte die Strecke. Zu schaffen war es schon. Trotz der Kälte. Aber wozu? Nur um sich zu überzeugen, dass dieses Vehikel nicht den Namen *Ungnadia* trug? Und wahrscheinlich auch nicht *Ungnadia II*.

Um das festzustellen, hätte sie ebenso den Kellner um ein Fernglas bitten können. So ungewöhnlich der Wunsch wirken mochte. Aber wer Bügeleisen orderte, konnte auch Ferngläser bestellen.

Und doch, es konnte nicht sein, dass sie den Badeanzug umsonst in ihre Handtasche getan hatte. Nichts geschah umsonst.

In diesem Moment trat ein weiterer Gast ein und setzte sich an einen Platz in der Mitte des Raums. Es handelte sich um einen schlanken Mann mit asiatischen Gesichtszügen. Chinese wohl, zumindest im Gesicht, wie man bei manchen Tieren sagen kann, sie seien Tiere, zumindest im Gefieder.

Er trug über dem hellen Hemd einen graublauen Anzug, wobei einer der Ärmel in jener akkuraten Weise hochgesteckt war, wie es bei Menschen geschah, denen der Arm oder ein Teil ihres Arms fehlte und die sich weigerten, eine Prothese zu tragen.

Das Merkwürdige aber war, dass Tonia in dem Augenblick, als er durch die Türe gekommen und dabei nahe an ihr vorbeigegangen war, das Gefühl gehabt hatte, ein Hund befände sich dicht an seinen Beinen. Ein kleiner ... nein, eher ein niedriger Hund. Ein Hund mit kurzen Beinen und einem sehr stämmigen Körper. Ein U-Boot von Hund.

Und das war der Grund, weshalb Tonia jetzt hinübersah, irritiert, weil sie ziemlich sicher war, dass in einem Hotel, wo man im Sommer nicht einmal Kinder zuließ, Tiere kaum erwünscht waren, auch im Winter nicht. Auch keine sogenannten Assistenztiere, wobei Hunde, die auf Einarmige trainiert waren, ohnehin selten vorkamen.

Aber da war kein Hund. Sie hatte sich den Hund eingebildet.

Eingebildet?

War *eingebildet* das richtige Wort?

Wenn sie Emilie an ihrer Seite spürte, Emilies Hand auf ihrer Schulter, oder wenn sie mitunter Max, ihren toten Vater, bemerkte, wie er neben ihr herschritt, während sich an seiner Seite hin und wieder ein lachsroter Kater im Schwebeschritt der Katzen einfand (aber leider nie ihre Mutter), dann war das ja keine Einbildung. Sie wusste wohl zwischen den Dingen zu unterscheiden, die einer höchstpersönlichen Fiktion entsprangen, und den anderen, die als natürliche Erscheinungen gelten mussten. Man konnte Derartiges verdrängen oder nicht, bagatellisieren oder nicht, belächeln oder nicht, aber man konnte deren subtile Realität nicht ... ausradieren.

Sie hatte den Hund weniger wie eine Aura wahrgenommen,

mehr wie einen unsichtbaren Gegenstand, der aber mittels Bewegung Luft verdrängt und etwas erzeugt, was man gerne Spuk nennt, auch wenn es sich simplerweise um Wind handelt. Dieser Hund war nicht etwa ihrer Fantasie entsprungen. Nein, dieser Vierbeiner mit der Anmutung eines U-Boots gehörte zu dem Mann, der dort drüben saß, sehr einarmig und sehr elegant, und mit schwarzem Haar, in dem vereinzelt weiße Haare wie versprengte Nachtwächter das Dunkel durchwanderten.

Er besaß einen skeptischen Morgenblick, der wohl der ganzen Welt galt, die von seinem Standpunkt aus eine zweifelhafte Konstruktion darstellen mochte.

Und dazu eben ein Hund. Ein toter Hund zu Füßen dieses lebenden Mannes.

Tonia nahm ihre Tasche, erhob sich und tat zwei Schritte. Für einen Moment blieb sie im Raum stehen.

»Madame?«, fragte der Kellner und zeigte an, dass er ihr gerne behilflich wäre. Wobei auch immer.

»Danke, alles in Ordnung. Ich gehe nur kurz schwimmen.«

»Der Pool unten auf der Terrasse ist leider nicht geheizt«, erklärte er, »nicht zu dieser Jahreszeit.« Er verwies jedoch auf die Möglichkeit, jenes sehr schöne lang gestreckte, warme Becken zu benutzen, das dem Wellnessbereich angeschlossen sei. Drüben im Neubau. Nur leider sei der Bereich um diese Zeit noch geschlossen. Weshalb ...

»Ich dachte eher ans Meer«, sagte Tonia.

»Madame! Hace frío!«

»Gar nicht so schlimm«, antwortete Tonia, so wenig sie bezweifelte, dass der Kellner recht hatte, wenn er das Meer kalt nannte.

Sie bemerkte jetzt den Blick des einarmigen Mannes auf sich. Und spürte, wie sich seine Skepsis in ein Lächeln verwandelte. Ein Phantomlächeln zum Phantomhund.

Tonia trat durch die Terrassentüre hinaus ins Freie und stieg über die steinernen Stufen eine weitere Etage abwärts, dorthin, wo der ungeheizte Pool an das Meer angrenzte und mit seiner überaus glatten Fläche zum Eislaufen einzuladen schien. Tonia aber begab sich nach hinten zu den Steinbögen, die wirklich dafür gedacht waren, sich in ihrem Schutz umzuziehen. Zumindest in der warmen Jahreszeit.

Sie öffnete ihr Kleid und stand für einen Moment nackt im warmen Licht einer kräftigen Sonne, die einen großen hellen Streifen über ihren Körper malte. Gute Wärme! Bevor sie sich nun ihren Badeanzug überstreifte und am Rande des Gemäuers weiter nach unten stieg.

Es war kein natürlicher Zugang ins Meer, sondern eine in den Fels gefügte schmale Plattform, von der aus sie vorsichtig einen Fuß ins Wasser streckte.

»Was soll das?«, fragte sie sich und meinte ihr Zögern. Sie atmete kurz ein und tat einen weiten, sehr flachen Kopfsprung, um nicht etwa am nahen Grund anzustoßen.

Das nasse Kalt umgab sie mit der Plötzlichkeit, mit der man durch einen Theaterboden fällt.

Drei Brustzüge lang blieb sie mit dem Kopf unter Wasser, dann tauchte sie hoch und wechselte in die Senkrechte. Ihre Beine fanden schon keinen Halt mehr.

Natürlich fehlte ihr Dyballa. Doch ihr war klar, dass sie diesen Weg alleine zu bewältigen hatte. Es hatte seine Richtigkeit, wenn Dyballa im Bett war und sie im Wasser.

Sie schaute noch einmal in Richtung auf das ferne Boot und begann dann zu kraulen. Es wurde ein langer Weg. Sie fühlte die Kälte an ihrer Stirn. Wie kleine Eiswürfel, die sich zu einer Mauer zusammenfügen, um mit jedem Kraulzug aufs Neue durchbrochen zu werden. Mit einem Knirschen, einem Knirschen der Eiswürfel wie einem Knirschen der Stirn.

Weshalb sie nach einiger Zeit den Kopf aus dem Wasser hob und vom Kraulen zum Brustschwimmen überging, damit ihre Stirn in der Sonne ein wenig auftauen konnte.

Sie sah jetzt zum Segelboot und stellte fest, dass jemand an Deck gekommen war. Sie konnte nicht sagen, ob es sich um eine Frau oder einen Mann handelte, dazu war sie noch immer zu weit entfernt. Ihre Schwimmzüge blieben kräftig und kontrolliert, ihr

Körper diszipliniert. Es war etwas ungemein Gerades in ihren Bewegungen, und in dieser Geradheit auch etwas Jugendliches. Sie spürte das Kind, das sie einmal gewesen war. Und das weniger mit Planschen und Herumalbern im Wasser aufgewachsen war, sondern ein ozeanisches Dasein geführt hatte. Gleich einem Fisch an der Oberfläche, der den Abgrund unter sich nicht als Tiefe wahrnimmt, sondern als Raum, an dessen Grenze er sich befindet.

Und entlang dieser Grenze glitt sie dahin.

Tonia erkannte, wie das Boot sich bewegte. Ja, es war eindeutig, dass es seinen Ankerplatz verließ und losfuhr. Langsam, aber doch unverkennbar Fahrt aufnehmend. Und ganz sicher nicht in Richtung Land, etwa den Hafen von Palma. Oder gar näher an das Hotel. Nein, es verließ die weite Bucht, um aufs offene Meer zu gelangen.

Man kann nicht sagen, dass Tonia in Panik geriet. Aber ein Schrecken erfasste sie. Auch darum, weil sie bemerkte, dass ihr die Kraft ausging. Mag sein, die Kälte trug Schuld. Oben im Köpfel in Heidelberg hätte sie jetzt noch gemütlich eine halbe Stunde ihre Bahnen gezogen. Aber hier war keine Bahn. Und Gemütlichkeit keine Lösung. Das Boot entfernte sich. Die wenige Kraft, die ihr noch zur Verfügung stand, konnte sie entweder für den Versuch einsetzen, einen echten Sprint einzulegen und mit größtmöglicher Anstrengung ihr Ziel doch noch zu erreichen, oder aber rasch umzukehren und zurück zum Hotel zu schwimmen, um dort den Weg unter eine heiße Dusche zu finden.

Sie musste sich sofort entscheiden.

Und tat es. Gegen die Dusche und für den Sprint.

Sie wechselte wieder zum Kraulen. Kraulte auf das Boot zu, beziehungsweise wählte sie einen speziellen Winkel, um dem Boot nicht hinterherzuschwimmen, sondern es in seiner Bewegung zu kreuzen.

Bei dieser Art des Schwimmens war es ihr unmöglich zu sehen, ob sie Erfolg haben würde. Sie spürte eine Schwäche, sie spürte, wie der Rhythmus ihrer Bewegungen einen Bruch erfuhr, eine Unordnung. Vor allem spürte sie eine Verzweiflung ähnlich der, die ihr vor Jahren in einem Kino in Wien widerfahren war. Es war der einzige Moment gewesen, da sie richtig geschwitzt hatte. Und genau das geschah auch jetzt. Das Wasser, durch das sie sich mit schwindender Kraft bewegte, änderte nichts daran, dass sie fühlte, wie ihr der Schweiß aus allen Poren strömte und eine zweite Haut bildete.

Sie dachte: Dyballas Haut.

Ihre Kraft ging zu Ende. Und als sich das Ende wahrhaftig einstellte, schlug sie noch zweimal ins Wasser und hob sodann den Kopf. Herrgott ja, vielleicht zehn Meter von ihr entfernt glitt das schöne, schlanke Segelboot dahin, in der Tat ähnlich dem, das ihre Eltern besessen hatten, aber eines, das später gebaut worden war und dessen Rumpf ein wenig kürzer ausfiel. Oben an Deck, hinter dem Steuer – sowie unter einem Sonnenschutz, der durchaus an den Baldachin einer jüdischen Hochzeit erinnerte –, stand eine Person, ein Mann, der direkt nach vorne blickte.

Tonia hob ihren Arm und wollte etwas rufen. Doch ihr kam das Wort »Hilfe« nicht über die Lippen. Sie hatte es verloren, das ganze Wort.

Tonia merkte jetzt deutlich, wie etwas drauf und dran war, sie abwärtszuziehen. Etwas, das sie selbst war. Umgekehrt zu jenem Baron, der sich an den Haaren aus dem Sumpf befördern konnte, war sie die Frau, die Gefahr lief, sich an den Beinen in die Tiefe zu ziehen.

Statt des Wortes *Hilfe* rief sie nun: »Hund!«

Es mochte das falsche Wort sein, aber es wurde gehört.

Der Mann an Bord des Boots schwenkte seinen Kopf in Tonias Richtung. Er setzte seine Hand flach vor die Stirn, um besser Ausschau halten zu können. Als er Tonia erblickte, reagierte er umgehend, drosselte das Tempo und zwang seine Yacht zu einer Wende, um in einem Bogen auf die Schwimmende zuzusteuern.

Es ist nur normal, im Moment der Rettung der Schwäche ganz zu erliegen. Tonia geriet unter Wasser, wo sie nun mit offenen Augen durch das sonnendurchflutete Dunkelgrün hindurch auf den typischen Flossenkiel einer modernen Swan-Yacht sah, ausgesprochen schmal und mit einem Aufsatz am unteren Ende, der als

»Bombe« bezeichnet wird, ihr selbst aber eher wie ein sehr schlankes Herz erschien. Und während sie in einer geradezu verliebten Weise dieses Schiffsteil betrachtete, überhaupt die ganze formvollendete Natur des Rumpfs mit dem frei stehenden Spatenruder auf der Heckseite und dazwischen dem nun stillstehenden Propeller, glitt etwas ins Wasser, was ihr für einen Moment wie ein kleiner Haikäfig vorkam, es handelte sich aber glücklicherweise um die Sprossen einer metallenen Leiter.

Das war nun ein Angebot, das sie – Schwäche hin oder her – nicht ausschlagen konnte. Sie holte einen letzten Impuls aus ihrer Erschöpfung, einen kleinen Nachschlag, setzte sich mit einem Stoß ihrer Beine in Bewegung und tauchte hinüber zu der Leiter. Und indem sie die Sprossen hochkletterte, gelangte sie über Wasser und in die Luft, wo bereits der Arm des Mannes sich ihr entgegenstreckte.

Es war ihr unmöglich, sein Gesicht zu erkennen, derart blendete die Sonne. Aber sobald sie seinen Griff spürte, wurde ihr klar, mit wem sie es zu tun hatte. Es geschah genau das, was sie sich gewünscht hatte. Worauf ihr ganzes Schicksal ausgerichtet gewesen war.

Sie erlebte den Griff des Mannes gleich einer Physiognomie, als ein Gesicht und eine Sprache. Ein Griff, der ihr sehr genau Auskunft darüber gab, wer ihr hier die Hand reichte.

Dieser Mann würde ihr Tod sein. Doch sie war fest entschlossen, sich ihm nicht zu widersetzen. So würde ein anderes Leben verschont bleiben.

Er zog sie hoch. Und indem er sie hochzog, sah Tonia mit der allergrößten Gewissheit voraus, wie Vivien überlebte.

An Bord gelangt, stand sie ganz nahe an dem Mann. Sein Gesicht war immer noch verwaschen, vom Sonnenlicht wie verschmiert, aber sie konnte ihn riechen. Er roch sehr männlich. Dass der Tod ein Mann war – zumindest wie ein Mann wirkte –, war keine Überraschung. Es war eine Folge ihres Lebens.

Aus ihrem heftigen Keuchen heraus sagte sie: »Das ist wirklich lieb von Ihnen.«

In seinem sonnenlichtverschmierten Gesicht erkannte sie ein breites, böses Triumphieren.
Aber was für ein Charme!

Später

Mai im Köpfel.

Dyballa lag in dem kleinen, von grau gestrichenen Latten umzäunten Liegebereich, in dem die Saunagäste ihre nassen, dampfenden Leiber der frischen Luft aussetzen konnten. Im Moment – Mittagszeit – war er der einzige Besucher. Froh um die Ruhe.

Er tat das jetzt hin und wieder, am späten Vormittag hoch zum Köpfel fahren, um sich zwei, drei Stunden schwimmend und saunierend zu erholen. Er konnte sich neuerdings diese Auszeiten erlauben, weil er nicht mehr alleine in seinem Geschäft stand, sondern Vivien sich darum kümmerte, das Gemüse und Obst unter die Leute zu bringen. Sie begleitete ihn fast jeden Morgen, wenn er auf den Großmarkt fuhr. So lernte sie, das Gemüse zu *lesen*. Wie sie auch lernte, die einzelnen Händler zu *lesen*.

Natürlich stand Vivien nicht den ganzen Tag im Geschäft, immerhin war sie mit der Fertigstellung ihrer Arbeit über Walter Berry beschäftigt. Heidelberg mochte zwar nicht unbedingt der ideale Berry-Ort sein, etwa im Vergleich zu Wien, aber Neuseeland war das schließlich ebenso wenig gewesen. Hingegen war Heidelberg ein ziemlicher guter Ort, um Europa zu studieren, dessen nicht nur musikalisches Schicksal in Viviens Arbeit über Berry einfloss.

In jedem Fall war es der Ort ihres Vaters, zu dem zu ziehen sie sich nach den Ereignissen auf dem Kangchendzönga entschlossen hatte. Dyballa hatte es ihr angeboten, und sie hatte begriffen, wie sehr sämtliche Geschehnisse – die Heirat ihres Geliebten mit ihrer besten Freundin, ihre Flucht in den Himalaya, das Unglück am Berg, ihre Rettung, andererseits der schmerzhafte Verlust ihres Vaters – es erzwangen, nach Heidelberg zu gehen und Teil jener Institution zu werden, die sich *Das grüne Rollo* nannte.

Sie war, wie man so sagt, dem Tod knapp entkommen. Sie hatte drei Finger, sämtliche Zehen ihres linken Fußes und einen Teil ihrer Nase eingebüßt, wobei die Ärzte bei ihrer Nase ein wahres Wunder bewirkt hatten. Wie ja überhaupt ihr Überleben von vielen als ein Wunder bezeichnet wurde.

Bei ausgezeichneten Bedingungen war Vivien zusammen mit dem gesamten Team aus Bergführern und zahlenden Kunden zur letzten Etappe aufgebrochen, und gemeinsam hatten sie den Gipfel des Achttausenders erreicht. Man war jener Tradition gefolgt, die die Erstbesteiger begründet hatten, nämlich aus Achtung vor dem Glauben der Einheimischen auf die letzten Schritte zum Gipfel des heiligen Bergs zu verzichten. Eine schöne Geste, die nur leider nichts genutzt hatte. So wenig wie der Umstand, zur besten Umkehrzeit, kurz nach vierzehn Uhr, mit dem Abstieg begonnen zu haben.

Ein Sturm zog auf, mit dem man zwar gerechnet hatte, aber auch damit, er würde erst sehr viel später eintreffen. Man hatte sich das Fenster für Auf- und Abstieg weit größer gedacht. Aber es war ein kleines Fenster. Es war ein im Grunde halbiertes Fenster, das nur für den Aufstieg reichte. Umso größer dafür die Front aus Wind und Schnee, die die Gruppe mit einer derartigen Heftigkeit erreichte, dass sie auseinandergesprengt wurde. In Einzelne und Paare. An Viviens Seite verblieb einer der Sherpas, ein Mann namens Pasang – was übersetzt *Freitag* bedeutet –, ein kleiner, robuster Mann, den der liebe Gott wohl aus einem Felsen herausgeschlagen hatte, einem Freitagsfelsen. Pasang hatte zwei Sauerstoffflaschen im Gepäck und hörte nicht auf, die schwächer werdende Vivien nach unten zu führen. Doch es nützte nichts, sie verloren im dichten Schneetreiben und der zunehmenden Dunkelheit die Orientierung, verfehlten das Hochlager, sodass sie am Ende des Tages und am Ende ihrer Kräfte in über siebentausend Metern ein Lager errichteten und in einem Winkel zwischen zwei

Felsen ein Zelt befestigten. Eigentlich war es unüblich, ein Zelt mit auf die Gipfeletappe zu nehmen, um Gewicht zu sparen. Pasang aber war einer Ahnung gefolgt und hatte es eingepackt.

In diesem Zelt hielten sich Vivien und Pasang die ganze Nacht fest umklammert, den Sauerstoff aus den Flaschen in kleinen Dosen veratmend, bei Temperaturen um die Minus fünfzig Grad. Vivien würde später sagen, dass sie für den Rest ihres Lebens den Körper Pasangs an sich spüre. Und wie sehr der *Eindruck* dieses Körpers nie wieder von ihr heruntergehen werde. Auf eine gewisse Weise war Pasang ihr »Mann fürs Leben« geworden, auch wenn die beiden sich nach dieser Geschichte nie wieder trafen. Kein Tag, an dem sie erwachte und nicht meinte, Pasang liege neben ihr.

In dieser Umklammerung überstanden sie die Nacht. Der Sturm hatte sich nicht im Geringsten gelegt, ein weiterer Abstieg erschien unmöglich, auch viel zu riskant. So verblieben sie in ihrem Zelt und in ihrem Festhalten aneinander, durchlebten die von Kälte und Wind und einem ständigen Geheul bestimmten Stunden des Tages, die Schmerzen, das Absterben des Gewebes an Fingern und Zehen und die Wellen von Benommenheit und eigentümlicher Hitze in diesem alles Licht verschluckenden Schneetreiben. Sie waren wie in einen ungemein dichten Traum gepackt, aus dem aufzuwachen immer unwahrscheinlicher wurde. Hinein in eine weitere Nacht. Bis dann in den frühen Morgenstunden der Sturm mit der gleichen Plötzlichkeit, mit der er über den Berg hereingebrochen war, endete. Er wurde nicht einfach schwächer, sondern erstarb gleich einem Kind, das von irgendetwas abgelenkt seine gerade noch beklagte große Pein völlig vergisst.

Die Nacht war ruhig, allein das Zusammenrücken des Schnees hörbar, als singe der Schnee im Flüsterton. Pasang war sofort mit der einsetzenden Stille aus seinem dem Tod nahen Schlaf erwacht, nach draußen gekrochen und hatte im Licht des Mondes die Position erkannt, an der sie sich befanden. Er weckte Vivien, zwang sie, aufzustehen. Er schlug sie. Er schlug sie wach. Und war in der Folge ihre Krücke. Er schleppte sie einen Abhang hinunter, hinüber zu einem Schneefeld, wo ihnen Helfer aus einem der Hochlager entgegenkamen. Auch sie waren mit Ende des Sturms augenblicklich aufgebrochen.

Das war fast genau in jenem Moment, da Lill Dyballa gegen Mitternacht anrief, um ihm zu sagen, man befinde sich auf dem Weg von Delhi nach Kathmandu, sei aber noch ohne Nachricht von Vivien. Eine solche würde sie dann erst sehr viel später erreichen, wenn die Meldung aus dem Basislager durchdrang, Vivien habe überlebt. Mit schweren Verletzungen, jedoch überlebt.

Es war nun aber am Morgen, als Lill zum dritten Mal anrief. Dyballa stand soeben zusammen mit der Hotelleitung auf der Terrasse. Er hatte Alarm geschlagen, weil Tonia nirgends zu finden war. Der Frühstückskellner war herbeizitiert worden, der nun erklärte, Frau Schreiber habe vorgehabt, zum Schwimmen ins Meer zu gehen, obgleich er ihr der Kälte wegen davon abgeraten habe. Auch könne er nicht mit Gewissheit sagen, ob sie ihre Ankündigung wahr gemacht habe.

Allerdings sollte sich bald einer der Gäste finden, jener Chinese, der kein Chinese war, sondern Österreicher, also ein Landsmann Tonias, der bestätigte, er habe die Frau, die ihm beim Frühstück über den Weg gelaufen war, kurz darauf im Meer beobachtet, als sie sich bereits recht weit von der Küste entfernt hatte. Er äußerte die Vermutung, die Frau sei an Bord eines draußen wartenden Segelboots gegangen, auf das sie die ganze Zeit zugeschwommen war. Warum auch sonst hätte sie sich so weit hinauswagen sollen?

Aber dies erfuhr Dyballa erst später.

Als er also Lills dritten Anruf erhielt, sie befinde sich nun in Kathmandu, sei aber noch ohne erlösende Nachricht von Vivien, da ging sein Blick soeben hinaus aufs Meer, wo absolut nichts zu sehen war als eine flache, funkelnde See, über welcher der Himmel ein riesenhaftes blaues Quadrat bildete.

Dyballa begann zu ahnen. Er dachte daran, wie sehr Tonia die Anschauung vertreten hatte, der Tod sei jemand, der mit sich reden lasse. Und der sich in einem bestimmten Moment für die eine oder andere Person zu entscheiden hatte und dabei stets die ältere Person der jüngeren vorzog. Wenn man ihn ließ. Und nicht auf seinem Leben beharrte. Wenn man bereit war, nach der Hand, die sich einem entgegenstreckte, auch wirklich zu greifen. Sich vom Tod retten zu lassen.

Sosehr nun Viviens Überleben, von dem Dyballa im Laufe des Tages erfuhr, einem Wunder gleichkam, war es doch sehr viel nachvollziehbarer als Tonias Tod.

Tonias Tod.

Was sich nachträglich sagen ließ, war, dass Tonia Schreiber wirklich – wie von jenem Österreicher chinesischer Abstammung beobachtet – an Bord eines Segelbootes gegangen war. Eines Segelboots, das Tage später vor der afrikanischen Küste treibend entdeckt wurde, ohne Besatzung. Und ohne konkrete Hinweise darauf, ob hier ein Unglück oder eher ein Verbrechen geschehen war.

Der Verdacht, auf diesem Boot könnte sich die vermisste Frau Schreiber befunden haben, kam darum auf, weil diese Segelyacht nachgewiesenermaßen zum Zeitpunkt von Tonias Verschwinden in Mallorca vor Anker gelegen hatte. Und wirklich fand man an Deck und in der Kabine Fingerabdrücke, die mit jenen übereinstimmten, die Tonia Schreiber im mallorquinischen Hotelzimmer hinterlassen hatte. Es dauerte eine Weile, bis dieser Zusammenhang eindeutig festgestellt wurde. Aber dann war es klar.

Nicht klar war, was genau sich an Bord abgespielt hatte. Die Behörden äußerten die Vermutung, ein Überfall habe stattgefunden, etwa durch Piraten (so merkwürdig das immer klingt, von Piraten zu sprechen, als verfilme man gerade die *Schatzinsel*). Die Leiche Tonias jedenfalls wurde nie entdeckt. So wenig wie die des Mannes, dem das Boot gehört und der es aller Wahrscheinlichkeit nach auch gesteuert hatte, als die durchs Meer schwimmende Tonia an Bord gekommen war. Wenn die Piraten-These stimmte, dann ließ sich allein folgern, dass man die beiden ermordet und über Bord geworfen hatte.

Wieso Tonia an diesem bestimmten Morgen sich zuerst ins vierzehn Grad kalte Wasser und dann auf dieses Schiff begeben hatte, blieb für alle ein Rätsel. Außer für Dyballa. Der es allerdings vermied, darüber zu reden. Über Tonias Philosophie des Rettens. – Stimmt schon, zuerst hatte Vivien überlebt und erst danach war Tonia gestorben. Aber die Bereitschaft zu diesem Tod war ja viel früher entstanden. In dem Moment, da Tonia Viviens tiefen Schmerz bemerkt und erkannt und ihn ganz und gar richtig gedeutet hatte.

Auch war Dyballa überzeugt, Tonia hätte sich auf diese Weise, nämlich im Meer zu verschwinden und nicht wieder aufzutauchen, mit ihrer Mutter verbunden. Und dass dies vielleicht ihr sehnlichster Wunsch gewesen war. Es der Mutter gleichzutun. Zurückzukehren auf ein Boot, zurückzukehren in das Meer, von dem sie ja immer gesagt hatte, sie sei auf dessen Rücken geboren worden.

Es schmerzte Dyballa zutiefst. Aber es war ihm nicht unheimlich.

Unheimlich wurde es erst, als der Name des Besitzers der Segelyacht bekannt wurde: Igor Anthony. Beziehungsweise dadurch unheimlich, dass die Fingerabdrücke an Bord – also die, die man nicht Tonia zuordnen konnte – mit jenen übereinstimmten, die gemäß einer Datenbank einem gewissen Jurij Poljakow gehörten, einem Mann, von dem die Behörden gemeint hatten, er wäre 2014 in Island gestorben und beerdigt worden.

Letztlich musste man zu der Anschauung gelangen, einen Igor Anthony habe es in Wirklichkeit nie gegeben, dahinter hätte sich die ominöse Gestalt des geschickt durch die Weltgeschichte gleitenden Jurij Poljakow verborgen.

Der ewige Poljakow. Der große Samenspender.

Welche Dimension dieser Umstand besaß, konnte Dyballa natürlich zunächst nicht wissen. Siem Almgren schon. Erschreckt von der Nachricht vom Tod Tonias, aber noch mehr erschreckt, aus den Medien den Namen jenes Mannes zu erfahren, der in Wirklichkeit der Besitzer des Boots gewesen war, suchte er Dyballa auf. Wohl einfach, um diese Geschichte loszuwerden.

Und um Absolution zu erhalten. Denn Almgren schockte im Nachhinein auch die Vorstellung, wie er zu dem Geld gekommen war, das ihn in schwierigen Zeiten gerettet hatte.

Eigentlich hätte Almgrens Bericht Dyballa zusätzlich verwirren müssen. Doch das war nicht der Fall. Für Dyballa schien bei aller Unheimlichkeit doch alles zusammenzupassen. Es passte zusammen wie eins dieser Puzzles, die von der Rückseite her aufgelegt werden und allein das Ineinanderfügen der Formen das Gelingen bestimmt. Während das eigentliche Bild für den Betrachter unsichtbar bleibt und in absoluter Dunkelheit gegen die Oberfläche des Tisches gerichtet ist.

Aber es ist ein Bild. Und es stimmt.

Mai im Köpfel also.

Kurz hatte die Sonne eine warme Folie auf Dyballas nackten, schweren Körper gelegt. Eine kleine Reklame für die kommenden warmen Monate, so wie ein Werbeblock mitten in einem sinistren Film, nicht unbedingt *Das Schweigen der Lämmer*, aber etwas Skandinavisches, wo man viel dunkle Landschaft sieht und auch die Guten ziemlich verrückt sind.

Wenig später waren die Wolken zurück und verstellten die Aussicht ins Blau. Es begann zu regnen. Ganz fein. Kein Grund, den Ort zu wechseln. Im Gegenteil, Dyballa mochte das Gefühl, das die zahllosen kleinen Wasserexplosionen auf seiner noch immer warmen Haut verursachten.

Und dann geschah etwas Merkwürdiges.

Er hatte die Augen geschlossen. Meinte aber zu spüren, wie da jemand oder etwas sich über ihn beugte. Über seine Brust. Nicht, weil er einen Schatten und damit eine ansteigende Kühle wahrnahm, sondern weil an dieser Stelle seines Körpers mit einem Mal keine Regentropfen mehr ankamen. Im Gesicht ja, auf seinem Bauch ja, dem Unterleib und den Beinen, aber nicht auf seiner Brust und den angelegten Oberarmen.

Er öffnete die Augen. Und zwar in der Erwartung einer Person, deren Näherkommen er nicht bemerkt hatte. Einer Person vom Range eines Bademeisters, der sich dergleichen erlauben durfte.

Da war aber niemand, keine Menschenseele, auch niemand, der sich, auf der Suche nach jemand anderem, irrtümlich auf ihn zubewegt hatte und nun im Begriff war, den Liegeplatz wieder zu verlassen. Nein, Dyballa war allein.

Wobei, *allein* war wahrscheinlich nicht ganz das richtige Wort.

Dyballa konnte es deutlich sehen, wie sich eine Grenze knapp unterhalb seines Brustbeins gebildet hatte. Jenseits davon fielen fortgesetzt Regentropfen auf seinen Körper, diesseits hingegen bestand ein Feld verdunstender »alter« Tropfen, ohne dass neue hinzugekommen wären.

Dyballa bedachte die Möglichkeit einer Verwirbelung der Luft, die die herabfallenden Tropfen genau dort, wo seine Brust eine Fläche bildete, wegwehten. So musste es sein. Aber wie konnte es mit solcher Präzision geschehen? Und solcher Gleichförmigkeit?

Nach einer Weile verschob sich die Regengrenze nach oben hin. Eben noch hatten die herabfallenden Tropfen sein Gesicht vollständig benetzt, nun lag es im Trockenen. Es blieb das Gefühl, jemand würde sich mit Kopf und Oberkörper über ihn beugen, allerdings in leicht veränderter Position.

Da fiel es Dyballa wieder ein. Es fiel ihm ein, wie Tonia angekündigt hatte, sich ihm, wenn sie einmal tot war, in der simpelsten Weise zu offenbaren. Dadurch, sich ihm in den Weg zu stellen.

Richtig, sie stand ihm nicht im Weg, sondern hatte sich über ihn geneigt. Was aber sicher die bessere Art war. Anstatt zu riskieren, von ihm, dem Skeptiker, niedergerannt zu werden.

Er musste schmunzeln bei dieser Vorstellung. Der Vorstellung, dass die Frau, für die er die allergrößte Zuneigung empfunden hatte und deren Tod er allein darum hatte ertragen können, weil dieser in besonderer Weise mit dem Überleben seiner Tochter zusammenhing, dass Tonia also ihre Ankündigung soeben wahrmachte. Und wie!

Er atmete stark aus. Dann schloss er seinen Mund, hielt die Luft an und war vollkommen konzentriert auf das, was geschehen würde oder nicht. Es geschah. Er nahm deutlich wahr, überdeutlich, wie sein Atem zurückgeworfen wurde und dieser zurückgeworfene Atem gegen seine Wange stieß. Er spürte, wie an dieser Stelle seiner Wange sich etwas ausbreitete, das er schlichtweg als *Tonias Parfüm* definierte. Ihren Geruch. Ihr totes Leben.

Einen Moment später bemerkte er wieder den Regen in seinem Gesicht.

Sie war fort.

Zwei ältere Männer betraten lautstark die Sonnenterrasse, die ohne Sonne war. Sie sprachen über Fußball. Als sie Dyballa bemerkten, verstummten sie. Es ging jetzt etwas Mächtiges von ihm aus. Eine ungemeine Fröhlichkeit.